Ernest Dempsey

Ernest Dempsey est un auteur américain de thrillers historiques et archéologiques. Né en 1975, il vit dans le Tennessee avec sa femme et sa fille. Après un premier roman paru en France au cherche midi en 2020, *La Conspiration Vatican*, et repris chez Pocket, il publie *Le Mystère des Templiers* en 2021, chez le même éditeur.

LA CONSPIRATION VATICAN

ERNEST DEMPSEY

LA CONSPIRATION VATICAN

Une aventure de Sean Wyatt

Traduit de l'anglais (États-Unis)
par Étienne Gomez

cherche midi

Titre original :
THE NAPOLEON AFFAIR
Éditeur original : 138 Publishing

ISBN : 978-2-266-32213-3
Dépôt légal : janvier 2022

À mes deux vénérés professeurs,
Gary Pennell et Michael Peel.
Merci de m'avoir incité à approfondir
ma passion pour l'Histoire et pour les autres cultures.
Jamais je ne pourrai vous exprimer toute ma gratitude.
Mais je ne perds pas espoir.

PROLOGUE

La Valette, Malte, 1798

« Vous ne pouvez pas entrer ici ! tança le vieux prêtre. Ceci est un lieu saint, la guerre et la mort n'y ont pas leur place.

— Emmenez-le », ordonna le général avant de poursuivre à grandes enjambées, du moins aussi grandes que possible pour un si petit chef d'armée.

Deux soldats soulevèrent le religieux, qui se mit à crier et à glapir. Jusque-là, il s'était exprimé en français, mais ses menaces et ses imprécations prirent alors des formes latines. À mesure qu'on l'éloignait par les bras, ses énergiques protestations se réduisirent à des murmures étouffés.

Bientôt, la sacristie de la cocathédrale Saint-Jean de La Valette grouillait de soldats qui passaient de pièce en pièce, jetant au hasard des éléments de mobilier, des papiers et toutes sortes de menus objets par terre. Comme une nuée de sauterelles, ils ravageaient tout ce qu'ils trouvaient sur leur passage et n'étaient jamais rassasiés.

Le général s'arrêta à hauteur d'un seuil pour observer ses hommes. Il aurait préféré fouiller autrement la maison de Dieu ; mais, après tout, il n'était pas très religieux. Enfant, il avait été baptisé dans la foi catholique, mais les assertions dogmatiques de l'Église n'avaient jamais fait grande impression sur lui. Il était néanmoins sensible au contrôle que la religion assurait sur les foules. De ce point de vue, il avait presque de l'admiration pour cette institution, et regrettait parfois de ne pas avoir la même influence, non seulement sur la France, mais sur le monde entier.

Il respectait les religions d'une manière générale et, à ses yeux, tous les systèmes de croyances méritaient d'être honorés. Plus que de tolérance, il faisait preuve d'une sagesse qui était rarement comprise par ses contemporains. Selon lui, tout le monde devait pouvoir choisir sa religion et perpétuer les cultures traditionnelles. Il mesurait aussi l'intérêt stratégique qu'il y avait à respecter les nations dont il faisait la conquête. S'il demandait à ses soldats de tolérer les chrétiens, les musulmans et les juifs ainsi que tous les autres croyants, ce n'était ni par ruse ni par fausseté. C'était par conviction. Mais il ne perdait pas de vue pour autant les bénéfices associés à cette attitude, parmi lesquels le pouvoir sur les peuples. Et le pouvoir, c'était exactement ce que cherchait Napoléon.

Hélas, Napoléon n'était qu'un homme, et un homme isolé qui, tel un phare, tentait de porter l'espoir d'un avenir meilleur pour toute l'humanité, un idéal auquel il croyait jusqu'au plus profond de son être. L'Europe avait été ravagée par les guerres, les maladies, les catastrophes, et sa France bien-aimée n'avait guère été épargnée. Pendant que les têtes couronnées étaient restées à l'abri, leurs petits soldats s'étaient chargés des basses besognes. Ils s'étaient battus sur le champ de bataille, avaient conquis de nouvelles terres, de nouveaux titres pour le bénéfice des grands de ce monde, augmentant l'impôt jusqu'à la rupture inévitable.

Napoléon voulait incarner le changement, quelque chose de nouveau pour le peuple français. Pour le moment, il donnait à l'espoir la forme insolite d'un petit général doué d'un grand sens de la stratégie militaire.

La série de victoires prodigieuses qu'il avait déjà remportées ne l'empêchait pas de lorgner toujours sur les territoires étrangers dans un but... d'expansion. Napoléon avait une ambition de lion – sa soif de pouvoir était sans égale –, et seuls ses très proches conseillers, ses uniques amis au monde, avaient connaissance de son but ultime.

Pour parvenir à ses fins, toutefois, il avait besoin d'un insigne, d'un objet capable, par ses vertus, par ses mérites, de lui assurer un empire légitime sur des territoires nouveaux. Une sainte relique, par exemple, pourrait lui conférer l'autorité – à la fois terrestre et céleste – qu'il cherchait.

S'il connaissait l'île de Malte depuis longtemps, il avait appris tout récemment que le temple même où il se trouvait abritait un trésor de ce genre.

Napoléon ne se sentait guère redevable à l'égard d'un Dieu qui se montrait si indifférent, si ambivalent vis-à-vis de ses propres créatures. Certes, il croyait à l'existence d'une puissance supérieure à l'œuvre dans tout l'univers, mais, à ses yeux, elle n'avait aucun égard pour sa personne ni pour son pays.

Détournant les yeux de ses soldats, il pénétra dans le bâtiment. Si la sacristie était belle, l'opulence de la nef dépassait tout ce qu'il avait vu jusque-là. Partout se dressaient de grandioses arcades couvertes de dorures – comme celle qu'il avait lui-même au-dessus de la tête –, tandis que les voûtes peintes étaient ornées de scènes de la vie de saint Jean-Baptiste. L'allée centrale, plus haute, plus large, plus vaste que celles qui desservaient les chapelles, était tout simplement immense.

Le général fut d'abord étonné par une telle splendeur. L'intérieur, décoré par le maître baroque Mattia Preti, était aussi spectaculaire que l'extérieur était rudimentaire et fonctionnel. Non pas que le calcaire maltais ne fût pas agréable à l'œil, mais le bâtiment évoquait une forteresse autant qu'un lieu de culte, en lien sans doute avec ceux qui étaient à l'origine de l'édifice.

C'étaient les Hospitaliers, plus connus sous le nom d'ordre de Malte, qui avaient eu la charge de ce saint chantier. Ils avaient conçu et même payé la structure grâce aux richesses contenues dans leurs propres coffres et aux donations issues de leurs propres rangs.

Si l'extérieur revêtait ainsi un aspect presque imposant, l'intérieur était plus raffiné que celui de bien des palais connus de Napoléon.

Pas moins de neuf chapelles communiquaient avec la nef, consacrées à Notre-Dame de Philerme et aux huit saints patrons des langues hospitalières, toutes aussi magnifiques que le reste du bâtiment, quoique plus basses.

Napoléon s'avança jusqu'au centre de la nef puis s'orienta vers l'oratoire à l'avant de l'église, le bruit de ses pas résonnant sur les pavés de marbre.

Deux de ses hommes, de part et d'autre d'un prêtre agenouillé devant l'autel, attirèrent soudain son attention vers le fond de l'édifice. Napoléon s'approcha d'eux en s'efforçant de faire abstraction du déluge de dorures et de moulures des arcades, ce qui ne l'empêcha pas de remarquer en chemin les monogrammes *RC* dans une chapelle à gauche et, juste avant, *NC*, en diagonale. La croix de l'ordre de Malte, aisément identifiable, alternait avec les initiales. Les Hospitaliers étaient également connus sous d'autres noms, dont le plus adéquat, sans doute, était celui de chevaliers de Saint-Jean, ou ordre de Saint-Jean.

Les Maltais avaient résisté au siège de La Valette, et les Hospitaliers s'étaient battus très honorablement, souvent jusqu'à la mort. Napoléon savait que certains en avaient réchappé, mais son objectif, en venant à Malte, n'avait pas été d'éradiquer un ordre chevaleresque sur le déclin. Ni d'ailleurs de conquérir l'île, même à titre éphémère. Il ne laisserait qu'un contingent d'environ trois mille hommes, soit un sur dix, pour donner l'impression qu'il essayait d'asseoir ses positions en Méditerranée sans pour autant risquer de compromettre son expédition en Égypte.

Il voulait partir au plus vite et mettre les voiles sur Alexandrie dès qu'il serait entré en possession de la relique. Le prêtre apparaissait de ce point de vue comme un instrument clé.

Napoléon fit la cinquantaine de pas qui le séparaient encore de lui sans jamais le quitter des yeux et sans porter aucune attention aux dalles qui marquaient les cénotaphes de trois cent soixante-quinze chevaliers placés pour l'éternité sous la protection de Dieu et de son serviteur saint Jean-Baptiste.

Une fois derrière le prêtre, il claqua des talons. L'un des deux hommes qui entouraient déjà le prêtre était un officier, un lieutenant de la garde personnelle du général, d'une loyauté si scrupuleuse qu'il ne remettait jamais ses ordres en question, mais qu'il n'hésitait pas non plus à lui faire d'autres suggestions lorsqu'il pensait qu'elles pouvaient être utiles.

« Il n'est pas parti pour bouger, Citoyen Général », dit-il. Haut de près d'un mètre quatre-vingt-dix, il faisait une bonne tête de plus que lui.

Napoléon resta imperturbable. Avec le temps, il s'était habitué à cette situation. La plupart des hommes, à commencer par ses hommes, étaient plus grands que lui. C'était l'une des raisons qui l'avaient poussé à se surpasser pour arriver si vite en haut de la hiérarchie.

« Il poursuit ses prières. Ou plutôt sa prière. Toujours la même.

— Laissez-nous seuls, lieutenant », lui répondit Napoléon avec un brusque mouvement de tête.

Son second ne s'en offensa nullement. Le général s'adressait ainsi à tout le monde, et chacun savait qu'il ne fallait pas se sentir visé ni se laisser gagner par l'émotion face à la sécheresse de ses manières.

« Oui, Citoyen Général », répondit le lieutenant, qui, par un signe de tête, entraîna à sa suite l'autre officier. Au bout d'une vingtaine de pas, tous les deux firent volte-face pour vérifier que le prêtre ne tentait rien de malhonnête, même si l'hypothèse était peu probable.

Napoléon vint prendre position sur le degré de l'autel, à droite du prêtre. Il fut étonné par la fermeté du coussinet, pourtant conçu pour atténuer l'inconfort des prières à genoux devant le Très-Haut.

Il inclina la tête, les deux mains jointes. Ses deux hommes durent se demander ce qu'il faisait, s'il était tombé en dévotion après avoir soudain reçu la grâce.

Il attendit en silence que le prêtre ait fini ses prières.

« Partez. Il n'y a rien pour vous, ici. Dieu vous enverra châtiment de vos blasphèmes.

— De mes blasphèmes ? Je ne sais pas de quoi vous parlez, mon bon Père. Je suis venu chercher un simple objet, même s'il est important. » Il parlait un anglais empreint d'un fort accent, tout en se disant que le prêtre parlait couramment français. La majorité de la population maîtrisait trois langues, le maltais, l'anglais et le français, auxquelles il fallait parfois ajouter l'espagnol et le portugais.

« Je sais ce que vous êtes venu chercher. Vous n'êtes rien de plus qu'un brigand, un voleur de grand chemin. Vous n'avez aucun droit sur cet objet. C'est une relique sacrée, et sa place est dans la maison de Dieu. »

Napoléon regarda tout autour de lui, comme pour chercher la maison en question : geste moqueur que le prêtre aurait pu voir du coin de l'œil s'il n'avait pas gardé les yeux au sol devant l'endroit où il était agenouillé.

« Ça ? demanda Napoléon en montrant le dallage. Dieu a tellement de maisons. Pourquoi celle-là et pas une autre ?

— Ce sont nos fondateurs, mis à la tête de cet ordre avec la bénédiction de Dieu, qui ont déposé cet objet à Malte. C'est ici qu'est sa place. Poursuivez votre chemin, général. Laissez cet anneau, je vous en conjure, ou il attirera sur vous de grands malheurs.

— Très bien », répondit le général, sur quoi, saisissant le prêtre par la nuque, il le souleva à bout de bras.

Le prêtre fut étonné par la force de ce petit homme. Si sa stature était médiocre, une vigueur insoupçonnée se cachait sous son uniforme militaire.

« Conduisez-moi au reliquaire, ou je donne l'ordre de tuer : moines, prêtres, serviteurs de l'Église, tout le monde y passera. Et si vous refusez toujours, je m'en prendrai à la population de la ville. »

Le prêtre tressaillit, et leva vers le général un regard où se lisait la stupeur : « Vous ne pouvez pas tuer ici. Ceci est un lieu de culte.

— Mais personne ne mourra dans ce… lieu saint », ironisa Napoléon, non sans cynisme.

La splendeur des églises l'avait souvent intrigué. Pourquoi les fidèles tenaient-ils à les parer d'une telle magnificence alors que la divinité qu'ils vénéraient ne leur témoignait aucune gratitude et n'avait aucunement besoin de telles richesses ? Il réprima un ricanement pour ne pas enlever à sa menace tout accent de sincérité. Non pas que Dieu ne dût être honoré ; mais pourquoi de tels fastes ?

Des bruits de pas résonnèrent sur les pavés, et le prêtre ne put se retenir de regarder qui approchait, espérant sans doute voir arriver son sauveur venu chasser ce général sans foi ni loi. Il savait que quelque chose se tramait. Napoléon n'avait-il pas envahi Malte – un pays neutre – en toute illégalité ?

Le cœur du prêtre se remplit d'espoir lorsqu'il vit arriver un chevalier, même si celui-ci ne semblait pas se précipiter à son secours. Il portait son glaive à son flanc, et son mousquet se trouvait encore dans son étui, suspendu à l'épaule. Là n'étaient pas ses seules armes, le prêtre le savait. Les chevaliers ne montraient tout leur arsenal que lorsque la situation l'imposait.

Pourquoi une telle lenteur ? Ce gardien de l'ordre de Malte ne manifestait aucune hâte.

« Ah, dit le général au moment où il l'aperçut. Ravi de vous voir. Notre ami semble peu disposé à me livrer cette relique.

— Bien sûr », lui répondit le chevalier. Il parlait français avec un léger accent de la région de Toulon, d'où était justement partie toute cette expédition. « Il a fait serment de la protéger.

— Je vois. Donc, ce sera la mort, mon père ? »

Napoléon n'avait pas la moindre intention de tuer un prêtre. Il avait beau ne pas être fervent, et même avoir une conception très libre de la religion, il ne voulait pas tenter le sort. Qui sait ?

« S'il le faut, répondit le prêtre. Je mourrai avec joie pour empêcher qu'elle tombe entre vos mains.

— Sortez vos mouchoirs ! » s'exclama le chevalier. Patriote convaincu, Jean-Antoine Coulture était l'un des nombreux Hospitaliers à avoir pris le parti de Napoléon dans le siège de Malte. « Venez, général. Je vais vous emmener au reliquaire. »

Napoléon toisa le prêtre d'un sourire narquois. « Il semblerait que nous puissions nous passer de vos services. Mais je tiens à ce que vous soyez de la partie. »

Le chevalier saisit le prêtre par l'épaule et fit un geste vers une porte à gauche.

Le prêtre secoua la tête. « Mon fils, tu sais bien que le reliquaire est par là-bas. » Il pointa le doigt dans une autre direction.

« Non, répondit le chevalier. Pas celui-là. Ça, c'est celui des paroissiens et des protecteurs de ce lieu. Tu crois peut-être que je ne sais pas où se trouve vraiment la main de saint Jean-Baptiste ? »

Le prêtre déglutit, craignant que sa tentative ne lui coûte le seul bien qui lui restait encore.

Le chevalier les emmena jusqu'à la porte, puis l'ouvrit, et fit signe au prêtre d'entrer le premier. Il passa après lui, laissant le général fermer la marche.

Les trois hommes pénétrèrent dans un petit couloir aux murs éclairés par des chandeliers aux plateaux débordants de cire. Les flammes vacillantes des bougies émettaient une étrange lueur jaune. Ils rejoignirent au fond une autre porte, lourde, en bois de chêne, maintenue en place par des gonds robustes et par un loquet fait du même métal. Elle était très différente de la porte aux motifs dorés de la nef, presque austère en comparaison.

« Ouvrez-la », dit le chevalier.

Le prêtre envisagea un instant de mentir en prétendant qu'il n'avait pas la clé, mais le chevalier ne l'aurait pas cru. Le mensonge était contraire à ses principes, à la fibre même de son être. Si l'honnêteté lui faisait défaut, quelles qualités lui restait-il ?

Il sortit de la poche de son habit un petit trousseau où n'étaient attachées que quatre clés.

Napoléon se dit que l'une d'entre elles ouvrait le bâtiment de l'extérieur ; une autre, les appartements du prêtre ; la troisième, autre chose, peut-être des bureaux ;

quant à la quatrième, il le savait, elle entrait dans cette serrure.

Le vieil homme inséra la clé et actionna le mécanisme. La porte s'entrouvrit dans un bruit de verrou et une odeur humide et moisie s'échappa de l'ouverture, s'affirmant ensuite de plus en plus. Derrière, un sombre escalier descendait en spirale dans les tréfonds de la cathédrale, et le général ignorait ce qui les attendait. Il franchissait la limite des connaissances qu'il avait acquises sur le lieu et s'en remettait entièrement à Jean-Antoine.

Le chevalier décrocha une première bougie, qu'il remit aussitôt au général avec son présentoir avant d'en prendre une deuxième pour lui sur le mur d'en face.

« Venez », dit-il au prêtre avec une voix pleine de douceur et de respect, sans trace de mauvaises intentions.

Ces égards durent rassurer le vieil homme, car, après un hochement de tête prolongé, il s'engagea dans les ténèbres.

Les trois hommes descendirent à petits pas et avec force précautions sur les marches humides, conscients qu'une seule imprudence pouvait leur valoir des fractures, des entailles, voire des blessures plus graves encore.

En bas, ils arrivèrent dans une crypte remplie de cercueils de pierre où étaient gravés les noms et les titres des grands maîtres qu'ils contenaient, avec des gisants à leur effigie sur les couvercles.

Tout au fond, les trois hommes aperçurent un objet qui leur renvoya le reflet de leurs bougies.

« Nous y voilà », dit le général en écarquillant les yeux dans les ténèbres. Il tendit sa bougie devant son épaule droite et la lueur porta plus loin, jusqu'à l'autre bout de la crypte.

Il s'élança sans attendre les autres et s'arrêta juste devant le sanctuaire. La table, de marbre pur, était surmontée d'un dais d'or et d'argent recouvert sur toute sa surface d'un jeu complexe de reliefs et d'ornements sculptés. Sur le plateau se trouvait le trophée convoité par Napoléon depuis le jour où le projet de conquête d'Alexandrie avait été proclamé.

L'ancienne cité d'Égypte était assurément sa cible. En la prenant, non seulement il affaiblirait l'ennemi britannique dans cette zone, mais il légitimerait ses propres revendications de manière à pouvoir distribuer des terres et des titres à ses hommes le moment venu.

Alexandrie n'était pourtant qu'une partie du grand projet de Napoléon, un simple morceau dans un puzzle. L'objet caché sous son étui doré le mettrait en mesure de rassembler les autres pièces.

Il posa sa bougie religieusement sur le plateau marbré. Ses yeux se figèrent sur l'objet au centre de l'autel. C'était un gant en or, remontant jusqu'au coude. Un doigt était bizarrement crocheté vers la paume tandis que les autres demeuraient droits, tendus vers l'extérieur. Une ouverture pratiquée dans le dos du gant laissait voir une partie de l'os à l'intérieur.

Passé cet instant de respect, Napoléon se saisit de l'objet.

Le prêtre faillit suffoquer à la vue de ce sacrilège et recula instinctivement d'un pas, craignant d'être happé par les profondeurs de la terre.

« Que faites-vous ? » demanda-t-il d'une voix incertaine.

Napoléon ne prit pas la peine de se retourner. « Vous le savez parfaitement.

— C'est la main de saint Jean-Baptiste ! s'étrangla le prêtre. Vous ne pouvez pas toucher une telle relique. Seuls ceux que Dieu a désignés sont investis de ce droit. » Là-dessus, le vieil homme se signa plusieurs fois, faisant sans doute ses prières.

« Je sais bien à qui appartient cette main. » Le général sortit l'avant-bras de son gant en or. La main suivit, frottant tout le long de son habitacle jusqu'au moment où la dernière phalange fut libérée. Sur l'annulaire de cette main squelettique brillait ce que Napoléon était venu chercher. Entre le pouce et l'index de la main gauche, il retira un anneau d'or dont il admira un instant l'éclat à la lueur de sa bougie. Il ne comportait pas de pierre précieuse, seulement une gravure en araméen que le général était incapable de déchiffrer et qu'il n'avait aucune envie de se faire traduire. Il était venu là pour prendre l'anneau, pas pour suivre un cours de langue. Il ôta ses deux gants de cuir et glissa l'anneau à son doigt.

Il était à sa taille, exactement.

« Seigneur, pardonne-nous ! s'exclama le prêtre, qui se signa encore, priant cette fois à voix haute. « Reposez-le, ou soyez maudit à jamais. »

La menace glissa sur le général.

« Gardez la main, lança Napoléon. Désormais, l'anneau est à moi. »

1

Inlet Beach, Floride

Sean Wyatt aurait bien aimé avoir un de ces petits paniers en plastique. Rien n'y faisait, chaque fois qu'il partait faire ses courses il répétait la même erreur. N'ayant que deux ou trois achats à faire, il se disait toujours que ses deux mains suffiraient, et il passait l'entrée sans prendre de panier, ni à poignée ni à roulettes.

Ça se terminait toujours de la même manière.

Enfin, pas tout à fait comme ce jour-là non plus.

D'habitude, il faisait ses courses dans une épicerie, mais ce jour-là il se trouvait dans une station-service. Il était venu acheter quelques boissons avant de partir pour la plage avec sa femme, Adriana.

Non seulement le point de vente était différent, mais il y avait un homme armé qui braquait son revolver sur la tête de la caissière.

Terrifiée, la jeune femme était incapable de réagir ou même de comprendre ce qui lui arrivait. Le rouge de ses cheveux n'était pas naturel. Il évoquait plutôt des griottes tombées de l'arbre, et son carré partait en diagonale à partir du menton, plus court à l'arrière de la tête. Une mèche blanche isolée tombait devant son oreille gauche. Elle avait le teint pâle, un peu comme si elle n'avait jamais vu la lumière du soleil, ce qui, dans les parages, relevait de la bizarrerie. Sur l'Emerald Coast, les gens passaient en général le plus clair de leur temps à bronzer sur le sable.

Elle avait au maximum vingt et un ou vingt-deux ans. Elle portait un anneau à la narine droite et différents piercings aux oreilles. Elle avait aussi un tatouage de papillon sur la nuque. Et, tout à coup, voilà qu'elle était menacée par un cambrioleur.

Sean fléchit instinctivement les genoux, ce qui lui bloqua en partie la vue.

« J'ai dit : ouvre la caisse ! Ouvre le coffre ! » hurla de nouveau l'agresseur. C'était sa première injonction qui, juste avant, avait alerté Sean.

Sean était parti prendre quatre canettes de Coca-Cola dans le réfrigérateur situé au fond de la boutique et il retournait vers la caisse lorsqu'il avait entendu ses cris.

L'homme agitait maintenant son revolver sous le nez de la jeune femme. Sean regrettait de ne pas avoir pris son arme. C'était le deuxième point, après le panier de courses. Il ne sortait presque jamais sans son Springfield .40 XD, mais, ce jour-là, il était en vacances. Il pouvait quand même partir à la plage sans être obligé de jouer les cow-boys !

Pourtant, il se retrouvait dans une station-service avec les mains remplies de canettes de Coca-Cola et sans arme sur lui. S'il avait au moins pensé à prendre un panier, il aurait pu se débarrasser des canettes, chercher une meilleure position et détourner l'attention du voleur. Le principal, c'était que ce type cesse de braquer la caissière. Derrière la caisse, Sean le savait, se trouvait un bouton d'alerte. Et sans doute également un revolver.

La plupart des boutiques de ce genre avaient le même mode de fonctionnement : l'employé de caisse déposait l'argent au coffre, à moins qu'un directeur de magasin – ou un convoyeur armé – n'intervienne pour le transporter à la banque ou à une borne de dépôt. Le voleur non seulement n'ignorait pas ce système, mais connaissait même l'emplacement du coffre, dans le mur derrière la caisse.

« Je… je n'ai pas accès au coffre », bredouilla la caissière. Sean l'entendait parler pour la première fois depuis le début de la scène.

L'homme l'accabla d'injures. « Je sais que tu mens. Je t'ai déjà vue l'ouvrir. »

Premier indice. Cet homme était un client régulier. Il était déjà venu faire des repérages et observer, sans doute à des heures creuses où la boutique était peu fréquentée ou ne comptait qu'un seul client, comme Sean. Des voitures passaient devant la station-service, mais personne ne prenait d'essence ni ne faisait d'achats. Ce lieu n'était pas franchement touristique, mais Sean se réjouissait de sa proximité avec la résidence de l'IAA.

Sean sentit à la voix de l'agresseur qu'il perdait les fameuses pédales, et il savait que, dans un cas pareil, le pire était à craindre. Il reconnaissait cet accent de désespoir caractéristique. Grâce à ses études de psychologie et à sa formation d'agent du gouvernement fédéral, il savait interpréter les intonations de la voix et les mouvements du corps de manière à prédire les intentions de la cible.

La conclusion ne laissait aucun doute : si Sean n'agissait pas immédiatement, la jeune employée de caisse sortirait les pieds devant.

Il recula à pas prudents, prenant soin de ne pas buter contre un présentoir de paquets de chips ou de crackers. Il trahirait sa position en temps voulu, lorsque sa priorité numéro un serait devenue de détourner l'attention du cambrioleur. Ne pas attendre eût été une erreur.

Arrivé tout au fond de l'allée, il fit un pas chassé puis s'accroupit sans faire de bruit. Sean avait remarqué que les articulations de ses genoux craquaient plus souvent avec l'âge. Heureusement, cette fois-ci, elles restèrent silencieuses.

Il posa deux canettes au sol et garda les deux autres dans une main. Toutes glacées qu'elles étaient, elles ne serviraient plus de rafraîchissement pour un après-midi à la plage, mais de projectiles susceptibles de sauver une vie.

Sean se redressa de toute sa hauteur.

La jeune femme l'aperçut et ne put cacher sa surprise.

Loin d'être pris au dépourvu, Sean avait anticipé cette réaction. Il préférait mille fois voir le cambrioleur tourner la tête vers lui en suivant le regard de la caissière que de le voir attiré de l'autre côté par un bruit inconnu. Il y a de quoi perdre ses moyens dans ce cas, surtout quand on a quelque chose à se reprocher.

Cet agresseur-là semblait particulièrement nerveux, le doigt sur la gâchette, prêt à défoncer le crâne de la jeune malheureuse à la moindre contrariété.

Sean ne s'était pas trompé dans son évaluation de la situation.

Dès qu'il remarqua la surprise de la jeune femme, le voleur se tourna, le revolver toujours à bout de bras.

Sauf que l'allée était déserte. Personne. Derrière lui, quelque chose se referma soudain. Il se retourna, et s'aperçut que la caissière avait disparu. Elle ne pourrait pas rester cachée longtemps derrière sa caisse. Il s'apprêtait à sauter par-dessus lorsqu'une voix l'arrêta en pleine action.

« Pas la meilleure idée », lui lança Sean, assez haut et clair pour ne laisser aucun doute possible sur le sens de ses paroles, ni sur le fait qu'il se trouvait dans la boutique.

Sean n'était pas habitué à ce genre d'adversaire. Les voleurs avaient de la suite dans les idées, mais ils se montraient souvent négligents sur les détails. Une personne plus intelligente serait partie du principe qu'il pouvait y avoir un autre client, Rosemary Beach se trouvant à deux pas de là.

Cet homme-là, cependant, n'y avait pas songé, et c'est ainsi qu'il se retrouvait confronté à un ennemi invisible.

Lorsqu'il essaya de voir d'où venait la voix, il se retrouva encore une fois face à deux allées désertes. Il ne pouvait pas voir jusqu'au fond des autres allées, et cela lui posait problème. La présence manifeste d'une tierce personne venait bouleverser tous ses plans.

« T'es où ? Sors ou je bute la fille. »

Il misait sur les valeurs chevaleresques, qui, si elles semblent faire défaut dans le monde d'aujourd'hui, sont toujours bien ancrées dans les esprits. Les malfaiteurs jouent volontiers de cette faiblesse – complexe du sauveur selon les uns, du Bon Samaritain selon les autres – et savent que, face à la menace, les gens courent immanquablement, soit pour aider autrui, soit pour se protéger.

Le voleur était manifestement prêt à ces deux éventualités.

S'il fuyait à toutes jambes, une option à laquelle il ne songeait pas une seconde, Sean révélerait sa position et offrirait une proie facile. Il lui restait encore le choix entre l'effet de surprise et le plan d'évasion.

Trop occupé à essayer de localiser Sean, le voleur n'aperçut pas son reflet sur les portes vitrées des réfrigérateurs. Sean, qui avait réussi à se déplacer sur sa gauche jusqu'à la dernière allée, voyait pour sa part sans difficulté son reflet sur la dernière porte : le voleur tenait toujours son revolver pointé vers le fond de l'allée qu'il venait de quitter.

« Je compte jusqu'à trois. Montre-toi, ou je tire. »

Sean se demanda ce que faisait la jeune femme. Sans doute ignorait-elle comment se servir du revolver qui était caché derrière la caisse. Avec un peu plus d'ancienneté, elle aurait au moins reçu une formation de base. Elle n'avait cependant rien à se reprocher. La situation était inédite, terrifiante pour quelqu'un qui n'avait jamais été visé par une arme à feu, à bout portant, avec menaces.

Sean retira un paquet de bœuf séché sur le présentoir qui se trouvait devant lui.

« Un ! » lança le voleur.

Depuis le début, il avait l'accent de la Floride. Sans doute venait-il d'une zone agricole ou d'une petite ville plus au nord, voire de l'autre côté de la frontière de l'Alabama. Mais peu importaient ses origines. La seule chose qui comptait aux yeux de Sean, c'était de l'abattre.

Il lança le paquet de bœuf dans les airs et l'entendit s'écraser trois allées plus loin contre ce qui lui parut être un paquet de chips.

Dans le silence total de la boutique, le froissement du sachet fit l'effet d'une grenade. L'homme tourna légèrement sur sa droite et tira deux balles qui éventrèrent des paquets de tortillas. Des morceaux se répandirent dans les airs et jusque dans l'allée suivante.

Le bruit dans l'espace confiné de la boutique était assourdissant, mais Sean garda tout son sang-froid. Il ne comptait plus le nombre de fusillades dans lesquelles il avait été impliqué, et il s'estimait heureux de ne pas avoir de problèmes d'audition après toutes ces années. Ces deux détonations aggraveraient encore sa situation, mais il ne pouvait rien y faire.

Il prit un autre paquet de bœuf séché et attendit, suivant des yeux sur les portes du réfrigérateur le reflet du criminel en train de s'avancer vers la deuxième allée. Sean lança ce deuxième paquet plus haut et plus loin que le premier, en changeant de trajectoire. Cette fois-ci, il visa la caisse. Le paquet rebondit sur un présentoir de chewing-gums, avant de retomber par terre. Le voleur se tourna encore une fois, heureusement sans tirer. Plus jamais Sean ne pourrait dormir sur ses deux oreilles si la jeune fille sortait un tant soit peu blessée de cette agression.

Le bref instant où le voleur lui tourna le dos permit à Sean de saisir un troisième paquet. Il le jeta de toutes ses forces vers l'avant de la boutique et entendit le choc qu'il fit contre une matière plastique qui semblait être celle d'un pack de bouteilles d'eau.

Le voleur tira une troisième balle, avant de regagner sur sa gauche une zone proche de la sortie, au bout de la première allée.

Sean, saisissant sa chance, se redressa avec une canette de Coca-Cola dans la main droite. Il n'avait jamais fait d'étincelles au base-ball. Il avait une petite expérience de lanceur, mais les *strikes* ne lui avaient pas appris à générer de la vitesse. La précision était par ailleurs primordiale. S'il ratait sa cible, il ne lui resterait qu'une seule chance, et il devrait lancer son deuxième projectile sans perdre de temps.

Il fit un pas en arrière, comme pour envoyer la balle de la troisième base à la première, et lança sa canette. Le voleur perçut un mouvement et, en se retournant, vit la canette qui filait droit sur lui. Il fit feu, sans doute paniqué. La balle ricocha au sol et vint éventrer une bouteille d'huile sur l'étagère voisine. Un épais liquide ambré commença à s'écouler, mais il n'en vit rien.

Sean avait visé juste, et le fond de la canette lui entra en plein dans l'œil droit.

Le choc fut terrible. Il y eut un craquement à l'arcade, et la paupière s'affaissa aussitôt. Dans son infortune, le voleur eut néanmoins la chance de ne pas avoir été frappé à la tempe, car il serait mort sur le coup. Peut-être ce sort eût-il mieux valu.

L'homme hurla de douleur et, portant la main à son œil, laissa tomber son arme.

Sans attendre d'invitation, Sean bondit hors de sa cachette et fila jusqu'à l'entrée de la boutique pour lui rentrer dedans d'un coup d'épaule.

« Oumph », soupira le voleur.

Il le poussa ensuite contre les immenses baies vitrées à l'avant de la boutique, et la moitié gauche de son visage vint cogner dans un bruit sourd contre le cadre métallique, sans aucun doute avec quelques fractures supplémentaires.

Sean sentit le corps du malfaiteur s'affaisser et le laissa lentement s'écrouler jusqu'au sol. La canette lui avait laissé une profonde entaille dans la joue, et un flot de sang coulait.

Sean se tourna instinctivement vers le coin de la boutique où il avait entendu tomber l'arme. Il la ramassa, et ouvrit la culasse autant de fois que nécessaire pour ne plus voir jaillir aucune cartouche de la fenêtre d'éjection. Puis il sortit le magasin, de même que la culasse et plusieurs autres éléments du mécanisme, qu'il jeta l'un après l'autre sur le carrelage à côté du corps inerte.

« Il est K-O, lança Sean d'un ton dégagé, en espérant que la caissière n'allait pas sortir armée de sa cachette en le prenant pour le voleur. Et j'ai les mains en l'air », ajouta-t-il, inquiet de cette dernière éventualité.

La jeune femme hésita d'abord, mais s'aperçut qu'il n'avait pas la même voix que son agresseur. « D'accord. Je sors. »

Deux mains pâles apparurent, et la caissière se releva petit à petit. Elle avait les joues rouges, et les yeux remplis de larmes.

« Il n'y a plus de danger », dit Sean.

La jeune femme promena ses yeux verts sur le corps inerte. Prise d'un nouvel accès de panique, elle demanda : « Il est… ?

— Mort ? Non, dit Sean en terminant la question à sa place. Je ne crois pas. Mais il va morfler au réveil. D'ailleurs, vous feriez mieux d'appeler les flics. »

Elle chercha son téléphone, posé à côté de la caisse.

« Ça vous dérange si je… ? » demanda Sean en montrant le fond de la boutique comme pour terminer ses courses.

La jeune femme resta d'abord interdite, puis eut un hochement de tête lorsqu'elle entendit quelqu'un décrocher.

Elle expliqua ce qui s'était passé : l'irruption du cambrioleur qui était maintenant étendu par terre sans connaissance.

Sean alla prendre quatre autres canettes avant de retourner tranquillement vers la caisse. La jeune femme voulut l'empêcher de payer, mais il sortit un billet de dix dollars et le posa sur le comptoir.

« Gardez la monnaie.

— Un instant ! dit-elle en oubliant son interlocuteur à l'appareil. Où allez-vous ?

— À la plage. »

2

Rosemary Beach, Floride

La plage dut encore attendre une quarantaine de minutes.

À peine avait-il mis le pied dehors que Sean entendit arriver le hurlement familier des sirènes. Il fut surpris par la rapidité de l'intervention, vu le petit nombre de postes de police sur ce tronçon de route.

La plupart se trouvaient à Panama City, vers l'est, ou à Pensacola, à environ une heure de route vers l'ouest. Certes, il y avait des antennes éparpillées entre les deux, mais les stations balnéaires étaient si nombreuses que la majeure partie de la zone était surveillée par des agents du comté et de l'État.

La brigade qui avait répondu à l'appel devait déjà se trouver dans la zone, se dit Sean.

Il répondit à toutes les questions qui lui furent posées, déclina son identité et ses coordonnées, fit sa déposition, puis repartit lorsque les policiers purent le libérer jusqu'à nouvel ordre. Il savait en effet qu'ils pouvaient revenir à tout moment pour lui poser d'autres questions et que généralement ils ne s'en privaient pas. Puisqu'il n'était pas du comté de Walton et qu'il n'avait pas, techniquement, commis de crime, ils n'avaient aucune raison de le retenir ni d'engager de poursuites contre lui.

La nouvelle qu'un cambrioleur avait été neutralisé par un civil avait déjà fait accourir quelques journalistes, par petits groupes. L'étau s'était resserré à mesure que progressait l'interrogatoire, et leur échapper n'avait pas été une mince affaire. Sean connaissait pourtant un raccourci par les bosquets et les buissons situés derrière la station-service, qui lui permettait de déboucher sur une route en retrait de l'US 98, d'où il pouvait regagner l'axe principal puis la résidence de l'IAA.

Sitôt dans une petite rue, il chercha son téléphone au fond de sa poche. Il avait une douzaine de SMS. De Tommy, et d'Adriana.

Tommy avait acheté cette maison pour en faire une résidence balnéaire à l'usage de l'International Archaeological Agency, qu'il avait fondée pour le recouvrement et la restitution d'objets patrimoniaux. Sean et lui étaient meilleurs amis depuis l'enfance, et Sean avait trouvé tout naturel de le rejoindre après avoir quitté Axis, ce groupe d'intervention fédéral top secret dont le siège se trouvait à Atlanta.

Lorsque Tommy lui avait confié son acquisition, il n'avait rien trouvé à redire : non seulement il aimait l'Emerald Coast depuis toujours, mais il avait vécu un certain temps à Destin, tout au bout de la presqu'île, quelques années plus tôt, même si ça n'avait pas marché. Il s'était aperçu que cette région ne pouvait lui offrir qu'un refuge périodique : d'autres parties du monde, d'autres missions l'appelaient.

Poussant un soupir, il hâta le pas jusqu'au coin, où il tourna à gauche sur East Water Street, s'engageant ainsi dans le labyrinthe d'allées et d'impasses qui desservaient les résidences balnéaires de Rosemary Beach. Il ne voyait pas l'intérêt de répondre aux SMS, puisqu'il serait bientôt rentré.

Lorsqu'il ouvrit la porte, il trouva Tommy, Adriana et June debout dans la cuisine, l'air inquiet. Dès l'instant où ils l'aperçurent, cependant, ils furent soulagés.

« Où étais-tu ? lui demanda Adriana de ce ton qui ne passe que dans la bouche d'une épouse, cocktail d'amour et de colère, un peu comme une margarita au bord salé.

— Je suis parti chercher du Coca-Cola pour la plage, répondit Sean en haussant les épaules.

— On a entendu la police, glissa Tommy.

— Oui, moi aussi », avoua Sean non sans malice, avant de déposer les canettes sur le plan de travail. Il sortit des glaçons du réfrigérateur et en remplit une glacière sur sa gauche. Lorsqu'il se retourna, il les vit tous les trois en train de le toiser, les bras croisés, d'un air de soupçon.

« Quoi ?

— Qu'est-ce que tu as fabriqué ? » lui demanda Adriana en fronçant le sourcil. Elle planta ses mains sur ses hanches et tourna la tête sur le côté, sa queue-de-cheval brune retombant sur son épaule droite.

« Eh, mollo, l'Inquisition espagnole », répondit Sean en levant les deux mains en l'air comme en signe de reddition.

Cette réponse amusa Tommy. Adriana Villa était originaire des environs de Madrid. Tous les trois s'étaient rencontrés dans des circonstances périlleuses, et Tommy avait lui-même rencontré sa femme, cette blonde ravissante qu'était June Holiday, dans une situation tout aussi angoissante. Elle s'était révélée agent secret.

Rien de plus naturel qu'ils le soupçonnent d'être allé se fourrer dans une drôle d'histoire.

Sean soupira. « D'accord, très bien. Je me rends. Un petit chat était monté dans l'arbre. Je... j'ai dû surmonter ma peur et... heureusement, j'ai réussi à le rattraper pour le rendre à ses propriétaires, une famille avec une petite fille de quatre ans. » Son ironie devenait plus palpable à chaque syllabe.

« Ça devient agaçant », dit Adriana en faisant un pas dans sa direction.

Elle était vêtue de son bikini, avec un short de joggeuse et un débardeur par-dessus. Les muscles de ses bras et de ses cuisses saillaient à chaque mouvement. « Et je n'aime pas être agacée. »

Soudain nerveux, Sean passa sa langue sur sa lèvre supérieure, puis recula en essayant de l'arrêter d'un geste de la main, mais il était trop tard.

D'un bond, Adriana le fit tomber à la renverse avant de finir à califourchon sur sa poitrine. Puis elle lui saisit les poignets et le cloua littéralement au sol.

« Dis, Schultzie, euh... Ça t'ennuierait de nous laisser seuls deux minutes ? Une querelle de ménage. »

Tommy avança d'un air diabolique, June à côté de lui. « Raconte-nous ce qui s'est passé, et on lui dira de ne pas te faire de mal. »

Sean poussa un soupir exaspéré. « OK. Cambriolage à la station-service. Ou du moins tentative.

— Je comprends mieux. Et tu as neutralisé le type. C'est ça ?

— Oui, admit Sean. Je n'ai pas pu faire autrement. »

June secoua la tête. « C'est incroyable. Je n'ai jamais connu personne qui se fourre dans le pétrin à ce point.

— Parce que toi, peut-être…, dit Sean.

— Moi, au moins, je gagne ma vie, répliqua June.

— Touché.

— Tentative de cambriolage ? » lui demanda Adriana en se relevant, avant de lui tendre la main.

Une fois remis debout, il s'épousseta le dos, même s'il était parfaitement propre. « Un type pas très futé, dit Sean. Il avait des vues sur la caisse et sur le coffre. Il semblait avoir fait ses repérages et il était venu pile à l'heure du transfert d'argent.

— Plutôt futé, alors, pour un cambrioleur.

— Oui, je me suis sans doute mal exprimé, mais il avait compté sans la présence d'un client au fond de la boutique. Je m'en suis bien tiré.

— Nous y revoilà, dit Tommy en roulant les yeux, mains sur les hanches. Toujours autant de modestie.

— En tout cas, dit Sean, amusé, les flics ont débarqué et ils m'ont posé pas mal de questions. Désolé d'avoir tant tardé. »

Un léger rire salua ces excuses. Adriana vint l'enlacer et l'embrassa vigoureusement, puis, reculant, elle plongea les yeux dans son regard bleu-gris, avant d'ébouriffer sa tignasse blonde de sa main droite.

« Quoi ? demanda-t-il rêveusement.

— Tu as le chic pour te fourrer dans les bons coups, *mi esposo*.

— *Quizás*, répondit-il en espagnol. Peut-être.

— Vous voulez toujours aller à la plage, ou vous avez laissé tomber ? demanda June en prenant une canette sur le comptoir. Parce que moi, ça me fait toujours envie. Mes pieds ne demandent qu'à fouler le sable chaud.

— Un point pour June », dit Tommy, soudain arraché à la discussion par le doux sourire de sa femme. Il prit une canette à son tour et, lorsqu'il se retourna vers la porte, se figea sur place.

June, à deux pas du seuil, était pétrifiée, les yeux braqués sur un imposant personnage aux épaules carrées. Il avait des cheveux bruns, courts, coupe militaire, et le visage hâlé, rasé de près, avec un menton fin malgré une mâchoire large et forte. Il était clair qu'il faisait des exercices quotidiens. Son costume étroit contenait à peine ses épaules et ses pectoraux.

Sean glissa discrètement de quelques centimètres sur sa gauche. Il avait caché une arme de poing dans le tiroir du haut juste à côté du lave-vaisselle. Pas son calibre .40 habituel, mais de quoi faire l'affaire.

« Ne prenez pas cette peine, monsieur Wyatt. Je ne suis pas venu vous faire de mal. » L'homme leva lentement les mains en signe de paix. Il avait un étrange accent, difficile à situer.

« Puisque vous savez que je cache un revolver dans ce tiroir, dit Sean, j'ai plutôt l'impression que vous êtes dangereux. Je suis prêt à parier que vous avez des sentinelles autour de la maison, et que l'un de vos hommes m'a dans le viseur en ce moment même.

— Quelle pénétration… Je n'en attendais pas moins de vous. Votre réputation semble bien méritée. Il n'y a pas d'arme braquée sur vous, mais des hommes dans des véhicules. J'ai préféré venir seul, car, avec quatre gardes du corps, je vous aurais peut-être mis sur une fausse piste. »

Sean fut tout à coup rassuré. « Je vous en prie, faites comme chez vous, dit-il avec un mouvement de tête vers les canettes.

— Non, merci. Je ne bois pas de soda.

— Et qui êtes-vous ? demanda Adriana en croisant les bras et en reculant d'un pas comme devant un serpent. Comment nous avez-vous trouvés ? Que voulez-vous ?

— Voilà des questions légitimes, et comme j'avais prévu que vous en poseriez toute une série, je vais m'empresser d'y répondre. Je m'appelle Gabriel Bodmer. »

Sean eut un hoquet de surprise en reconnaissant l'insigne qui brillait au col de son costume.

« Je suis le commandant de la Garde suisse. »

Tout le monde échangea des regards.

Sauf Sean, qui ne détacha pas ses yeux du commandant. Il arrivait enfin à situer l'accent. Bodmer était un nom suisse, et sa façon de parler trahissait une enfance au carrefour de multiples influences, une caractéristique qui pouvait compliquer la tâche, même pour des linguistes aguerris. Sean arrivait maintenant à démêler le mélange de français et d'allemand dans l'accent du commandant malgré son anglais impeccable, une qualité peu surprenante pour quelqu'un de son rang.

La Garde suisse avait la charge de la protection du Vatican et en particulier du pape lui-même.

« Pour ce qui est de vos questions, j'espère que vous me permettrez de ne pas vous expliquer comment je vous ai trouvés. Je dirai simplement que nous ne manquons pas de ressources. Et, pour aller à l'essentiel, nous avons besoin de votre aide. »

3

Rosemary Beach

« Besoin de notre aide ? répéta Tommy.

— Le Vatican ? ajouta June d'un air sceptique.

— Oui, confirma Bodmer. Vous permettez ? » Il désigna la pochette gauche de son blazer et, devant l'approbation générale, en sortit une lettre. « Ce document vous prouvera mon identité et la raison de ma venue, au cas où vous auriez besoin d'un mandat officiel. »

Sean invita Bodmer à s'installer à table pour poursuivre la conversation.

Tout le monde brûlait d'envie de voir à quoi pouvait bien ressembler un mandat officiel du Vatican, mais personne ne tendit la main vers l'enveloppe, même quand Bodmer la fit glisser vers le milieu de la table.

« Il y a eu un meurtre au Vatican », dit-il sobrement en se renfonçant dans son fauteuil et en croisant les jambes. Ces paroles brutales les laissèrent tous bouche bée. « Pour l'instant, personne à part vous n'est au courant en dehors de l'enceinte du Vatican. Mais je crois que je peux vous faire confiance. »

Ce n'était pas une question. C'était une déclaration, qui ne laissait aucun doute sur sa portée.

« Nous savons garder un secret, dit Sean en se redressant, soudain sur ses gardes. Mais la question, c'est : dans quel but ? Le secret n'a de sens que si cette affaire compromet une personne haut placée.

— Vous n'êtes quand même pas en train de nous dire que le pape… » June ne put aller au bout de sa phrase.

« Non. Pas Sa Sainteté, clarifia Bodmer. Mais un cardinal.

— Ça reste une affaire grave, dit Sean. Il est clair que le Vatican n'a pas besoin de ce genre de scandale.

— Et pas n'importe quel cardinal, mais le favori à la succession du pape.

— Le pape est-il donc malade ? demanda Tommy.

— Pas que je sache, mais il vieillit. Nous savons que le jour n'est plus si loin où il faudra le remplacer. Mgr Alfred Klopp était le mieux placé jusqu'à maintenant. Il s'est montré extrêmement capable, et je n'aurais pas été surpris de le voir élu sans cet… incident.

— Vous en parlez comme si ce n'était pas un homicide.

— Ne vous méprenez pas, monsieur Wyatt…

— Appelez-moi Sean.

— Si vous y tenez. Il s'agit bien d'un homicide, mais cette affaire n'a rien d'ordinaire. Nous devons faire preuve de discrétion.

— Secret d'État, dit Sean non sans cynisme.

— Sean, je comprends vos sarcasmes, mais le meurtrier est en liberté. Nous avons besoin de votre aide. Et nous devons le traquer avant qu'il ne soit trop tard, ajouta Bodmer en se tournant vers Tommy.

— En liberté ? demanda Tommy. Le traquer ? Vous aviez pourtant l'air de savoir qui avait fait le coup. Mgr Cup, pour ne pas le nommer.

— Klopp, rectifia Bodmer. Oui, il est en résidence surveillée au Vatican. Les autorités italiennes ont été alertées.

— Mais vous êtes convaincu de son innocence », comprit enfin Sean, qui alla s'appuyer dans l'embrasure d'une porte proche, à l'entrée d'un couloir. Il regarda Bodmer, installé sur sa chaise. Le plateau de la table, en bois blond non traité, évoquait une propriété rurale. Le décorateur avait déployé le même style dans presque toute la maison. « Et vous êtes venu nous voir parce que vous n'avez pas d'autre piste.

— Effectivement. Nous ne croyons pas à la culpabilité de Klopp. Nous pensons qu'il est tombé dans un piège.

— Dans un piège ? demanda Adriana après un temps de réflexion.

— La victime était elle aussi un cardinal. » La voix du commandant de la Garde suisse se chargea d'amertume, comme s'il s'agissait d'un homme qu'il avait fréquenté. Dans l'enceinte du Vatican, on croisait sans doute souvent les mêmes personnes, et Bodmer connaissait forcément ce haut cardinal. Il avait pour mission d'assurer sa sécurité, ainsi que celle de tous les autres hommes de Dieu. « C'était un homme bon, même s'il avait des divergences de fond avec Klopp.

— Le motif paraît tout trouvé, dit Sean.

— C'est vrai. Mais, ce soir-là, le cardinal Klopp n'était pas chez lui. Quelqu'un s'est introduit dans les appartements du cardinal Jarllson et l'a tué dans son sommeil. » C'était la première fois que Bodmer mentionnait le nom de la victime, et l'amertume ressurgit dans sa voix.

« Donc, Klopp a engagé un mercenaire pour faire le coup et s'est arrangé pour ne pas passer la nuit dans le bâtiment cette nuit-là, résuma Sean. S'il élimine ses rivaux, il ne peut qu'arriver au sommet.

— Je comprends votre raisonnement, Sean, mais vous n'y êtes pas. Ce n'est pas Klopp qui est derrière toute cette histoire. Klopp, là-dedans, n'est qu'une victime. D'ailleurs, lui aussi est un homme de Dieu.

— J'ai l'impression, commandant, que vous êtes dans une impasse, dit June. Pourquoi vous êtes-vous donné la peine de venir nous voir ?

— C'est vrai que c'est louche, votre truc, dit Tommy. Pourquoi ne pas mettre la police italienne ou Interpol sur cette enquête ? »

Pour toute réponse, le visiteur glissa la main dans la pochette droite de sa veste et en sortit une autre enveloppe, en tout point différente de la première. Elle était sale et abîmée. Elle donnait l'impression d'avoir pris l'eau, mais, en la regardant de plus près, Sean comprit qu'elle était simplement très vieille.

« Vous avez combien de poches dans ce blazer ? »

Le commandant de la Garde suisse ignora la plaisanterie de Sean. « Mgr Klopp nous a fait parvenir cette lettre. C'est lui qui nous a demandé de vous contacter. » Il fit glisser l'enveloppe vers le milieu de la table. « Si le cardinal n'était pas chez lui cette nuit-là, c'est qu'il était avec moi. Il s'inquiétait, car quelqu'un lui faisait du chantage au sujet de cette lettre.

— C'est quoi, cette lettre ? demanda Tommy. Et qui lui faisait du chantage ?

— C'est ce point qu'on aimerait élucider, dit le commandant de la Garde suisse en regardant les deux hommes avec détermination. La scène du crime a été ratissée par la police – elle est même encore sous scellés – et la dépouille du cardinal Jarllson a été déplacée. Je ne doute pas que les enquêteurs travaillent jour et nuit, mais ils ne trouveront rien.

— Et pourquoi ? demanda Adriana.

— Parce qu'il n'y a rien.

— Rien ? » demanda Tommy. Il pensait avoir bien compris, mais voulait s'en assurer.

« Le meurtrier n'a pas laissé de traces, pas d'indices, rien. C'était un professionnel qui savait ce qu'il faisait. Il connaissait par cœur tous les protocoles de sécurité du Vatican, l'heure des relèves et des patrouilles, l'emplacement de chaque caméra jusqu'à sa cible.

— Ou elle », corrigea June avec un hochement de tête.

Le commandant ne comprit pas tout de suite.

« Oui, il ou elle.

— Et l'arme du meurtre ? demanda Sean.

— Un poignard, inséré à la base du crâne et enfoncé jusqu'à la cervelle. Le cardinal Jarllson est mort sur le coup. La lame ne faisait pas plus de quatre centimètres de large, et il y avait très peu de sang. Nous sommes face à quelqu'un qui sait exactement comment s'y prendre pour tuer sans rien salir.

— Mais pourquoi un tel souci de propreté ? demanda Sean. En tout cas, à ce point-là ? Éviter de laisser des traces, d'accord, mais du sang ?

— Ça vient peut-être de sa formation.

— De sa formation ? demanda June en penchant la poitrine vers l'avant.

— Le meurtre a été signé. » Le commandant poussa son téléphone sur la table, à côté de la lettre. Une photo de la scène du crime montrait le cadavre étendu au sol, face contre terre, dans sa robe de nuit.

Bodmer avait dit juste : il n'y avait presque aucune trace de sang, seulement une mince entaille sur la nuque à l'endroit où le poignard avait été introduit. Mais ce n'était pas sur ce point qu'il voulait attirer l'attention de Sean, qui se pencha comme ses trois compagnons au-dessus de l'écran pour voir l'image de plus près.

Un carré de tissu était étendu dans le dos de la victime. Il avait l'air usé comme un torchon de cuisine, avec un écusson blanc orné d'une croix noire.

« Qu'est-ce c'est que ça ? demanda Sean. Si je comprends bien, vous pensez que c'est un homme du Vatican qui a fait le coup ?

— Vous ne reconnaissez pas cet écusson ? » demanda Bodmer, interdit.

Sean secoua la tête.

« Je crois que si, dit Tommy après un étrange silence, mais… » Il s'interrompit, retenant les mots qui se pressaient tumultueusement derrière ses lèvres.

« Mais ? demanda le commandant.

— C'est impossible… Aux dernières nouvelles, ce n'est plus un groupe militaire, mais une organisation de bienfaisance. »

Visiblement satisfait, Bodmer se renfonça contre le dossier de sa chaise.

« Vous le connaissez donc. »

Tommy haussa les épaules, encore hésitant.

« Connaissez quoi ? demanda Sean.

— Cet emblème, dit Tommy en montrant le carré de tissu dans le dos de la victime, avec son écusson. Il fait partie des armoiries d'une organisation aujourd'hui disparue, ou du moins transformée. Si je ne me trompe pas, il s'agit de l'ordre Teutonique.

— Exactement. Moi qui n'étais pas convaincu, je vois que Klopp a eu raison sur toute la ligne en me demandant de venir vous voir, Sean et vous. Il m'a dit que personne n'était meilleur que vous pour résoudre ce genre d'affaire. Il m'a raconté vos exploits, et il a même évoqué un ou deux séjours au Vatican.

— Mais carrément, dit Sean. La bibliothèque vaut son pesant de cacahuètes.

— On peut dire ça comme ça, reprit Bodmer avec une nuance de mépris.

— Je ne comprends pas, dit June. Si vous savez d'où vient ce torchon, pourquoi avez-vous besoin de nous ?

— De cet ordre, nous ne connaissons que l'emblème. Ou plutôt l'un des emblèmes, puisqu'il y en a plusieurs. Comme votre… mari l'a dit tout à l'heure, l'ordre Teutonique a été démantelé il y a déjà bien longtemps.

— Tout à fait, dit Tommy. Je ne me rappelle plus très bien, mais ça remonte au début du XIXe siècle. 1803, peut-être ?

— 1805.

— Je ne suis pas tombé loin ! dit Tommy, excité.

— L'ordre est réapparu en 1834 sous la forme d'une organisation de bienfaisance. Si nos informations sont bonnes, il n'a mené aucune opération armée ou secrète depuis cette date et a cessé tout entraînement. Après la

Première Guerre mondiale, il a eu le titre officiel d'organisation spirituelle au sein de l'Église catholique, ce qui n'a guère eu de conséquences, si ce n'est qu'il a joui d'une plus grande autorité dans ses œuvres caritatives.

— Il semblerait que ce dernier point soit à corriger.

— Effectivement. Quant à cette lettre, dit Bodmer en désignant l'enveloppe, on n'y avait vu jusque-là que les divagations d'un homme à l'agonie, ses derniers mots écrits alors qu'il souffrait le martyre. Dans ses derniers jours, il luttait pour garder toute sa tête, et plusieurs de ses proches le croyaient devenu fou. Cette lettre se trouvait depuis près de deux siècles dans nos archives, d'où Mgr Jarllson l'a tirée il y a quelques semaines. Nous avons trace de sa visite, de la reproduction qu'il en a faite, et de la circulation qu'il lui a donnée.

— La circulation ? demanda Adriana.

— En fait, auprès du seul Mgr Klopp. Jarllson le savait féru d'histoire. Il lui a parlé de sa découverte par mail, pensant que Klopp désirerait voir la lettre et espérant peut-être qu'il l'aiderait à la déchiffrer. Malheureusement, Jarllson a été assassiné le lendemain. C'est Klopp qui m'a demandé de vous faire parvenir cette copie en sa possession. Il ne comprend pas l'écriture, mais il m'a assuré que vous pourriez la déchiffrer.

— Je me demande comment il a entendu parler de nous », plaisanta Sean avec un regard en coin pour Tommy.

De toute évidence, Bodmer brûlait d'envie de les voir ouvrir la lettre. Ses yeux étaient rivés sur l'enveloppe, comme une invitation silencieuse.

« Pour la plage, j'imagine que c'est mort, dit Tommy en tendant la main vers le document. J'espère que ce n'est pas l'original ! ajouta-t-il en agitant l'enveloppe. Parce que, sinon, il y aurait de quoi porter plainte pour maltraitance !

— Cette enveloppe est plus jeune que vous, même si elle a sans doute connu des jours meilleurs. Comme je l'ai déjà dit, c'est une copie. L'original est en lieu sûr, conservé aux archives du Vatican. La lettre est aussi en sécurité là-bas qu'ailleurs. »

Tommy accepta cette explication, sortit la lettre et la déplia sur la table. Il s'en voulait d'avoir oublié si vite le commentaire du commandant sur le fait qu'il s'agissait d'une copie.

Elle était rédigée en écriture cursive, avec des caractères penchés. L'encre avait un aspect déteint, du fait que c'était une reproduction, mais également parce que l'encre originale avait elle-même vieilli.

« J'ai un peu… perdu mon français, dit Tommy en passant la lettre à Sean, qui la refusa d'un revers de main.

— Je me débrouille, mais pas au point de pouvoir lire ça…

— Donne-moi ce papier », dit Adriana en arrachant la lettre à Tommy sans lui laisser le temps de réagir. Elle se mit à la parcourir des yeux, puis, arrivée au milieu de la page, regarda soudain Bodmer. « C'est la confession d'un agonisant.

— Mais encore ? » répondit-il comme s'il s'agissait d'une évidence. Il venait en effet de le préciser lui-même un instant plus tôt.

Elle poursuivit sa lecture jusqu'au bas de la page et fit tout à coup des yeux ronds.

« Ce n'est pas un document authentique, trancha-t-elle sans façon. C'est forcément un faux. »

Bodmer secoua la tête d'un air sinistre, comme s'il avait un grand et terrible secret à cacher aux trois autres. « Je peux vous jurer que cette lettre est authentique. Vos deux amis pourront évidemment la faire analyser s'ils le désirent. Je suis sûr que Thomas – Tommy, comme vous l'appelez – a tout ce qu'il faut pour établir son authenticité. Elle est déjà passée par les laboratoires du Vatican. Mais je vous en prie, faites comme vous voulez. » Il balaya l'air devant lui avec une expression de dédain, comme si leur décision ne lui importait guère.

« Quoi ? demanda Sean en dévisageant Adriana.

— C'est une lettre, dit-elle avant de faire une pause pour ménager un effet dramatique. Une lettre de la main de Napoléon Bonaparte. »

4

Malbork, Pologne

Lucien Berger appuya sur le bouton vert du téléphone. « Bilan. »

Ce n'était pas une question, mais un ordre, et l'interlocuteur ne broncha pas. Berger était direct et pragmatique. Il n'avait pas de temps à perdre en politesses qu'il trouvait inutiles.

Né à Toulon, une ville à la riche histoire maritime et militaire, il avait l'accent d'un Français du Sud, même s'il était vite parti en Allemagne et n'avait jamais regardé en arrière. Il se sentait allemand, quoique étranger de naissance.

« Bodmer est avec eux en ce moment même, Grand Maître », enchaîna rapidement la voix dans l'écouteur, une voix parfaitement allemande, pour le coup, et plutôt du nord du pays.

Berger avait toujours su que ce moment finirait par arriver. Maintenant que l'opération était lancée, plus rien ne pouvait l'arrêter, et il n'avait aucun remords.

« Et ? fit-il.

— Je crois qu'ils vont raccompagner le commandant de la Garde suisse au Vatican. »

Berger caressa sa moustache du pouce et, de l'index, taquina le bouc qu'il avait au menton. « Parfait. Exactement ce que j'espérais.

— Grand Maître ? »

L'interlocuteur n'eut pas à aller plus loin. Au ton de sa voix, il était évident qu'il s'inquiétait à l'idée de voir Wyatt et sa clique traverser l'Atlantique. En cela, il n'avait pas tort. Sean Wyatt et ses acolytes avaient la mauvaise habitude de causer des problèmes partout où ils allaient. Leurs exploits étaient connus dans le monde entier. Le plus souvent, ils travaillaient sur des projets historiques en collaboration avec des archéologues dont ils acheminaient les découvertes vers des endroits sûrs, quand ils ne menaient pas eux-mêmes des fouilles.

Le duo que formaient Wyatt et Schultz avait cependant peu à voir avec ces apparences. Selon les renseignements de Berger, Thomas Schultz n'avait pas reçu de formation officielle au combat et au maniement des armes, mais il était loin d'être novice. Sinon, il serait déjà mort.

Wyatt n'était quant à lui qu'une source d'ennuis. Il parlait plusieurs langues. Il était hautement qualifié dans les arts du combat et expérimenté dans le maniement de toutes sortes d'armes, notamment à feu. Il avait suivi une intense formation militaire avant de passer chez Axis, la plupart de ses activités sombrant alors dans une totale clandestinité.

Quasiment rien n'avait filtré de ses missions auprès de cette agence. Les fuites étaient très rares, et tout ce qu'on savait d'Axis était que sa directrice ne rendait de comptes qu'au président des États-Unis en personne. Aucun exploit, aucune mission, aucun agent d'Axis, à part Wyatt, n'était connu de qui que ce soit.

Wyatt ne travaillant plus pour Axis, Berger n'avait pourtant pas eu besoin de pénétrer dans leur système.

L'IAA s'était avérée bien plus facile à pirater. Quoique bien protégées, les bases de données présentaient des failles, mais ne contenaient pas grand-chose d'utile à part des détails sur ses dépenses budgétaires et les inventaires de ses coffres.

Berger n'avait pas eu besoin d'informations comme celles-ci pour tuer Jarllson. Tout s'était déroulé sans peine, jusqu'au moment où il avait pu insérer le poignard dans sa nuque et enfoncer la lame dans sa cervelle. Le meurtre avait été soigné et le cardinal n'avait pas souffert, même si Berger eût préféré le contraire.

Il ne rêvait que de les faire souffrir, tous autant qu'ils étaient, mais il devait ronger son frein et se montrer patient en attendant le jour où ce serait enfin possible.

« N'ayez crainte, dit Berger, tout se passe comme prévu.

— Ils envisagent de visiter le Vatican, la scène du crime tout particulièrement.

— Parfait. Si le cardinal Klopp ne nous remet pas la vraie lettre, ces Américains nous conduiront jusqu'à elle. »

Il y eut un moment de malaise, comme si son interlocuteur hésitait à lui dire le fond de sa pensée.

« Qu'y a-t-il, Michael ? Je sens que vous hésitez à me parler. »

Comment le savait-il ? Michael ne put que se le demander. Son arrivée dans l'ordre était relativement récente et il ne savait pas encore que le Grand Maître avait une compréhension fine du langage corporel, mais aussi des incohérences, même extrêmement subtiles, dans la conversation.

« En effet, Grand Maître. Les Américains… ont une copie de la lettre.

— Très bien. » Berger ne semblait pas inquiet, même s'il avait des raisons de l'être. Si les Américains détenaient la lettre, ils avaient une longueur d'avance.

Il n'avait tué Jarllson que dans le but de la récupérer, tout cela pour apprendre ensuite qu'elle était déjà entre les mains de Klopp. Essayant une approche différente, il s'était montré cordial, presque amical, au point de lui faire une offre extravagante et néanmoins déclinée. Apparemment, il était l'un des rares hommes de son rang au Vatican à avoir des principes. Berger haïssait les personnages de ce genre, parce qu'il connaissait trop bien l'envers de l'histoire de l'Église, avec ses exactions, les malheurs qu'elle avait causés et les atrocités dont elle s'était rendue coupable.

Il faisait de son mieux pour ne pas s'enflammer, mais la colère qui l'habitait ne s'éteignait jamais, et les vieilles braises qui fumaient depuis trop longtemps – depuis que la vérité lui avait été révélée – ne demandaient qu'à repartir.

« Ne les perdez pas de vue, Michael. Nous devons savoir où ils sont.

— Je vais être obligé, Grand Maître. Ils vont voyager dans le jet privé du Vatican. »

Michael ne pouvait évidemment pas monter dans le même appareil que Wyatt et ses compagnons. Il était venu par ses propres moyens, à bord d'un avion de ligne. Et voilà qu'il devait repartir aussi vite qu'il était arrivé.

« Un avion vous attendra à l'aéroport. Ont-ils précisé à quelle heure ils comptaient quitter Atlanta ?

— Apparemment, ils partiront dans la soirée, Grand Maître. »

L'idée semblait logique. Ils allaient voler de nuit, dormir à bord, ou du moins essayer, puis continuer leur enquête au Vatican dès le lendemain matin.

« Vous jouerez au touriste, dit le Grand Maître. Vous prendrez un billet d'entrée au Vatican, et vous ne les perdrez pas de vue une seconde.

— Je vous demande pardon, Grand Maître, mais, si je suis habillé en touriste, on ne me donnera pas accès aux zones réservées. »

Michael n'avait pas tort. Berger devait reconnaître à son apprenti le mérite d'avoir parfaitement exposé le problème. Que faire ?

La solution était d'une élégante simplicité. « Dans ce cas, vous jouerez à l'homme de robe. Une fois à Rome, allez voir Rafael. Il vous donnera le costume, les accessoires et toutes les recommandations dont vous aurez besoin. Ensuite, vous savez ce qu'il vous reste à faire. »

Michael en effet ne l'ignorait pas. La filature n'avait plus de secrets pour lui. Il fallait talonner les gens, sans pour autant éveiller leurs soupçons. Après avoir suivi une formation harassante et enchaîné plusieurs dizaines de missions, il excellait dans la reconnaissance furtive. Berger comptait sur son talent, et n'avait pas besoin de lui rappeler son rôle.

« Oui, Grand Maître. Parfaitement.

— Je vous enverrai votre feuille de route, avec le lieu de votre rendez-vous à l'aéroport. » La ponctualité était un point acquis. Il était inutile de sermonner le jeune homme.

« Merci, Grand Maître. Je vous rappelle à l'atterrissage.

— Parfait. Nous reprendrons notre échange à ce moment-là. »

Berger raccrocha et posa le téléphone. Le feu crépitait dans la cheminée de pierre à trois grands pas de là. Il regarda le bureau jonché de papiers, les tableaux sur les murs, les livres, les cartes, les notes éparpillées sans ordre sur le sol, les fauteuils, et le canapé.

Il s'était installé dans cette salle vieille de plusieurs siècles – une ancienne taverne – lorsque son prédécesseur l'avait introduit dans l'ordre Teutonique. Sur son lit de mort, il lui avait juré qu'il veillerait à la réalisation de tous ses plans.

C'était pour Lucien Berger la moindre des choses.

La mort de son mentor lui avait porté un coup rude malgré son immunisation aux émotions. Sa vie antérieure, son humanité originelle revenaient parfois le hanter par petites touches.

Lorsque cela lui arrivait, il devait se montrer intransigeant.

Les émotions entraînaient trop souvent des décisions hâtives, des erreurs, ou un comportement erratique qui conduisait droit à la catastrophe. Voilà un principe qu'on lui avait inculqué pendant sa formation et qu'il avait presque complètement intégré ; seuls quelques sentiments remontant de son cœur à son esprit venaient le perturber dans des moments de flottement.

À cet instant précis, il se souvenait de son maître sur son lit de mort et de la promesse qu'il lui avait faite.

Le vieil homme l'avait introduit dans l'ordre Teutonique dès sa plus tendre enfance, alors qu'il était orphelin des rues et qu'il mendiait pour pouvoir se nourrir et boire de temps à autre un peu d'eau pure. Berger était alors malingre et chétif, l'incarnation même du pitoyable.

Ses parents étaient morts très tôt et ne lui avaient rien laissé. Leur maison avait été saisie, et, comme ni sa mère ni son père n'avait de famille dans la région, il avait fini dans une pension de jeunes garçons. Ses grands-parents étaient morts tous les quatre, et, à sa connaissance, il n'avait plus ni tante ni oncle susceptible de pourvoir à ses besoins.

Il avait tout de suite compris que la pension n'était pas pour lui. C'était le règne de la perversion, à un point qui le révoltait encore, même s'il s'était persuadé que cette phase lui avait permis de devenir l'homme qu'il était. Jamais il ne serait arrivé jusque-là, jamais il n'aurait eu l'ambition nécessaire pour pouvoir prendre la tête de l'ordre Teutonique, s'il n'avait d'abord traversé toutes ces épreuves.

Maintenant qu'il était Grand Maître, Lucien Berger n'avait pas l'intention de faillir à sa promesse. Il restaurerait l'ordre Teutonique dans toute sa gloire, dans son véritable rôle de sainte puissance militaire.

Les rares obstacles qui se trouvaient sur sa route seraient bientôt levés. Son plan se déroulait comme il l'avait prévu.

5

Rosemary Beach

« Napoléon Bonaparte ? L'empereur ? demanda Tommy.

— Tu en connais peut-être un autre ? rétorqua Adriana d'un air narquois.

— Rah ! J'ai le chic pour attirer ce genre de situation.

— Ça, tu peux le dire. Qu'y a-t-il dans cette lettre, ma chérie ? » demanda Sean.

La façon dont il prononça cette formule d'affection la fit sourire. Cette tendresse, chez cet homme qui avait tué plus d'une fois et qui dans certains cas avait aimé tuer, créait un étrange contraste.

Les derniers mois les avaient relativement épargnés : ils s'étaient écoulés paisiblement depuis les retrouvailles de leur joyeuse clique dans le Pacifique, qui leur avaient donné le temps de faire quelques fouilles en Europe et en Asie.

Adriana avait enfin pu fouiller un site archéologique avec tout le matériel nécessaire : on avait mis à sa disposition toutes sortes d'instruments, des truelles, des brosses et une ceinture porte-outils, pour qu'elle puisse gratter couche par couche des siècles de débris et de poussières et révéler ainsi les traces d'une ancienne civilisation.

Elle avait trouvé là une tâche apaisante et étrangement relaxante, un travail manuel, concret. La mission et les horaires étaient clairs, et, si elle n'avait rien trouvé les premiers jours, elle s'était sentie comblée du seul fait d'avoir cherché des objets ensevelis.

Ce travail l'avait ramenée à l'Espagne, aux vastes vignobles exploités par ses parents dans les hauteurs des environs de Madrid, où elle avait souvent aidé les saisonniers dans la récolte du raisin.

Mais voilà que leurs vacances étaient terminées, non seulement leur séjour en Floride, mais cette période tranquille, sans folie, avec la brusque arrivée de Bodmer.

« C'est… troublant, dit Adriana. Elle est donc authentique ?

— Je peux vous le jurer, dit Bodmer, mais nous ne la comprenons pas. Dans ses derniers jours, Napoléon ne faisait apparemment pas tout à fait confiance aux personnes qui l'entouraient. La question qui se pose est de savoir ce qu'il tentait de leur cacher et, s'il avait en effet un secret, pourquoi il a écrit cette lettre.

— *Inquiète est la tête qui porte une couronne !* s'amusa Sean.

— Sauf qu'à sa mort, il n'en portait plus guère. Il est mort en exil. La fin approchant, il s'est mis à délirer et, à partir de ce moment, ses proches n'ont plus compris que quelques bribes par-ci par-là.

— Mais il n'est pas littéralement devenu fou, dit Adriana.

— Non, je ne crois pas, même si l'atroce souffrance du cancer qui lui rongeait l'estomac n'a probablement fait qu'aggraver ses problèmes mentaux. Un mécanisme naturel pousse l'esprit à se transporter dans un autre lieu, sur un autre plan, où la douleur est évacuée.

— Et que vient faire cette fleur au bas de la page ? fit Adriana en désignant une rose pâlie.

— Une allusion à la tradition funéraire ? suggéra Sean avec un coup d'œil vers Bodmer.

— Telle est aussi notre interprétation, confirma le commandant.

— Une rose..., murmura Sean d'un ton rêveur. Il était tellement narcissique qu'il s'est jeté une rose avant de mourir.

— Lis-nous cette lettre », demanda Tommy.

Adriana ne se fit pas prier. « Elle évoque la bataille de Waterloo. Il dit qu'il avait craint qu'elle ne se passe pas comme prévu, qu'il avait eu une prémonition, une vision de la débâcle.

— Voilà qui expliquerait ses manœuvres désespérées, dit Tommy.

— Bien vu, dit Bodmer.

— Ensuite, elle évoque la relique. Il dit que, sans elle, il était perdu, que, sans sa plus grande force, il n'avait aucune chance de remporter la victoire.

— Quelle relique ? demanda June. Il le dit ?

— Non, répondit Adriana en parcourant une nouvelle fois la lettre. Il ne le précise pas. Il parle juste de “la relique”, et je me demande quelle relique a pu convaincre de sa puissance un agnostique tel que Napoléon.

— Et vous ne voyez pas du tout de quoi il pouvait bien parler ? demanda Sean d'un air sceptique.

— Non, répondit le commandant. Sinon, je vous jure que je vous le dirais. Plus vite ce mystère sera élucidé, mieux ce sera. Le Vatican souhaite démêler cette affaire rapidement et discrètement, mais nous butons ici sur une énigme qu'aucun de nos experts n'a pu résoudre.

— Et c'est pourquoi vous vous adressez à nous, dit Tommy.

— Cette lettre a l'air d'être incomplète, dit Adriana, les yeux toujours fixés sur la feuille.

— C'est bien pour cela que nous avons besoin de votre aide », répéta Bodmer.

Sean regarda la lettre par-dessus l'épaule d'Adriana. « Et elle est incomplète, dit-il soudain d'une voix d'animateur de jeu télévisé, en ce qu'elle n'est – tenez-vous bien – que le premier indice d'une longue série ! » À la fin de la phrase, il criait presque.

Bodmer, passant visiblement à côté de la référence, le toisa d'un œil vide.

Tommy crut bon de lui expliquer la plaisanterie. « Ça se passe souvent comme dans un jeu, commandant. Un indice conduit à un autre, et ainsi de suite.

— Je comprends bien, mais si Napoléon a caché une puissante relique et que la lettre en indique le chemin, il n'est pas difficile de voir que le jeu est dangereux.

— Vous faites allusion à la mort du cardinal ? demanda Sean.

— Évidemment », répondit Bodmer sans hésitation.

Sean coupa court à ce long préambule. Si Bodmer souhaitait leur confier l'enquête, ils avaient déjà perdu assez de temps. « Qu'attendez-vous de nous, exactement ? Vous êtes venu en Amérique, vous nous avez montré cette lettre et ces photos de la scène du crime. Vous voulez qu'on rentre avec vous ?

— Si vous pensez que ça s'impose.

— Au Vatican ? fit Tommy d'un air dépité.

— Où est le problème ? demanda June.

— Mais… et la plage ? » Il se tourna vers elle avec un regard suppliant, passa les mains autour de sa taille et la serra contre lui. « Moi qui voulais aller buller une dernière fois, rester autour du feu la nuit pour observer les étoiles et écouter le bruit des vagues sur le sable !

— Chéri, on s'en remettra. On l'a fait tous les soirs.

— Je sais bien, dit Tommy en soupirant, mais j'en avais envie, et dans deux jours tu seras partie en mission pour Emily.

— Ce qui veut dire que je ne peux pas venir. Oh, mon chéri, comme c'est mignon. Je vais te manquer, c'est ça ? » Elle lui passa les bras autour du cou et l'embrassa.

Bodmer, incommodé par cette situation, détourna aussitôt les yeux et regarda la mer par la fenêtre.

« Euh… hum. Nous ne sommes pas seuls, dit Sean. On vous laisse, ou vous préférez monter dans votre chambre ?

— Tu ne peux pas la boucler, des fois ? lui répondit Tommy d'une voix étouffée, les lèvres encore pressées contre celles de June.

— En tout cas, commandant, dit Sean en se retournant vers Bodmer, je crois que le voyage au Vatican s'impose. Pourrait-on visiter la scène du crime ? Je sais qu'elle a déjà été passée au peigne fin, mais il pourrait nous être utile d'y jeter un coup d'œil.

— Bien sûr. Je vais prendre les dispositions nécessaires. Je sais que vous avez un avion avec l'IAA, ajouta-t-il pour Tommy, qui venait enfin de relâcher son étreinte, mais vous me feriez honneur en montant dans le jet privé de la Garde suisse. Nous franchirons les douanes plus rapidement, et vous pourrez prendre tout ce que vous voudrez, même des armes. »

Sean accueillit cette dernière précision avec un mouvement de sourcils.

« Je vois que Monsieur a fait ses recherches, dit-il avec un sourire en coin. Effectivement, on préfère sortir protégés.

— Protégés ? répéta le commandant avec une pointe de scepticisme.

— Disons qu'on ne commence pas les hostilités, dit Tommy.

— Mais qu'on les conclut, précisa Adriana.

— On trouvera votre meurtrier, dit Sean. Quant à cette relique, on l'identifiera. Même si, d'habitude, ça marche plutôt en sens inverse.

— Que voulez-vous dire par là ?

— D'habitude, quand on est sur une mission de ce genre, on commence par chercher l'objet perdu, et c'est à ce moment-là que les méchants débarquent, en l'occurrence les Teutoniques ou une organisation qui se cache derrière eux.

— Ça fait longtemps qu'ils ont disparu, rectifia Bodmer. En tout cas sous leur forme militaire.

— Vous ne pensez pas qu'ils ont pu se faire oublier pendant deux siècles et rester dans l'ombre en attendant que la bonne occasion se présente ? demanda Tommy.

— Non. Je ne pense pas. L'emblème laissé sur la dépouille du cardinal Jarllson n'était qu'un leurre. Rien d'autre.

— Vous avez gardé ce carré de tissu ?

— Bien sûr. C'est un élément matériel. Nous ne détruisons pas les éléments matériels. Nous opérons exactement comme les services de police dans les enquêtes criminelles. Si vous voulez le voir, même si j'en ignore la raison, je pourrai vous le montrer dès notre arrivée à Rome. »

Sean parut satisfait, et se retourna vers Tommy avec un œil malicieux, interrogateur.

« Qu'en penses-tu donc, Schultzie ? »

C'était leur petit rituel, la question qu'ils posaient à chaque nouveau départ.

Tommy Schultz plongea une main dans sa tignasse brune et tira quelques mèches vers l'arrière.

« L'affaire est trop intéressante pour qu'on la laisse filer. En plus, après deux mois sans embuscades et sans menaces de mort, je crois qu'il est grand temps de reprendre nos vieilles habitudes.

— Marché conclu, dit Sean. Vous pouvez compter sur nous, commandant. »

Adriana croisa les bras et lui lança un regard irrité.

« Quoi ? demanda-t-il en écartant les mains comme un enfant surpris à côté d'un pot de confiture ouvert.

— Ça va, tu n'oublies rien ? » Elle posa les deux mains sur sa taille et se déhancha du côté gauche, un geste beau mais terrifiant qui voulait dire qu'elle n'était pas contente.

« Chérie, je savais bien que tu voudrais nous accompagner. Tu adores ce genre de trucs.

— Ah, donc, maintenant, tu parles en notre nom à tous les deux, c'est ça ? »

Il rougit comme une écrevisse, sentant la température monter sur ses joues et sur son front. « Non, je… Excuse-moi. Je pensais que ça te plairait, c'est tout. Tu es la première à me dire qu'on ne va pas assez souvent en Italie. »

Le sourire d'Adriana trahit ses sentiments. « Je sais. Je te taquinais. »

Tommy secoua la tête. « Dis donc, la vie n'a pas l'air très dure avec lui.

— Non, ça va, dit Adriana.

— Trop drôles, vous deux. » Sean se retourna soudain vers le commandant. « Je viendrai seul.

— Vous êtes sûr ? demanda Bodmer, prenant le commentaire de Sean au pied de la lettre. Je croyais avoir compris que vous seriez trois. »

Sean leva les yeux au plafond. « Bon, je crois qu'il va falloir travailler un peu votre sens de l'humour si on reste ensemble H24. »

6

Vatican

Sean guettait l'écho de ses pas en remontant lentement la place avec ses compagnons. Personne ne faisait attention à eux, à part quelques touristes qui, étrangement, les prenaient pour des gens célèbres ou de quelque importance.

Le groupe suivit le commandant Bodmer jusqu'à l'entrée de la Garde suisse, sur le côté gauche de la basilique Saint-Pierre, dont la beauté rivalisait avec tous les lieux saints jamais construits, les architectes s'étant surpassés pour donner au Très-Haut une résidence terrestre à sa mesure.

Ils prirent cette entrée latérale à la fois pour éviter d'attirer l'attention et parce qu'ils n'étaient pas venus admirer les immenses galeries du Palais apostolique ni les fresques de Michel-Ange sur la voûte en berceau de la chapelle Sixtine. Ils étaient venus démêler les raisons pour lesquelles un cardinal avait été assassiné et rechercher d'éventuelles traces laissées par le meurtrier.

Bodmer les conduisit jusqu'à la résidence Sainte-Marthe. Quelques-uns des appartements sacerdotaux servaient de résidence plus ou moins permanente à certains hommes de robe, mais la plupart accueillaient les visiteurs temporaires. À la mort du précédent pape, ils avaient ainsi hébergé les cardinaux réunis en conclave pour l'élection de son successeur à la tête de l'Église.

Les conclaves pouvaient se prolonger pendant des semaines entières pour aboutir, à l'issue de nombreuses séances de délibérations, de débats et de prières, à l'élection du nouveau chef de la papauté. Il fallait pour cela loger les nombreux cardinaux, les nourrir, les blanchir, pourvoir à leur toilette et aux préparatifs de toutes sortes auxquels ils étaient habitués.

De fait, ces hommes-là n'avaient jamais subvenu à leurs propres besoins, consacrant la majeure partie de leur existence à la vie de l'Église, qui, en retour de leurs services, assurait leur subsistance.

Les lieux étaient étrangement sobres et, plus d'une fois, Sean surprit le regard songeur d'Adriana.

Bodmer les conduisit dans l'escalier, puis s'arrêta devant une porte sur la gauche. Sortant une clé de sa poche, il l'ouvrit sans s'inquiéter ni des empreintes qu'il pouvait laisser sur le verrou ni de la contamination que sa seule présence pouvait engendrer.

Sean en fut étonné, mais préféra ne rien dire. Une fois qu'ils furent à l'intérieur, ce manque de précautions lui parut naturel, car la pièce avait été nettoyée de fond en comble. Non seulement le cadavre avait été évacué depuis longtemps, mais il n'y avait aucune trace de lutte ni d'effraction. L'appartement était en ordre, exactement tel qu'il l'avait été, sans doute, le jour de l'arrivée de feu le cardinal.

« On dirait que vous avez fait un peu de ménage, dit Sean.

— Oui. Et nous avons retiré les rubans de sécurité qui avaient été posés sur la porte. Nous ne souhaitions pas perturber nos autres résidents, et les rubans avaient un air triste et même menaçant qui ne réjouissait personne. De toute façon, tous les éléments matériels ont été recueillis et ils sont en cours d'analyse, même si je doute que les résultats nous soient très utiles.

— Et pourquoi cela ? » lança Tommy.

Bodmer se retourna. « Parce que notre intrus n'a laissé aucune trace. Toute la chambre a été passée au peigne fin. Nous avons recherché tous les indices pouvant nous renseigner sur l'identité de ce mystérieux meurtrier, mais nous n'avons rien trouvé, à part bien sûr l'emblème que je vous ai montré, sur la dépouille.

— La croix Teutonique, rappela Sean.

— Exactement. C'est le seul objet laissé par le meurtrier. Il n'y avait rien d'autre. »

Sean regarda autour de lui d'un air songeur. La chambre, aux antipodes des salles qu'il connaissait dans le Palais apostolique, dont la magnificence évoquait plutôt un palais royal, était tout à fait ordinaire. Les murs étaient blancs, et les meubles d'une couleur brune, presque noire, comme les rebords de fenêtre.

Cette décoration lui plaisait. Il était agréablement surpris par l'élégante simplicité de cet aménagement. Il s'était attendu à voir de vieux portraits de saints ou de papes dans des cadres moulurés, des meubles dorés à l'or fin, de gigantesques lits pouvant accueillir toute une équipe de football et de vastes armoires remplies de vêtements délicats.

C'était tout l'opposé.

Cet appartement était aussi minimaliste que certains palais sont grotesques dans leur surabondance.

« Comme vous pouvez le constater, poursuivit Bodmer, il n'y a pas grand-chose à voir ici.

— Alors pourquoi nous avoir fait monter ? » demanda Adriana. Elle avait son idée, mais voulait avoir confirmation.

« Je me disais que cela vous aiderait à situer le contexte.

— Le contexte ?

— Le meurtrier est entré par la fenêtre.

— Comment le savez-vous ? demanda Tommy.

— S'il était arrivé de l'intérieur, nous l'aurions vu. » Son visage s'empreignit d'un air de gravité sinistre. « Tous les couloirs sont équipés de caméras. Nous avons l'œil sur tout. Comme vous pouvez le concevoir, la protection de Sa Sainteté n'est pas de tout repos.

— Non, j'imagine. »

Adriana était toujours sceptique. « Vous n'avez pas de caméras à l'extérieur ?

— Bien sûr que si, répondit Bodmer d'un ton sec, quoique sans rudesse. Malheureusement, cette nuit-là, il y a eu de l'orage. Notre réseau de caméras a rencontré plusieurs problèmes techniques. »

Voyant que ses visiteurs attendaient des précisions, il enchaîna : « Nous avons détecté trois pannes importantes au cours de la nuit.

— Trois pannes ?

— Les écrans sont devenus noirs. Les trois fois, nous avons résolu le problème, et ensuite il ne s'est plus rien passé. Nous pensions que c'était la foudre qui était tombée dans les parages.

— Mais maintenant vous avez des doutes, suggéra Sean.

— Je ne vous le fais pas dire. » Bodmer fit tout le tour du lit. « Deux des pannes n'ont duré que quelques secondes. Les écrans ont vacillé, puis sont revenus à la normale presque aussitôt après. Mais, pendant l'une des pannes, le réseau est resté inopérant près d'une minute entière.

— Pas très long, dit Tommy. Surtout si le meurtrier a dû escalader le mur, ouvrir la fenêtre et perpétrer son crime avant de repartir.

— Bien résumé. En effet, nous avons affaire à un professionnel de premier ordre, un assassin d'un immense talent. »

À ce mot d'*assassin*, Sean et Tommy échangèrent un regard. Ils avaient déjà eu à en découdre avec ce genre d'individus, et les choses avaient failli mal tourner. Ils n'avaient aucune envie de retomber sur de tels adversaires. Cette seule idée leur donna des frissons.

Sean avait eu son lot de situations périlleuses, en tant qu'agent spécial mais aussi depuis qu'il avait changé d'activité. Peu d'entre elles s'étaient montrées aussi rudes que le combat qui l'avait opposé aux derniers Assassins, un ordre ancien qui avait eu maille à partir avec les Templiers.

Il préféra chasser cette inquiétude et se concentrer sur la situation présente en se disant que même ces assassins-là avaient disparu, s'étaient éteints. Bodmer n'avait pas forcément voulu dire que le meurtrier était à strictement parler membre de leur organisation secrète, seulement qu'il était habile. Il restait que ce simple mot d'*assassin* lui avait fait froid dans le dos.

« Vous êtes donc en train de nous dire que le meurtrier a réussi à escalader le bâtiment et à entrer par cette fenêtre en moins d'une minute ? » demanda Tommy en s'approchant de l'ouverture et en regardant par en bas. L'appartement n'était pas au dernier étage, mais, pour entreprendre une telle escalade et s'introduire dans la chambre sans être détecté, il fallait une habileté incroyable.

« Impressionnant, ajouta Sean. Il devait connaître par cœur le plan du bâtiment.

— Je veux bien le croire », convint Bodmer.

Sean, à son tour, s'approcha de l'ouverture et regarda l'allée en contrebas, trop étroite pour un véhicule motorisé et à peine assez large pour une grosse moto. En moins de cinq secondes il avait tout compris, ou du moins presque tout. S'il ne voyait pas bien comment le meurtrier avait pu ouvrir la fenêtre, une brève inspection des mécanismes de fermeture suffit à lui montrer qu'un débutant pouvait entrer, et à plus forte raison un expert.

« Celui qui a tué votre cardinal est monté par les deux murs, déclara Sean sans l'ombre d'un doute dans la voix ni dans la tête.

— Quoi ? » La question venait de Bodmer, mais Tommy et Adriana s'étaient aussi tournés vers lui.

Sean pointa l'espace étroit entre les deux ailes du bâtiment. Le mur d'en face n'était qu'à un mètre cinquante au maximum.

« L'intervalle est trop grand pour que le meurtrier ait pu appuyer simultanément ses pieds contre un mur et son dos contre l'autre. Et il n'a pas pu faire le grand écart pour remonter avec un pied de chaque côté. L'opération lui aurait pris trop de temps, et il aurait fallu qu'il fasse plus de deux mètres. Je doute qu'on ait beaucoup de spécimens de ce genre, sans parler de l'agilité qu'il lui aurait fallu.

— Alors, comment est-il monté ? demanda Tommy.

— En parkour. J'ai vu des vidéos d'ados qui grimpaient deux ou trois étages avant de sauter par une fenêtre ouverte. Si des jeunes peuvent y arriver, un homme bien entraîné aussi. Et qui dit qu'on ne peut pas être expert en PK et meurtrier ? Ça paraît déjà moins insurmontable.

— Nous ne sommes pas au deuxième ou troisième étage, objecta Bodmer. Sans oublier que notre intrus a dû trouver le moyen de tenir sur cet étroit rebord avant de forcer la fenêtre. »

Sean se pencha sur le rebord. « Pas de traces d'effraction. » Il eut immédiatement l'impression d'avoir parlé comme un flic. « Ni éraflures sur le rebord, ni violence sur le mécanisme, comme l'avait dit notre commandant. »

Bodmer marqua sa satisfaction par un mouvement de tête. « Et la fenêtre était fermée quand nous sommes arrivés, ajouta-t-il.

— Tiens, tiens… » Sean n'alla pas plus loin, mais il trouvait ce détail bien curieux.

« Qu'insinuez-vous par là ? » demanda Bodmer d'un air contrarié, comme s'il avait compris ce que Sean voulait dire, même s'il prétendait le contraire.

Adriana croisa les bras, et Tommy attendait aussi la réponse de Sean avec suspicion.

« Il n'y a pas de traces d'effraction parce qu'il n'y a pas eu effraction. Si le meurtrier est entré, c'est qu'il a été invité. »

Bodmer ne put retenir un « Pff… » incrédule. « Quoi ? Vous êtes en train de nous dire que feu le cardinal Jarllson a invité son meurtrier dans son appartement ?

— C'est la seule hypothèse crédible… à moins que vous n'ayez une meilleure théorie ? »

Bodmer serra les lèvres.

Sean enchaîna, anticipant la question suivante. « Le cardinal a invité le meurtrier, mais pas pour se faire tuer. Je ne pars pas de l'hypothèse qu'il était suicidaire. Il avait une autre raison de le laisser entrer, sauf que quelque chose a mal tourné. » Sean pivota lentement et balaya toute la pièce du regard en l'espace de quelques secondes : les murs, les coins, le plafond, le plancher, et tout ce qu'il y avait de l'un à l'autre, au centimètre près. C'était une habitude qu'il avait acquise pendant sa première année de formation d'agent spécial. Il l'appliquait désormais partout, même quand il sortait le soir dans les grands restaurants. Toujours évaluer la situation : ce principe qu'on lui avait inculqué était le meilleur moyen de garantir sa sécurité comme celle des autres et, dans ce cas précis, de vérifier qu'il n'avait pas négligé le moindre détail.

Bodmer était presque furieux. « Vous voulez donc nous faire croire que le cardinal, élevé au Saint-Siège avec la bénédiction de Dieu pour diriger l'une des plus prestigieuses paroisses du monde, menait des activités clandestines ?

— Si ceci permet d'expliquer cela…, répondit Sean en haussant les épaules.

— C'est scandaleux ! rugit Bodmer. Vous n'avez pas le droit de débarquer ainsi au Vatican et de lancer ce genre de folles accusations !

— Alors, déjà, dit Sean d'une voix ferme, mais calme, c'est vous qui nous avez amenés ici. On n'avait rien demandé quand vous êtes venu nous voir en Floride. Vous avez voulu savoir ce qu'on pensait. Eh bien, voilà ce que je pense. Je comprends bien, enchaîna-t-il en empêchant Bodmer de prendre la parole, vos sentiments vis-à-vis de ces prêtres, de ces cardinaux, tout ça. Je comprends bien. Pour vous, ce sont de saints hommes, au-dessus de tout soupçon. Mon hypothèse à moi, c'est qu'il ne s'est peut-être aperçu que trop tard des intentions de son visiteur. Il comptait sans doute sur son aide dans la succession à la papauté.

— Le pape n'est pas malade.

— Parfait. J'en suis ravi pour lui. » Sean ne voulait pas paraître impoli, mais il restait concentré sur ses réflexions, et il avait du mal à suivre tant ses idées s'enchaînaient. « Ce que je dis, c'est juste que le seul moyen de monter ici sans se faire détecter, c'était la fenêtre. Vous nous avez parlé d'une panne des caméras, plutôt brève, mais assez longue pour permettre à quelqu'un de bien entraîné d'escalader les deux murs. La fenêtre n'a pas été forcée, donc soit le cardinal l'avait laissée ouverte pour avoir un peu d'air – hypothèse peu probable –, soit il l'avait laissée ouverte pour son visiteur. Ce qu'il nous reste à préciser, c'est ce qu'il attendait de ce visiteur.

— Il est vraiment inhabituel qu'un meurtrier signe son crime, intervint tout à coup Adriana, à moins bien sûr qu'il ne veuille qu'on le trouve. Or, justement, ça n'a pas l'air d'être le cas.

— Il voulait juste qu'on fasse le lien avec l'ordre Teutonique, ajouta Tommy.

— Voilà. »

Bodmer fut pris de vertige. Il faisait de son mieux pour garder le rythme, mais les informations fusaient au point de lui rendre la tâche difficile. Il avait l'impression de suivre un match de tennis entre les meilleurs joueurs mondiaux, et il tournait la tête de l'un à l'autre à chaque réplique.

« Le cardinal Klopp doit nous recevoir », dit abruptement Sean.

Bodmer se tourna vers lui, tout comme Adriana et Tommy.

« Non, ce n'est pas possible.

— Il doit nous dire ce qu'il a comme éléments, ce qu'il sait. Où est cette croix que vous avez trouvée sur la dépouille du cardinal Jarllson ?

— Le cardinal est en résidence surveillée, ici, au Vatican.

— Eh bien, il faut qu'on le voie, et qu'on examine cette croix dont vous nous avez parlé. Sinon, on peut aussi vous laisser continuer l'enquête sans nous, mais je suis sûr qu'il y a un truc là-dedans qui vous échappe. Et que Klopp ne s'opposera pas à ce qu'on vous laisse pour retourner aux États-Unis. »

Il laissa ces derniers mots résonner pendant un certain temps. Il savait qu'il avait touché le point sensible.

Bodmer ne pouvait pas les renvoyer sans avoir obtenu des éléments de solution pour le cardinal et sa hiérarchie. Ils voulaient des informations, et ces trois Américains étaient les mieux placés pour les leur fournir.

Bodmer soupira à regret. Il les avait ramenés avec lui dans le jet privé du Vatican en pensant qu'ils feraient avancer son enquête, mais il commençait à douter de l'entreprise. De toute façon, comme il n'y avait rien à trouver dans l'appartement, qui avait déjà été passé au peigne fin, la visite à la geôle du cardinal serait peut-être utile.

« Très bien, dit-il malgré lui. Suivez-moi. »

7

VATICAN

Le petit groupe sortit de l'ascenseur dans les tréfonds des quartiers généraux de la Garde suisse. Ils avaient traversé les jardins de bout en bout, puis le Palais apostolique avec son dédale de couloirs déserts, tout cela pour finir au siège des forces de sécurité d'élite du Vatican. Au début, Tommy avait cru qu'ils étaient enfin arrivés, mais il ignorait l'existence d'un sous-sol abritant un arsenal complet, des terminaux informatiques, des lieux de séjour et, oui, d'une geôle.

Ce n'était pas une prison comme on en connaît ailleurs, mais un ensemble de vieilles cellules monastiques converties en zone de détention, toutes plus grandes et plus confortables que des cellules carcérales.

Bodmer les conduisit jusqu'à une porte close tout au bout de l'étroit couloir, faite d'un bois vieux de plusieurs siècles, ciré et entretenu de manière à en préserver le lustre et la solidité. Une ouverture pratiquée dans la partie supérieure, avec des barreaux de fer qui ressemblaient un peu à une grille de morpion, permettait de voir le petit appartement à l'intérieur.

Sean s'arrêta un moment, le temps d'étudier les environs. Le couloir était nu, construit en vieilles pierres de taille. Il y avait des voûtes sur tout le plafond, mais bien sûr pas ces fresques, ces peintures, ces sculptures, ces moulures et ces cadres dorés que l'on trouvait à la surface. L'ensemble était minimaliste et, sauf l'intérieur des cellules, on aurait pu se croire dans les sous-sols d'un vieux château.

Le commandant ouvrit la porte. À la surprise de Sean et de ses acolytes, elle n'était pas fermée.

« Haute sécurité », persifla Tommy.

Bodmer lui lança un regard interrogateur. Il n'avait pas compris le sarcasme.

« Laissez tomber. »

La porte s'ouvrit d'un seul coup et sans grincement, les gonds étant visiblement bien huilés et bien entretenus.

Des bougies jetaient dans la pièce une lueur jaune, dansante, qui dissipait à peine l'obscurité.

« Votre Éminence, annonça respectueusement Bodmer, je vous amène trois visiteurs. » Comme il avait parlé anglais, Sean et ses compagnons comprirent que leurs échanges avec le cardinal se feraient à leur avantage. À un tel rang, les hommes de robe parlaient couramment plusieurs langues, et il n'était pas surprenant que le favori à la succession du souverain pontife en soit capable aussi. Les papes ont à voyager régulièrement et à s'adresser à des millions de personnes, dont ils doivent nécessairement maîtriser les normes culturelles et linguistiques.

« Trois visiteurs ? demanda Klopp avec un fort accent allemand.

— C'est cela, Votre Éminence. Les deux hommes que vous m'avez envoyé chercher en Amérique, et... » Bodmer tourna vers Adriana un œil incertain. « Une femme.

— Une femme ? » Le cardinal quitta son modeste bureau et se tourna vers eux.

« Un imprévu, Votre Éminence », expliqua Bodmer d'un ton presque suppliant.

Klopp leva les yeux et les traits de son visage devinrent visibles. Sa peau lisse, légèrement hâlée, n'indiquait pas son âge. Ses cheveux gris foisonnaient sous sa barrette rouge et débordaient un peu au-dessus des oreilles. Il faisait environ un mètre soixante-quinze, et sans doute quatre-vingts kilos majoritairement répartis à la hauteur de la taille, même si les épaisseurs de robe qui flottaient autour de lui empêchaient de se faire une idée juste.

« Ah, dit Klopp tout en avançant d'un pas. Monsieur Wyatt ? Monsieur Schultz ? Je vous en prie, entrez.

— Voici ma femme, Adriana », dit Sean.

Adriana inclina révérencieusement la tête. « Ici pour vous servir, Votre Éminence. »

Sans être catholique, elle respectait l'Église, préférant ignorer les scandales et les rumeurs qui ne cessaient de proliférer autour de ses représentants et se rappeler que ces gens consacraient toute leur vie au culte et à la liturgie.

« Ah, dit Klopp. Votre femme ! » Sa voix avait le timbre le plus doux et le plus apaisant que Sean eût jamais entendu venant d'un être humain, au point qu'il fut lui-même envahi par une étrange sérénité. « Bienvenue, mon enfant. Et d'ailleurs, vous aussi, messieurs. » Il regarda sa cellule comme un hôte qui, face à un visiteur impromptu, regretterait de ne pas avoir fait de rangement. « Veuillez m'excuser si notre entrevue ne se déroule pas dans un cadre plus… officiel.

— Vous êtes tout excusé, Votre Éminence, lui répondit Tommy.

— Le cardinal Klopp est logé ici pour sa sécurité », leur expliqua Bodmer.

Sean avait compris que les deux gardes à l'entrée de l'ascenseur et le troisième devant la porte étaient là pour la protection du cardinal, même s'il avait quelques soupçons les concernant. Il savait que d'autres mesures avaient été déployées, comme des caméras, des détecteurs et des moyens technologiques divers, mais si le meurtrier avait ne serait-ce qu'une partie des aptitudes que Sean lui attribuait, rien n'y ferait : il s'agissait en effet d'un tueur d'élite, plus qualifié que les hommes de la Garde suisse qui occupaient la forteresse du Vatican. Bien sûr, pour ne heurter personne, Sean se taisait : lui-même n'aurait pas du tout apprécié de s'entendre dire que son dispositif de sécurité n'était pas à la hauteur.

« Oui, dit le cardinal, même si je ne suis pas sûr que la chose soit bien nécessaire. Dieu me protégera. » Klopp semblait oublier que cette théorie n'avait pas réellement fait ses preuves avec Jarllson. Cette fois, ce furent Sean et Tommy qui gardèrent leurs observations pour eux.

« Ils ont quelques questions à vous poser, annonça le commandant.

— Ah, dit Klopp. Sur la lettre !

— Oui, Votre Éminence », répondit Sean en avançant d'un pas. De là, il étudia les profondeurs de la cellule, qui faisait une bonne demi-douzaine de mètres en longueur comme en largeur. Un grand lit en chêne sombre, impeccable, occupait le côté droit, avec des draps blancs qui semblaient fraîchement lavés. Les pavés de pierre lisse au sol étaient immaculés. Il y avait quelques fauteuils en face du lit, qui permettaient au cardinal de recevoir un ou deux invités. Dans les deux coins au fond se trouvaient le bureau d'où il s'était levé et, en face, un espace cuisine. Une porte se dessinait également, qui menait sans doute à la salle de bain ou à telle ou telle autre commodité sans équivalent dans les prisons plus ordinaires.

« Mais je vous en prie, entrez. Commandant Bodmer ? » ajouta le cardinal. Le chef de la Garde suisse sursauta. « Pourriez-vous nous apporter un fauteuil supplémentaire ?

— Bien sûr, Votre Éminence. » Bodmer se tourna vers le garde posté à l'entrée, qui, sur une instruction en italien, se hâta de rapporter de l'une des cellules voisines, inoccupées, un fauteuil identique à ceux qui étaient déjà là.

« Merci, Marco, dit Klopp avec une sincère gratitude.

— Je vous en prie, Votre Éminence. » Marco vint installer le fauteuil à côté des autres, puis se retira sans un mot de plus.

« Approchez donc, dit Klopp avec le geste de quelqu'un qui inviterait du monde chez lui. Installez-vous. Je ferai tout ce qui est en mon pouvoir pour vous aider. »

Les trois visiteurs s'avancèrent.

Klopp attendit qu'ils soient bien installés avant de s'approcher lui-même du fauteuil qui leur faisait face. Bodmer resta quant à lui debout à l'entrée, visiblement peu disposé à s'asseoir pendant son service.

Désormais bien appuyé contre le dossier de son fauteuil, Klopp soupira comme pour se libérer d'un immense poids, croisa les doigts, puis posa les coudes sur les deux accoudoirs. « Je suppose que le commandant Bodmer vous a informés de la situation.

— Effectivement, Votre Éminence, confirma Sean.

— Je leur ai aussi montré le… l'appartement du cardinal Jarllson, ajouta Bodmer.

— Ah, dit le cardinal en renversant la tête d'un mouvement affirmatif. Alors, qu'en pensez-vous ? » Il regardait Sean dans les yeux.

Sean, qui lisait en lui comme dans un livre ouvert, ne trouva nulle trace de mensonge, de ruse ou de dissimulation. Son innocence était manifeste. Cet homme n'avait rien à se reprocher, pas de meurtre sur la conscience. Bodmer avait raison, du moins si telle était sa théorie dans cette affaire.

« Pour ce qui est du… » Sean s'arrêta un instant, ignorant s'il devait faire preuve de tact, ou plutôt à quel point. Il ne voulait pas paraître brutal, mais plus personne ne pouvait rien changer à la situation. Le cardinal Jarllson était mort, et marcher sur les fameux œufs ne lui rendrait pas la vie.

« Du meurtre ? fit Klopp, le tirant ainsi d'embarras.

— Voilà.

— Un grand malheur est arrivé, mon fils, mais il faut dire les choses franchement. Il faut trouver le coupable. Nous avions nos divergences sur certains sujets, mais Jarllson était un frère en Christ et un homme bon. Il aurait fait un bon pape s'il avait été élu. »

Rassuré, Sean exposa son hypothèse sans détours. « À mon avis, le meurtrier est entré par la fenêtre. Il a dû escalader le mur en prenant appui sur le mur d'en face, peut-être même par bonds successifs.

— Une pratique qu'on appelle parkour », glissa Tommy.

Le cardinal tourna les yeux vers lui. Le concept le laissait manifestement perplexe, mais il hocha la tête d'un air absent, prenant note de cet élément comme pour pouvoir s'en resservir plus tard.

« Oui, ou PK, enchaîna Sean. Pour certains, c'est… un jeu. Ils peuvent utiliser n'importe quoi, des bâtiments, des clôtures ou des bancs publics, ce genre de choses, et ça leur sert à s'entraîner.

— À s'entraîner ? »

Sean soupira. « Je crois que ma description n'est pas claire, mais ce qu'il faut retenir, c'est que les gens bien entraînés peuvent faire des choses très étonnantes. À mon avis, le meurtrier a escaladé le mur avec une vitesse remarquable grâce à cette technique.

— Mais la fenêtre ? Bodmer me dit qu'il n'y a pas de traces d'effraction.

— Il a raison, Votre Éminence. Je fais la même analyse. Ni éraflures sur le rebord, ni violence sur le mécanisme. Sur la porte non plus. Pour moi, la conclusion est claire.

— Et quelle est donc cette conclusion ?

— Le meurtrier a été invité dans l'appartement de Jarllson. La fenêtre a été laissée ouverte exprès. Le commandant nous a dit qu'il y avait eu plusieurs pannes de caméra, brèves, mais assez longues pour permettre à quelqu'un de bien entraîné d'escalader le mur extérieur.

— Et une fois arrivé en haut, même un expert cambrioleur n'aurait pas pu tenir sur un rebord si étroit s'il avait dû forcer la fenêtre : je sais de quoi je parle », ajouta Adriana avec un sourcil catégorique.

La bouche du cardinal dessina tout à coup un O parfait.

« Elle est très qualifiée en la matière, expliqua Sean en espérant éviter les questions sur Adriana et sur son passé. Entre deux hypothèses, je choisis toujours la plus simple, celle qui paraît la plus efficace.

— Le rasoir d'Ockham, murmura Klopp.

— Exactement, Votre Éminence. Le cardinal attendait le meurtrier, même s'il ignorait ses réelles intentions. À mon avis, ce visiteur convoitait quelque chose que Jarllson refusait de lui donner. Pour un assassin qualifié, il n'y avait alors rien de plus facile que de l'exécuter. Ce qui m'amène à la méthode utilisée. »

Sean fit une pause, le temps de voir comment le cardinal accueillait son discours. Un tel sujet suscitait parfois le malaise, perturbant certaines personnes jusqu'à la nausée. La pâleur, les joues grises, mal irriguées, étaient les premiers symptômes d'une telle réaction. Klopp ayant cependant l'air de tenir le coup, Sean poursuivit.

« Le meurtrier s'est servi d'un petit couteau, discret, léger : impossible de faire autrement quand on veut escalader les murs en acrobate. Le coup de main montre que c'est un expert, poursuivit-il d'un ton clinique. La lame a été insérée à la base du crâne et enfoncée jusqu'à la cervelle. Je crois que Jarllson est mort sur le coup. »

Sean attendit une confirmation de Bodmer, qui se contenta de hocher la tête.

« Cette méthode est très propre. Presque pas de sang versé. Très silencieuse, aussi. Pas de lutte. J'en conclus que le meurtrier était en pleine conversation avec Jarllson. Si le cardinal avait opposé un tant soit peu de résistance, on aurait pu en voir les traces. Mais à en croire le commandant Bodmer, la scène du crime n'a rien révélé de ce genre. »

Sean étudia la réaction du cardinal, qui leva soudain la main de manière à poser son menton sur son index replié, puis se lissa la mâchoire du pouce en songeant à ce qu'il venait d'entendre.

« Voilà qui est intéressant, dit-il après une longue minute de réflexion. Tout se tient parfaitement, sauf sur un point.

— Pourquoi cette invitation à la nuit tombée ? demanda Tommy.

— Oui.

— Je dirais qu'on lui a forcé la main, dit Sean. Ou que vous le connaissiez moins bien que vous ne le pensiez. »

Sean espérait ne pas avoir blessé inutilement le cardinal.

Klopp demeura stoïque, imperturbable. « Peut-on vraiment connaître quelqu'un ? demanda-t-il en baissant les yeux. On peut toujours imaginer que feu le cardinal Jarllson avait une double vie, mais j'en doute fort.

— Et pourquoi ? demanda Adriana, qui se pencha en avant pour planter ses coudes sur ses genoux.

— Parce qu'il m'avait prévenu. »

8

MALBORK

Assis à son bureau, Lucien Berger observait les oiseaux venus picorer sur la mangeoire devant l'immense fenêtre à sa droite. Il y avait plusieurs espèces, et chacune avait sa beauté.

Il s'était pris d'intérêt dès son plus jeune âge pour l'ornithologie, un des rares luxes alors à sa portée. L'enfance passait très vite pour les membres de l'ordre Teutonique, et ne laissait que peu de temps pour les jeux. Il ne regrettait pas d'avoir été éduqué pour devenir un guerrier, un tueur, et aucun désir ne l'avait jamais poussé à jouer avec les autres enfants ni avec les jouets déposés au pied du sapin de Noël. De telles envies étaient pour les faibles, les futurs esclaves de la société. Elles n'étaient pas pour lui ni ceux de son espèce.

Derrière les arbustes et les arbres d'ornement, il voyait le toit du château qui avait servi de siège à son ordre plusieurs siècles durant, et qui était devenu un musée inscrit au patrimoine mondial de l'Unesco.

L'idée le remplit soudain de chagrin. Inscrit au patrimoine mondial ? N'avait-il pas plutôt été injustement volé aux Teutoniques ?

Berger finit par chasser ce moment de faiblesse coupable auquel il venait de s'abandonner. Rien ne servait de s'apitoyer. Son seul désir était un désir de justice, pour un crime laissé impuni depuis bien trop longtemps.

Il regarda les toits de tuile et les imposants murs de brique. Les tours et les parapets avaient l'air de ne pas avoir changé depuis l'extension de la forteresse sept siècles auparavant. Berger n'avait pas encore eu le privilège d'y habiter, d'y gouverner, ni d'y partager des festins près du feu de cheminée dans la grande salle en écoutant ses compagnons raconter leurs conquêtes.

Non, l'ordre était condamné à vivre dans l'ombre, caché aux yeux du monde et menant ses opérations en secret. Au début, tout s'était passé au mieux, mais les grands maîtres étaient devenus vaniteux et complaisants. Ivres de vin, de pouvoir et d'argent, ils avaient dilapidé les immenses richesses accumulées au fil des siècles, mais aussi perdu de vue les principes qui avaient éclairé leurs prédécesseurs, assuré leur sécurité et préservé leur puissance vis-à-vis de la papauté et de la plupart des gouvernements.

Plus les dirigeants s'engraissaient, plus ils exposaient l'ordre à la corruption, tant de l'intérieur que de l'extérieur.

Berger comprenait bien les raisons du déclin qui avait frappé l'un des plus grands États militaires de toute l'histoire. Tel était le revers de la victoire et de la paix. Ils étaient devenus l'une des organisations les plus puissantes au monde, crainte même des empires et des royaumes.

Inquiète est la tête qui porte une couronne, songea-t-il.

L'ordre avait éveillé les jalousies. Sa puissance, l'impudence avec laquelle il menait ses affaires avaient agacé rois et papes. Les chevaliers s'étaient crus intouchables du fait de leurs compétences militaires, mais aussi de la conviction qu'ils avaient d'être sacrés, au-dessus des autres, et, pour certains grands maîtres, presque les égaux du pape lui-même.

Berger aurait-il su éviter de tels pièges ? Il aimait à le croire, mais il avait assez d'intelligence pour savoir que nul n'était à l'abri de la tentation. Il avait lui-même commis de nombreuses erreurs, mais il avait toujours appris en cours de route : là était la clé du succès.

Les empires ne cessaient jamais de se faire et de se défaire. Les rois imposaient leur pouvoir par des victoires sanglantes ou des stratagèmes politiques. L'ordre Teutonique ne faisait pas exception. Les royaumes, les gouvernements étaient composés d'hommes, avec tous leurs défauts et leur tendance à décliner dès lors qu'ils se laissaient aller.

Tel avait été le destin des Teutoniques. Berger était cependant convaincu que le temps viendrait où ils renaîtraient de leurs cendres et retrouveraient la place qui leur revenait, au sommet du monde.

Il avait regardé avec mépris l'Église elle-même tomber sous le coup de la corruption et de ce mal galopant qui, tel un virus, envahissait la planète : turpitude, tolérance, consentement à des mœurs notoirement impies.

Le pape était allé trop loin. Berger l'avait entendu dire à la télévision qu'il fallait œuvrer à la paix entre juifs, chrétiens et musulmans dans le monde entier.

Les images de ce discours l'avaient mis en colère, tout en le renvoyant à son impuissance. Plusieurs siècles plus tôt, le grand maître se serait chargé personnellement de cette situation. Le pape aurait été frappé d'un mal incurable aux progrès rapides, et, à sa mort, son successeur aurait été élu parmi une sélection de cardinaux approuvés par les Teutoniques.

Ce mode de fonctionnement n'était plus d'actualité. L'ordre ne disposait que de maigres ressources, et, si son arsenal comptait assez d'armes et de munitions pour conquérir une petite ville, sa puissance et sa richesse étaient loin d'égaler celles de son âge d'or. Les chevaliers eux-mêmes n'étaient plus très nombreux.

Certes, ils avaient leurs pions, ceux de leurs membres qui se consacraient aux bonnes œuvres en ignorant tout de la véritable mission de l'organisation. Celle-ci avait toujours joué ce rôle, car, après tout, elle avait été fondée sur les valeurs chrétiennes du secours aux nécessiteux. Le bras caritatif de l'organisation n'avait pas besoin de savoir ce qu'ourdissait l'autre, le bras armé resté oisif pendant de trop nombreuses années.

Comme ses prédécesseurs, Berger avait été réduit à guetter le moment propice. L'ordre avait toujours son fonctionnement habituel. Il poursuivait en surface ses actions caritatives pendant que ses informateurs, tapis dans l'ombre, attendaient un élément décisif.

C'était le plus grand des hasards qui avait amené le cardinal Jarllson à découvrir cette vieille lettre dans les archives du Vatican. Pourquoi cet homme était-il allé mettre son nez dans ces documents ? Pour Berger, c'était un mystère, mais il y voyait le signe que le jour de leur grand retour approchait.

Il avait cru qu'il pourrait l'amadouer. Le cardinal Jarllson comptait parmi les favoris à la succession du pape, même si rien ne permettait de savoir quand la question se poserait. Le souverain pontife semblait en bonne santé et pouvait encore vivre une bonne dizaine d'années. Berger savait que le pape était quasiment imperméable à ses avances, mais il n'en allait pas de même avec un cardinal.

Berger avait ainsi fait savoir à Jarllson qu'il veillerait à le récompenser s'il lui remettait cette lettre. Il n'avait pas été nécessaire de lui donner davantage de précisions. Si Jarllson n'était pas vénal, il cherchait clairement les honneurs. Il se croyait digne de prendre la tête de l'Église, mais il avait un adversaire en la personne de Klopp, qui avait le soutien du souverain pontife et même du conclave dans sa majorité. Son ambition avait peu de chances d'aboutir, du moins sans une aide extérieure.

Pourtant, Jarllson semblait au-dessus de ce genre de procédé. Non seulement il avait refusé l'offre de Berger, mais il avait remis la lettre de Napoléon au cardinal Klopp pour qu'elle reste hors de portée.

Klopp croupissait maintenant dans les geôles du Vatican. Cette drôle de prison avait beau être loin de la haute sécurité, il était presque impossible d'arriver jusque-là. Si Berger voulait mettre la main sur cette lettre et sur l'information qu'elle contenait, il devrait prendre une autre voie.

Or voilà que la chance lui souriait et qu'une opportunité se dessinait en conséquence de ses actions. La mort de Jarllson avait en effet conduit Klopp à solliciter un groupe d'experts archéologues américains. L'IAA était apparemment renommée pour ses exploits dans le recouvrement et la restitution d'objets patrimoniaux, même si Berger n'avait jamais entendu parler d'elle ni des deux hommes qui étaient sur l'affaire avant que Klopp ne les contacte.

Tommy Schultz semblait disposer intelligemment d'une fortune héritée de longue date. Avec son agence, il s'était attiré un immense respect pour son travail de remise en circulation d'objets de premier ordre et s'était imposé dans le monde des historiens. Il ne représentait pas un obstacle, sauf s'il était maintenant en possession de la lettre. Ce point manquait encore de clarté.

Pour Sean Wyatt, c'était une autre histoire. Reconstituer son parcours n'avait pas été une mince affaire. C'était là un très mauvais signe. Berger n'avait trouvé que de rares éléments, qui remontaient à ses années d'études ; après cela, tout se passait comme s'il avait disparu des radars. La seule information récente qu'il avait pu trouver lui était venue d'articles sur l'IAA et sur ses diverses missions.

En creusant plus loin, Berger avait déterré des informations autrement plus importantes, mais aussi déroutantes.

La conclusion devant la rareté des informations sur son passé et la nature de ses exploits – élimination préventive de tueurs et de voleurs – n'avait pas été difficile à tirer : Wyatt était clairement un ex-agent spécial. Dans quel service, la chose n'était pas claire, mais cela même montrait que c'était sans doute l'un des services les plus secrets.

Le FBI, la CIA, la NSA et une ou deux autres agences étaient connus en matière d'espionnage américain, mais il existait également des organisations fantômes, toujours absentes des gros titres comme des affiches de cinéma. Berger savait que certaines d'entre elles se chargeaient du travail que les autres ne voulaient ou ne pouvaient pas faire. Ces missions suicidaires étaient confiées aux agents les plus endurcis, ceux qui avaient suivi des formations si éprouvantes que seuls les plus zélés les avaient supportées.

C'était donc à un homme de cette trempe que Berger pensait avoir affaire, un guerrier d'élite redoutable en qui il voyait un peu son alter ego. Si Schultz ne lui posait a priori aucun problème, Wyatt exigeait plus de précautions. La femme aussi.

Son profil semblait quelque peu énigmatique. Épouse de Sean Wyatt, elle avait une activité visible depuis quelques années avec l'IAA, mais, au-delà de rares articles que Berger avait pu glaner et où figurait sa photo, on ne trouvait rien sur elle. Elle faisait figure de fantôme, et, si Berger ne versait pas dans la superstition, il n'était pas sans crainte. Il connaissait son nom, Adriana Villa, mais il n'avait pas d'éléments sur elle, en tout cas rien qui paraisse correspondre à son portrait physique.

Berger n'avait pas rencontré pareil défi depuis longtemps. Avoir un secret à percer, un mystère à résoudre, le stimulait jusqu'à un certain point. Il recherchait pourtant vainement la clé, et, où qu'il se tourne, il butait sans cesse contre un nouvel obstacle. Il lui arrivait de se demander s'il s'agissait d'une orpheline qui avait changé de nom, une hypothèse qui pouvait expliquer la rareté des informations sur elle, mais, vu le profil de ses acolytes, Berger avait des doutes.

Ses soupçons étaient déroutants, même pour un guerrier aussi endurci que lui.

Il y avait des abîmes et des bas-fonds de la criminalité où seuls les téméraires et les grands de ce monde pouvaient oser s'aventurer sans crainte. Berger savait que la chose était nécessaire. Plusieurs siècles auparavant, un religieux eût été mal vu dans ce genre de lieu, mais c'était parfois devenu le seul moyen pour les Teutoniques de mettre la main sur des informations vitales, sans oublier qu'accompagner les pécheurs correspondait aux enseignements du christianisme.

Il se gratta la tête en pensant à Adriana Villa et chassa l'idée pour la énième fois. Non, elle ne comptait pas au nombre des Assassins, ni des Templiers. Non, elle n'était pas membre d'une organisation militaire ultrasecrète. Ce n'étaient là que des histoires à faire peur, à dormir debout. Cette femme était-elle un ancien agent du MI6 ou du KGB, même si ses origines espagnoles contredisaient largement cette hypothèse ?

En tout cas, il fallait faire attention à elle.

Berger quitta son bureau et alla à la fenêtre, faisant fuir la plupart des oiseaux dans un furieux battement d'ailes.

Il observait toujours les toits de tuile au loin. Cette forteresse construite par son ordre plusieurs siècles plus tôt lui revenait de droit, mais il était réduit à ce lieu minuscule. Il balaya la salle du regard comme il l'avait déjà fait plusieurs centaines de fois, avec une colère sourde.

Son sort n'était en réalité pas si méprisable. Beaucoup auraient été reconnaissants d'avoir un tel manoir, une bâtisse de deux siècles remplissant cinq cent cinquante mètres carrés sur deux niveaux et déjà rénovée plusieurs dizaines de fois. Elle pouvait passer à bien des égards pour un petit palais.

Ce manoir, situé sur une petite parcelle de terres agricoles à la sortie de Malbork, dans le nord de la Pologne, avait jadis fait fonction d'avant-poste de sécurité de ce côté de la ville en même temps que de source de production. Hautement progressistes, les chevaliers avaient vécu davantage de leurs aptitudes physiques et de leur dur labeur que des activités des serfs et des paysans. Contrairement aux rois et aux empereurs qui avaient érigé leurs puissances en taxant les pauvres, les Teutoniques s'étaient élevés au rang de puissance économique majeure quasiment par la seule force de leur talent pour le commerce et les affaires. Ces hommes ordinaires avaient ainsi créé de toutes pièces une entité politique dont le but, lui, n'avait rien d'ordinaire.

Le manoir était désormais le seul vestige de ce puissant régime, de cet âge d'or où les chevaliers étaient redoutés et respectés.

Comme ils le méritaient.

Berger posa ses mains sur le rebord de fenêtre et regarda le mouvement des feuilles dans les arbres derrière le double vitrage.

C'étaient les alliés mêmes des Teutoniques qui s'étaient retournés contre eux et qui les avaient dépouillés de tout ce qu'ils avaient acquis à la force de leurs mains. Le Grand Maître d'alors, l'un des stratèges les plus brillants qui eût jamais été à la tête de l'ordre, s'était révélé incapable de contenir une telle déferlante.

L'alliance de Rome et de puissants monarques ainsi que de seigneurs locaux avait été trop écrasante. Si ce manoir était demeuré en leur possession, c'était uniquement parce que les Teutoniques l'avaient bien dissimulé, en le faisant passer pour un refuge à leurs opposants en personne.

Les hommes étaient toujours les mêmes. Ils semblaient croire à ce qu'on leur disait de croire. Aucun de ceux qui étaient venus au manoir, que ce fût la population voisine ou les armées ennemies, n'y avait jamais vu de chevaliers, seulement des nobliaux qui avaient prêté serment au pape et aux rois de la région.

Dans leur grande naïveté, ils ne s'étaient jamais doutés qu'ils avaient sous les yeux le Grand Maître et ses associés.

La stratégie avait porté ses fruits, et elle avait été le seul moyen pour les Teutoniques de se maintenir en tant qu'organisation militaire.

Une nouvelle fois, ils s'étaient adaptés à leur environnement, comme toujours depuis la fondation de leur ordre à Saint-Jean-d'Acre, et s'étaient transformés en mercenaires, en espions, en tueurs à gages. Ils n'avaient certes pas agi de gaieté de cœur, mais la nécessité avait primé tout le reste. Ils avaient gardé le secret sur leur identité et sur leurs allégeances. Personne ne se doutait plus de leur existence. Tout le monde les croyait disparus, alors qu'ils n'avaient jamais cessé de se réinventer et de viser au rétablissement de leur ordre en tant que grande puissance mondiale. Experts du renseignement, ils monnayaient leurs trouvailles à des prix très élevés, qu'il s'agisse d'informations compromettantes ou de données de type militaire.

Les États-Unis comptaient parmi leurs meilleurs clients. Dès son indépendance, ce pays neuf avait développé un petit réseau d'espions, mais ses efforts avaient toujours été contrecarrés par les Britanniques et par les alliés de la Couronne, jaloux du succès des Américains. Les Teutoniques avaient su remarquer cette faille et s'étaient empressés de leur proposer leurs services.

La majeure partie des stratégies de surveillance et des systèmes de renseignement mis en place par les États-Unis étaient hérités de cette collaboration, même si les livres d'Histoire n'en parlaient jamais. Personne ne savait – ni ne pouvait savoir – que les Teutoniques s'étaient transformés en consultants, d'autant plus impossibles à détecter qu'ils avaient été oubliés. Devenus invisibles, à la fois pour les contemporains et dans les annales, ils avaient réussi un tour de force inimaginable pour la plupart des organisations de leur rang.

Le monde était en évolution permanente. En cela, rien de nouveau sous le soleil. Seuls ceux qui étaient forts et prêts à s'adapter pouvaient survivre.

La fortune amassée au fil des siècles par les Teutoniques leur servait à financer un spectre d'activités plus large. S'ils étaient encore éloignés de la puissance dont ils avaient joui à leur apogée, ils s'étaient néanmoins équipés des technologies de renseignement et des matériels de surveillance les plus performants. Ils avaient également fait l'acquisition de vastes terres agricoles sous des noms et des titres faits pour empêcher de remonter jusqu'à eux.

Le moment de la résurrection était arrivé. Berger le savait. Une fois en possession de la relique, plus rien ne les arrêterait.

Cette idée le laissa songeur, toujours à la fenêtre, et ses lèvres esquissèrent un frêle sourire. Le monde s'était fourvoyé. La décadence s'était immiscée, comme dans l'antique Israël. Berger regarda derrière son épaule et aperçut la Bible ouverte au milieu de son bureau, sur des versets qu'il avait lus, relus et étudiés pendant de nombreuses années.

Le premier livre des Rois était devenu pour lui tel un phare. Il y était question d'un peuple élu mais toujours rebelle aux commandements du Seigneur. De peine en châtiment, il finissait par se repentir et par revenir à Dieu.

Berger savait qu'à son époque aussi le peuple de la terre s'était détourné du chemin de Dieu. Il avait rejeté le Seigneur, sa Parole, tout comme les rois de l'antique Israël.

Dieu avait chaque fois envoyé un prophète pour les avertir, pour les corriger. Il avait aussi durement frappé le peuple pour lui faire retenir la leçon au moins jusqu'à la génération suivante.

Berger ne se prenait pas pour un prophète. Jamais il ne se laissait aller à une telle idée. C'eût été un blasphème. Jamais il n'avait eu de vision ni fait de miracle. Il n'était à ses yeux qu'un instrument, un outil dans les mains du Tout-Puissant.

S'il n'était pas prophète, du moins pouvait-il tenir lieu de berger. Il ne lui manquait plus que la houlette, et il ramènerait tout le troupeau au bercail.

9

VATICAN

« Il vous avait prévenu ? demanda Tommy d'un air incrédule. Que voulez-vous dire ? »

Klopp se redressa d'abord, puis se rappuya contre son dossier. Les fauteuils n'étaient pas très confortables, mais, dans une geôle, c'était déjà un luxe que d'en avoir.

« Le jour du meurtre, le cardinal est venu me voir. Il m'a parlé d'un homme – sans me donner de précisions – qui cherchait un objet qu'on lui avait dérobé depuis fort longtemps.

— La lettre, glissa Sean.

— Exactement. Jarllson était féru d'Histoire. Comme il savait que je le suis aussi, il m'avait envoyé un mail. J'ignore pourquoi il n'a pas préféré m'en parler en personne. Puis je l'ai vu au déjeuner, et il avait un air étrange.

— Étrange ?

— Il semblait effrayé, expliqua Klopp, les yeux baissés. Inquiet à propos de quelque chose. Il semble que ses craintes n'étaient pas infondées. »

Adriana voulait des précisions. « Vous a-t-il parlé de sa visite ?

— Non, répondit le cardinal en remuant la tête. Ce n'est qu'après le déjeuner qu'il m'a pris à part pour me confier ses inquiétudes. Il a dit que quelqu'un avait appris sa découverte et qu'il redoutait d'avoir des ennuis. Il n'a pas précisé quel genre d'ennuis, mais il m'a demandé de prendre la lettre pour la mettre dans un coffre-fort. Je lui ai demandé de qui il entendait la protéger, mais il ne m'a pas répondu.

— La relique ! » lança Sean.

Le cardinal écarquilla soudain les yeux. « Je vous demande pardon ?

— La lettre que vous avez remise au commandant Bodmer parlait d'une relique, d'un objet puissant que Napoléon avait besoin de récupérer, sans quoi il perdrait la bataille de Waterloo.

— Vous avez bonne mémoire, dit Klopp. Je crois que vous avez raison. Il était question d'une relique.

— Ça colle aussi avec l'histoire du message reçu par Jarllson, dit Tommy. Si cet homme cherchait un objet…

— Ou cette femme, corrigea Adriana.

— C'est vrai. Si cet homme ou cette femme cherchait… un objet qu'on lui avait dérobé, vous avez dit ?

Klopp acquiesça.

« C'était sans doute la relique. Cette personne savait que la lettre en parlait.

— Ce qui veut dire, poursuivit Sean, que cette lettre n'avait rien d'ordinaire. Nous avions cru comprendre qu'il s'agissait d'une sorte de gribouillis de Napoléon sur son lit de mort. Maintenant, j'en doute fort.

— Vous ne savez pas de quelle relique parle cette lettre ? demanda Tommy.

— Non, malheureusement, dit le cardinal. Je n'ai aucune idée de la relique dont il s'agit, encore moins de l'endroit où elle se trouve.

— Le meurtrier, dit Sean en supposant qu'il faisait un avec l'interlocuteur de Jarllson, disait qu'on lui avait dérobé cette relique. Le vol n'est pourtant pas la spécialité de l'Église, si je ne m'abuse.

— Effectivement, dit Klopp. Je ne vois pas qui aurait pu faire une chose pareille.

— La lettre de Napoléon suggère elle aussi que la relique lui a fait défaut. Il n'est pas question de vol, mais peut-être la lui avait-on soutirée de son vivant ? suggéra Tommy. Un de ses héritiers, peut-être ? Un descendant des Bonaparte ? Je sais qu'il y en a encore quelques-uns.

— Absolument, répondit Klopp. Une messe privée est célébrée chaque année sur sa tombe à Paris pour ses descendants. »

Aucune des personnes présentes ne le savait.

En reconstituant le puzzle pièce par pièce – la chronologie, les messages, la menace et l'élément contenu dans la lettre –, Sean entrevit une nouvelle hypothèse :

« Si Napoléon n'était plus en possession de cette relique, c'est qu'elle avait été volée, perdue, ou bien… »

Tous les yeux se tournèrent vers lui.

« Ou bien c'est qu'il l'avait cachée. »

Klopp serra les lèvres. Son front se plissa dans un effort de compréhension. « Cachée ?

— Oui, mais ce n'est qu'une hypothèse.

— Le problème, intervint Tommy, c'est qu'on n'a pas beaucoup d'indices.

— D'indices ? demanda Klopp.

— On a déjà été confrontés à ce genre de cas, Votre Éminence, et, chaque fois, la note ou la lettre contenait un indice qui conduisait à autre chose.

— Donc, une carte au trésor, en gros ? demanda ironiquement le cardinal.

— Voilà. Parfois, on trouve même de vraies cartes. Il est humain de vouloir cacher des objets précieux. Bijoux, trésors, reliques, objets, argent : personne ne veut perdre une richesse acquise à la sueur de son front.

— Ni se la faire voler, ajouta Sean.

— Très juste. Pendant la guerre de Sécession, les soldats des deux camps devaient sans arrêt cacher leur butin. Ils combattaient parfois loin des zones habitées pendant des semaines, voire des mois entiers. Impossible de déposer leurs richesses à la banque, surtout en territoire ennemi… Donc, ils les enfouissaient, et, pour pouvoir retrouver leur cachette, ils laissaient des marques sur des arbres, sur des pierres, ou bien ils se servaient de points de repère dans le paysage.

— Il y a une parabole de Jésus où un homme enterre son argent, dit Sean. Rien de nouveau là-dedans. Mais ceux qui cachent ainsi leurs biens laissent des indices qu'eux seuls, ou alors des chasseurs très affûtés, peuvent déchiffrer. »

Klopp eut soudain mal à la tête. Les commentaires partaient dans tous les sens, et il avait beau être un homme intelligent, il se sentait perdu.

« La lettre est donc une carte au trésor ? demanda-t-il finalement pour recentrer la discussion.

— Peut-être, dit Sean. Mais, à vrai dire, on n'en sait rien. On ne voit pas très bien ce qui peut nous guider, là-dedans. Désolé, mais je ne suis pas sûr qu'on puisse vous apporter grand-chose, à part en vous indiquant la manière dont le meurtrier s'est introduit dans l'appartement de Jarllson. » Sean paraissait découragé. Il regrettait de ne pas pouvoir être d'un plus grand secours, mais il arrivait au bout de ses moyens.

Il regarda Tommy et le vit absorbé dans une réflexion bouillonnante. Tommy ne comprenait pas tout, mais ne se décourageait pas, et Sean reconnut soudain la physionomie de son ami ; c'était celle qui leur annonçait invariablement des ennuis.

Sean se perdit lui-même dans ses pensées. Comment pouvait-il baisser les bras si facilement ? Ils avaient traversé l'océan Atlantique à la demande du cardinal, et, s'il pensait lui avoir apporté son aide, il voyait aussi que là n'avait pas été le véritable motif de l'invitation de Klopp, en tout cas pas le seul. Le cardinal avait sans doute ses propres hypothèses concernant la lettre, mais il leur cachait aussi quelque chose. La question était : quoi ?

Klopp avait un air dépité. Il appuya ses deux mains sur les accoudoirs, comme pour se lever, mais Sean l'arrêta.

« Et pour le reste, Votre Éminence ? »

Le cardinal se figea, puis tourna la tête.

« Le reste ?

— Il y a autre chose. Bodmer nous a parlé de quelque chose qu'on devait voir aussi. »

Le cardinal rougit. Il était incapable de mentir. Il pouvait toujours essayer, mais Sean sentait qu'il butait alors contre un point de doctrine. Il connaissait le commandement sur le faux témoignage.

Tommy et Adriana le dévisagèrent, comme si, par leurs seuls regards, ils pouvaient sonder son esprit.

« Je... je suis embarrassé.

— Embarrassé ? demanda Tommy avec une grimace perplexe.

— Cette lettre. Il y avait un dessin au bas de la page.

— Ah oui, cette rose. »

Le cardinal hocha la tête. « En fait, ce n'était pas le seul. J'ai... j'ai honte de le dire, mais j'ai supprimé l'autre.

— Supprimé ? » demanda Sean en s'efforçant de ne pas paraître scandalisé. Klopp avait-il vraiment détruit un document historique vieux de deux siècles ?

« Il montrait deux divinités païennes, expliqua Klopp. Ce genre de chose n'est pas autorisé dans la maison de Dieu.

— Mais la lettre ? insista Adriana.

— Je l'ai rapportée aux archives.

— Donc, tant qu'elle est aux archives, tout va bien, mais pas si elle en est sortie ?

— Conflit de loyauté, avoua Klopp. Envers l'Histoire, envers l'Église. Je sais que cela peut paraître idiot. »

Tommy soupira, soulagé de savoir que le document était intact, même s'il n'avait pas la moindre chance de le consulter lui-même. Le voyage aux archives du Vatican n'était pas de tout repos, et il avait le sentiment d'avoir atteint ses limites lors d'une précédente visite.

« J'ai opté pour un compromis.

— Vous voulez dire que les deux dessins se trouvaient sur deux feuilles différentes ? La lettre et un autre document ?

— L'autre feuille était vierge par ailleurs. Je me suis dit qu'a priori c'était l'ancienne enveloppe, une sorte de contenant. Je n'en sais rien. Elle n'avait pas la taille d'une enveloppe traditionnelle.

— Mais si Jarllson vous a remis les deux, objecta Tommy, c'est qu'il les avait trouvées l'une avec l'autre.

— Exact. »

Sean se leva et marcha jusqu'à l'autre bout de la pièce.

Bodmer l'observa, aux aguets.

Une fois devant le mur, Sean fit volte-face, puis recula de deux pas jusqu'au centre de la pièce avant de croiser les bras sur sa poitrine. Il portait une chemise blanche dont le bas dépassait sur son chino beige et dont les manches étaient retroussées sur ses avant-bras. Il leva la main droite à hauteur de ses lèvres, faisant ainsi tinter légèrement les perles de son bracelet.

La main contre sa joue, il soupira. « Ces dessins ont donc leur importance, mais laquelle ? »

Tommy hocha la tête et tourna les yeux vers le cardinal.

« Vous avez parlé de divinités païennes. Vous êtes sûr ? Vous les avez reconnues ?

— Bien sûr, répondit sèchement Klopp.

— C'est bien ce que je m'étais dit, mais j'ai pensé ensuite qu'il pouvait s'agir de héros, de rois ou d'empereurs.

— Quelles divinités ? » demanda Adriana en se penchant dans son fauteuil, les deux mains croisées sur ses genoux.

Klopp sembla hésiter. « Minerve et Apollon, dit-il enfin en se signant pour avoir prononcé leurs deux noms dans l'enceinte du Vatican.

— Minerve et Apollon, répéta Sean. Qu'est-ce qui a pu passer par la tête de Napoléon de dessiner deux dieux grecs et une rose ?

— Napoléon aimait les roses. » C'était la première intervention de Bodmer depuis ce qui paraissait une éternité.

Tous les yeux se tournèrent vers lui.

« Quoi ? demanda Sean en pivotant aussi les épaules.

— Bonaparte. C'est bien de lui que vous parlez, n'est-ce pas ? »

Tous acquiescèrent d'un mouvement de tête.

« L'empereur, oui… Il aimait les roses. Je pensais que tout le monde le savait.

— Euh, non », fit Sean en fronçant un sourcil. Il se tourna vers Tommy. « Tu savais ça, toi ?

— En fait, oui… Maintenant qu'il le dit, je me souviens d'en avoir entendu parler. » Les souvenirs commençaient à affluer. « Et Joséphine aussi. »

Bodmer affichait un sourire radieux, comme s'il avait résolu toute l'énigme. C'était d'ailleurs la première fois qu'ils le voyaient sourire. « Oui, Joséphine de Beauharnais avait une passion pour les roses. Il a construit pour elle un château avec une immense roseraie qui existe toujours. »

Tommy sourit, et sa tête s'agita. « Voilà, c'est ça ! s'écria-t-il. Chaque année, ça attire des foules de visiteurs. Jusque-là, je n'avais jamais vraiment songé à y aller.

— Il ne nous reste plus qu'à prendre l'avion, dit Sean, interrompant le moment d'intimité qui semblait s'être créé entre les deux hommes. C'est ça, l'idée ?

— Carrément, dit Tommy. On pourrait enquêter sur le terrain et voir ce qu'il y a à déterrer. » Il remarqua soudain l'air perturbé du cardinal. « Pas littéralement déterrer, Votre Éminence… Enfin, j'espère. Je vais appeler un ou deux contacts pour essayer d'arranger une visite privée, quitte à y aller le soir après la fermeture.

— Ça ne nous faciliterait pas la tâche.

— C'est vrai, mais peut-être qu'une brève visite suffira. Demander de l'aide au conservateur réduira le temps de recherche et nous permettra de concentrer nos efforts.

— Ça me convient, dit Sean.

— Encore un petit rappel », annonça Adriana.

Toutes les têtes se tournèrent vers elle. Elle se renfonça dans son fauteuil et leva le bras droit pour le passer par-dessus le dossier. Avec sa main qui pendait par-derrière, elle avait l'air d'une joueuse de poker.

« Quoi donc ? demanda Tommy.

— Joséphine. Napoléon l'appelait Rose. »

10

VATICAN

Sean vit le regard de Tommy briller de l'éclat qu'il avait toujours lorsqu'ils vivaient une aventure.

Ce drôle de mot, *aventure*, le fit sourire au fond de lui. Il convenait étrangement à la situation. Tous les deux se trouvaient à nouveau embarqués dans ce qui se présentait comme une enquête périlleuse, avec un meurtre, beaucoup de mystère et des indices fondés sur des faits historiques.

Klopp esquissa un sourire et joignit ses mains en cloche sur ses genoux. « Il semblerait que j'aie appelé les bonnes personnes », dit-il en lançant un regard jubilatoire au commandant, sans aller jusqu'à ajouter : « N'est-ce pas, Bodmer ? » S'autoriser une remarque si triviale n'était vraiment pas dans sa nature.

« Effectivement, Votre Éminence. » Bodmer, plus glaçant que jamais, se trouvait toujours à l'entrée, les bras croisés comme une statue.

« Je ne veux pas interrompre ces réjouissances, dit Sean, et encore moins doucher votre bel enthousiasme, mais il faut qu'on fasse des recherches et qu'on élabore un plan. Partir à Paris est une chose, mais visiter Rueil et le château de Malmaison sans la moindre idée de ce qu'on y cherche n'est pas vraiment ce qu'on peut faire de mieux.

— Carrément, dit Tommy avant de se tourner vers Adriana. Alors, comme ça, Napoléon l'appelait Rose ?

— Oui, de temps en temps, confirma Adriana. Mais, après leur divorce, je ne sais pas.

— Sans doute que non, dit-il d'un air amusé.

— Peut-être que ce n'est ni dans le jardin ni au château qu'il faut chercher », suggéra Sean.

Toutes les têtes se tournèrent vers lui, mais il en fallait plus pour lui faire perdre ses moyens. Il était habitué à être dans le viseur, pour ne pas dire dans le collimateur.

« Et si c'était sur Joséphine qu'on devait mener notre enquête ? La rose, c'est peut-être elle. » Sean se tourna vers Klopp, qui le suivait avec grande attention. « On peut faire des recherches, ici ?

— Mais certainement, répondit le cardinal. Que vous faut-il ?

— Une connexion, répondit Tommy à la place de Sean. Et j'ai des appels à passer.

— Bien sûr. Le réseau n'est pas idéal dans ce sous-sol, mais vous pouvez utiliser ma ligne fixe. Et notre connexion à Internet est performante. Vous pouvez vous servir de mon ordinateur, si vous le souhaitez, même si je suppose que vous avez apporté les vôtres.

— Effectivement. Mais on ne veut pas s'étaler. Vous n'avez déjà pas beaucoup d'espace, ici. » Tommy ne voulait pas paraître rude.

« Aucun problème, dit le cardinal. Vous avez parfaitement raison. Il vous faut un endroit où vous soyez à l'aise. Commandant, ajouta-t-il en se tournant vers Bodmer, reconduisez-les à l'étage et donnez-leur une salle de conférence, à moins qu'elles ne soient toutes occupées.

— Elles sont libres. Je vais les y conduire. » Bodmer parlait en militaire. Il allait droit au but, sans jamais un mot superflu. « Y a-t-il autre chose ?

— Non, dit Klopp en remuant la tête, c'est tout pour le moment. Je vous remercie de cette visite, commandant. Je sais que l'aller-retour n'a pas été une mince affaire.

— Je ne demande qu'à vous servir, Votre Éminence.

— N'exagérez rien. Vous me connaissez, je ne suis qu'un simple cardinal. »

Voyant Bodmer prêt à faire objection, il leva la main de manière à balayer tout commentaire. « Installez-les vite dans une salle de conférence. » Il se retourna vers ses visiteurs. « S'il y a autre chose, vous savez où me trouver, dit-il avec une lueur de malice dans le regard. Je ne bouge pas de cette cellule. »

Il parlait comme un détenu, alors qu'il n'était là que pour des raisons de sécurité.

« Merci de nous avoir accordé tout ce temps, Votre Éminence », dit Sean en se levant.

Tommy se leva à son tour et inclina la tête en signe de respect. Il ne savait pas s'il devait en rester à cette révérence ou bien serrer la main du cardinal.

Adriana fit un pas en avant, la main tendue. « Merci, Votre Éminence. J'espère qu'on arrivera à confondre le meurtrier et à élucider le mystère de cette lettre.

— Je vous en prie, mon enfant. Et merci. »

Le cardinal avait une peau de bébé. C'était un homme qui n'avait jamais eu à travailler de ses mains, ce dont Adriana ne fut ni étonnée ni indignée. Elle trouvait toujours très intéressant qu'une simple poignée de main puisse être si révélatrice sur la vie de ses interlocuteurs. Elle avait déjà eu une discussion avec Sean sur ce point : il avait la même expérience, et trouvait ce geste ordinaire très éloquent aussi.

Sean prit sa suite et secoua deux fois la main du cardinal, comme c'était la coutume, avant de laisser la place à Tommy.

« Commandant, tenez-moi au courant des progrès de l'enquête. J'espère que vous trouverez le ou les responsables.

— C'est entendu, Votre Éminence. »

Après une brève révérence, Bodmer sortit le premier.

Peu de paroles furent échangées dans l'ascenseur. Chacun pensait aux éléments et aux hypothèses qui venaient d'être exposés, tout en veillant sans doute aussi à respecter une convention sociale. Rares sont les gens qui engagent la conversation dans l'ascenseur, et le plus souvent leurs propos manquent de naturel et de spontanéité.

Dès l'ouverture des portes au rez-de-chaussée, Bodmer confirma ce principe en reprenant la parole.

« Les salles de conférence sont tout au bout, dit-il en désignant un grand couloir aux murs de pierre, ainsi qu'au sous-sol, derrière une série de bureaux. On en a trois, et en ce moment elles sont toutes libres. On ne s'en sert pas très souvent.

— Ah bon ? demanda Tommy comme un enfant en visite dans une chocolaterie.

— Il n'y a pas de commissions en ce moment, seulement des événements à préparer.

— Avec le pape ?

— Exact.

— Il n'y en a pas un peu tout le temps ?

— Effectivement », confirma Bodmer en continuant d'un pas décidé jusque devant une porte qui ouvrait sur une salle de conférence au style sobre. La table oblongue, en chêne épais, était entourée de fauteuils de bureau ordinaires, pas ceux en cuir avec de hauts dossiers comme on en voit dans les sièges d'entreprises cotées en milliards de dollars. « Tout est prévu très à l'avance, afin d'éviter les mauvaises surprises. »

Comme l'assassinat d'un cardinal en plein Vatican ? se dit Sean, qui garda sa remarque pour lui.

Ils entrèrent tous les quatre en file indienne et chacun s'installa. En arrivant, ils avaient laissé le plus gros de leurs bagages dans le bureau du commandant, mais Bodmer les avait autorisés à garder de petits sacs à dos en prévision de ce scénario.

Tommy sortit sa sacoche, puis son ordinateur, et l'ouvrit. L'écran, d'abord noir, s'alluma au bout d'un certain temps.

Sean et Adriana se préparèrent aussi.

Bodmer leur donna le nom et le mot de passe du réseau Wi-Fi pour qu'ils puissent faire toutes les recherches nécessaires.

Lorsqu'il les vit bien installés, il s'apprêta à repartir. « Y a-t-il autre chose ? Je vous prie de m'excuser, mais j'ai des affaires pressantes. »

Tommy préféra s'abstenir de lui demander un café, pour ne pas lui faire perdre de temps.

« On n'a besoin de rien, répondit Sean, qui avait deviné les pensées de son ami et qui aurait lui aussi bien apprécié un café.

— Très bien. Je vais rester dans mon bureau pendant une petite heure. Si vous avez besoin de quoi que ce soit, voyez avec Vincenzo à l'accueil. Il se fera un plaisir de vous être utile, et je vais lui dire de faire tout ce qu'il faut.

— Merci, commandant », lui répondit Sean.

Bodmer disparut et ses pas résonnèrent dans le couloir, de plus en plus faibles à mesure qu'il s'éloignait.

Sean se retourna vers Tommy, dont les doigts volaient déjà sur le clavier juste en face de lui.

« Une journée banale pour l'IAA, hein, Schultzie ? dit-il en souriant.

— Eh oui, fini les vacances.

— Tu parles, on n'a même pas eu le temps d'en profiter !

— Pas faux. » Tommy inclina légèrement la tête, puis haussa les épaules. « Mais que veux-tu ? On ne se refait pas.

— À qui le dis-tu ? »

Adriana était perdue dans ses pensées, les yeux fixés sur son écran. « Je me demande ce qu'il attendait de Jarllson, dit-elle, ignorant les plaisanteries des deux autres.

— C'est ce qu'il va falloir tirer au clair, répondit Tommy tout en saisissant un mot dans la barre de recherche. L'écran s'effaça d'abord, puis les résultats s'affichèrent sur la page. Il cliqua sur le premier lien, avant de regarder le texte et les images. « Il semblerait que la tombe de Joséphine soit à Rueil-Malmaison. Apparemment, elle est morte au château de Malmaison, et elle a été enterrée dans une église juste à côté.

— L'église Saint-Pierre-Saint-Paul, dit Sean.

— Celle-là même, dit Tommy, étonné. Comment tu savais ça ? »

Sean venait à peine d'ouvrir son ordinateur.

« J'y suis déjà allé une fois alors que j'étais à Paris en… en mission. »

Tommy ne voulait pas trop en savoir sur le début de carrière de Sean. Son ami avait sans doute fait pas mal de choses très glauques, et, sans être une petite nature, Tommy préférait esquiver le sujet autant que possible. Les histoires de violence avaient tendance à lui donner le cafard ou à lui ôter sa concentration, et, voulant éviter l'un autant que l'autre, il replongea le nez dans ses recherches.

« Ça ne m'a pas l'air sorcier, dit-il. Les visites sont autorisées. À mon avis, c'est le lieu idéal pour commencer notre petite enquête. »

Petite enquête ? Cette expression amusa beaucoup Sean. Cette enquête n'avait rien de petit. L'un des plus hauts représentants de l'Église catholique avait été assassiné au Vatican. À peine avaient-ils traversé l'océan Atlantique qu'ils devaient déjà repartir.

Non, vraiment, rien de petit là-dedans. En plus, ils devaient mener cette enquête presque à l'aveugle, avec pour seuls éléments matériels les divagations d'un empereur défait et d'étranges dessins au bas d'une feuille. Pas les circonstances les plus favorables.

Il se pencha sur son ordinateur et saisit une nouvelle requête. Au bout de quelques instants, Google afficha une page de liens en bleu. Adriana se tourna vers lui par curiosité et, le voyant cacher son écran comme un écolier, lui donna une tape sur le bras.

« Qu'est-ce que tu fabriques ? demanda-t-elle avec un rire incrédule.

— Je rafraîchis mes connaissances. J'ai eu quelques cours sur Napoléon dans ma jeunesse, mais j'ai presque tout oublié et, maintenant qu'il apparaît dans notre enquête, j'aimerais situer le personnage.

— C'est ça qu'il appelle travailler, dit Tommy sans lever les yeux de son écran.

— Parce que tu fais mieux, peut-être ? plaisanta Sean.

— J'avoue.

— Je le savais. Plus sérieusement, quel grand homme, ce Napoléon… Il n'avait pas l'air très croyant, mais il savait comment tirer profit des religions, et il faisait toujours preuve de respect à l'égard des nations qu'il voulait conquérir.

— Au contraire de ce que voudraient nous faire croire tous les historiens.

— En effet, dit Adriana. On me l'a toujours présenté comme un homme effronté, ambitieux et égocentrique. Bon, c'est vrai qu'il voulait dominer le monde, et, pour vouloir une chose pareille, il faut un ego disproportionné.

— Carrément, dit Tommy. Et il s'est parfois montré tyrannique. »

Sean était toujours absorbé dans ses lectures. « En tout cas, il l'aimait, sa Joséphine. Elle avait quelques années de plus que lui. Il lui a aménagé cette immense roseraie au château de Malmaison, et, même après leur divorce, apparemment, il pensait toujours à elle. Certains disent qu'il a essayé de l'oublier jusqu'à la fin de ses jours. »

Là-dessus, Tommy fronça les sourcils. « De quoi parlait cette lettre, déjà ? De sa plus grande force ?

— C'est ça. L'empereur craignait de perdre la bataille de Waterloo parce qu'il lui manquait la relique, sa plus grande force, même si l'on n'a toujours aucune idée de ce dont il parle.

— Joséphine est morte bien avant lui, en 1814, dit Adriana, qui regardait toujours l'écran de Sean. D'après cette page, elle venait de faire visiter ses jardins au tsar Alexandre Ier de Russie.

— Tiens, tiens. C'est à se demander de quoi ils ont bien pu parler. »

Sean fronça un sourcil. « Tu crois que le tsar l'a aidée ?

— Je n'en sais rien. Et je ne vois pas en quoi ça nous serait utile de le savoir, à part que la lettre nous semble situer l'emplacement de la relique grâce à une allusion à Joséphine.

— C'est donc là-bas qu'on doit aller, dit Sean.

— La tombe ne doit pas être difficile à trouver, dit Adriana.

— Non, dit Sean. Elle est même très accessible. »

Il préféra garder le fond de sa pensée pour lui.

Le meurtrier l'inquiétait. Il cherchait le même objet, la même relique. Cela pouvait leur valoir des ennuis, et Sean savait qu'il devait rester vigilant. Après plusieurs mois de tranquillité, il craignait d'être un peu rouillé.

« Donc, Paris ! dit Tommy tout en se renfonçant dans son fauteuil. Ce n'était pas très dur. Cette salle de conférence n'aura pas servi à grand-chose. » Tommy jouait la comédie. Il savait bien qu'ils étaient loin d'avoir résolu toute l'énigme et que des centaines de questions planaient encore sur cette affaire. Heureusement, il ne manquait pas de ressources ni de contacts dans ce genre de cas.

« Sean, tu peux appeler le pilote pour qu'il prépare le jet privé du Vatican ?

— D'accord. Il faut qu'il soit prêt pour quand ?

— D'ici deux heures. Dis-lui qu'on part à Paris. Il se débrouillera. »

Sean n'avait pas besoin qu'on lui dise comment faire. Il ne comptait plus le nombre de fois où il avait voyagé à bord du Gulfstream de l'IAA. Il prit son téléphone et composa le numéro.

« Adriana, tu peux chercher un endroit où loger, près de Rueil-Malmaison si possible ? »

Adriana acquiesça, un peu étonnée de voir Tommy prendre la direction des opérations. Ce n'était pas la première fois, mais il était le plus discret des deux et certainement le moins autoritaire.

« Qu'est-ce que tu fais ? demanda Sean.

— Je vais voir ce qu'en pensent nos jeunes. »

Tommy composa un numéro sur son appareil. Dès la deuxième sonnerie, une voix se fit entendre. « Hey, Tommy ! dit Alex. Alors, vous vous amusez bien, à Rome ? »

Tommy répondit par un léger sifflement. « Euh… oui, disons que pour le moment on est débordés.

— Et c'est pour ça que tu nous appelles ?

— Bingo. »

Alex Simms et sa femme, Tara, travaillaient au laboratoire secret de l'IAA à Atlanta. Supérieurement intelligents, extrêmement curieux de toutes les questions scientifiques et historiques, ils avaient une capacité quasiment surhumaine à se passer de sommeil. Tommy savait qu'il leur arrivait de rentrer chez eux, mais ils étaient toujours là avant lui et restaient toujours au bureau après lui. Tommy leur avait même installé deux lits de camp dans un placard, mais ils n'avaient pas l'air d'avoir servi.

Si la salle de conférence offrait de nombreuses ressources, les ordinateurs quantiques de l'IAA étaient capables d'une rapidité de recherche infiniment supérieure à tous les autres dans le monde, à l'exception de ceux de quelques fabricants de pointe qui ne les vendaient qu'aux services de renseignement les plus confidentiels.

« Qu'est-ce qu'on peut faire pour toi, aujourd'hui ? fit Alex.

— On est au Vatican, commença Tommy.

— Cool ! J'ai toujours voulu y aller !

— Moi qui croyais que vous ne quittiez jamais le laboratoire. Vous ne risquez pas de dépérir au soleil ?

— Très drôle », répondit Alex. C'était un jeune homme de vingt-sept ans doué d'un bon sens de l'humour et capable de repartie. « Préviens-moi quand tu rentres et je te prépare le Sanka. »

Tommy éclata de rire. « Tu sais ce que c'est ?

— Je ne suis pas né de la dernière pluie.

— Ni moi pendant la dernière guerre. J'ai à peine douze ans de plus que toi !

— Treize ?

— Euh… bon, on peut revenir à nos moutons ?

— Oui, chef. Que se passe-t-il ?

— J'aimerais savoir ce que vous pouvez trouver sur Minerve et Apollon.

— Les deux divinités antiques ?

— Oui, mais j'aimerais que vous creusiez un peu. Pour les bases, je connais. La mythologie n'est pas mon rayon, mais j'en sais suffisamment pour m'y retrouver dans les spécialités.

— Genre déesse de l'agriculture et dieu des arts ?

— Voilà, dit Tommy. Il me faut tout le reste. Il y a un truc qui doit m'échapper.

— Hey, Tommy ! fit soudain la voix de Tara. Alex t'a mis sur haut-parleur ! Alors, comme ça, tu es au Vatican et tu fais des recherches sur des divinités païennes ?

— Oui », dit Tommy dans un soupir. Il voyait déjà où elle voulait en venir.

« Je suppose que le pape ne peut pas te renseigner ?

— Je n'en sais rien, en tout cas on repart dans l'heure.

— Ah, et où ça ? »

Tommy se passa la main sur le front. « Paris. On cherche un lien entre ces divinités païennes et une lettre de Napoléon.

— *Le* Napoléon ? fit la voix d'Alex.

— Il y en a un autre ? À part dans le film ?

— Ha ha ! Non, je suppose que non.

— Mais, dis, quel est le lien entre Napoléon, Minerve et Apollon ? » demanda Tara à Tommy.

Sean, qui avait suivi la scène, ne put s'empêcher de rire.

« C'est… c'est justement la question que je me pose. Dites… vous vous moquez de moi, ou quoi ? »

Il y eut un blanc à l'autre bout de la ligne.

« Vous êtes toujours là ? » demanda Tommy. Il regarda son téléphone et vit que la conversation était toujours en cours. « Allô ?

— Oui, bonjour ? fit la voix d'Alex. Qui est à l'appareil ?

— C'est… Euh, Alex, c'est moi. »

Sean était littéralement mort de rire. Adriana ne comprit pas tout de suite, mais, en le voyant pianoter sur son téléphone sous le plateau de la table, elle devina qu'il envoyait des SMS aux deux tourtereaux de l'IAA pour leur dire de faire des farces à Tommy.

« Tu vas arrêter tes bêtises ? dit-elle d'un air réprobateur.

— Désolé, lui répondit Sean. Je n'ai pas pu m'empêcher.

— Compris, chef, dit enfin Tara. On fait un max de recherches sur Napoléon et les divinités païennes, et on te tient au courant.

— Merci, répondit Tommy, exaspéré. Appelez-moi quand vous voulez. Dès que vous trouvez quelque chose.

— Et vous allez faire quoi, à Paris ? demanda Alex.

— À part chercher le lien entre Napoléon et les divinités païennes ?

— Bah, oui !

— On va visiter la tombe de Joséphine de Beauharnais à Rueil-Malmaison. On espère trouver un indice pour avancer dans cette affaire de meurtre.

— Un meurtre ? C'est quoi, cette histoire, vous êtes flics, maintenant ?

— Il y a des claques qui se perdent ! Et deuxio, non. C'est le Vatican qui a fait appel à nous, comme je l'ai déjà dit, et on fait ce qu'on peut. Mais, d'après ce qu'on a vu, il y a quelque chose de louche, là-dedans.

— Pas étonnant.

— Sans blague. Bon, en tout cas, il faut qu'on bouge. Appelez-moi si vous trouvez quelque chose.

— Ou plutôt *quand*, corrigea Tara.

— Ah, enfin quelqu'un qui me parle comme il faut ! À bientôt, tous les deux.

— Au revoir, chef ! » conclurent joyeusement Alex et Tara.

Tommy raccrocha et, lorsqu'il posa l'appareil, il vit le regard malicieux de Sean. « Quoi ? fit-il, avant de comprendre. Ah, mais c'est toi qui leur as dit de me faire tourner en bourrique ? »

Sean haussa les épaules en se mettant à rire.

Adriana le regarda d'un air incrédule, mais ne put se retenir de rire elle-même. « Allez, les garçons, dit-elle en refermant son ordinateur. On part à Paris. »

11

MALBORK

Berger pressa le téléphone contre son oreille droite tout en regardant par la fenêtre de son bureau. La pluie battait sur le carreau, qu'elle éclaboussait par intermittence. De temps à autre, le ciel était traversé d'éclairs à quelques kilomètres de là, sans que l'orage paraisse jamais se rapprocher ni s'éloigner.

« Ils sont sur le départ, Grand Maître », annonça Michael. La voix du jeune chevalier n'exprimait ni urgence ni panique. Elle ne faisait que communiquer une information.

« Où vont-ils ?

— Ils ont quitté le Vatican il y a dix-sept minutes pour aller à l'aéroport.

— Vous avez une idée de leur destination ? »

Michael inspira bruyamment par les narines. « Paris. Ils pensent pouvoir trouver un indice sur la tombe de Joséphine de Beauharnais. »

Cette information ne manquait pas d'intérêt.

Au cours de ses recherches, Berger avait lui-même envisagé cette possibilité. Joséphine était morte quelques années avant Napoléon, et, si leur divorce avait forcément été tumultueux, l'empereur lui avait toujours gardé une place dans son cœur.

Berger ne pouvait pas concevoir de tels sentiments. Peut-être était-ce une conséquence de son éducation. Toute sa vie, il avait été entouré d'hommes qui lui avaient répété que la chasteté est importante, sans être essentielle. Les chevaliers n'étaient pas des hommes de robe, et ils n'étaient pas tenus par un vœu de célibat.

Berger avait eu plusieurs liaisons, mais aucune femme ne l'avait marqué comme Joséphine semblait avoir marqué Napoléon. À bien y réfléchir, si l'empereur avait compté parmi les hommes les plus puissants de la planète, il avait peut-être eu une faiblesse de ce côté-là. Chacun avait la sienne. Chacun avait une faille dans son armure. Berger s'était efforcé de réduire au minimum tout ce qui pouvait ressembler à une faiblesse en lui. Napoléon, apparemment, n'avait pas lutté.

Après le divorce, il n'avait plus jamais été le même, alors que Joséphine semblait avoir tourné la page, rompant tout lien physique et émotionnel avec lui.

« Rose, murmura Berger, presque dans un souffle.

— Je vous demande pardon, Grand Maître ? » La voix de Michael n'eut qu'un léger tressautement malgré son trouble.

« Rose, répéta le grand maître. Napoléon l'appelait Rose. Son troisième prénom, je crois. » Il ne le croyait pas, il le savait. C'était bien le troisième prénom de Joséphine, même si l'empereur s'en servait comme d'un terme affectueux.

Pourquoi Napoléon aurait-il caché la relique auprès de son ancienne épouse ?

Dans les derniers jours avant la bataille de Waterloo, l'empereur s'était montré changeant dans son comportement, dans ses actions. Presque distant. Préoccupé. Certains de ses contemporains l'avaient cru transformé par son exil sur l'île d'Elbe.

Berger savait qu'ils étaient loin du compte. L'ordre avait fini par intervenir. Les chevaliers avaient vu Napoléon accéder aux plus hautes sphères du pouvoir, et ils connaissaient exactement la raison de son ascension.

Il avait volé un objet qui ne lui appartenait pas, et qui était la propriété des Teutoniques dans leur place forte en pleine Méditerranée. Le grand maître avait dépêché ses meilleurs agents pour récupérer la relique et la remettre à la place qui lui revenait. S'ils avaient bien compris son importance en tant qu'objet sacré et qu'il fallait traiter comme tel, seul Berger était cependant conscient de son véritable pouvoir.

Les chevaliers avaient inlassablement surveillé Napoléon pour identifier sa faille et récupérer leur bien. L'empereur ne faisait pourtant pas une proie facile, car il était à tout instant entouré de sa propre garde, rompue au maniement des armes. Les chevaliers n'en avaient pas moins réussi à infiltrer sa résidence, mais la relique s'était révélée introuvable. S'il l'avait toujours en sa possession, il l'avait cachée dans une chambre forte ou dans un coffre-fort dont personne n'avait le secret.

Les chevaliers avaient envisagé de le tuer dans son sommeil, mais ils auraient alors risqué de ne plus jamais retrouver la relique.

Aussi avaient-ils épargné Napoléon, en tout cas au début.

Les visiteurs n'étaient pas repartis sans laisser un signe de leur passage. Ils avaient laissé un carré d'étoffe où était brodé leur emblème, une simple croix noire sur fond blanc, dont ils savaient qu'il le reconnaîtrait. Il était conscient de son crime ; le fait que les Teutoniques aient pu s'introduire jusque dans sa chambre signifiait clairement que sa vie était entre leurs mains.

Napoléon avait pourtant trouvé le moyen de cacher la relique en terre inconnue. Pendant des siècles, les grands maîtres s'étaient efforcés de découvrir son emplacement, en pure perte. Privés de tout indice, même d'une légende ou d'une rumeur, ils l'avaient crue perdue à tout jamais.

Jusqu'au jour où le cardinal Jarllson avait découvert la lettre.

Si seulement Berger avait réussi à mettre la main dessus…

Malheureusement, il n'avait pas eu d'autre choix que la fuite. Il était parti du Vatican en laissant ses instructions à Michael et aux autres chevaliers pour diriger l'ordre jusqu'à son retour.

Il avait escaladé le bâtiment avec la souplesse et la vigueur d'un homme de quinze ans de moins. Si ses muscles et ses articulations n'avaient plus la même réactivité que dans sa jeunesse, son entraînement et ses exercices quotidiens l'avaient maintenu en excellente forme.

Jarllson s'était cependant séparé de la lettre, et les chevaliers s'étaient retrouvés une fois de plus dans un cul-de-sac.

Mais voilà que le destin leur souriait. Ces trois Américains semblaient tenir une piste, et, si Berger faisait ce qu'il fallait, la relique reviendrait bientôt aux Teutoniques.

« Un de nos hommes est à Charles-de-Gaulle, Grand Maître. Quelles sont vos instructions pour lui ? »

Berger repensa à Napoléon et à la véritable cause de sa mort, telle que l'ordre Teutonique la lui avait révélée. Un chevalier l'avait suivi à Sainte-Hélène et l'avait soumis à une longue torture, glissant des poisons et des substances toxiques dans chacune de ses assiettes et de ses boissons.

Personne n'avait compris la situation. Les médecins avaient diagnostiqué un cancer de l'estomac, une cause de mort fréquente à cette époque, en rapport avec des carences alimentaires. En proie à des accès de folie, Napoléon avait eu d'étranges délires que ses proches avaient attribués à la douleur. Ce n'était qu'une partie de la vérité. Il luttait également contre les drogues qu'il avait ingérées et qui étaient de nature à lui faire révéler toute la vérité sur la relique et sur son emplacement.

Malheureusement, l'empereur avait succombé trop tôt à son mal. Ce dénouement avait été une catastrophe, et les Teutoniques avaient dû se résigner à leur vie de mercenaires et de consultants. S'ils reconstruisaient un jour leur empire, ce serait non sans peine, après des générations de labeur et de souffrance.

Jusqu'à Berger, les Grands Maîtres avaient perpétué l'ordre en sachant qu'ils ne récupéreraient sans doute jamais la puissante relique, et, selon lui, ce n'était pas plus mal. Ils n'y avaient jamais vu qu'un objet sacré, à exposer dans une vitrine pour que les fidèles puissent le vénérer. En vérité, cependant, cette relique possédait un pouvoir plus grand, plus important que tout ce qu'ils avaient imaginé.

Telles étaient les réflexions de Berger alors qu'il cherchait comment répondre à la question de Michael. Que faire à l'arrivée des Américains à Charles-de-Gaulle ?

« On sait ce qu'ils cherchent, dit-il enfin. Mais eux, est-ce qu'ils le savent ? »

Il y eut un blanc. « Je ne suis pas sûr, Grand Maître. Je ne crois pas.

— Ah, ces Yankees se croient donc lancés dans une chasse au trésor comme une autre ?

— Je crois.

— Parfait. Talonnez-les jusqu'à la tombe de Joséphine de Beauharnais. Observez-les. Et s'ils trouvent la relique, tuez-les et donnez-la-moi.

— Et s'ils ne la trouvent pas ? »

Le sourire de Berger laissa voir quelques dents. La foudre traversa soudain le ciel derrière la fenêtre. « Prenez au moins la lettre et tuez-les quand même. »

12

Paris

Sean mit le pied sur le tarmac et regarda autour de lui l'aéroport Charles-de-Gaulle.

C'était une succession assourdissante d'avions qui gagnaient la piste de décollage ou qui venaient de la piste d'atterrissage au loin.

Sean avait l'habitude des aéroports fréquentés, comme l'aéroport Hartsfield-Jackson d'Atlanta, qui était le plus important du monde par son trafic.

Les avions faisaient dans le ciel un ballet perpétuel. Sean était déjà passé plusieurs fois par Charles-de-Gaulle, le plus souvent en mission avec Axis, mais aussi une fois en vacances et deux fois avec l'IAA.

Pour les touristes, l'expérience tenait du cauchemar. Que ce soit par le RER ou en taxi, le trajet jusqu'au centre de Paris était interminable, et il fallait une longue escale pour pouvoir aller prendre des photos de la tour Eiffel sans avoir à se dépêcher.

Heureusement, Sean n'était pas pressé par le temps,

même si le meurtre du cardinal Jarllson était une affaire qu'il valait mieux élucider rapidement.

« On ne va pas faire attendre le Vatican…, murmura-t-il pour lui-même.

— Pardon ? demanda Tommy en se rapprochant de lui.

— Non, rien, répondit Sean en secouant la tête. J'étais en train de me dire qu'il faut se dépêcher si on ne veut pas contrarier le Vatican.

— Carrément », fit Tommy en regardant derrière lui leur avion.

Bodmer, toujours à bord, était en train de récupérer ses bagages.

Devant, Adriana était déjà en train de déposer son sac à dos et son sac de voyage dans le luxueux SUV noir qui les attendait.

« J'espère aussi qu'ils ne vont pas me mettre des bâtons dans les roues chaque fois que je leur demanderai une autorisation.

— Pourquoi feraient-ils une chose pareille ? demanda Sean en le regardant d'un air interrogateur.

— Je ne sais pas, répondit Tommy, songeur. Mais je n'ai pas envie de le découvrir. »

Le commandant Bodmer descendait la passerelle avec son sac en travers de l'épaule.

Sean et Tommy parcoururent la vingtaine de mètres qui les séparaient encore du SUV et déposèrent leurs bagages dans le coffre. Sean décida de garder sa sacoche d'ordinateur sur ses genoux. Le chauffeur, debout devant la portière avant, leur offrit une poignée de main.

« Mattias. Je serai votre chauffeur et agent de liaison. »

Mattias avait les cheveux entre châtain clair et blond foncé, et sa silhouette élancée – il devait faire soixante-quinze kilos pour un mètre quatre-vingts – était revêtue d'un costume noir et d'une chemise blanche avec une cravate noire. Il avait un visage oblong, un menton en pointe et un nez court et écrasé qui ne semblait pas à sa place.

Devant son élégance, Sean se demanda s'il avait prévu de les conduire à un gala ou sur la tombe de Joséphine de Beauharnais.

Tommy lui serra la main en premier. « Mattias, ravi de te revoir. J'espère que tout va bien pour toi. »

La poignée de main de Mattias n'était ni ferme ni lâche, comme s'il cherchait à ne paraître lui-même ni l'un ni l'autre.

« Le plaisir est pour moi, dit-il sobrement. Pourquoi ce voyage sur la tombe de Joséphine ? On m'a dit que je devais vous emmener là-bas.

— Pour être honnête, rien de très clair là-dedans. Ça peut être à peu près n'importe quoi. Tout ce qu'on sait, c'est qu'a priori c'est là-bas qu'il faut aller.

— Je suppose que vous ne pouvez pas me dire ce que vous cherchez ? demanda le chauffeur en se retournant, comme pour prendre place dans le véhicule.

— Si je le savais, je te le dirais, lui répondit Tommy. Mais on en est au même point que toi. »

Mattias parut se satisfaire de cette réponse. Il contracta soudain ses narines avant de pincer ses lèvres, comme pour réprimer un tic. « Dans ce cas, on y va ? dit-il en inclinant la tête, avec un geste vers le véhicule.

— Parfait. »

Tommy alla s'installer à l'avant, sur le siège passager, laissant Sean et Adriana occuper tout le deuxième rang, tandis que Bodmer, d'un air contrarié, prenait place sur la banquette du fond, qui lui offrait pourtant plus de place qu'il n'en fallait.

« Donc, dit Mattias en embrayant, vous allez à Rueil-Malmaison sur la tombe de Joséphine de Beauharnais, mais vous ne savez pas ce que vous cherchez ? »

Tommy préféra ne pas lui révéler trop d'informations, même s'il le connaissait et qu'il avait confiance en lui. Il avait déjà plusieurs collaborations à son actif avec Mattias, bien qu'aucune n'eût le mystère et le danger de celle-ci. Fondamentalement, ils intervenaient dans une enquête pour meurtre, et pas n'importe quel meurtre, puisqu'il avait eu lieu au cœur du Vatican. Une telle affaire exigeait beaucoup de discrétion.

« On suit ce qu'on pense être une piste », répondit Tommy. Ce n'était pas un mensonge, mais ce n'était pas non plus toute la vérité. Le fait est que personne, même Mattias, ne devait connaître la véritable raison de leur présence à Paris. « Personne ne sait où elle nous conduira.

— Vous avez traversé l'océan l'Atlantique et vous avez fait Rome-Paris sans la moindre idée de ce qui vous attendait ? » Mattias semblait à la fois sceptique et indifférent. Il était fascinant à observer de ce point de vue, tant mesurer son véritable intérêt pour la question était difficile.

« Exactement, dit Sean. Vous ne croiriez pas le nombre de voyages qu'on a faits pour rien.

— Ça n'a pas l'air très efficace, comme protocole. Si ?

— Disons que c'est pile ou face, répondit Tommy.

— Je vois. »

De bretelle en rocade, Mattias rejoignit enfin l'autoroute en direction de Paris, et la conversation changea de sujet, Tommy demandant notamment à Mattias ce qu'il était devenu et ce qu'il avait fait depuis la dernière fois.

Mattias était un historien spécialisé dans la Révolution française et l'histoire de l'État français. Il travaillait en indépendant, en dehors de tout cadre et de toute hiérarchie susceptible de lui imposer un emploi du temps. Les quelques livres qu'il avait publiés lui avaient rapporté un peu d'argent, mais il ne vivait pas dans le luxe, et il avait loué le SUV spécialement pour Tommy. Lui-même avait une voiture bien plus modeste et un trois-pièces sans prétention. L'une des deux chambres faisait office de bureau, avec un canapé convertible qui n'avait pas l'air de servir souvent. Mattias était plutôt du genre à rester soit le nez dans ses livres, soit le nez sur son écran. Ce n'était pas le travail le plus lucratif, mais il semblait s'en satisfaire et ne pas chercher davantage. Mattias était un homme sobre, sans ambition, et Tommy aimait bien ce caractère.

Lorsqu'ils arrivèrent à proximité de Rueil-Malmaison, le soleil se couchait déjà à l'horizon, tandis qu'à l'est, derrière eux, le ciel s'obscurcissait de plus en plus. Le trajet n'avait pris qu'une quarantaine de minutes, moins que Sean ne l'avait craint.

C'était une partie de la région parisienne où Sean n'était jamais allé, et, à sa connaissance, Tommy non plus.

Adriana demeurait quant à elle étrangement silencieuse.

Sean se demanda si elle connaissait cette banlieue huppée. Peut-être était-elle déjà venue dans le cadre d'une enquête sur une œuvre d'art volée, ou pour une tout autre raison. Née à Madrid, elle avait fait ses études au Royaume-Uni, était de nationalité américaine et avait voyagé dans le monde entier. Elle avait même – Sean l'avait appris peu avant et il avait encore du mal à se faire à l'idée – été formée dans une base de ninjas ultrasecrète.

« C'est pas mal, par ici », dit Tommy en écarquillant les yeux derrière le pare-brise.

Mattias enchaînait les avenues ou les rues sinueuses qui longeaient des immeubles et des propriétés bourgeoises. Il y avait des châteaux, des manoirs, tous conçus dans la même esthétique palatiale au carrefour des styles Renaissance, néoclassique et Empire.

« C'est drôle que je ne sois jamais venu », ajouta Tommy.

Mattias regardait toujours droit devant lui. « Pas d'un grand intérêt du point de vue archéologique, mon cher. Sans doute pour ça que tu n'es jamais venu. Non ? »

Il avait beau parler anglais, il avait ce tic très français et attachant de terminer ses phrases en disant *Si ?* ou *Non ?*.

« Sans doute, répondit Tommy. Sauf que, justement, on est ici pour visiter un lieu historique. »

Mattias accueillit cette information par un bourdonnement en fond de gorge. Au bout d'une énième allée, il traversa un rond-point, puis prit à droite et longea un immense hôtel particulier bordé d'imposants arbustes et orné de fleurs qui tombaient des fenêtres en cascade. La maison était éclairée par des projecteurs extérieurs.

Ils finirent par atteindre un autre îlot de résidences, et Mattias prit une ruelle à gauche avant de bifurquer à droite, d'une main experte, sur une petite aire de stationnement. Il cala le SUV entre deux voitures de taille plus réduite, en veillant à laisser assez d'espace des deux côtés pour que tous les occupants puissent sortir sans risque. C'était un bel exploit, car, dans ce parking, les voitures étaient dangereusement proches les unes des autres.

Mattias mit le frein à main, et les passagers commencèrent à sortir alors qu'il coupait le moteur.

L'air était frais et humide, sans surprise pour cette fin de printemps.

Mattias avança dans un renfoncement jusqu'à un portail noir à l'arrière d'un hôtel particulier, séparé de ses voisins par des murs de brique. Derrière, une pelouse luxuriante bordait une étroite allée pavée pour mener à une porte rouge, avec, de part et d'autre, des fenêtres ornées de jardinières débordant de fleurs roses, pourpres et jaunes. Une terrasse dallée en pavés de béton faisait une saillie de trois mètres, avec deux fauteuils disposés en V et une table basse au milieu, le tout en teck.

« C'est joli », commenta Tommy.

Sean et Adriana étaient du même avis.

Quant à Bodmer, il ne parla pas davantage que pendant le trajet.

Sean avait remarqué son étrange silence depuis leur arrivée à Paris, mais il ne lui posa pas de questions. Peut-être n'avait-il simplement rien à dire.

Mattias ouvrit le portail, puis conduisit le groupe jusqu'à la porte rouge, à l'arrière de l'hôtel particulier, qu'il ouvrit à son tour d'un geste brusque avant de tendre le trousseau à Tommy. « Gardez-le. J'ai des doubles. Quand vous partirez, laissez-le sous le paillasson. Je passerai le prendre dès que possible. Vérifiez juste que la porte est bien fermée.

— Entendu », dit Tommy avec un large sourire.

Enfin, Mattias entra. « Cette maison a été construite il y a trois siècles pour un émissaire du roi, dit-il avec un geste de la main droite qui semblait à la fois introduire un exposé et exprimer l'ennui d'avoir à le faire. Elle appartient maintenant à un ami très fortuné qui n'y met pratiquement jamais les pieds. Honnêtement, je ne sais pas pourquoi il l'a achetée, à part pour investir ou pour draguer les femmes en leur disant qu'il a un château à côté de Paris. »

Ce commentaire amusa beaucoup Sean.

« Comme il est toujours en voyage et qu'il a plein de résidences partout, il n'est pratiquement jamais là.

— Et maintenant, où est-il ? demanda Bodmer dans un accès de curiosité.

— Au Rwanda, répondit simplement Mattias.

— En Afrique ? demanda Tommy.

— À moins qu'il n'y ait un deuxième Rwanda ? Il est en train de monter une chaîne d'approvisionnement de café. Il s'est mis dans la tête qu'il y a des opportunités là-bas dans le marché du café et il cherche à capitaliser là-dessus. »

Sean et Tommy froncèrent les sourcils l'un comme l'autre, étonnés par ce qu'ils entendaient.

Mattias montra la cuisine, sur la gauche, avec du carrelage blanc jusqu'au plafond. Une immense hotte en inox était suspendue au-dessus de la gazinière. Les placards étaient en érable blanchi, et les huisseries noires semblaient avoir été artificiellement vieillies pour correspondre à l'atmosphère générale de la maison.

« Voilà donc la cuisine, et, à droite, comme vous voyez, un petit salon. » Mattias montra du bout du doigt une cheminée vide, entourée de deux fauteuils de cuir avec un canapé devant et surmontée d'une vue de Paris au printemps dont les fleurs colorées et lumineuses offraient un vif contraste avec cet environnement noir et blanc. Des deux côtés de la cheminée s'étendait une bibliothèque contenant des dizaines de volumes rangés par ordre alphabétique de nom d'auteur qui avaient l'air de ne jamais avoir été manipulés depuis le jour de leur installation.

« Je ne vous fais pas la visite complète… Vous ne m'avez pas l'air partis pour vous éterniser, et j'ai des affaires à régler. » Mattias se tourna vers Tommy en sortant de sa poche la clé du SUV. « Vous trouverez une suite parentale au rez-de-chaussée, deux à l'étage, et un bureau. Faites comme chez vous et restez aussi longtemps que vous voudrez, même si – ajouta-t-il avec une lueur de malice dans le regard –, vu le protocole que tu m'as exposé, Thomas, je doute que vous ayez besoin de plus d'un jour ou deux.

— Tu me connais, dit Tommy en ouvrant les bras comme en guise d'aveu avant de saisir la clé du SUV. Comment vas-tu rentrer ?

— Uber. Taxi. Le plus vite arrivé. Je vis à un quart d'heure d'ici. Ce n'est pas un problème.

— On peut vous ramener chez vous », offrit Adriana.

Il balaya la proposition d'un revers de main. « Ne dites pas de bêtises. Je suis ravi d'avoir pu vous aider.

— Merci, Mattias, dit Tommy. Tu nous as drôlement aidés, à la dernière minute, en plus.

— Je t'en prie. Tu en ferais autant pour moi. Et d'ailleurs, tu l'as déjà fait. Tu le sais très bien. » La voix de Mattias ne marquait pas d'émotion, mais tout le monde se demanda ce que Tommy avait pu faire pour qu'il se sente une telle dette envers lui.

« Carrément, dit Tommy.

— Sur ce, je vous tire ma révérence », dit Mattias, qui s'élança vers la porte et disparut dans la nuit.

Sean regarda un peu partout autour de lui pour s'adapter à ce nouveau logement, et ne s'aperçut qu'il avait faim que lorsqu'il entendit gargouiller son estomac. Il n'avait rien avalé depuis le petit déjeuner. Un comble alors qu'ils avaient fait escale en Italie, où il y a tant de bonnes spécialités. Heureusement, ils avaient troqué Rome contre Paris, où les options semblaient tout aussi alléchantes.

« On va dîner en ville ? demanda Sean.

— Oui, excellente idée, dit Tommy. Je meurs de faim. »

Adriana et Bodmer approuvèrent aussi.

« Parfait. On se répartit les chambres, et on part d'ici quelques minutes.

— Vous prenez le rez-de-chaussée, lui répondit Tommy. À moins que le commandant ne veuille partager la suite parentale avec moi ? ajouta-t-il en lançant un coup d'œil à Bodmer, plus sérieux que jamais.

— Pourquoi dormir dans la même chambre alors qu'il y en a encore deux à l'étage ? » Pas une once d'ironie dans son regard.

« Euh, bien vu, dit Tommy, tout à coup gêné par sa propre plaisanterie. Chacun la sienne. »

Sean fut très amusé par toute cette scène.

Adriana elle-même se mordit la lèvre et les suivit du regard alors qu'ils montaient l'escalier avec leurs sacs près de l'entrée principale, à l'autre bout de la maison.

Sean et elle transportèrent eux-mêmes leurs affaires dans la suite du rez-de-chaussée, qu'ils étudièrent consciencieusement. Une armoire faite d'un beau chêne sombre se dressait dans un coin, à côté d'une grande fenêtre occultée par des rideaux pourpres qui tombaient depuis un plafond de trois mètres soixante. La chambre dégageait une odeur de lavande et de lilas, et des bougies étaient posées sur une commode à droite de la fenêtre. Une autre porte dans le coin à droite conduisait dans la salle de bain attenante. Le lit bateau en chêne, de la même teinte et du même style que les deux autres meubles, était recouvert de draps blancs d'une propreté irréprochable et d'un édredon bleu marine.

Aux murs, de nouvelles vues parisiennes évoquaient aussi bien une chambre d'hôtel de luxe que la résidence privée d'un riche mécène.

« Il a l'air intéressant, ton ami Mattias, dit Adriana.

— C'est l'ami de Tommy. Pas le mien. Je viens à peine de le rencontrer, mais tu as raison, il a l'air intéressant. Tu crois qu'on ne peut pas lui faire confiance ? demanda soudain Sean avec un regard inquiet.

— Non, ce n'est pas ça. C'est juste qu'il ne montre aucune émotion. J'ai déjà rencontré des gens comme ça. On ne sait jamais à quoi s'en tenir. Ils font un peu penser à ces figurants dans les jeux vidéo.

— Sauf qu'il est historien et qu'il a publié des livres.

— C’est vrai. »

Sean répondit par un sourire béat. « Allez. On se change et on va dîner. »

Elle le serra contre elle, le temps de lui planter un baiser sur la joue. « Très bien, mon cher. »

13

Rueil-Malmaison

Sean fit de beaux rêves après le dîner, lequel occupait encore ses pensées le lendemain matin.

Ils avaient dégusté des tartes au roquefort et aux oignons caramélisés, un soufflé aux épinards, puis un plateau de fromage avec au moins trois variétés de pain, et, au dessert, la meilleure crème brûlée du monde. Sean connaissait pourtant deux excellentes adresses à Atlanta et à Chattanooga, mais leurs crèmes brûlées n'arrivaient pas à la cheville de celle-ci. Ils avaient terminé par un napoléon, une sorte de mille-feuille spongieux avec une épaisse crème fouettée, saupoudré de sucre glace.

Normalement, Sean faisait de son mieux pour manger équilibré, mais, ce soir-là, il fit une exception.

Les entrées avaient circulé autour de la table, un peu comme lors d'un repas de famille ou d'un buffet en plein air. Le pain avait été particulièrement croustillant, idéal avec le plateau de fromage et la salade agrémentée de tomates au vinaigre balsamique.

Après ce repas mémorable, ils avaient dormi comme des loirs. Sean lui-même, qui était parfois sujet aux insomnies et qui avait également le sommeil léger par entraînement, ne s'était réveillé qu'une fois, à cause de la sirène d'une voiture de police.

Sean ouvrit les paupières avec difficulté, comme deux vieilles portes aux gonds rouillés, et resta d'abord sans bouger. Il y eut quelques secondes de flottement pendant lesquelles il ne reconnut pas la chambre, puis le souvenir du dîner lui revint et une odeur de café lui arriva de la pièce d'à côté en même temps qu'un bruit de pression. Il se retourna vers sa gauche et s'aperçut qu'Adriana n'était pas là.

Il se leva et, après quelques étirements, se dirigea vers la cuisine. Adriana disposait sur la table un petit pot à lait et un sucrier qu'elle avait sans doute trouvé dans un placard.

« Ça t'arrive de faire la grasse matinée ? » demanda-t-il en se frottant la tête.

Elle ne se retourna qu'à demi, déjà consciente de sa présence et peu surprise. À force d'entraînement, elle avait acquis une ouïe fine qui lui avait rendu bien des services, surtout en territoire ennemi.

« Tu sais bien que non. Et ne fais pas non plus comme si c'était ton cas. Le plus souvent, tu es déjà debout quand je me réveille. » Là-dessus, elle se retourna vers la cafetière fumante. Le bruit avait cessé ; le café était prêt. Comme Sean.

Il traversa la cuisine, passa ses deux bras autour de sa taille, puis la serra un peu contre lui et lui embrassa la nuque.

« J'aime bien quand tu me fais des câlins, comme ça, très tôt le matin, dit-elle en souriant et en oubliant la cafetière.

— Et moi, j'aime bien quand tu me fais le café. »

Elle répondit à cette semi-plaisanterie par une tape sur l'épaule.

« Mais dans une cafetière italienne ? On est en France, tout de même ! »

Roulant les yeux au plafond, elle se libéra de son étreinte et versa un peu de café dans une tasse blanche avant de se tourner vers le sucre et le lait.

« Je dois me servir moi-même, c'est ça ?

— Mm-mm. Mesure de représailles. »

Il saisit d'un air amusé l'une des trois tasses qui étaient déjà sur la table et se versa du café avec un nuage de lait et une cuillerée de sucre. Il préférait ne pas faire d'excès.

« Et tu as bien dormi ? » demanda-t-il en revenant se serrer contre elle. Il prit une gorgée de café. « Très bon.

— Merci. Et, oui, j'ai bien dormi. Mais moins bien que toi, à ce que j'ai pu constater.

— Ha ha ! Je crois que je ne m'étais pas rendu compte à quel point j'étais fatigué.

— Ou à quel point tu avais trop mangé ?

— Aussi.

— Ce matin, petit déjeuner frugal.

— Ah oui ? » L'idée ne lui faisait pas très envie. « Moi, je ne regrette rien, pour le dîner d'hier. Rien de rien. »

Cette plaisanterie fit rire Adriana, dont les cheveux châtain foncé ondulèrent quand elle secoua la tête.

« Des fruits, du pain et du café, monsieur Wyatt. Pas besoin de toutes ces calories qui nous alourdissent.

— Si tu y tiens, fit Sean d'un air résigné. Et je doute que les pâtisseries soient ouvertes. Quoique…

— Non, surtout pas de gâteaux ! D'ailleurs, il ne faut pas tarder. Ils sont debout, tes petits camarades, là-haut ? »

Sean eut l'impression d'entendre sa mère, et s'aperçut qu'il ne l'avait pas eue au téléphone depuis un certain temps. Il l'appelait rarement et plutôt en privé, mais, depuis son mariage, il se forçait à le faire plus souvent, parfois avec Adriana. Il faudrait qu'il pense à lui envoyer un SMS plus tard dans la journée, peut-être avec une photo de la tombe de Joséphine, même si ce n'était pas vraiment son genre.

« D'accord pour un petit déjeuner frugal, mais, pour ce midi et ce soir, je ne promets rien. Et je ne suis pas monté voir ce que fabriquait Schultzie. Je ne suis pas son chaperon.

— Mon chaperon ? »

Sean et Adriana virent Tommy débarquer avec des cheveux en pétard, un tee-shirt Nirvana et un jean délavé. Lui qui portait toujours une chemise rentrée dans le pantalon semblait s'être habillé pour un concert de rock.

Pour Sean, ce genre de tenue était habituel. Ce matin-là, il avait troqué son éternel chino contre un jean et portait son tee-shirt Spider-Man, mais il était surpris de voir Tommy habillé d'une manière si négligée.

« Tu vas à un concert au Stade de France ? » demanda-t-il.

Tommy inspecta brièvement ses vêtements. « Mais non… Juste envie d'être à l'aise. Il va faire chaud, et j'en ai un peu marre de mon look semi-intello.

— Ouh-hou ! Vive la révolution !

— Arrête, dit Tommy, l'air un peu gêné. En plus, je me dis qu'il vaut mieux passer inaperçu et jouer les touristes américains lambda.

— Pour que les Français nous traitent mieux ? demanda Sean sur un ton sarcastique.

— Ah… Oui, tu as raison, mais je ne vais pas me changer maintenant. Et puis tu peux parler, tu es presque habillé pareil ! » Il traversa la cuisine pour se servir du café, avant de remarquer à gauche une grande boîte blanche avec les mots *Au Bon Pain* bosselés en lettres d'or et une guirlande de grappes de raisin et de feuilles de vigne autour. « Il y a quoi, dans cette boîte ?

— Rien de bien extraordinaire, grommela Sean.

— Tout ce qu'il faut pour le petit déjeuner, dit Adriana. Mais, apparemment, monsieur a décidé de faire la fine bouche. »

Tommy ouvrit le couvercle et trouva des croissants, un récipient contenant une salade de fruits et trois petits pots – miel, confiture et marmelade.

« Moi, ça me va, dit joyeusement Tommy.

— Et là-haut, ça s'est bien passé ? demanda Adriana.

— Oui, on a super bien dormi. »

Sean faillit régurgiter sa gorgée de café. « Quoi ? »

Tommy se frotta les sourcils et ne comprit ce qui se passait qu'au bout d'un certain temps. « Mais non…, dit-il alors. J'ai bien dormi et je suppose que le commandant aussi, en tout cas je ne l'ai pas entendu de la nuit. » Il ne put s'empêcher de rougir. C'était un habitué de ce genre de malentendu.

« Paaas de problème ! June n'en saura rien. »

Tommy leva les yeux au plafond et saisit une assiette blanche à gauche de la boîte pour y placer un croissant avec quelques grains de raisin, des fruits rouges et des tranches de banane.

Des bruits de pas dans l'escalier leur annoncèrent l'arrivée de Bodmer, dont les semelles résonnèrent lourdement à chaque marche.

« *Mornin' !* lança Sean avec un accent du Sud plus prononcé que jamais. Bien dormi ?

— Pas tellement, répondit Bodmer en fronçant les sourcils, avec d'énormes cernes sous les yeux. Le matelas était... moins ferme que ce dont j'ai l'habitude.

— C'est vrai qu'ils étaient un peu mous.

— Moi, ça ne m'a pas dérangé, dit Tommy. J'ai eu l'impression de flotter sur un petit nuage. »

Bodmer poussa un drôle de grognement, se traîna jusqu'à la cafetière, puis se servit une tasse dans laquelle il but à grand bruit, nullement incommodé par la chaleur. Il lui fallait absolument sa dose de caféine pour sortir de sa torpeur, et c'était tout ce qui comptait.

« Servez-vous dans la grande boîte blanche, lui dit Adriana. De quoi grignoter pour le petit déjeuner.

— Merci, lui répondit Bodmer d'un air absent.

— Sinon, dit Tommy pour changer de sujet, j'ai appelé une dame pour qu'on puisse visiter la tombe une demi-heure avant l'ouverture au public. Il va falloir partir bientôt. J'aimerais autant qu'il n'y ait pas trop de fidèles ni de touristes et qu'on puisse faire toutes nos recherches tranquillement.

— Oui, bonne idée, répondit Sean. Et merci d'avoir contacté cette dame. Ça devrait nous faciliter la tâche.

— J'espère bien », fit Tommy, pensant sans doute à des expériences similaires où Sean et lui avaient eu beau tout préparer, ils s'étaient retrouvés poursuivis par toutes sortes de difficultés comme autant de missiles à tête chercheuse, avec aussi un grand boum à la fin – au propre ou au figuré.

Ils finirent leur café et leur petit déjeuner sans ajouter grand-chose à la conversation. Sean étudia la carte sur son téléphone et traça l'itinéraire pour aller jusqu'à la tombe. Il consulta aussi son application de météo : le temps semblait idéal pour une petite virée à pied, le trajet ne prenant que cinq minutes.

Ils purent le vérifier pleinement dès leur sortie. Le soleil était déjà haut ; quelques traînées de nuages filaient dans un ciel bleu clair ; un air tiède venait caresser la peau, parfois rafraîchie par la brise dans les espaces ouverts.

Tommy admirait l'architecture des maisons et s'arrêta de nombreuses fois pour étudier le contour d'une entrée, d'un portique ou d'une toiture.

Sean et Adriana éprouvaient moins d'intérêt pour ce genre de choses, même s'ils appréciaient la promenade et commentaient aussi le style des bâtiments. Ils se souciaient davantage de savoir si quelqu'un les suivait. Leur formation approfondie les avait sauvés plus d'une fois au cours de leurs missions, et, si rien de suspect ne les avait encore frappés, ils n'oubliaient pas qu'il s'agissait d'une enquête pour meurtre et qu'il y avait forcément un meurtrier en liberté. À la moindre bévue, ils pouvaient finir comme le cardinal Jarllson.

Conformément aux prévisions, ils arrivèrent au bout de cinq minutes devant l'église Saint-Pierre-Saint-Paul, qui abritait la tombe de Joséphine de Beauharnais.

L'église était exactement comme dans les souvenirs de Sean, sur une place avec en son centre une fontaine aux jets circulaires et, tout autour, des boutiques, des cafés, des restaurants.

Deux statues de saint Pierre et saint Paul, sculptées dans la même pierre claire que le bâtiment, étaient placées dans des niches peu profondes de part et d'autre de la porte bleue qui servait d'entrée principale. Plus haut sur la façade se trouvaient aussi les statues de deux anges aux ailes repliées dans le dos et aux yeux perpétuellement baissés sur ce qui se passait au-dessous.

Tommy s'élança vers une jeune femme qui attendait à droite de l'entrée. Le parvis était encore clairsemé, mais les jeunes de la paroisse arriveraient bientôt pour préparer la messe des Rameaux du lendemain, et la tombe de Joséphine attirait elle-même de nombreux visiteurs.

D'origine asiatique, la jeune femme avait de longs cheveux noirs attachés dans le dos en queue-de-cheval et portait un joli tailleur bleu imprimé d'un motif à fleurs.

« *Bonjour !* dit-elle en venant à sa rencontre et en lui tendant la main.

— *Bonjour !*

— Monique. Ravie de vous rencontrer. C'est moi qui vais vous faire la visite.

— Tommy. Merci pour votre aide, surtout à la dernière minute, répondit-il avec toute la reconnaissance dont il était capable. Je sais qu'on vous donne du souci.

— Je vous en prie, répondit-elle avec un geste conciliant. C'est la moindre des choses, vu tout ce que vous avez fait pour le patrimoine français. Quand on a su qui cherchait à nous joindre, on a d'abord cru qu'on se moquait de nous. »

Tommy rougit et baissa la tête, pas encore tout à fait habitué au prestige dont l'avait paré la première grande découverte de l'IAA, plus d'une dizaine d'années auparavant.

« Voici mes accompagnateurs », dit-il en se retournant pour les inviter à se joindre à eux.

Tout le monde échangea des poignées de main. « Nous avons donc une petite demi-heure devant nous ? demanda-t-il après ces présentations.

— Une demi-heure, c'est ça. Je suis désolée de ne pas être arrivée plus tôt, mais c'était impossible.

— Non, c'est parfait. Absolument parfait. Vous n'aurez pas besoin de nous mettre dehors. »

Elle sourit devant tant de prévenance, puis, calant derrière son oreille une mèche échappée de sa queue-de-cheval, fit signe à ses quatre visiteurs de la suivre.

Dès qu'ils franchirent la porte bleue, l'odeur des vieilles églises leur emplit les narines, avec ce mélange de pierre, de bois ancien et de vague moisissure qui semblait invariablement régner dans ce genre d'édifice et qu'ils avaient appris à reconnaître.

Un léger relent d'encens flottait également, titillant leurs narines et ajoutant à ce mélange une note douce et relevée.

« Par ici », dit Monique. La nef, qu'ils avaient aperçue de loin tant qu'ils étaient restés à l'extérieur, avec ses rangées de chaises prêtes pour la messe, leur parut bien plus grande une fois qu'ils furent entrés. Remarquable de sobriété, elle ne présentait ni fresques au plafond, ni peintures de vieux maîtres sur les murs ou sur les colonnes. Le sol était ordinaire, et le dallage, sans éclat. On eût dit que les architectes avaient voulu bannir les distractions habituelles de ce genre de lieu. Il y avait néanmoins quelques œuvres ici et là, notamment une statue qui représentait un saint ou un ange. Plutôt qu'un temple au luxe séculaire, cette église semblait inviter les paroissiens à se concentrer sur le culte, sans breloques ni fantaisies.

Le chœur était illuminé par trois vitraux représentant les deux saints patrons de l'église à gauche et à droite de Jésus.

Sur son passage, Sean avait aussi remarqué, entre les piliers, les nombreux lustres qui baignaient de leur lumière à la fois les rangées de chaises et les allées latérales.

Monique tourna à droite dans une partie du chœur éclairée par une rosace sous la voûte. En approchant, ils distinguèrent, juste au-dessous, le sommet d'un portique de marbre dont les quatre piliers reposaient sur un large caisson au centre de la pièce. Sur ce caisson reposait une structure aux parois ornées de couronnes et de guirlandes, qui soutenait elle-même une statue de femme vêtue d'une robe fine, agenouillée dans une éternelle prière, devant un petit autel.

L'ensemble était d'une telle délicatesse qu'il donna à Sean et ses compagnons l'impression que Napoléon avait lui-même cherché les meilleurs tailleurs de pierre et les meilleurs sculpteurs de son époque pour créer cet ultime hommage à la femme qu'il avait aimée.

« Nous voici donc devant la tombe de Joséphine de Beauharnais, dit Sean, les yeux levés sur la sculpture et les mains posées sur les hanches.

— Spectaculaire, fit Tommy.

— Tellement majestueuse, ajouta Adriana.

— Digne de l'impératrice qu'elle a été, glissa Monique. Malgré son divorce et quelques décisions regrettables, beaucoup la considéraient encore comme une personnalité publique de premier ordre et la couvraient d'éloges. Si aujourd'hui les gens sont surtout attirés par sa roseraie, elle a accueilli dans son château de hauts dignitaires qui arrivaient du monde entier.

— Le tsar de Russie ayant été le dernier d'entre eux, rappela Sean.

— Effectivement. Et elle est morte peu après. »

Sean resta un moment plongé dans ses pensées. Par quelle étrange coïncidence était-elle morte d'un mal inconnu quelques jours à peine après avoir accueilli le tsar ? Les médecins avaient parlé de mort naturelle, mais Sean ne put s'empêcher de suspecter un acte de trahison. Du reste, peu leur importait. Ils n'étaient pas venus là pour élucider les causes et les circonstances de la mort de Joséphine, mais pour déterminer s'il y avait un lien entre sa tombe et la lettre que leur avait remise le cardinal Klopp.

14

RUEIL-MALMAISON

Sean sentit un mouvement derrière lui et regarda de l'autre côté du chœur. Personne. Il attendit un certain temps avant de détourner les yeux. Il savait que, lorsqu'un espion se croit détecté, il prend soin de disparaître jusqu'à ce que sa cible ait l'impression d'avoir été la proie d'une illusion. Sean avait dû recourir à ce procédé pendant une mission à Tokyo. Il avait suivi un homme dans un parc et, le sentant soudain gagné par la paranoïa, s'était glissé derrière un épais tronc d'arbre qui, heureusement, se trouvait là. Il n'était sorti de sa cachette qu'assez longtemps après pour être à peu près sûr que cet homme avait poursuivi son chemin.

Il balaya toute l'église du regard tandis que Monique leur exposait l'histoire de la tombe de Joséphine de Beauharnais.

Aucun mouvement. Personne derrière les piliers à droite ni à gauche. Sean dut se résigner à se retourner vers ses compagnons au moment où la jeune femme arrivait au bout de son exposé.

Il eut l'impression d'être en face d'une de ces guides-conférencières de musée ou de galerie d'art, mais préféra ne rien en dire de peur de l'offenser, alors qu'elle avait eu la gentillesse de leur ouvrir l'église.

Une fois qu'elle eut terminé son petit laïus, Monique les quitta en disant qu'ils pouvaient continuer leur visite sans elle, mais que, s'ils avaient besoin de quoi que ce soit, elle se tenait à leur disposition à l'entrée de l'église.

Lorsqu'elle fut suffisamment éloignée, Tommy prit la parole. « Bon, on y est. Mais qu'est-ce qu'on cherche ? »

Sean s'approcha du monument et regarda attentivement la sculpture de l'impératrice, puis la voûte au-dessus, et enfin le sol au-dessous de ses pieds.

Ses compagnons en firent autant de leur côté.

Adriana examina les deux faces latérales de la tombe.

Bodmer s'éloigna du groupe pour inspecter un pilier du chœur. Il parcourut sa surface lisse du doigt comme pour révéler un passage secret ou une tablette dissimulée.

Sean rejoignit Tommy à quelques pas sur sa droite, et ils observèrent tous les deux les colonnes de marbre qui soutenaient la voûte plein cintre au-dessus de Joséphine, avec des rangées de rosaces sculptées. Encore au-dessus, la lumière entrait elle-même dans le bâtiment par une rosace ornée de vitraux. Il ne s'agissait pas de roses à proprement parler, mais le détail était troublant.

« Tu en penses quoi ? demanda Sean.

— Je… je ne sais pas », avoua Tommy. Il croisa les bras sur sa poitrine, puis tourna la tête et partit examiner le côté droit du monument.

Adriana rejoignit Sean et regarda ses yeux gris-bleu. Elle n'arrivait jamais à décider s'ils étaient d'une couleur ou de l'autre. Elle avait l'impression qu'ils changeaient sans arrêt, et cela ne lui paraissait pas naturel. À cet instant, ils lui semblèrent d'un gris de pierre.

« Je ne vois rien, ici, chuchota-t-elle, l'écho de sa voix se réverbérant quand même dans l'édifice.

— Non, moi non plus », répondit-il. Il regarda une nouvelle fois la dédicace, *À Joséphine, Eugène et Hortense*, et la date, *1825*, qui étaient gravées sur la façade. D'après les informations que Sean avait pu trouver, le monument avait été érigé une dizaine d'années après la mort de Joséphine. « Je me demande si ces couronnes nous offrent une piste à suivre. »

La structure sur laquelle l'impératrice était agenouillée était ornée de couronnes, alignées à intervalles réguliers. Il y en avait trois sur chaque longueur et une sur chaque largeur.

« Huit couronnes en tout, murmura Adriana. Une pour chacune des nations conquises par Napoléon ?

— Il y en a eu huit ? Je n'ai pas pris la peine d'en faire le compte.

— Non, moi non plus, mais j'imagine qu'il y en a eu davantage, vu le nombre de campagnes qu'il a menées.

— Fausse piste, donc. La lettre parle de sa crainte de perdre la bataille de Waterloo parce qu'il lui manque sa plus grande force. Et si cette force était sans rapport avec Joséphine ? »

Cette question remettait soudain en cause toute l'entreprise. Avaient-ils quitté l'Italie dans une précipitation excessive ? Ils ne disposaient que d'indices ténus, plus ténus que jamais auparavant au cours de leurs enquêtes, et, d'après le peu qu'ils savaient, la tombe de Joséphine leur avait paru le meilleur parti, ce qui ne voulait pas dire qu'ils étaient au bon endroit. Sean avait assez d'expérience dans le métier pour savoir qu'il y avait toujours un autre moyen, une autre méthode.

Il repensa aux cours de maths de sa jeunesse. Ses professeurs avaient toujours détesté sa manière de trouver d'autres solutions, plus simples, à leurs problèmes complexes.

Ce souvenir le laissa songeur. « On a raté un truc », dit-il tout haut.

Adriana se mit à réfléchir.

Tommy les rejoignit et regarda Sean d'un air interrogateur. « Qu'est-ce que tu dis ?

— Sean ne pense pas qu'on soit au bon endroit, dit Adriana.

— Où d'autre ? fit Tommy. Napoléon l'appelait Rose. La rose, c'est elle. Non ?

— Peut-être pas », répondit Sean. Il recula de quelques pas pour voir le monument dans son ensemble. Bientôt, leur visite serait terminée, les fidèles et les touristes arriveraient, et il leur deviendrait presque impossible de poursuivre leur enquête.

Sean savait cependant que le problème n'était pas là. Même en passant des journées entières dans l'église Saint-Pierre-Saint-Paul, ils ne trouveraient rien. L'absence de ce qu'ils cherchaient en ce lieu silencieux lui parut soudain frappante.

« Pas la bonne porte, dit Sean.

— Une porte ? demanda le commandant Bodmer, qui rejoignait enfin le groupe.

— Je ne sais pas ce qu'on cherche, mais on n'a pas frappé à la bonne porte, expliqua Sean en repartant vers la sortie de l'église.

— Pardon ? Vous nous auriez fait perdre notre temps ? »

En entendant les paroles de Bodmer, Sean sentit s'allumer en lui une étincelle qui ne demandait qu'à s'étendre. « Fait perdre notre temps ? répéta-t-il après une volte-face. On est venus ici pour vous aider, commandant, parce que c'est notre spécialité. On ne vous a rien demandé en retour. Si vous pensez que c'est une perte de temps, libre à vous de rentrer au Vatican, et on repart chez nous. Vous nous avez peut-être pris pour les Braves d'Atlanta, mais dans ce cas vous avez fait erreur. On a une tendance au *strike out*, mais c'est parfois le prix à payer pour un *home run*. »

Le commandant ne comprit pas grand-chose à cette métaphore de base-ball, mais parut au moins saisir l'idée.

« Ce qu'on cherche est ailleurs, poursuivit Sean sans lui laisser le temps de répondre, et je finirai par trouver. »

Là-dessus, il tourna les talons.

Adriana lui emboîta le pas, mais Tommy s'attarda auprès du commandant, comme pour excuser son ami. « Euh... Il... Eh bien, il a raison, en fait ! Vous savez, vous feriez peut-être mieux de nous laisser faire comme on a envie. D'accord, Bibi ? » dit-il avant de lui donner une petite tape sur l'épaule.

Bodmer le suivit du regard alors qu'il rejoignait Sean et Adriana. Jamais personne ne l'avait remis à sa place d'une telle manière, et il était vexé. Il avait pourtant du respect pour tout homme qui cherchait à se défendre. Il s'agissait pour lui d'une qualité qui lui inspirait de l'admiration. Il chassa sa contrariété, ravala sa fierté, et rattrapa le groupe.

« Je… je vous prie de m'excuser, dit-il lorsqu'il arriva derrière Sean. Mon but n'était pas de vous offenser. Vous avez raison. Mon commentaire était parfaitement déplacé. Mgr Klopp juge que vous êtes les plus à même de mener cette enquête, et je me dois de me ranger à son avis. »

Sean ralentit un peu, mais ne s'arrêta pas.

« Vous êtes tout excusé, dit-il en se retournant vers le commandant. Je suis tout aussi déçu que vous. Un *strike out*, ça ne fait jamais plaisir, ajouta-t-il avec un clin d'œil.

— Et maintenant ? » demanda Bodmer, apparemment rassuré.

Tommy et Adriana n'avaient pas de réponse, mais Sean semblait en avoir une.

« C'est la guide qui va nous le dire. »

Dehors, exactement au même endroit que la première fois, ils retrouvèrent Monique avec son tailleur à motif. Des petits groupes de fidèles et de touristes attendaient de pouvoir entrer, les uns avec les croix en pendentif ou les gourmettes qu'ils avaient reçues en cadeau de communion, les autres avec des tee-shirts I LOVE PARIS ou même des bérets. Certains d'entre eux, clairement américains, portaient des casquettes avec le logo de leur équipe de football.

La jeune femme leur adressa un sourire poli. « Tout s'est bien passé ? Il vous reste encore cinq minutes, dit-elle en regardant sa montre. Ou peut-être avez-vous déjà vu tout ce que vous vouliez voir ?

— Oui, tout, répondit Sean. Merci de nous avoir ainsi facilité la tâche. Vous nous avez été d'une aide précieuse.

— J'en suis ravie. J'ai pourtant l'impression que vous avez une question à me poser, dit-elle en plissant les paupières. Que puis-je faire pour vous ?

— Vous avez vu juste », dit Sean. Ses trois compagnons restèrent derrière lui, Adriana en retrait sur sa droite. « Minerve et Apollon, ça vous dit quelque chose ?

— Bien sûr, dit-elle d'un air dubitatif, mais je ne suis pas certaine de pouvoir vous renseigner. Je connais bien l'église Saint-Pierre-Saint-Paul et Rueil-Malmaison, un peu moins la mythologie antique. »

Tommy sortit de sa réserve. « Justement, on se disait que vous pourriez nous dire s'il y a des représentations de ces divinités païennes à Rueil-Malmaison, surtout en lien avec Napoléon. »

Monique serra la mâchoire en réfléchissant à cette question. Pendant de longues secondes, elle resta silencieuse. « Je suis navrée, dit-elle enfin, mais je ne vois rien, et je ne vois pas non plus de lien plus général avec l'Empire. En tout cas, si Napoléon vous intéresse, vous pouvez toujours visiter le château, où vous pourrez voir sa bibliothèque privée.

— Sa bibliothèque privée ? répéta Adriana.

— Oui. Il a amassé une collection de livres assez impressionnante. La plupart se trouvent encore dans l'état où il les a laissés. D'ailleurs, à ma connaissance, sa bibliothèque n'a pas subi de changement majeur depuis sa mort.

— Elle est donc telle qu'il l'a laissée ? demanda Sean.

— Oui, pratiquement. »

Sean se retourna vers Tommy, Adriana, puis Bodmer, qui répondit par un bref hochement de tête. Même le pragmatique commandant de la Garde suisse semblait juger que c'était une bonne idée.

« Parfait, dit Sean. Encore merci pour votre aide. On va faire un tour au château. »

Tommy tendit la main à la jeune femme. « Merci, Monique. Sincèrement, vous nous avez bien aidés. Et vous avez été très aimable. Si un jour vous avez besoin de quoi que ce soit, n'hésitez pas à me demander. »

Monique eut un sourire timide. « Merci, dit-elle. Vous serez toujours les bienvenus. Revenez quand vous voulez.

— Merci », dit Adriana.

Bodmer enfin la remercia, et le groupe traversa la place en direction du château de Malmaison. Il était inutile de retourner à la maison pour prendre la voiture, puisqu'ils pouvaient faire le trajet à pied en quelques minutes, d'autant que le temps était clément. Le ciel était parfaitement dégagé, et, si l'air était frais, il ne faisait pas froid du tout.

Tommy appréciait ce climat. Il aimait Paris au printemps, avec toutes ces fleurs dans les jardinières, soit aux fenêtres des maisons, soit le long des trottoirs, ou en terre dans les jardins et les parcs.

Sean trébucha soudain et faillit tomber la tête la première. Tommy et Bodmer n'en surent rien, car ils marchaient devant, mais Adriana s'en aperçut.

Elle lui agrippa l'épaule d'une main ferme pour retenir sa chute et, en retrouvant l'équilibre, il comprit ce qui s'était passé : le lacet de sa chaussure gauche était défait.

« Juste un instant.

— Eh ! fit Adriana. Attendez-nous. »

Tommy et Bodmer se retournèrent pendant que Sean, un genou à terre, renouait son lacet. Un instant plus tard, il se redressait, et ce qu'il vit au loin le pétrifia.

Tommy comprit en voyant son expression qu'il se passait quelque chose.

« Tout va bien ! » dit tranquillement Sean en lissant son tee-shirt.

Tommy guettait pourtant des indices du danger.

Sean tourna les yeux vers sa droite.

Tommy n'était pas un novice. Il savait qu'il ne devait pas tourner la tête de façon évidente dans la même direction. Le regard de Sean lui avait suffi : il avait repéré un danger et lui avait indiqué d'où il venait.

« Tu as besoin d'aide ? demanda Tommy en s'élançant vers lui.

— Non, tout va bien ! répéta Sean. Ils sont deux, ajouta-t-il juste après à voix basse. Sur le banc public à côté de la fontaine. Ils nous surveillent. »

Tommy lui fit une tape dans le dos en souriant. « Il faut que tu fasses plus attention ! Moi qui croyais que tu savais faire tes lacets ! »

Tout en l'accompagnant, un bras sur son épaule, Tommy se retourna et aperçut les deux personnes que Sean prenait pour des espions.

« Un homme et une femme, chacun avec sa moto », murmura-t-il entre ses dents.

Sean avait d'abord repéré – admiré – les motos, reconnaissant deux Monster 821 de Ducati, modèle récent, avec une peinture noire mate rehaussée de lisérés rouge et argent. Puis il avait remarqué le couple sur le banc juste à côté. Tommy n'avait pas tort de faire le lien entre les deux, puisque, si la femme avait pensé à laisser son casque à sa poignée de guidon, à droite, l'homme avait fait l'erreur de garder le sien à côté de lui.

À un autre moment, Sean les aurait peut-être vus les yeux levés vers les oiseaux ou les nuages dans le ciel, mais, à l'instant où il s'était retourné, ils avaient les yeux braqués sur eux. Malgré leurs lunettes noires, il n'y avait aucune ambiguïté. Ils surveillaient Sean et ses compagnons.

Il avait oublié son admiration – son envie – pour les motos, et, tout en refaisant son lacet, il avait balayé toute la zone.

« Foutue cheville, fit Sean, elle se remet à me jouer des tours ! » Il grimaça théâtralement et glissa les doigts des deux mains autour de sa cheville comme pour alléger sa souffrance. « Une vieille blessure que je me suis faite au basket. Ça vous ennuie si on prend un taxi ? Je sais que le château n'est pas loin, mais je dois ménager un peu ma cheville. »

Bodmer fut le seul à ne pas comprendre. « Une blessure à la cheville ? Vous êtes sûr que vous préférez prendre un taxi ? C'est vraiment à deux pas. » Il montra la direction du château. En fait, la résidence de Joséphine n'était pas loin, mais on ne la voyait pas encore.

« Désolé, mon ami, dit Sean en s'appuyant sur l'épaule de Tommy. C'est moi qui réglerai la course. Évidemment, vous pouvez y aller à pied, mais je préférerais qu'on reste ensemble. »

Bodmer haussa les épaules, comme quelqu'un qui renonce à se disputer. Il craignait que ce trajet leur fasse perdre du temps, mais cette inquiétude fut immédiatement soulagée lorsqu'un taxi – un minivan aux roues noires et à la carrosserie bleu marine – arriva au coin de la rue et s'arrêta devant une boutique.

« En voilà un, dit Adriana. Je vais voir. » Elle parcourut aussitôt la petite dizaine de mètres qui les séparaient du taxi et se pencha au-dessus de la portière, les deux coudes sur le toit du véhicule. Ils la virent parler avec le chauffeur, puis leur faire signe d'approcher.

Le chauffeur avait des traits turcs. Depuis des décennies, les Turcs étaient nombreux à migrer en Europe, où l'on trouvait de plus en plus de kebabs, de bars à chicha, et même de cafés qui affichaient leurs tarifs en livre turque, comme Sean avait pu le constater la dernière fois qu'il était allé en Allemagne.

Non seulement il les avait toujours trouvés sympathiques et conciliants vis-à-vis des Occidentaux, mais la Turquie avait été l'une de ses destinations préférées. Quelques années plus tôt, il s'était réjoui de l'échec du putsch militaire et de la volonté apparente de la population de laisser les dirigeants en place. Sean se demanda si ce chauffeur était vraiment originaire de Turquie et comment il était venu à Paris.

« Vous êtes blessé à la jambe ? lui demanda le chauffeur quand ils furent tous à l'intérieur, en remettant le compteur à zéro.

— Plus ou moins, lui répondit Sean. Mais j'ai déjà moins mal.

— Tant mieux, dit le chauffeur en engageant le minivan sur la voie de gauche avant de s'arrêter à un feu. Les visites, c'est l'enfer quand on a du mal à marcher. »

Sean préféra ignorer ce commentaire et remarquer qu'il avait bel et bien un accent turc.

« Vous venez d'où ? » demanda-t-il, faussement naïf. Il souhaitait détourner la conversation de lui-même. Moins le chauffeur ferait attention à sa personne, mieux ce serait.

« Paris.

— Votre accent n'est pas parisien.

— Ah, non. Je suis né en Turquie. Je suis arrivé il y a dix-sept ans. Je vivais à Istanbul avec ma famille.

— Istanbul, quelle ville merveilleuse ! dit Sean en regardant Adriana. N'est-ce pas, chérie ?

— Oui, magnifique.

— Merci. Ça fait plaisir. Malheureusement, je n'y vais plus aussi souvent que je le voudrais. Pas assez d'argent, vous voyez.

— Toujours vite dépensé », répondit Sean.

Le chauffeur poursuivit sa route sur une allée bordée d'arbres, et un palais aux tons gris, du moins aux yeux de Sean, apparut soudain derrière une grille. Les rares nuages dans le ciel se dispersèrent et, lorsque le soleil frappa le bâtiment de toute sa force, les murs prirent une teinte beige éclatante.

Tommy, penché sur son téléphone, ne suivait pas la conversation. Il n'avait pas dit un seul mot de tout le trajet. Il regardait des photos, mais, comme il était à l'avant, sur le siège passager, ses compagnons ne pouvaient pas voir son écran.

« Ça va, devant ? » demanda Sean.

Tommy se contenta de remuer la tête d'un air absent. « Oui, ça y est, je crois que… j'ai la clé.

— La clé ? demanda Bodmer, sans comprendre.

— La réponse à notre question. »

15

RUEIL-MALMAISON

Une fois sur le trottoir, ils attendirent que le taxi soit reparti avant de marcher vers l'entrée du château de Malmaison. Le parfum de milliers de roses emplissait la brise estivale.

« Une bonne idée, ce trajet en taxi, dit Tommy une fois que le véhicule eut disparu. Je me demandais comment on allait pouvoir se débarrasser d'eux.

— Ils ne vont pas tarder à ressurgir. Tiens, cachons-nous là une minute, répondit Sean en montrant une large haie, impeccablement taillée, sur la droite.

— Que se passe-t-il ? » demanda Bodmer en voyant Tommy et Adriana lui emboîter le pas.

Sans s'arrêter, Sean le regarda par-dessus son épaule. « On est suivis, commandant. Faites comme nous si vous ne voulez pas qu'on soit repérés. Ils vont débarquer d'un instant à l'autre. »

Bodmer suivit le mouvement sans bien comprendre, et ils s'accroupirent tous les quatre dans l'ombre derrière la haie. Sans être une nécessité absolue, une telle précaution n'était pas non plus contre-indiquée.

Pas plus de dix secondes plus tard, le bruit de deux motos approcha. Sean poussa les branches les plus flexibles de l'arbuste qu'il avait devant lui et vit les Ducati arriver lentement, les deux motards tournant la tête de tous côtés en essayant de les repérer. Il lui fut impossible de voir leurs visages, car leurs casques avaient des viseurs teintés. Sean en avait cependant assez vu pour pouvoir les reconnaître sans difficulté, avec ou sans leurs casques et lunettes noires.

Les motos ralentirent encore à l'entrée du château. L'espace d'un instant, ils se demandèrent si leurs deux poursuivants allaient se garer pour continuer à pied.

À leur place, Sean s'en serait abstenu, et il était convaincu qu'ils préféreraient suivre le taxi, à une certaine distance. S'ils pensaient que Sean et ses compagnons étaient restés à bord, ils accéléreraient à la poursuite du taxi. S'ils les croyaient sortis pour mener leur enquête, ils gareraient leurs motos. Et il y aurait du grabuge.

Sean sentit son arme saillir sous la toile de son pantalon. Il avait dû opter pour un étui interne, avec une compresse pour plus de confort – ou plutôt pour moins d'inconfort –, où il n'avait pu mettre qu'un magasin à rangée unique, au lieu des magasins à double rangée qui avaient sa préférence. Il avait aussi dû choisir une arme plus fine que ce dont il avait l'habitude, et il ne trouvait pas naturel de pouvoir tenir en main toute la crosse, jusqu'à la détente. Les contraintes pratiques l'avaient pourtant emporté sur tout le reste. À Paris, on ne pouvait pas courir les rues avec un revolver au vu et au su de tous, même si l'on avait un permis, ce que de toute façon il n'avait pas.

En hiver, il aurait pu porter des vêtements assez larges, de nature à cacher une arme plus imposante. La chaleur du printemps n'avait pas que des avantages, même si cela permettait de voyager léger.

Sa main droite descendit inconsciemment le long de la toile, et il sentit bientôt sous son pouce la crosse rainurée de son arme. S'il devait tirer, il n'hésiterait pas. Il n'avait pas de protection, pas de gilet pare-balles du moins, et il savait que, en cas de fusillade, la vitesse serait décisive. Abattre un de leurs poursuivants rendrait immédiatement la situation plus difficile pour le deuxième et le contraindrait à envisager la fuite. Sean savait déjà lequel des deux il viserait le premier. À cette distance, il pouvait compter sur un bon degré de précision, mais ce n'était pas infaillible.

Il repéra les armes des motards, grossièrement camouflées à hauteur de leurs bottes, contre la coque des moteurs. Pas l'endroit idéal non plus, se dit Sean.

Ils furent tous soulagés lorsque leurs poursuivants, ne voyant pas leurs cibles, disparurent finalement sur leurs engins rugissants.

« C'était moins une », dit Tommy en ressortant de derrière la haie.

Il fut rejoint par les trois autres. Tous gardèrent les yeux braqués sur le bout de l'allée, même si l'ennemi était déjà loin.

« J'exige des explications, demanda Bodmer, retrouvant soudain son autorité de commandant de la Garde suisse.

— Nous sommes suivis par deux personnes, lui répondit sobrement Sean. Je les ai signalées à Tommy alors qu'on venait de quitter l'église. »

Bodmer tourna la tête vers le bas de l'allée, comme pour indiquer l'église, qui n'était pourtant plus visible, puis vers Sean, et, après un nouvel aller-retour, il s'arrêta sur lui. « Vous les aviez déjà remarqués à la sortie de l'église ?

— Oui. Désolé, mais la cheville, c'était du chiqué, même si je n'ai pas tout à fait menti. J'ai parfois des problèmes, qui datent de l'époque où je faisais du basket. Mon père me poussait toujours à travailler mon rebond, alors que j'étais arrière. Pas la meilleure idée quand on joue dans le poste bas, vous voyez ce que je veux dire ? »

Bodmer était soudain passé d'un problème de poursuite à un problème de blessure au basket, et, à voir son air ahuri, il était clair qu'il ne comprenait rien à ce sport non plus.

« Laissez tomber, dit Sean. L'essentiel, c'est qu'on les a repérés à temps et qu'on les a semés. Et toi, ajouta-t-il pour Tommy, qu'est-ce que tu regardais sur ton téléphone, comme ça ? »

Bodmer ne parut pas entièrement satisfait de cette réponse, mais il ne pouvait pas exiger davantage d'explications, du moins pour le moment. Le fait est que Sean et ses deux compagnons étaient déjà partis.

« Attendez ! s'écria Bodmer. Où allez-vous ?

— Au château ! Quelle question ! répondit Sean par-dessus son épaule. C'est pour ça qu'on est venus, et on a mieux à faire que de rester debout sur le trottoir. S'ils reviennent, il vaut mieux qu'on ne soit plus là et qu'on soit même bien à l'abri. Mais vous pouvez toujours retourner dans les buissons, si vous préférez. »

Le commandant le suivit en se mordant la lèvre. Il savait qu'il avait raison. Rester à un carrefour n'était pas une très bonne idée si les motards voulaient les tuer.

Tommy avait déjà acheté les billets, et ils se dirigèrent immédiatement vers l'employé le plus proche, au milieu de l'allée qui conduisait vers le bâtiment principal. Revêtu du même costume que l'employé de caisse, il avait le haut du crâne dégarni et reluisant, et des mèches brunes se perdaient derrière ses oreilles. Il affichait un sourire accueillant, et Sean se demanda s'il arrivait à le garder jusqu'à la fin de la journée malgré les questions des nombreux touristes.

« Voilà ce qu'on cherche », dit Tommy en montrant à Sean l'écran de son téléphone.

Sur la photo, on voyait une salle d'apparence ancienne, avec des airs de résidence privée réhabilitée en bâtiment public ou en musée. Sean avait déjà vu des lieux de ce genre, comme la Maison-Blanche, Monticello ou Mount Vernon, autant de vieilles demeures dont certaines pièces avaient été conservées en l'état.

Ils s'arrêtèrent pour la regarder avant de déranger le gardien. Sean put ainsi voir, sous un plafond d'un vert terne, des fauteuils, une bibliothèque, un bureau et d'autres meubles et menus objets qui dénotaient un riche propriétaire ayant vécu deux siècles plus tôt.

« C'est quoi ? demanda Sean.

— La bibliothèque de Napoléon ! Elle est ici, quelque part, et c'est elle qu'on cherche.

— D'accord, mais qu'est-ce que tu… » Il n'eut pas besoin de terminer sa phrase, car Tommy était déjà en train d'élargir un détail sur le plafond.

« Voilà, Minerve et Apollon ! Juste au-dessus du bureau de Napoléon. »

Bodmer et Adriana se penchèrent chacun au-dessus d'une épaule.

« Comment es-tu tombé là-dessus ? demanda Sean.

— Euh… Disons que… Google… » Un tel aveu paraissait lui coûter. Dans leur domaine d'activité, ce moteur de recherche semblait réservé aux amateurs, qui s'en tenaient presque toujours au premier résultat, souvent truffé d'erreurs.

Sean éclata d'un rire tonitruant, puis s'aperçut tout à coup de son manque de discrétion. « Pardon, dit-il. Il n'y a pas de mal, tu sais. Même moi, ça m'arrive tout le temps.

— Oui, mais pour des historiens, des archéologues comme nous, mieux vaut ne pas le crier sur les toits.

— Parce que tu t'inquiètes de ton image, maintenant ? demanda joyeusement Adriana.

— Surtout que, techniquement, le seul véritable archéologue, ici, c'est elle.

— Enfin, vous voyez ce que je veux dire.

— Que puis-je faire pour vous ? demanda soudain le gardien, qui attendait fébrilement à deux pas de là, trop près pour que Sean et ses compagnons puissent poursuivre une conversation privée.

— Oh, pardon, dit Sean en tournant soudain la tête vers lui. Bonjour, nous… Nous cherchons la bibliothèque de Napoléon. C'est vrai qu'elle n'a pas été réaménagée depuis sa mort ?

— *Yes*, tout à fait, répondit l'homme dans un mélange de français et d'anglais. Elle est à peu près dans l'état où l'empereur l'a laissée. »

À sa façon de dire « l'empereur », Sean eut un peu le sentiment qu'il était nostalgique de Bonaparte.

Il guetta la réaction de Tommy.

Celui-ci se contenta de hocher sobrement la tête, mais Sean voyait bien qu'il était tout excité. Il était rare de tomber sur des lieux ainsi préservés. Si l'entretien et la conservation des sites historiques étaient hautement appréciables pour les générations futures, on ne trouvait plus guère de lieux authentiques, du moins d'une telle importance. C'était donc un joyau, d'autant plus précieux qu'il était insoupçonné.

« Parfait, répondit Sean pour éviter toute effusion gênante. Vous pouvez nous montrer le chemin ? »

L'employé leur donna quelques indications sommaires appuyées par un index agité.

« *Merci !* » bredouillèrent-ils en s'éloignant.

Le château se trouvait au bout d'un grand jardin, avec des dégagements à différents niveaux. Partout s'étendaient des parterres de roses et d'une grande variété d'arbustes, et, çà et là, des haies bien nettes séparaient encore et toujours des roses, l'attraction principale du parc.

Sean partit de l'avant, jusqu'au moment où ils trouvèrent l'entrée que leur avait indiquée le gardien. Ils traversèrent un petit couloir bordé de girandoles dorées et de peintures qui représentaient des scènes de la vie quotidienne au début du XIXe siècle, et agrémenté de petits meubles, dont des fauteuils capitonnés et des tables d'appoint en bois de merisier.

Deux touristes passèrent devant le petit groupe, avec des appareils photo autour du cou. Sean remarqua un drapeau allemand sur un de leurs sacs et leur adressa un regard supplémentaire pour vérifier qu'ils ne les surveillaient pas. Ils étaient sans doute un peu trop âgés pour être des informateurs ou des agents, mais Sean avait malheureusement quelques bévues à son actif. Il devait se montrer plus vigilant cette fois-ci.

Rassuré de les voir poursuivre leur visite sans leur prêter attention, il continua jusqu'au moment où il se trouva au seuil de la bibliothèque.

Humant cette odeur familière des vieux musées, il glissa le pied pour laisser assez de place à Tommy. Il savait que son ami se trouvait à quelques centimètres derrière lui, même s'il ne faisait pas un bruit.

Adriana, elle-même consciente que Tommy goûtait cet instant, se décala aussi de son côté.

Tommy entra comme dans un temple particulièrement vénérable. Comment avait-il pu attendre si longtemps avant de venir visiter la bibliothèque de Napoléon ? Comment avait-il pu ignorer pendant toutes ces années qu'elle était encore quasiment dans sa condition d'origine ? Il marcha jusqu'aux premiers fauteuils et dut se retenir d'en caresser les assises rembourrées et les dos sculptés.

Quatre colonnes du même merisier que le reste du mobilier soutenaient une arche qui séparait les deux parties de la pièce, aménagées autour d'un bureau à l'arrière et, à l'avant, d'une petite table ronde dont le piètement était en laiton et le plateau d'un verre reluisant. Sous la table s'étendait un luxueux tapis avec un cercle de couleur crème, isolé sur un fond bleu pâle et rehaussé en son centre par une sorte de volant pourpre.

Juste au-dessus, une voûte d'ogive donnait une fausse impression de grandeur. C'était un curieux endroit pour une si petite table ronde.

Les volumes sur les étagères étaient dans l'état où Napoléon les avait laissés lors de son dernier séjour. Tommy imagina l'empereur assis négligemment dans un fauteuil, le ventre un peu saillant, en train de consulter l'un d'eux. Il regrettait de ne pas pouvoir en faire autant, mais il savait que tous ces livres étaient fragiles.

Ironiquement, ce fut Bodmer qui le ramena à la raison de leur visite.

« Regardez ça », dit le commandant en lui montrant le haut de la voûte.

À la croisée d'ogive, à environ trois mètres de hauteur, de part et d'autre d'un lustre étroit identique à celui qui était monté au-dessus du bureau plus loin, deux divinités peintes en blanc se dévisageaient, entourées de guirlandes vert olive, une teinte qui se retrouvait un peu partout au plafond et même sur les rideaux.

« Minerve et Apollon », murmura Tommy.

Il avança aussi loin qu'il le put pour regarder les deux peintures.

« On brûle ! » fit Adriana. Dès son arrivée, elle avait inspecté la pièce. Le parquet dessinait un motif complexe qui donnait une impression de feng shui géométrique, et elle avait pensé à une gravure d'Escher.

Un gardien à l'entrée de la bibliothèque les surveillait du coin de l'œil.

Sean remarqua qu'il n'était pas très attentif. « Je ne sais pas ce que tu en penses, Schultzie, mais je crois que tous les indices pointent de ce côté », dit-il tout bas en levant le menton vers le centre de la pièce.

« La table ? » murmura Tommy, incrédule. La question lui parut idiote, mais il était trop tard pour la garder pour lui.

« Mais non ! » répondit Sean avant de lancer un nouveau regard vers le gardien. Il n'était manifestement pas très intéressé par son travail, et Sean comptait bien en tirer parti.

« Alors, dessous ? suggéra Tommy, tout aussi sceptique.

— Voilà ! »

Tommy examina une nouvelle fois la pièce à la lumière de cet avis, puis, soudain, il comprit. Quatre divinités, un cercle parcouru de rayons qui ramenaient au centre du tapis, quatre fauteuils orientés vers la petite table ronde. Sean avait raison. Tout pointait vers le centre de la pièce.

« Sous ce tapis ? »

Sean acquiesça.

Tommy inclina la tête près de lui. « Difficile de vérifier tant que ce type reste debout dans l'entrée...

— J'ai une idée, dit Sean, qui avait déjà réfléchi à la question.

— Je ne sais pas pourquoi, mais ça ne me dit rien de bon..., répondit Tommy, le front soudain parcouru de plis.

— T'inquiète, *compadre*, lança Sean en lui serrant doucement l'épaule. Je crois qu'il est temps d'occuper un peu notre ami le commandant. »

Bodmer, qui n'entendait leur conversation que par bribes, les regarda avec curiosité.

« Pardon ? »

Pour toute réponse, Sean lui adressa un sourire en coin.

16

Rueil-Malmaison

Le taxi stationna sur un emplacement le long du trottoir, et le chauffeur enclencha le frein à main. Il regarda la dame qui arrivait et dont la robe rouge flottait légèrement dans la brise, espérant qu'elle lui demanderait une course, et ses yeux s'attardèrent sur ses jambes joliment galbées. Pour ne pas paraître irrespectueux, il dut se résigner à tourner la tête au bout d'un moment, et il regarda devant lui.

Passant le coude par la fenêtre, il se rongea l'ongle du pouce en attendant le prochain client. C'était une magnifique journée de printemps, comme il les aimait à Paris. Il aurait préféré passer son après-midi à faire des parties d'échecs avec son ami Pierre, mais il avait encore deux heures de travail devant lui. Les échecs attendraient le soir. Il fallait qu'il gagne sa vie.

Il entendit un vrombissement et regarda dans le rétroviseur. Deux motards approchaient, vêtus de noir, et ils finirent par garer leurs motos juste derrière le taxi, contre son pare-chocs. Il était le premier dans la file, mais il se demandait maintenant s'il allait pouvoir manœuvrer.

Les deux motards mirent pied à terre et semblèrent partir vers l'avant. Ça tombait bien, car il comptait leur demander de se garer ailleurs s'ils ne voulaient pas retrouver leurs belles motos par terre ou, plus sûrement, à la fourrière, car c'était quand même une file pour taxis.

Passant la tête par la fenêtre, il n'en vit qu'un et se demanda brièvement où pouvait bien se trouver l'autre, avant de s'apercevoir que c'était une femme et qu'elle avait longé le côté passager.

Lorsqu'il tourna encore la tête à gauche, son œil buta contre un cylindre noir et vide.

Le chauffeur frissonna. Qui étaient-ils ? Que voulaient-ils ? Pourquoi l'un des deux braquait-il ainsi un revolver sur lui ?

En Turquie, il s'était livré à un petit trafic, histoire d'arrondir ses fins de mois, mais il s'était toujours promis de quitter Istanbul dès qu'il en aurait les moyens pour recommencer une nouvelle vie ailleurs avec sa famille.

Le processus avait été plus difficile que prévu, mais il s'en était tiré.

Jamais personne, dans toute cette période mouvementée et dangereuse, ne lui avait braqué de revolver sur la tête, et c'était maintenant qu'il était chauffeur de taxi à Paris que ça lui arrivait.

« Qu'est-ce que vous voulez ? demanda-t-il anxieusement.

— Ils sont où ?

— Qui ? » Il sentit sa vessie se gonfler et regretta de ne pas être passé aux toilettes après sa dernière course.

« Ceux de tout à l'heure. Les quatre. Ils sont où ? »

Le chauffeur eut du mal à situer l'accent. Il avait l'impression que c'était un accent allemand, mais ce n'était pas clair, surtout avec le casque. Il ne voyait d'ailleurs pas leurs visages. Ils étaient couverts de la tête aux pieds, et leur aspect physique était impossible à définir, si ce n'est qu'il s'agissait d'un homme et d'une femme.

« Ah… » Il comprit enfin. « Les quatre Américains ?

— Oui. Où sont-ils ? » La pression du silencieux sur son œil se fit plus insistante.

Le chauffeur parvint à se tortiller juste assez pour ne plus avoir le globe oculaire comprimé, mais son orbite lui faisait mal.

« Ils… ils allaient au château de Malmaison. »

Le casque teinté demeura parfaitement immobile, comme si l'assaillant n'avait pas compris ou qu'il était en train de réfléchir.

« Faire quoi ? »

Le chauffeur agita la tête au point que sa mâchoire et son menton tremblèrent. « Je n'en sais rien, répondit-il en bégayant. Ils n'ont rien dit. Je le jure. Pitié. Laissez-moi.

— Ils cherchaient quoi ? insista le motard en appuyant plus fort.

— Je n'en sais rien. Je viens de vous le dire. Ils m'ont demandé de les déposer au château et ils n'ont rien dit. Je le jure. Pitié. Ne me tuez pas. »

L'homme échangea un regard avec la femme par-dessus le toit du minivan, comme s'il attendait qu'elle prenne une décision.

Elle répondit par un bref hochement de tête.

Il en prit acte et recula d'un pas. La femme tourna la tête à gauche, puis à droite, et répéta le même hochement de tête.

Le chauffeur ressentit une vague de soulagement. Encore une catastrophe évitée de justesse dans une vie déjà mouvementée. Une bonne étoile veillait sur lui. Cela ne faisait aucun doute.

Soudain, l'arrière de son crâne fut emporté dans le cliquètement assourdi du revolver. Son corps inerte s'affaissa sur la console centrale. Le tueur ouvrit la portière, remonta les fenêtres teintées, puis éteignit le lumineux signalant que le taxi était disponible.

Enfin, il referma la portière, laissant le cadavre à l'intérieur, et, satisfait que personne n'ait rien remarqué, rejoignit la femme, déjà sur sa moto.

En quelques secondes, ils avaient quitté les lieux, tels deux fantômes que les témoins, à supposer que des passants aient vu la scène, seraient incapables de décrire, sinon en disant qu'ils étaient à moto.

L'exécution, en plein jour, dans une avenue passante, avait été parfaite : personne n'avait rien vu, ou du moins personne n'avait rien à rapporter de significatif sur eux. Avant que le cadavre ne soit découvert, il pourrait s'écouler une minute ou une demi-heure. D'ici là, ils auraient déjà remisé leurs motos et leurs tenues de motard et, lorsqu'ils arriveraient au château de Malmaison, ils ressembleraient à n'importe quel couple de touristes.

Ils avaient pris un peu de retard, mais ils trouveraient bientôt comment y remédier.

17

Rueil-Malmaison

Bodmer sortit de la bibliothèque d'un pas précipité, comme s'il avait soudain envie de vomir. C'était un piètre comédien, il ne remporterait jamais d'Oscar, mais le bruit parut assez réaliste pour que le gardien soit tout à coup pris d'inquiétude.

« *Monsieur* ? dit-il en s'élançant vers lui. Vous allez bien ? »

Bodmer parlait français couramment, ce qui aux yeux de Sean avait constitué une raison supplémentaire pour l'embarquer dans cette ruse.

« Je… J'ai un malaise, répondit-il en bégayant. Pouvez-vous m'indiquer les toilettes ?

— Suivez-moi. Je vais vous emmener. »

Sean savait où se trouvaient les toilettes. Il les avait repérées en entrant. C'était une de ses nombreuses habitudes qui pouvaient passer pour des bizarreries.

Une fois qu'ils eurent disparu tous les deux, Sean jeta un dernier coup d'œil pour s'assurer qu'il n'y avait pas de caméras. Le fait qu'il n'en ait pas vu jusque-là ne voulait pas dire qu'il n'y en avait pas.

Il prit son téléphone et ouvrit l'appareil photo. Tommy et Adriana en firent autant en se tournant le dos de part et d'autre de la table ronde au centre de la pièce, le bras tendu comme pour prendre un selfie.

« Prêts ? demanda Sean en les regardant par-dessus son épaule.

— Oui, répondit Tommy.

— Prête, confirma Adriana.

— Maintenant ! »

Ils appuyèrent sur un bouton, et leurs trois appareils déclenchèrent une série de flashs lumineux.

« Maintenant ! » répéta Sean juste après un dernier flash particulièrement intense.

Ils pivotèrent sur eux-mêmes, puis Tommy souleva la table et la déplaça en direction du bureau, tandis que Sean et Adriana dégageaient le tapis. Tommy brandit ensuite la torche de son téléphone et la promena dans toute la pièce pour aveugler les éventuelles caméras.

Si le flash initial avait pu les neutraliser pendant quelques secondes, il fallait répéter l'opération régulièrement, par précaution.

Sean et Adriana regardèrent le parquet à l'endroit où ils avaient retiré le tapis, agités à l'idée de découvrir un élément resté insoupçonné pendant deux siècles.

Sean recula d'un pas pour admirer le dessin au milieu de la pièce. Contrairement à Tommy, qui écarquillait les yeux, il plissa les paupières.

Là, sculptée avec art dans le plancher, se dessinait une rose aux détails complexes.

Elle mesurait entre soixante et quatre-vingt-dix centimètres de diamètre. À première vue, il ne s'agissait que d'un ornement, d'un ultime hommage à la femme aimée, à l'épouse de l'empereur. En posant un genou au sol pour la regarder de plus près, Sean comprit cependant que ce symbole recelait autre chose.

Il leva les yeux et fit un nouveau tour d'horizon en quête d'éventuelles caméras, puis, convaincu que leurs téléphones étaient les seuls objets électroniques dans la bibliothèque, indiqua à Tommy qu'il pouvait ranger le sien.

« Un peu futile, finalement, commenta Tommy.

— Tais-toi et aide-moi à soulever ça, lui répondit Sean en essayant de glisser le bout de ses ongles dans la jointure impeccable qui séparait la rose du reste du parquet.

— Il manque le petit mot magique ! plaisanta Tommy, avant de s'excuser en voyant un éclair d'irritation dans les yeux de son ami. Pardon… Le gardien peut revenir d'un instant à l'autre. Tu as raison. »

Tommy s'accroupit pour prêter main-forte à Sean, en vain.

« Il nous faudrait un outil, conclut Sean.

— Comme celui-ci ? » fit Adriana en se penchant à côté de lui.

De la trousse de crochetage qu'elle emmenait presque partout, elle sortit un mince palpeur métallique. Sean, dont l'expérience restait limitée en la matière, ne l'avait encore jamais vu.

Elle logea la pointe recourbée de cet outil dans la jointure et fit levier, appuyant avec une telle force que

Sean et Tommy crurent qu'elle allait rompre. Le métal, cependant, resta solide, et, peu à peu, la rose se souleva.

Lorsque la pièce de bois offrit une prise sur deux à trois centimètres, Sean la souleva avec le pouce en maintenant une pression constante sur tout le pourtour pour qu'elle ne retombe pas dans son logement.

Tommy se joignit à leurs efforts dès qu'il eut détecté une zone où travailler, et, en moins d'une minute, la rose fut délogée.

Le coffret qui apparut dans le trou les frappa de stupeur.

Il était du même bois de merisier que tout le mobilier de la bibliothèque, et son couvercle était aussi sculpté d'une rose.

Rompant le charme, Sean glissa une main de chaque côté et sortit le coffret avec le plus grand soin. Il n'était pas très lourd, pas plus grand que son avant-bras, et d'une largeur de dix à douze centimètres.

Sean posa le coffret par terre et jeta un coup d'œil vers l'entrée de la bibliothèque. Le gardien allait bientôt réapparaître. Bodmer ne pourrait pas le retenir indéfiniment. Sean était d'ailleurs surpris qu'il ait réussi à l'éloigner pendant si longtemps.

Sean inspecta brièvement toutes les faces du coffret afin de vérifier qu'il n'y avait pas de risque pour les importuns ni de mécanisme destiné à en détruire le contenu. Puis il dégagea le loquet doré.

À l'intérieur, occupant presque toute la longueur, se trouvait un rouleau de papier. Sean regarda Tommy : « Dis-moi, tu n'aurais pas une paire de gants ? »

Tommy prit un air de mystère, et ses yeux s'éclairèrent soudain.

« Oui, bien sûr, dans ma poche arrière ! dit-il.

— Tu n'es pas obligé de faire ton cinéma. Je me disais que tu serais le premier à pousser des cris si je prenais ce papier à mains nues.

— Vous allez la fermer, tous les deux ? » fit Adriana en retirant tout bonnement le rouleau de son étui.

Ils la regardèrent, sidérés, dérouler le document, puis se pressèrent de part et d'autre pour lire par-dessus ses épaules le message à l'encre pâlie.

« C'est…, dit Sean sans savoir comment terminer.

— Bizarre ? suggéra Tommy.

— Oui. »

Il n'y avait qu'une seule inscription sur toute la page, en écriture cursive, dans le style de l'époque napoléonienne.

« "Héros de l'Empire, éternelle soit leur victoire", déchiffra Adriana.

— Éternelle soit leur victoire ? répéta Sean dans un murmure. La victoire de qui ? »

Au bas de la page figurait une suite de lettres sans ordre :

DLOWONOG

« Vous avez une idée de ce que ça veut dire ? demanda Sean.

— Non, répondit Tommy. Mais la lettre O apparaît trois fois à intervalles réguliers. »

Sean l'avait déjà remarqué, sans cependant juger ce détail significatif. « Il y a deux consonnes avant le premier et une seule après le dernier.

— C'est une énigme, dit Adriana. Comme dans *Atlanta Magazine.* »

Sean et Tommy la regardèrent d'un air incrédule.

« Quoi ? » fit Tommy, avant de réfléchir. Le magazine avait parfois soumis à ses lecteurs des codes, des énigmes ou des monogrammes qui avaient tenu en échec les meilleurs archéologues, cryptologues et chasseurs de trésor au monde. Peut-être était-ce lui qui, à force d'expérience, plaçait la barre trop haut. L'histoire n'offrait-elle pas de nombreux cas où la solution la plus simple se révélait aussi la plus efficace ? Encore ce rasoir d'Ockham…

« Tu penses qu'il peut s'agir d'une anagramme ? » demanda Sean.

Adriana fit oui de la tête. « Il faut réfléchir à un mot en lien avec Napoléon et contenant ces huit lettres. » Sa voix, son léger accent espagnol avaient la douceur du caramel aux oreilles de Sean, qui fondit tout à coup dans une admiration totale.

« Quoi ? dit-elle en le surprenant dans sa demi-extase.

— Rien. Tu es magnifique, c'est tout, répondit Sean, encore béat.

— Bon, on peut revenir à notre énigme ? dit Tommy en roulant les yeux. Sinon, on va voir arriver…

— Le gardien ? » dit soudain une voix à l'entrée de la bibliothèque.

Sean, Adriana et Tommy tournèrent tous les trois la tête en même temps. Debout, les bras croisés sur la poitrine, le gardien essayait de comprendre. Bodmer, derrière lui, avait l'air consterné.

« À quoi jouez-vous ? » demanda le gardien.

Il était difficile d'imaginer pire spectacle : devant lui, trois touristes se tenaient à genoux au beau milieu de la bibliothèque de Napoléon, autour d'un trou qu'ils semblaient avoir creusé dans l'antique parquet. Un coffret de merisier se dressait à côté d'eux.

Dès qu'elle avait entendu la voix du gardien, Adriana avait instinctivement glissé le rouleau dans sa poche arrière et sorti sa chemise pour cacher son forfait, sans savoir si elle avait agi assez vite.

« Euh… eh bien… disons que… » Tommy ne savait pas quoi dire, quels mots trouver pour calmer le gardien.

« Nous sommes historiens ! s'écria Sean. Archéologues ! Mais dis-lui, Tommy ! Nous sommes…

— Désolés, le coupa Tommy. Oui, nous sommes désolés. »

Sean lui lança un regard méfiant, mais le laissa néanmoins continuer.

« On a repéré un petit détail curieux par terre, et je ne sais pas ce qui m'a pris, j'ai dégagé le tapis et la table, histoire de voir ce que c'était ! Je m'en voudrais jusqu'à la fin de mes jours si le musée devait fermer à cause de moi. Ou s'il fallait refaire toute la bibliothèque. »

Là-dessus, il fit un grand geste autour de lui d'un air de guide-conférencier.

Le gardien remua d'abord la tête, puis son visage entier marqua une désapprobation sévère. Derrière lui, Bodmer, complètement perdu, ne savait plus ce qu'il devait faire.

Écartant les bras dans un geste interrogatif, il semblait attendre une réponse, mais ses compagnons n'en avaient aucune à lui offrir. Ils avaient été pris la main dans le sac.

18

RUEIL-MALMAISON

« Ça devait arriver, à force de se fourrer dans ce genre d'histoire, dit Sean d'une voix presque guillerette. Tu as vu combien de fois on s'en est tirés, jusque-là ?

— Pff..., répondit Tommy, qui s'efforçait de paraître contrarié. À t'écouter, on est une bande de criminels.

— Euh... On a quand même un peu abîmé un monument qui n'avait pas changé depuis deux siècles. Quand on voit les choses sous cet angle, c'est énorme.

— Dis, heureusement que tu n'es pas notre avocat... »

Sean partit d'un air amusé vers l'avant de la cellule. Il ignorait pourquoi les barreaux étaient parfois peints en blanc dans les cellules. Il soupçonnait une explication d'ordre psychologique là-dessous, mais ne voyait pas laquelle.

Dehors, à part un gardien qui rôdait devant une porte électronique à quelques mètres sur la droite, le couloir était parfaitement désert.

Assis sur une paillasse, Tommy avait la tête plongée entre les mains et frottait ses cheveux contre son front.

« Pardon, dit Sean après un temps de réflexion. Encore une bévue de ma part. J'aurais dû faire plus attention.

— Oui, moi aussi.

— C'est vrai, mais disons que, là, c'était ma spécialité. Je suis doué, normalement, pour ce genre de choses. En tout cas, je l'étais.

— Tu l'es toujours. J'espère seulement que ma réputation ne va pas en souffrir, ni l'image de l'agence. Pourvu que les médias n'en sachent rien…

— Je… je peux appeler quelqu'un pour ça, dit Sean.

— Emily ? demanda Tommy en levant les yeux, la tête toujours dans les mains.

— Je peux toujours essayer, répondit Sean en haussant les épaules. Elle est sans doute lassée de me sortir de ce genre de situation. Disons que je me suis déjà fait arrêter, mais pas pour dégradation de monument historique. Surtout la bibliothèque du premier empereur de France !

— Ha ha, sans blague.

— En fait, je l'ai déjà appelée. Je lui ai laissé un message. Elle va nous sortir de là, j'en suis sûr.

— Moi, je n'ai appelé personne », avoua Tommy. Le fait est qu'il ne connaissait personne qui puisse leur être utile, à part peut-être ses parents, alors en séjour de golf en Californie. Il n'arriverait sans doute pas à les joindre, et, de toute façon, ils n'avaient pas une grande influence sur les services français. Sinon, les relations de Tommy étaient principalement celles que lui avait apportées Sean. Pas besoin de les appeler deux fois.

Sean pivota soudain sur ses talons.

« L'anagramme ! lança-t-il, frappé par une obscure idée.

— Quoi, l'anagramme ?

— Le document. Il me faut un morceau de papier !

— Ça m'étonnerait qu'ils nous donnent un stylo. Tu sais très bien que c'est interdit. »

Sean n'avait pas l'intention de demander quoi que ce soit au gardien posté dans le couloir.

Il examina la cellule, et son regard finit par se poser sur un morceau de savon couleur ivoire au coin du lavabo. Il alla s'en saisir d'un pas raide et, le trouvant sec, s'en servit pour écrire sur le mur gris-bleu.

Tommy le regarda s'affairer avec curiosité.

Quelques secondes plus tard, Sean avait terminé.

« Les lettres du rouleau, comprit Tommy.

— Oui. Je les ai mémorisées.

— Bravo ! Dis, c'est super, mais ce n'est pas ça qui nous fera sortir d'ici. On aura beau résoudre cette énigme, on est en train de croupir en prison.

— Dans une cellule, corrigea Sean. En prison, ce serait bien pire. À côté, c'est un peu Holiday Inn.

— Comme tu veux. En tout cas, on est en train de croupir.

— Tout à fait, mon ami le pessimiste.

— Alors, arrête avec ton air guilleret. »

Sean ricana. « Il y a quand même un bonus.

— Ah oui ? Lequel ?

— Nos poursuivants ne peuvent rien contre nous, ici.

— Sauf s'ils ont des contacts dans la police, ce qui est sans doute le cas.

— Quel rabat-joie ! dit Sean. Ça m'étonnerait qu'ils aient des contacts avec nos gardiens, et, même si c'est le cas, qu'est-ce qu'ils peuvent faire ? Nous tuer dans notre cellule ? »

Le front de Tommy se détendit, et ses lèvres esquissèrent un sourire.

« Bien sûr que non, ajouta Sean. Et surtout, ils n'ont pas coffré toute notre équipe. »

Tommy refit la moue. « Tu sais bien qu'Adriana est aussi en détention. Elle est dans une cellule pour femmes, c'est tout.

— Ça va, merci, dit Sean, comme si Tommy venait de lui rappeler une évidence. Heureusement, on n'est pas que trois.

— Tu penses à nos jeunes ?

— Oui, maintenant qu'ils sont rentrés à Atlanta. Si on arrive à percer ce code – il montra son gribouillis sur le mur –, on peut les lancer sur une nouvelle piste et garder une longueur d'avance sur les méchants.

— Sur les motards.

— Voilà ! » Sean n'aurait pas été plus fier s'il avait énoncé la théorie du Grand Tout.

« Tu veux que Tara et Alex aillent sur le terrain et risquent leur vie ? » Tommy semblait sceptique. « Je n'aurais pas l'esprit tranquille.

— Primo, ce ne serait pas la première fois, objecta Sean. Et deuxio, ils se sont plutôt bien débrouillés quand ils étaient au Japon.

— C'est vrai.

— En plus, ils ont été formés par moi ! Ils sont donc parfaitement capables de se protéger. Et, si ta théorie sur nos poursuivants est correcte et que ce sont aussi les meurtriers du cardinal Jarllson, ils sont sans doute en train de surveiller le bâtiment en ce moment même. Jamais ils ne se douteront d'un tel…

— *Deus ex machina* ?

— Euh… j'allais dire rebondissement, mais tu sembles avoir compris l'idée.

— Ils tombent un peu du ciel, quand même, donc on peut dire *deus ex machina*.

— OK. En tout cas, si on peut deviner la prochaine étape, il faut que tu les appelles pour leur dire exactement où aller et quoi chercher.

— D'accord, mais si on sort bientôt d'ici ?

— Alors on unira nos forces, comme une grande et belle famille.

— Bon, dit Tommy, secouant la tête d'un air amusé. Appelons les jeunes. Mais il nous reste à déchiffrer cette anagramme. Je suis vraiment surpris que tu aies mémorisé toutes ces lettres.

— Il n'y en a que huit, Schultzie », répondit Sean en toute simplicité.

Il était doué d'une mémoire eidétique, même s'il oubliait le nom des gens plus souvent qu'il ne l'aurait voulu ou qu'il n'était prêt à le reconnaître. Il s'agissait là d'une exception tout aussi flagrante qu'exaspérante. Dans le domaine des chiffres et des lettres, il pouvait souvent mémoriser en quelques secondes des mots longs ou difficiles et des valeurs numériques. Il avait aussi un certain talent pour se rappeler de curieux détails, ce qui lui avait servi dans ses devoirs d'étudiant. Ses professeurs avaient toujours été impressionnés de le voir mentionner des éléments historiques ou biographiques ignorés de tous ses camarades.

« C'est vrai, convint Tommy. Et tu lis ça comment ? »

Depuis déjà deux longues minutes, Sean gardait les yeux braqués sur l'inscription, à laquelle il songeait tout en poursuivant sa discussion avec son ami.

« O est la seule voyelle, observa-t-il. C'est intrigant.

— Un nom, peut-être ? »

Sean réprima une réponse sarcastique. « Tu as raison. J'étais sur la même piste. Sans doute un nom de lieu, mais lequel ? »

Dans sa tête, Sean voyait les lettres se déplacer et se combiner de différentes façons. Elles formaient tantôt un mot, tantôt deux, mais jamais rien qui eût du sens. Il poursuivait ses efforts et écartait les mauvaises combinaisons, contrarié par les rares mots qui lui venaient à l'esprit et qui n'avaient aucun rapport avec l'énigme.

« *Wood*, fit soudain Tommy.

— Quoi ?

— Tiens, j'ai trouvé, ajouta Tommy : *Longwood*. Oui, pas de doute : *Longwood*.

— Comme la chanson de Green Day ? dit Sean sans même prendre la peine de dissimuler son scepticisme.

— Déjà, c'est “Longview”, pas “Longwood”. Et pourquoi pas une allusion à une chanson de Green Day sous la plume de Napoléon ?

— Bravo. Maintenant, un peu de sérieux. Admettons que ce soit Longwood. Ça nous mène où ? »

Quittant enfin sa paillasse, Tommy se mit à faire les cent pas dans la cellule, les mains sur les hanches, en faisant des pauses pour se gratter le menton.

« Ah, mais bien sûr ! » dit-il soudain en claquant des doigts. Il avait crié plus fort qu'il ne l'avait voulu.

Sean tourna la tête du côté des barreaux. Debout dans le couloir, les yeux sur l'écran de son téléphone, le gardien semblait indifférent à ce tapage pourtant proscrit par le règlement.

« Mais bien sûr *quoi* ? murmura-t-il pour faire comprendre à son ami qu'il devait baisser la voix.

— Longwood ! répéta Tommy avec moins d'éclat.

— On est d'accord là-dessus. Mais quoi, Longwood ?

— L'exil. À Sainte-Hélène. » Tommy pensait à trop de choses en même temps pour arriver à faire des phrases. « Sur l'île de Sainte-Hélène, après les premiers mois, Napoléon a résidé à Longwood House. »

Sean demeura tellement perplexe que ses sourcils ne firent qu'un. « Je croyais que c'était l'île d'Elbe.

— Oui, le premier exil, fit Tommy d'un air agité, mais, après la défaite de Waterloo, les Anglais ont emmené Napoléon à Sainte-Hélène, un îlot perdu dans le sud de l'Atlantique. La liaison la plus proche se fait du Cap.

— Ah oui ! J'avais oublié cette histoire. J'en étais resté à l'île d'Elbe.

— Eh bien, Napoléon, lui, non. Et, à en croire certains, Longwood House manquait cruellement de confort. Il y avait des rats, il faisait froid, et la cuisine n'était pas extraordinaire. À côté de ça, bien sûr, il y en a d'autres qui disent plus ou moins que Napoléon a mené grand train à Sainte-Hélène jusqu'à sa mort. Je suppose que la vérité est quelque part entre les deux. C'est aussi à Sainte-Hélène qu'il a d'abord été enterré, jusqu'au transfert de sa dépouille à Paris des années plus tard ; j'ai oublié la date exacte. La tombe est restée, même si, maintenant, elle est vide. Il y a des gens qui font le voyage en bateau depuis Le Cap rien que pour voir Longwood House et cette tombe vide.

— Tu dois donc appeler les jeunes pour leur dire d'aller à Sainte-Hélène, dit Sean sur le ton de l'évidence.

— Pour chercher quoi ? C'est ça, le problème. On ne sait toujours pas ce qu'on cherche. Sans oublier que le trajet prend une éternité.

— On n'a qu'à affréter un hydravion, répondit Sean. Aller-retour. Ça doit bien pouvoir se trouver.

— C'est vrai, dit Tommy en se mordant la lèvre. Je n'avais pas pensé à cette option. Mais le fait est qu'on ne sait toujours pas ce qu'on cherche. »

Sean se frotta le menton avec le pouce et l'index. « "Héros de l'Empire, éternelle soit leur victoire." Voilà ce qui était écrit sur le rouleau. Sans doute une allusion aux hommes que Napoléon considérait comme les héros de la France.

— D'accord, mais quels héros ? Il y a des milliers d'hommes qui ont servi Napoléon, répondit Tommy en s'arrêtant un instant pour réfléchir. Sans doute des généraux, peut-être même des maréchaux d'Empire. Ça réduirait notre recherche à quelques dizaines de personnes.

— Il faut qu'on trouve cette liste… Il est là, le secret. C'est là que sont les noms de nos héros.

— Et cette liste est sans doute à Sainte-Hélène. Il faut donc qu'on envoie les jeunes à Sainte-Hélène…

— Et qu'on leur demande de chercher un document où sont inscrits ces noms ! »

Ils parlaient à bâtons rompus, et chacun terminait les phrases de l'autre.

« Bon ! dit Tommy. C'est quand même un peu flou dans le meilleur des cas, mais on tient le bon bout.

Je vais les appeler, mais j'espère que tu as raison et qu'il n'y a pas de danger. Je ne pourrais pas me le pardonner s'il leur arrivait quelque chose.

— Schultzie, tout se passera bien, dit Sean en posant la main droite sur l'épaule de son ami. Je te l'ai dit : ils ont été formés par moi. Ils travaillent quotidiennement sur toute leur palette de compétences ! C'est plutôt pour tous ceux qui croiseront leur route que j'ai des craintes. »

Tommy réfléchit à ces paroles rassurantes. « J'espère que tu dis vrai. »

19

Malbork

Lucien Berger se promenait dans ses jardins, humant le doux parfum des dernières fleurs printanières qui flottait dans les allées. Il avait patiemment attendu des nouvelles, mais, les heures passant, il avait compris qu'il devrait trouver une autre occupation.

Les jardins n'étaient pas très étendus, à peine quelques hectares à l'arrière du manoir, mais c'était une journée radieuse, et, au cours des dernières années, les promenades au milieu des fleurs et des arbustes l'avaient aidé à surmonter ces inquiétudes qui s'emparaient si facilement de lui.

S'arrêtant près d'un buisson de roses, il tendit la main vers une fleur. Les pétales étaient doux contre la pulpe de ses doigts, et il resta à les caresser pendant un certain temps, appréciant leur sensation délicate.

Ce fut dans ce moment de tranquillité qu'il fut interrompu par la vibration de son téléphone. Comme il n'était pas du genre à sursauter à la moindre alerte, il réagit avec autant de calme que si un nuage venait de traverser le bleu du ciel.

Il regarda le nom apparu à l'écran. Les possibilités n'étaient pas très nombreuses. Seule son équipe pouvait l'appeler sur ce numéro, les autres membres de l'ordre ne le connaissant pas. Certains hauts chevaliers l'avaient, mais ils n'avaient jamais eu de raisons de l'appeler… du moins jusqu'à maintenant.

« Oui ? demanda-t-il en approchant l'appareil de son oreille.

— Bonjour, Grand Maître », dit son interlocutrice.

À ses débuts, l'ordre Teutonique n'avait compté aucune femme, et, si la tradition masculine s'était globalement maintenue, Lucien Berger avait fait une exception pour celle-ci. Elle n'était pas la première, mais aucune de celles qui l'avaient précédée n'avait été aussi qualifiée qu'elle.

Berger l'avait prise sous son aile dès sa plus tendre enfance. Il lui avait donné la meilleure formation, faisant d'elle une impitoyable machine à tuer dans la grande tradition des assassins. C'était une soldate, une guerrière au sens le plus noble du terme.

Berger l'avait lui-même baptisée Kallia alors qu'elle était encore au berceau, du nom d'une vieille princesse guerrière dont il avait lu les hauts faits.

Ce nom lui conviendrait d'autant mieux, s'était-il dit, qu'elle était sa fille.

Berger se réjouit de l'entendre l'appeler Grand Maître plutôt que papa ou père, mots que, du reste, elle employait rarement, surtout maintenant qu'elle était adulte. Il l'avait mise en garde dès son plus jeune âge, sachant que seuls des rapports professionnels seraient tolérés par les autres chevaliers. L'ordre avait toujours condamné le népotisme, et ce code prévalait encore.

Kallia était apparue dans la vie de Berger par l'effet du destin, sous la forme d'une orpheline âgée de trois ou quatre mois. Un jour qu'il était allé au marché ouvert, il avait soudain entendu un vagissement près d'un stand de légumes. La vieille maraîchère, elle, n'avait rien entendu. Berger avait une ouïe très fine, parfaitement entraînée et sans cesse affûtée pour pouvoir tuer librement dans une obscurité totale. Dans un coin d'ombre, il avait découvert le bébé dans un panier en osier, emmailloté dans du papier journal.

Berger n'avait pas cherché à trouver les parents du bébé. Même s'ils venaient de le déposer et qu'ils étaient encore sur les lieux, ils ne méritaient plus d'avoir la responsabilité de cet enfant.

Il avait pris en charge son éducation comme si Kallia avait été sa fille, lui inculquant ses valeurs religieuses et culturelles, mais aussi l'art de tuer. Kallia était devenue une belle femme, infatigable et rusée. Il se sentait fier d'elle, même si, conformément à la tradition instaurée par les précédents Grands Maîtres de l'ordre pour que les chevaliers restent humbles et concentrés sur leur mission, il s'en ouvrait rarement.

« Quelles nouvelles m'apportes-tu, mon enfant ?

— Nous avons rencontré un problème imprévu, Grand Maître.

— Ah ? » Berger fut surpris au plus haut point, car sa fille avait toujours surmonté toutes les difficultés, même lorsqu'elle avait dû déployer des moyens extrêmes.

« Nos cibles… Elles sont en détention. »

À ces mots, Berger fronça les sourcils et se frotta la tempe. « En détention ? Où donc ?

— Au commissariat de Rueil-Malmaison, Grand Maître.

— Alors, où est le problème ? Nous avons des vassaux fidèles dans la police française.

— Oui, je sais bien, Grand Maître. J'ai appelé nos contacts dans ce service. Ils m'ont dit que les détenus n'avaient rien en leur possession. »

N'avaient-ils rien trouvé ? Lancés sur une bonne piste, ils seraient forcément tombés sur un indice. Ainsi fallait-il qu'ils aient suivi une fausse piste.

Berger resta songeur pendant une vingtaine de secondes, qui parurent cependant durer plusieurs minutes. Qui étaient ces deux hommes ? Comment avaient-ils pu se faire arrêter alors qu'ils étaient censés briller dans leur spécialité ? Berger les avait-il surestimés ? Il ne fallait jamais sous-estimer son adversaire si l'on ne voulait pas s'exposer à de graves conséquences. Un des principes qu'on lui avait inculqués était de toujours considérer son adversaire comme parfaitement qualifié. Dans ce cas précis, ces deux hommes auraient dû échapper aux forces de police.

Peut-être avaient-ils commis une simple bévue.

« Que font-ils pour sortir ? demanda-t-il enfin.

— Ils n'ont passé que deux appels depuis le moment de leur arrestation, répondit la jeune femme, qui, anticipant la question suivante, continua. Le premier appel portait vers un bâtiment à Atlanta. Nous n'avons pas pu en identifier le destinataire.

— Pas pu ? » Voilà qui était bien curieux. Les Teutoniques, s'ils avaient perdu le prestige de leurs prédécesseurs, avaient accumulé grâce aux derniers Grands Maîtres, dont Berger, de nombreuses richesses qui leur avaient permis de constituer un arsenal technologique impressionnant.

« J'obtiens des résultats du même genre qu'avec les appels vers des agences secrètes comme la CIA ou la NSA, sauf que pour ces organisations fédérales il y a une traçabilité, et j'arrive à un certain niveau d'identification. Là, tout est verrouillé. Je ne sais pas qui est derrière.

— Comme c'est étrange… » Berger passa en revue ce qu'il savait de Wyatt, dont une partie de la carrière restait obstinément cachée, inaccessible à ses services. En plus de ses hackers, il faisait toujours appel à un grand nombre de cybermercenaires pour établir des fichiers sur les principales personnalités du monde. Dignitaires, hauts responsables politiques, membres des familles royales : personne n'était à l'abri de leurs intrusions. De telles fouilles étaient lucratives, et ceux qui déboursaient le plus étaient ceux qui avaient le plus à perdre.

« L'autre appel, poursuivit Kallia, portait vers leur siège, également situé à Atlanta. »

Cette information semblait plus compréhensible. Les détenus essayaient sans doute de mobiliser les moyens nécessaires pour leur caution ou leur assistance juridique. Une arrestation dans un pays étranger était toujours une situation délicate, et la quantité de démarches administratives à entreprendre était souvent bien plus écrasante, bien plus chronophage pour des personnes comme eux.

« Et qui peut les aider, là-bas ?

— On ne sait pas, Grand Maître. En ce moment, presque tous leurs agents sont mobilisés sur des fouilles ou sur des livraisons. Il n'y a qu'une petite poignée de personnes qui travaillent à l'agence. D'après mes informations, il y a un laboratoire de recherche et d'analyse avec une équipe permanente. »

Berger étudia la question. Wyatt et Schultz n'avaient sans doute pas appelé l'IAA dans le but d'obtenir de l'aide dans leurs démêlés avec la police française. Pour cela, ils auraient contacté l'ambassade, ou bien une personne haut placée, rompue à la complexité juridique de ce genre de situation.

Personne dans leurs bureaux ne pouvait a priori les aider. Ce n'étaient pas des diplomates qui travaillaient dans leur laboratoire !

Alors, pourquoi avaient-ils appelé le bâtiment de l'IAA à Atlanta ? Si ce n'était pas pour les faire sortir de détention, n'était-ce pas plutôt pour… ?

« Dresse-moi la liste de tous ceux qui travaillent dans les locaux de l'agence. Je veux savoir qui ils ont appelé, et, si mon intuition est bonne, ce qu'ils vont faire.

— Vous pensez qu'ils vont partir à Paris pour libérer Wyatt ?

— J'en doute. Ils n'ont pas les moyens de négocier. Je crois plutôt que nos deux détenus ont fait une découverte.

— Quelle découverte ? demanda-t-elle, plus animée par la curiosité que par le doute.

— Je n'en sais rien. Mais c'est peut-être une piste pour nous. Trouve de qui il s'agit et ce qui se prépare. »

20

SAINTE-HÉLÈNE

Alex et Tara descendirent de l'hydravion et mirent le pied sur le quai qui conduisait au rivage. Chacun avait rempli son sac avec le nécessaire pour une excursion de deux ou trois jours, notamment le traditionnel Springfield .40 XD, dont Sean et Tommy aimaient la taille supérieure. Partir armé n'était pas tant une condition qu'une précaution dans les missions de l'IAA.

Ils avaient aussi des pistolets subcompacts 9 mm dissimulés dans des étuis intérieurs à hauteur de taille, et ils portaient des pantalons un peu plus larges que d'habitude pour une question de confort.

En temps normal, ils n'auraient pas été armés à ce point pour un voyage comme celui-là, mais, en les prévenant du danger, Tommy leur avait conseillé de parer à toute éventualité.

Il en fallait plus pour les effrayer, et ils avaient sauté sur cette occasion de quitter le laboratoire. Ils passaient le plus clair de leur temps penchés sur leurs écrans ou leurs microscopes, ou occupés à manier tel ou tel outil d'analyse pour les nombreux objets patrimoniaux arrivant au laboratoire.

Grâce à leur travail, l'IAA s'était taillé une belle réputation, et de nombreux chasseurs de trésor, archéologues ou historiens sollicitaient le laboratoire, leur laissant ainsi très peu de temps libre.

Le soleil brillait dans un ciel d'azur et chauffa aussitôt leur peau. Des vaguelettes clapotaient contre les pilotis sous l'appareil. Avec ses lunettes de style aviateur, son tee-shirt blanc plus troué qu'un parcours de golf, son chino beige au bas déchiré et ses vieilles chaussures marron, le pilote, les mains sur les hanches, avait un peu l'air d'un voyageur égaré. Il avait néanmoins piloté l'hydravion d'une main experte, et le trajet avait été supportable, malgré le confort pour le moins rudimentaire de l'appareil, une sorte de tuyau en aluminium qui avait traversé le ciel avec la grâce d'un vieux cheval de guerre – en renâclant beaucoup. Tout l'opposé du jet de l'IAA qui avait transporté Alex et Tara jusqu'au Cap.

« Allez-y, je vous attends, dit le pilote avec un fort accent sud-africain en leur montrant le rivage, puis son talkie-walkie. Si vous êtes en difficulté, contactez-moi par radio sur la fréquence deux.

— Entendu, répondit Alex en tapotant le talkie-walkie qu'il portait lui-même à la ceinture. On ne devrait pas en avoir pour longtemps. »

Alex pensa à Sean et à Tommy tout en longeant le quai vers l'île avec Tara. Tommy ne lui avait rien dit des raisons de leur détention, et il ne lui avait rien demandé. Il avait seulement été question d'une nouvelle mission, et le fait qu'ils aient dû partir à l'autre bout du monde sans préavis n'avait pas entamé leur enthousiasme.

Il se demanda si leurs supérieurs étaient déjà sortis. Même avec le jet de l'IAA, le voyage jusqu'au Cap prenait du temps, et il y avait une forte probabilité pour qu'ils soient déjà en train de battre le pavé. Alex, du moins, l'espérait.

En arrivant à Sainte-Hélène, Tara et lui étaient à la fois passablement éprouvés par le manque de sommeil et excités à l'idée de pouvoir commencer leur mission.

Tommy leur avait parlé du rouleau découvert dans la bibliothèque de Napoléon. Ils étaient maintenant sur l'île où l'empereur avait passé les dernières années de sa vie et où se trouvait sa tombe d'origine, vide depuis 1840. Ce rocher perdu au milieu de l'océan restait une destination touristique pour les gens prêts à endurer le trajet en bateau.

La sépulture de l'empereur n'était cependant pas leur objectif. L'indice que leur avait donné Tommy pointait spécifiquement vers Longwood House, la résidence de Napoléon pendant son exil.

Au bout du quai se tenait un homme en chemisette blanche, chino beige et tongs, qui semblait se complaire dans son rôle d'agent d'accueil pour les touristes de l'île. Alex et Tara savaient pourtant qu'il les attendait tout particulièrement.

Il n'y avait d'ailleurs pas encore de bateau à quai, même s'ils en voyaient un à l'horizon qui approchait par le nord-est. Il ne serait pas arrivé avant une heure, mais cela introduisait une limite de temps dans leur opération, alors qu'ils ne savaient toujours pas bien jusqu'à quand elle risquait de les occuper.

« *Bonjour* », lança l'homme d'une voix accueillante, avec un léger accent français de la côte méditerranéenne. La peau de son visage et de ses mains avait bruni sous l'effet d'une exposition permanente au soleil. Les rares cheveux sur son crâne dégarni étaient rasés très court.

« *Bonjour*, docteur Thuram, lui répondit Tara.

— Bienvenue à Sainte-Hélène. Vous êtes bien Alex et Tara ? demanda-t-il en leur serrant la main, pour briser la glace.

— C'est ça. Merci de nous avoir répondu si rapidement.

— Ce n'est rien. Je suis ravi de pouvoir aider l'IAA. Votre directeur est célèbre dans le monde entier ! »

Ils eurent la vague impression que leur interlocuteur leur demanderait une contrepartie tôt ou tard.

« On sait qu'on s'y est pris à la dernière minute, dit Alex, mais on aimerait visiter la résidence avant l'arrivée des touristes.

— Oui, bien sûr. Suivez-moi. »

Thuram connaissait, ou du moins croyait connaître, la raison de leur venue. Alex et Tara ne s'étaient pas étendus sur le sujet, annonçant seulement qu'ils s'intéressaient à certains documents laissés par Napoléon à sa mort et conservés sur l'île.

Jusque-là, c'était vrai. Ils espéraient trouver dans les dernières pages écrites de la main de l'empereur des éléments leur permettant d'élucider l'énigme dont leur avait parlé Tommy.

Tara s'en répétait régulièrement les termes afin de ne rien oublier. Comme la plupart des énigmes auxquelles ils s'étaient retrouvés confrontés, le tout était simple à mémoriser, mais assez vague.

Napoléon était un intrigant, et, s'il avait caché un objet de valeur, la tâche du chasseur de trésor, de l'archéologue ou de l'historien promettait d'être ardue.

Thuram monta des marches en bois, puis suivit une passerelle jusqu'au sentier qui menait au bâtiment principal. Responsable de la conservation de ce site historique, il vivait sur cette île britannique, dont il était l'un des quatre mille habitants.

« Qu'êtes-vous venus chercher, exactement ? » demanda-t-il en entamant l'ascension de la colline.

Une pelouse parfaitement entretenue remontait sur une cinquantaine de mètres, bordée de part et d'autre par des arbres de petite taille, des arbustes et des fleurs. La maison n'avait rien d'extraordinaire et n'était certainement pas digne d'un homme qui avait été l'un des plus puissants dirigeants d'Europe. Mais, en tant que prison, elle avait de quoi être considérée, du moins aux yeux de certains, comme supérieure à ce qu'il méritait.

« On ne sait pas très bien, avoua Tara. Quelque chose comme une liste de noms rédigée de la main de l'empereur.

— Ah, dit Thuram. Ça risque d'être compliqué. Napoléon a laissé beaucoup de documents après sa mort. Certains contiennent des noms, effectivement, mais je ne vois pas de simple liste.

— En tout cas, c'est pour ça que nous sommes venus, avoua Alex, un peu refroidi.

— Et vous savez quels noms vous cherchez ? »

Alex perdit encore un peu de son enthousiasme à cette question. « Non. Justement. On pense qu'il s'agit d'hommes de confiance, d'hommes proches de Napoléon. D'après nos informations, il y en a trois. »

Thuram s'arrêta un instant pour réfléchir alors qu'ils arrivaient devant l'entrée. Le portique, soutenu par une arcature vert marin, était surmonté d'un toit en pointe. Deux clôtures en lattis, elles aussi vert marin, entouraient l'une le bâtiment, l'autre un mât où flottait le drapeau tricolore.

Ils montèrent sur le perron et Thuram ouvrit la porte à ses deux visiteurs. Alex laissa entrer Tara et tourna la tête pour examiner le terrain, d'abord à l'horizon, puis de plus en plus près, le scrutant en détail. Sean lui avait enseigné ce principe en opération : toujours être à l'affût et toujours repérer les lieux.

Alex savait que Tara avait déjà pris cette précaution, mais il tenait à jeter un ultime coup d'œil avant d'entrer dans la maison. Ce travail de reconnaissance lui prit moins de trois secondes, et, n'ayant pas repéré de menace, il la suivit à l'intérieur.

L'odeur de vieux rideaux, de fauteuils capitonnés et de parquets cirés dénotait un monument historique. Elle rappela aussi à Alex la maison de sa grand-mère à l'époque où il se cachait dans son placard. C'était l'odeur caractéristique des vêtements restés pliés trop longtemps sur les étagères sans être portés ni lavés, peut-être mangés par les mites.

Thuram leur offrit une brève visite des lieux, en commençant par le salon, où de hauts rideaux blancs tombaient à intervalles réguliers. Le style était surprenant, mais les deux Américains se gardèrent de tout commentaire, préférant écouter l'exposé de Thuram sur la vie de Napoléon à Sainte-Hélène.

Thuram les conduisit ensuite dans la chambre de l'empereur, où il évoqua ses derniers instants. Il avait été précédé dans la tombe par la plupart de ceux dont il avait été le plus proche.

Il leur montra ensuite le petit bureau où Napoléon avait écrit la plupart de ses documents. N'ayant à peu près rien à faire que regarder les flots se briser contre le rivage, il avait consacré un nombre d'heures considérable à l'écriture et à la contemplation pendant ses années d'exil.

« La majeure partie de ces documents est conservée dans la réserve, mais nous en avons laissé quelques-uns dehors pour que les visiteurs puissent les voir, dit Thuram en montrant une vitrine à côté du petit secrétaire, dans le coin.

— Et quelle a été votre sélection ? demanda Tara.

— Des lettres qu'il a écrites à des proches. »

Ce n'était sans doute pas là qu'il fallait chercher.

« Si vous le voulez bien, nous pouvons maintenant nous diriger vers la réserve. Les prochains touristes arriveront d'ici une heure, et vous n'aurez plus beaucoup de paix ni de tranquillité, à moins de vous enfermer là-bas.

— Parfait. On pourra toujours revenir faire un tour ici une autre fois », lui répondit Alex, conscient que le temps pressait et qu'il fallait résoudre l'énigme le plus vite possible pour Sean et Tommy. Moins ils se laissaient distraire, mieux c'était.

« Dans ce cas, suivez-moi. »

Thuram traversa un étroit couloir, ressortit par une porte latérale, puis descendit une allée jusqu'à une annexe qui ressemblait plutôt à un grand débarras qu'à une réserve abritant des documents d'une valeur inestimable.

Sortant une clé de sa poche, il ouvrit la porte et poussa le battant. Alex examina les alentours une nouvelle fois avant de suivre Tara à l'intérieur. Il n'arrivait pas à mettre le doigt dessus, mais il avait la nette impression que quelqu'un les observait. Cela ne lui arrivait pas souvent. Soit il avait un accès de paranoïa, soit la menace était réelle.

Il n'osait pas faire fi de cette intuition. Sean le lui avait dit et répété au cours de leurs nombreuses séances de formation : cette attitude était souvent fatale. En choisissant d'ignorer ses mauvais pressentiments, on pouvait attirer la mort sur soi, surtout dans le genre de missions secrètes qui avaient été celles de Sean auparavant dans sa carrière.

Alex gardait cet avertissement à l'esprit et suivait à la lettre les instructions de Sean. Il ne détectait cependant aucune présence, ni dans la cour, ni sur la pelouse à droite ou à gauche. Le seul mouvement était celui des arbres, dont les branches remuaient dans la brise, ainsi que des buissons.

Après un dernier coup d'œil suspicieux, Alex entra à l'intérieur.

Le bâtiment n'avait rien d'extraordinaire. Il y avait une chambre, une petite salle de bain et un espace cuisine, et le tout avait été converti en réserve du mieux possible.

Comment croire qu'une simple serrure sur la porte d'entrée assurait la sécurité ? Il n'y avait aucun système d'alarme autour du bâtiment, et, à ce que pouvaient voir Alex et Tara, il n'y avait ni caméras ni détecteurs à l'intérieur.

Thuram répondit aux questions qu'il devina derrière leurs regards intrigués. « Nous sommes si isolés ici qu'il n'y a pas besoin de dispositif de haute sécurité, et les insulaires n'ont pas connaissance de ces archives, à part les ouvriers que je fais venir deux mois par an. La plupart du temps, je suis seul ici, et le risque de voir débarquer un étranger pour voler quelques documents au hasard ne me paraît pas très élevé. »

Là-dessus, Thuram leur montra les petites boîtes d'archives qui emplissaient la pièce.

« On a aussi des classeurs à dossiers là-bas, ajouta-t-il en désignant un jeu unique de caissons à tiroirs fermés à clé qui paraissaient reliés à une machine.

— Et ça, c'est un… déshumidificateur ? demanda Alex en regardant le tube qui sortait de la machine.

— Oui. Tout ce bâtiment doit rester en deçà d'un certain taux d'humidité. Je ne pense pas devoir vous expliquer pourquoi.

— Non, en effet.

— C'est le seul équipement que nous n'avons pas hésité un instant à nous procurer en matière de conservation. Nous devons préserver ce patrimoine au mieux pour les générations futures. Ici, comme vous pouvez vous en douter, maintenir le taux d'humidité réglementaire n'est pas évident. Nous avons des appareils de rechange ainsi que des générateurs en cas de panne d'électricité. »

L'air parut soudain très sec aux deux visiteurs.

« En tout cas, faites comme chez vous, poursuivit Thuram en haussant nonchalamment les épaules. Si vous souhaitez voir quoi que ce soit dans les tiroirs, n'hésitez pas, demandez-moi. La plupart des documents importants sont dans les boîtes d'archives, mais je ne demande qu'à vous aider si vous voulez en voir davantage.

— Merci, docteur Thuram, répondirent-ils l'un après l'autre.

— De rien. Cependant, mes visites m'appellent. Le premier groupe arrivera ce matin. Il est déjà en route, et je n'ai pas encore tout préparé pour son arrivée. Je reviendrai vous voir dès que j'aurai fini. »

Dès que leur hôte bienveillant se fut éclipsé, ils se retournèrent l'un vers l'autre.

« Au travail », dit Tara avec un sourire enthousiaste.

Alex acquiesça, mais son visage s'était assombri. Il avait toujours un mauvais pressentiment, dont il ignorait la cause. Il jeta un coup d'œil par la fenêtre qui se trouvait non loin de là, et, ne remarquant toujours rien d'inhabituel, se mit au travail avec Tara.

21

RUEIL-MALMAISON

Sean et Tommy étaient en détention depuis près de trente-six heures, et ils avaient fini par s'en lasser l'un autant que l'autre.

Sean se faisait du souci pour Adriana. Était-elle seule dans sa cellule ? Pourvu qu'elles ne soient pas trop nombreuses à être entassées dans quelques mètres carrés, se disait-il. L'hypothèse lui paraissait peu probable. Elle était sans doute dans une cellule un peu comme la leur. Il n'osait pas imaginer ce qui se passerait si une codétenue s'avisait d'abuser de la situation. Elle s'en repentirait, c'était certain.

« Pff…, fit Tommy en basculant la tête en arrière jusqu'au moment où il put l'appuyer contre le mur.

— Non ! lui dit Sean, agacé.

— Quoi ?

— Ne me demande pas ce qui prend si longtemps. Tu l'as déjà fait une quinzaine de fois.

— Normal, ça fait deux nuits qu'on passe ici, et je n'ai aucune nouvelle ! »

Personne ne pouvait le lui contester. Chaque fois qu'ils s'étaient retrouvés dans un imbroglio juridique, ils avaient pu faire jouer leurs relations avec une rapidité remarquable. Mais, dans le cas présent, Sean était peut-être allé trop loin.

Son ancienne collaboratrice, devenue directrice d'Axis, l'avait mis en garde plus d'une fois contre son inconséquence. Le plus souvent, il avait balayé ses avertissements par une forfanterie ou une fanfaronnade. Maintenant, cependant, il se voyait contraint à plus d'humilité. Avait-elle vraiment décidé de ne pas intervenir ?

Sean chassa cette pensée. Non, c'était impossible. Emily ne pouvait pas les laisser ainsi moisir dans cette cellule, à moins peut-être que son but ne soit de leur donner une bonne leçon. Dans cette hypothèse, tôt ou tard elle les sortirait de là, mais Sean trouvait déjà que ça faisait plus tard que tôt.

Bodmer, resté avec le gardien pendant toute la scène et n'ayant pas personnellement participé à la dégradation, ne s'était pas fait arrêter, même si la police l'avait soumis à un interrogatoire.

Si quelqu'un pouvait faire pression sur la police française, c'était bien le commandant de la Garde suisse.

Sean et Tommy avaient tellement de relations que leur détention était incompréhensible, et c'était justement ce qui commençait à les effrayer. Sean sentait l'anxiété monter depuis le fond de son ventre à l'idée qu'ils étaient peut-être au milieu d'une toile d'araignée. Étaient-ils tombés dans un piège ?

Il y eut soudain de l'agitation tout au bout du couloir. Des bruits de serrure retentirent, et plusieurs grilles s'ouvrirent dans le passage. Deux hommes se parlaient, en français, et leur échange se termina sur un sec « *oui* ».

Enfin, il y eut un bruit de pas, et deux gardiens apparurent. Ils n'avaient pas l'air très contents. Sean était même prêt à parier qu'ils étaient animés de mauvaises intentions.

« Reculez », ordonna l'un d'eux d'un air méprisant. Il avait la main sur son étui de revolver et semblait prêt à l'en sortir en cas de besoin.

Ils ne pouvaient pourtant pas les tuer, comme ça, dans leur cellule. Cela poserait trop de problèmes... Cela ne passerait pas inaperçu, il y avait des caméras, et dissimuler leurs corps ne serait pas une mince affaire. Comment ces deux gardiens pourraient-ils évacuer les cadavres de Sean et de Tommy sans éveiller les soupçons ?

Une autre silhouette apparut soudain dans le passage. C'était le commandant Bodmer.

Le premier gardien cria quelque chose vers le bout du couloir, et, juste après, la porte de la cellule s'ouvrit avec un bruit d'interphone, d'un coup. Les deux occupants jetèrent des regards méfiants vers l'extérieur.

Le gardien, plutôt que de recourir à une formule stéréotypée du genre « vous êtes libres », se contenta de faire un pas en arrière, sur sa droite, pour les laisser passer.

« Bodmer ? dit Tommy en levant les yeux, surpris de devoir sa libération au commandant de la Garde suisse.

— Navré que le processus ait été si long. Le... Le Saint-Siège n'est pas souvent confronté à ce genre de situation, et, quand c'est le cas, ça prend toujours du temps. » Bodmer parlait d'une voix sincère. « J'espère que votre séjour ici n'aura pas… manqué de confort, ajouta-t-il en les regardant dans les yeux avec un air de sympathie.

— Euh, une chose est sûre, ce n'était pas le Ritz. Mais on a connu pire, dit Sean en avançant vers Bodmer pour lui donner une tape sur l'épaule. Merci de nous avoir sortis de là.

— Vous pourrez remercier Mgr Klopp la prochaine fois que vous le verrez.

— C'est lui qui est derrière tout ça ? » La surprise de Tommy augmentait à mesure qu'il élevait la voix.

« Disons seulement qu'il n'y est pas pour rien. »

Le gardien à droite toussota, leur suggérant ainsi de poursuivre leur conversation en marchant.

« OK, les gars, merci pour votre compagnie ! dit Sean en regardant le gardien comme s'il avait le cœur serré. Vous avez été top ! Et surtout, présentez mes compliments au décorateur intérieur. Très réussi. » Il jeta un dernier regard sur leur cellule blafarde avant de s'élancer dans le couloir.

Ils récupérèrent leurs affaires à la sécurité, et, dès qu'ils furent sur le trottoir, Sean sortit son téléphone et inspecta l'appareil. La coque était encore lisse, et la jointure était impeccable. Seul un expert pouvait ouvrir un téléphone sans laisser aucune trace. Si un ou plusieurs policiers étaient corrompus, ce qui était sans doute le cas, son appareil aurait été fouillé. Il ne voyait pourtant aucun dommage. Puis il déverrouilla son téléphone pour vérifier qu'il fonctionnait correctement et qu'aucune application nouvelle n'avait été installée. Enfin, il consulta les paramètres Bluetooth et Wi-Fi pour voir si l'appareil n'était pas traqué ou surveillé à distance. Il ne constata rien de suspect.

Tommy se livrait à la même procédure, comme Sean lui avait appris à le faire un an plus tôt au cas où ils seraient – encore une fois – capturés ou arrêtés.

« Merci de nous avoir libérés, commandant, dit Sean alors qu'ils remontaient la rue.

— Je suis navré de ne pas avoir été plus rapide, lui répondit Bodmer.

— Pff..., fit Tommy pour balayer cette politesse. Ne dites pas ça. Personne ne semblait pouvoir nous aider, même un ancien président des États-Unis avec qui on est potes ! »

Bodmer arqua le sourcil.

« Attendez ! » cria Sean. Ses deux compagnons s'arrêtèrent. « Où est Adriana ?

— Elle nous attend dans la voiture de location. Au coin de la rue. »

Sean ressentit un immense soulagement. Il avait eu un moment de panique, mais ses craintes étaient sans objet. Bien sûr, Bodmer avait eu la galanterie de libérer Adriana en premier !

Sean allait l'en remercier lorsque son téléphone se mit à sonner. Il reconnut le code 404. « Évidemment.

— Quoi ? » demanda Tommy d'un air un peu inquiet.

Sean leva la main pour demander un instant de silence, puis prit l'appel.

« Tiens, bonjour Emily. Comment vas-tu ?

— Sean ? Alors ? Tiens, je vois que tu peux répondre au téléphone. Tu n'étais pas en détention, encore une fois ?

— On vient d'être libérés », répondit Sean, qui dut se retenir d'ajouter : « Pas grâce à toi. » Il ne comptait plus le nombre de fois où son amie et ancienne collaboratrice l'avait ainsi sorti d'affaire.

« Ah. Et grâce à... ? »

Sean lança un coup d'œil du côté de son compagnon suisse. « À l'aide d'une puissance supérieure, dit-il en prononçant les deux derniers mots avec un air de mystère.

— D'aa... ccord, répondit-elle, interdite. Toutes mes excuses. J'étais sur une opération secrète et j'ai été coupée du monde pendant trois jours.

— Ça s'est bien terminé ?

— Oui. Pour tout le monde. Sauf pour la cible, bien sûr. »

Sean songea aux nombreuses fois où c'était lui qui avait eu le doigt sur la détente dans des missions de ce genre. Ça ne l'avait jamais gêné de tuer quelqu'un qui risquait de faire du mal autour de lui, et ce n'était que bien plus tard, des années après son départ de l'agence, qu'il avait compris pourquoi. Il se sentait encore étranger à la personne qu'il avait été, un peu comme s'il venait de la rencontrer et qu'il ne savait pas encore s'il l'aimait bien et avait envie de la fréquenter.

« Si tout va bien, je vais te laisser à ta... mission.

— Et, cette fois, n'éteins pas ton téléphone ! J'aurai peut-être encore besoin de ton aide.

— Ça ne me surprendrait pas.

— Merci de m'avoir rappelé, Em. On discutera une autre fois. »

Sean raccrocha et remit son téléphone dans sa poche. Ils firent encore quelques pas, puis traversèrent sur le passage clouté avant de revenir sur une demi-douzaine de mètres jusqu'à une luxueuse berline noire.

Sean fut frappé par l'élégance du véhicule, à bord duquel il reconnut immédiatement la silhouette de sa femme.

Bodmer s'installa au volant tandis que Sean montait à l'arrière avec Adriana, laissant Tommy prendre la place du mort.

« Ça va ? demanda Sean en passant un bras autour du cou de sa femme avant de lui faire un baiser sur la joue.

— Besoin d'une petite douche, répondit-elle. Et de vêtements propres. Pourquoi nous ont-ils gardés si longtemps ?

— Dégradation de monument historique, lui expliqua Tommy avec plus qu'une nuance de regret dans la voix.

— J'ai pris une chambre à côté, dit Bodmer. Je n'avais pas de cellule, il fallait bien que je trouve à me loger. Je vous propose d'y faire un tour pour prendre un bon petit déjeuner dans un café que je connais. Ils ont un pain excellent, et leurs viennoiseries sont délicieuses.

— Je ne demande pas mieux, dit Sean. On recharge un peu les batteries, on prend une douche, et on voit où en sont nos jeunes. »

Tommy avait déjà son téléphone vissé à l'oreille lorsque Bodmer démarra. « Ils ont une bonne longueur d'avance sur toi. »

22

Sainte-Hélène

Près d'une quarantaine de minutes plus tard, Alex et Tara n'avaient rien trouvé dans les « archives » de Longwood House.

Thuram était revenu au bout d'une petite demi-heure pour s'installer à son poste de travail dans un coin. Il vérifiait des paperasses et consultait ses mails sur son ordinateur en attendant l'arrivée du bateau.

Ses deux visiteurs avaient dépouillé tout le contenu des boîtes d'archives et, rien n'en étant ressorti, ils se disaient qu'il était temps de jeter un coup d'œil dans les tiroirs.

Ravi de pouvoir les aider, Thuram alla chercher des gants dans un placard en face.

Une fois qu'ils eurent tous leurs gants blancs, Thuram ouvrit un caisson à tiroirs, et le parfum du vieux papier vint leur chatouiller les narines. Enfin, il vérifia une nouvelle fois le taux d'humidité de la pièce.

« Vous pouvez regarder tout ce que vous voulez, du moment que vous prenez les… précautions nécessaires. Mais je n'ai pas besoin de vous le rappeler. »

Alex et Tara lui sourirent pour le rassurer.

« Ne vous inquiétez pas », répondit Tara.

Thuram retourna à son poste de travail, où il ôta ses gants et se remit à tapoter sur son clavier.

Dans chaque tiroir, des pochettes en plastique étaient suspendues à des tringles à droite et à gauche pour empêcher le contenu de se froisser ou de se tasser tout au fond.

Tara retira la première pochette et la déposa sur une table, et Alex en fit autant avec une deuxième. Ils étudièrent attentivement leur contenu, mais ne trouvèrent rien d'utile. Ils les remirent à leur place puis en sortirent d'autres, et ainsi de suite.

Il y avait des souvenirs épars de vieilles batailles, des portraits d'alliés, d'ennemis ou d'amis, et même quelques poèmes. En revanche, rien qui puisse aider à résoudre l'énigme dont leur avait parlé Tommy.

Ils continuèrent, épuisant ainsi le premier, puis le deuxième, et enfin le troisième tiroir.

Une demi-heure plus tard, ils durent s'attaquer au deuxième caisson. Lorsque la corne du ferry retentit dans le port, ils comprirent que les touristes allaient bientôt arriver, ce qui marquerait sans doute la fin de leur temps dans la réserve.

Ils se hâtèrent autant qu'ils le purent pour ne pas gêner leur hôte ni manquer d'attention, et encore moins endommager les documents.

Moins importants a priori que ceux contenus dans les boîtes d'archives, ces derniers représentaient malgré tout des témoignages irremplaçables et inestimables, rédigés de la main de l'un des hommes les plus puissants que la Terre ait jamais porté.

Ils en étaient au deuxième tiroir du deuxième caisson lorsque Alex tomba sur une feuille dont il trouva l'aspect un peu curieux. Il resta interdit, le regard perdu sur cette page entièrement blanche, mis à part un dessin de rose et une courte inscription en bas.

« Qu'y a-t-il ? demanda Tara en remarquant sa perplexité et son silence soudain.

— Je ne sais pas, répondit-il en remuant la tête. Juste une petite liste de trois mots. On dirait des noms.

— Mets la feuille de côté et regarde la suivante. On n'a plus beaucoup de temps.

— Rien ne presse, intervint Thuram. Je partirai accueillir les nouveaux arrivants et je reviendrai. Ne vous inquiétez pas. »

Tara fut rassurée, mais elle ne voulait pas que leur visite soit un fardeau, et Thuram était déjà allé bien au-delà de ses obligations.

Malgré ce qu'elle venait de lui dire, Alex gardait les yeux rivés sur la feuille, comme s'il y cherchait une réponse invisible. « Pourquoi cette feuille sans rien dessus, à part deux ou trois noms ? demanda-t-il à voix haute. Et pourquoi cette rose ?

— Je ne sais pas. Une erreur, peut-être. »

Interpellé par leur conversation, Thuram se retourna sur son fauteuil et posa son avant-bras droit sur le dossier en vieux bois. « Qu'y a-t-il ?

— J'ai trouvé cette feuille, dit Alex en se levant et en la portant à Thuram pour qu'il puisse mieux la voir. Juste une liste de trois noms avec un dessin de rose en bas. Pourquoi Napoléon aurait-il fait une chose pareille ?

— Apparemment, il n'avait plus toute sa tête à la fin de sa vie, lui répondit Thuram en haussant les épaules. Il parlait à des gens qui étaient morts depuis longtemps – des amis, notamment –, des gens qui avaient disparu à tel ou tel moment de sa vie. À ce qu'on m'a dit, le cas n'est pas rare. »

Alex avait déjà entendu cette théorie, mais il n'en savait rien lui-même. Il n'avait pas souvent été confronté à la mort dans sa jeunesse.

Il remporta la feuille jusqu'à sa table, où il la reposa à plat.

« Qu'est-ce qui te prend ? demanda Tara.

— Je ne sais pas, répondit-il en chuchotant presque. Il y a un truc bizarre, là-dedans. Et regarde cet espacement entre les deux derniers noms. Pourquoi un tel blanc entre les deux ?

— Un blanc ? répéta Tara en se penchant. Oui, c'est vrai, il y a plus d'espace. Mais quelle importance ? Il n'écrivait pas dans un carnet ligné. Et tu as entendu ce qu'a dit le Dr Thuram. Il n'avait plus toute sa tête à la fin de sa vie.

— Peut-être, dit Alex en regardant toujours les noms, pas prêt à renoncer. Dumas, Masséna, Augereau. Qu'ont à voir ces trois noms l'un avec l'autre ? »

Alex sortit son téléphone et prit une photo, veillant à bien inclure la rose dans le cadre. Il envoya ensuite la photo à Sean et Tommy. Ils pourraient la voir quand ils seraient libérés, s'ils n'étaient pas déjà dehors.

Il remarqua que le réseau était trop faible et s'approcha de la fenêtre en levant son appareil pour trouver l'endroit d'où la photo pourrait partir.

« Tu cherches une barre de plus ? le taquina Tara.

— Oui. Je sais que, pour toi, cette feuille est sans intérêt, mais souviens-toi de l'énigme. Il était question de héros. Qui dit que ce ne sont pas des héros ? »

Thuram haussa les épaules.

Alex tenait maintenant son téléphone à bout de bras devant la fenêtre, où le vif éclat du soleil se réverbérait dans l'océan. Il allait reculer d'un pas lorsqu'il aperçut un reflet dans les hautes herbes qui descendaient jusqu'à la côte.

Saisi de peur, il plongea en direction de Tara.

« Tous à terre ! » cria-t-il.

Tara, qui était alors penchée au-dessus d'un document, se retrouva projetée d'un coup d'épaule en direction de la porte, où elle tomba dans un bruit sourd. Sa propre épaule fut soudain envahie par la douleur. Mais elle savait que ça passerait.

Après leur chute, il y eut un bruit de bris de verre. Il y en eut ensuite un deuxième, puis un troisième, suivis de chocs contre le mur opposé. Nul besoin d'être un génie pour comprendre ce qui était en train de se produire.

Le reflet qu'Alex avait aperçu venait d'une lunette de visée.

« Ça va ? demanda-t-il en regardant Tara, qu'il recouvrait comme un bouclier humain.

— Oui, répondit Tara. Mais j'ai mal à l'épaule. Tu aurais dû devenir footballeur. »

Ce commentaire le fit maugréer. « Pas assez grand ! » Il sortit son pistolet de son étui caché et rampa vers leurs sacs à l'autre bout de la pièce – au vu des circonstances, c'était un peu trop loin – tout en gardant son arme braquée sur la porte.

Tara sortit aussi son arme, et son regard se porta vers le poste de travail où Thuram était installé lorsque les coups de feu avaient commencé.

« Alex ? » Sa voix contenait une nuance de tristesse. Alex suivit son regard.

Thuram, inerte, avait la tête à côté de son clavier, et du sang coulait d'un trou dans son front.

Alex sentit la colère lui serrer la gorge. Tara aussi, mais ils réprimèrent tous les deux leurs émotions, comme Sean le leur avait enseigné. Il était certes plus facile de le dire que de le faire, mais Sean les avait prévenus qu'ils en auraient besoin s'ils retournaient un jour sur le terrain.

Ce n'était pas leur premier rendez-vous avec la mort. Au Japon, ils avaient même tué un peu de monde. Thuram était pourtant un homme innocent qui n'avait fait que les aider à chercher… quoi ? S'ils ne le savaient toujours pas, une chose du moins leur paraissait parfaitement claire : cet objet était d'une valeur inestimable, et certains étaient prêts à tuer pour se l'approprier.

« Ils sont combien ? » demanda Tara pour penser à autre chose. Ce n'était pas le moment de pleurer Thuram. Ils devaient d'abord essayer de s'en sortir. Sean leur avait appris que le meilleur moyen de se reconcentrer était d'évaluer la situation.

« Un, je crois. Mais mieux vaut dire deux.

— D'accord. »

Sean leur avait aussi appris à toujours multiplier la menace par deux, surtout en cas de doute. Le plus souvent, les assassins préféraient opérer en solitaire, mais ce n'était pas faire preuve de trop de zèle que de leur supposer des renforts.

« Tu l'as localisé ?

— Oui.

— Et tu crois qu'on peut le contourner ?

— Probablement. À moins qu'il ne change de position.

— Ce qu'il va sans doute faire. Il faut agir. » Tara entreprit de ramper jusqu'à la fenêtre criblée de balles. En revoyant Thuram, elle eut le cœur serré par le chagrin et dut se faire violence pour déglutir. Après une brève pause, elle glissa la main sur le poste de travail, fouilla vers le clavier en évitant de toucher la tête du mort, et trouva enfin une feuille, une facture envoyée par un paysagiste intervenu sur la propriété. En quelques secondes, elle prit position avec la feuille.

« Tiens-toi prêt et, quand je lève la feuille, sors pour le contourner. OK ? Pendant ce temps, je détournerai son attention. »

Alex n'était pas serein à l'idée de la laisser seule, mais le plan de Tara tenait la route. Sean aurait proposé le même s'il s'était retrouvé dans cette situation avec Tommy.

Il acquiesça, puis glissa en direction de la porte, dont il tourna la poignée discrètement pour faciliter sa fuite.

Enfin, il se retourna vers Tara, qui, après un échange de regards, brandit le papier à la fenêtre, bien en vue.

La vitre fut percée de trous supplémentaires, et le cadre ne fut bientôt plus qu'un réseau de toiles d'araignée. Des bouts de verre dégringolèrent sur le plancher ainsi que sur le bureau à côté de la tête du mort. Trois balles criblèrent aussi la feuille dans la main même de Tara, qui trembla d'une peur viscérale en la lâchant.

Elle laissa tomber sa main au sol, puis leva les yeux et vit que la porte était ouverte. Alex était déjà dehors en train de contourner leur cible.

Tara rassembla tout le courage dont elle était capable. Son cœur battait dans sa poitrine, et sa respiration était de plus en plus rapide. Que disait toujours Sean ? D'abord, maîtriser sa respiration en inspirant profondément, méthodiquement, puis compter jusqu'à dix. Selon lui, c'était infaillible, même si le processus pouvait prendre de quelques secondes à plusieurs minutes.

Tara se concentra sur des souvenirs apaisants. Elle se revit dans la maison où elle vivait avec Alex en train de confectionner des costumes de cosplay ou des accessoires dans le garage, de jouer à des jeux vidéo ou de regarder des matchs de base-ball. Toutes ces images heureuses défilèrent dans sa tête et l'aidèrent à calmer sa respiration, à chasser sa peur. Elle savait ce qu'il lui restait à faire.

Demeurant en retrait de la ligne de feu, elle se mit en position accroupie et leva son arme. Si le tireur était à plus de six mètres de la maison, elle ne l'atteindrait sans doute pas, mais elle pourrait au moins le contraindre au repli. Son but n'était pas de le toucher, mais de faire gagner du temps à Alex.

Elle tint le revolver caché jusqu'au dernier moment, puis le leva juste assez haut pour pouvoir déblayer les bris de verre sur le rebord de la fenêtre. Elle savait que la détonation serait assourdissante dans cette petite maison où le plancher et les murs ne pouvaient que répercuter le son, mais ce fut comme une explosion. Cela ne l'empêcha pas de tirer, un, deux, puis trois coups de feu, puis encore un quatrième pour la chance.

Enfin, elle reposa la main au sol avec le revolver fumant et attendit une réaction de la part du tireur.

*

Alex évoluait dans les hautes herbes avec la détermination d'un lion en chasse. Se servant de son environnement naturel pour se cacher, il serpenta, genoux fléchis, jusqu'à un petit arbre au milieu de la prairie surplombant l'océan, et essaya de retrouver l'endroit où le tireur avait été posté.

Il entendit les quatre coups de feu de Tara et, y voyant le signal qu'il devait se dépêcher, fit le tour de l'arbre avant de continuer sur sa gauche. Il ne voulait pas aller droit sur le tireur, ce qui l'aurait mis dans la ligne de feu. Avec un itinéraire circulaire, il mettrait plus de temps, mais il pourrait le prendre au dépourvu en arrivant par-derrière.

Alex vit le ferry arriver dans le port, mais il reporta aussitôt toute son attention sur l'affaire qui l'occupait. Il n'était plus très loin de l'emplacement qu'il avait repéré. Le bruit de l'herbe dans la brise l'aidait à dissimuler son approche. En vrai prédateur, il n'en avait pas besoin. Il appliquait toutes les techniques que Sean lui avait enseignées, veillant à ne jamais mettre le pied sur une brindille ni sur une feuille tombée au sol. La terre était meuble sous ses chaussures, et l'herbe épaisse, touffue, amortissait le moindre bruit.

Des bruits, pourtant, lui parvenaient, et il entendit le tireur, qui était toujours au même emplacement. Il semblait fouiller dans un sac et ne faisait pas preuve d'une extraordinaire discrétion, comme s'il était en proie à la panique. Alex entendit alors de nouveaux coups de feu, des détonations quasi silencieuses, étouffées par un suppresseur.

Il approcha prudemment, toujours les genoux fléchis, en se servant de ses mains pour ne pas perdre l'équilibre, mais en gardant son revolver braqué sur l'emplacement où était le tireur. Lorsqu'il fut arrivé à une distance de moins de cinq mètres, Alex put repérer sa silhouette, de dos. Il était vêtu d'un pantalon et d'une chemise du même vert, rappelant les uniformes militaires des années 1940. Dans l'herbe, il devenait presque invisible à partir d'une certaine distance.

Alex leva son arme et visa le tireur. Il n'avait pas l'intention de le tuer, mais, si le tireur refusait de se rendre, il n'aurait pas le choix. Il remarqua soudain un corps étendu dans l'herbe à sa droite, et fut étonné de constater qu'il s'agissait d'une jeune femme d'une vingtaine ou trentaine d'années. Le sang coulait d'une blessure qu'elle avait à la poitrine, et elle était inerte, les yeux ouverts sur le ciel.

« Jetez votre arme ! » cria Alex.

Le tireur, effrayé, se retourna soudain, et Alex fut si surpris par la rapidité de sa réaction qu'il ne fut pas le premier à appuyer sur la détente.

Heureusement, le mouvement du tireur avait été trop rapide, et les balles passèrent à côté ou au-dessus d'Alex, qui plongea aussitôt derrière un arbuste chétif, dans l'herbe, sur sa droite.

Se redressant sur un genou, il balaya l'horizon avec son revolver, essayant de repérer le tireur.

« Rendez-vous ! cria-t-il. Vous êtes cerné ! »

Il s'en voulut d'avoir lancé un tel cliché, mais que dire d'autre ? Il était transi de peur. Il ne voyait plus le tireur, et pourtant il avait l'impression lancinante que ce dernier, lui, le voyait toujours. Sa petite offensive ne se déroulait pas comme prévu.

Alex eut une bouffée de panique qu'il eut du mal à réprimer. Il se mit à plat ventre derrière l'arbuste. Il ne voyait désormais plus grand-chose, et les hautes herbes auraient pu passer pour des arbres de l'endroit où il les voyait.

Il se débrouilla néanmoins pour guetter les mouvements du tireur à travers les tiges, et sa patience fut récompensée lorsqu'il le vit soudain apparaître à une cinquantaine de mètres. Comment avait-il pu aller si loin, si vite, sans se faire remarquer ? se demanda Alex. Pas en rampant, quand même ?

Alex bondit dans un rugissement pour chasser le tireur, en fuite vers la côte et désormais à une soixantaine de mètres.

En passant par l'arête d'une petite saillie, il comprit où il filait ainsi. Près du rivage attendait un bateau avec console centrale et tableau de bord, timonerie et deux gros moteurs hors-bord.

Alex brandit son arme et tira trois coups, le ratant à chaque fois. Le tireur les entendit, mais ne prit pas le risque de regarder en arrière et continua sa course vers le bateau.

À gauche, le ferry accostait, et Alex aperçut l'hydravion, toujours amarré aux pilotis.

Le tireur était hors de portée, et, dès qu'il aurait mis le pied sur le bateau, il fuirait sans difficulté.

Alex redoubla d'efforts. La pente rendait sa course à la fois plus ardue et plus rapide. Le tireur était maintenant sur le quai, et Alex comprit qu'il ne le rattraperait pas. Il était trop rapide et déjà presque rendu à destination. Parvenu à un ou deux mètres du bateau, il se retourna, leva son arme et visa. Alex, en proie à une vague de terreur, fit la seule chose qui lui vint à l'esprit.

Il plongea sur sa droite et tenta de se cacher dans les hautes herbes. Plusieurs balles ricochèrent à l'endroit qu'il venait de quitter, et cette grêle de petites explosions continua à mesure qu'il rampait de toutes ses forces.

Enfin, le tir de barrage s'arrêta. Il resta un moment étendu, sans bouger, en se couvrant la tête, comme si cela pouvait le protéger d'une balle de haut calibre.

Il entendit un moteur qui démarrait à grand bruit et, risquant un coup d'œil par-dessus les hautes herbes, vit le tireur dans la timonerie du bateau en train de tourner la barre pour prendre le large.

Alex se redressa en soupirant et regarda le bateau s'éloigner du quai. Le tireur s'en était sorti, mais n'avait pas trouvé ce qu'il était venu chercher. Il remonta la colline en courant jusqu'à l'endroit où il l'avait défié et retrouva le corps de la jeune femme, toujours étendu au même endroit.

Il cria face à la maison en agitant les mains pour montrer à Tara que la voie était libre. Elle traversa aussitôt la prairie avec leurs deux sacs en travers de l'épaule. À hauteur du cadavre, elle les posa au sol et se pencha sur la jeune femme.

« Qui est-ce ?

— Je ne sais pas. Un de tes coups de feu a dû la tuer. »

Il en fallait plus pour la culpabiliser. Cette jeune femme était venue dans le but de les éliminer. Si Tara ne l'avait pas tuée, elle représenterait encore une menace. Ce n'était pas le moment de faire face au traumatisme.

Ils fouillèrent les poches du cadavre ainsi qu'une petite sacoche dans l'herbe à côté, mais ne trouvèrent aucun papier. Il y avait cinq cents euros, une liasse de billets sud-africains entourée d'un élastique, trois magasins de rechange pour Glock 19 et deux magasins de sniper.

« Qui est-ce ? répéta Tara.

— On cherchera ça plus tard, répondit Alex en haussant les épaules. Pour l'instant, il faut qu'on s'en aille, sinon les touristes croiront qu'on l'a tuée.

— Mais on l'a tuée.

— Oui, mais ce n'est pas la question. Ils croiront aussi qu'on a tué le Dr Thuram. »

Alex n'avait pas tort.

Ils jetèrent un dernier regard sur Longwood House avec une profonde amertume avant de s'élancer vers l'hydravion.

23

Rueil-Malmaison

N'ayant pu joindre ni Tara ni Alex, Tommy baissa les yeux sur son écran et haussa les épaules. « Je suppose qu'ils n'ont pas un bon réseau.

— Sur un îlot de même pas quatre mille habitants perdu au milieu de l'océan ? dit Sean en levant les yeux. Dingue !

— *Touché.*

— On a reçu les SMS qu'ils nous ont envoyés du Cap. Ils sont donc au moins allés jusque-là. Ils doivent être sur l'île, à l'heure qu'il est.

— D'accord, mais pendant ce temps, on ne sait pas quoi faire. »

Sean souleva ses épaules d'un ou deux centimètres, puis les redescendit en regardant l'assiette presque vide sous son nez. Il prit un morceau de pain entre son pouce et son index et le mit dans sa bouche. La croûte et la mie se mélangèrent sur sa langue dans un défilé de saveurs. Puis il attrapa sa tasse de *café au lait* et en prit une gorgée. Il était encore chaud, puisque le serveur venait de le lui apporter.

« Ça va, on a de quoi faire, ici », plaisanta Sean en montrant le petit déjeuner qui occupait la table, avant de reposer sa tasse. Puis il se tourna vers Bodmer, qui paraissait nerveux depuis le début. « Honnêtement, je ne sais pas comment vous faites, en Europe, pour garder la ligne. Aux États-Unis, on mange bien, mais, ici, c'est un cran au-dessus. Surtout le pain ! » Il reprit un peu de pain beurré tartiné de confiture et se rappuya sur son dossier.

« Nous bougeons davantage, répondit simplement Bodmer. À ce que j'ai entendu dire, les Américains sont sédentaires. La configuration de nos villes est différente et nous pousse davantage à faire de l'exercice. Nous marchons plus et prenons moins la voiture.

— Ça m'a toujours impressionné, avoua Sean. La mobilité de tous ces Européens. »

Il s'avachit littéralement sur sa chaise pour mieux apprécier son expérience, avant de s'apercevoir qu'il se détendait un peu trop, sur quoi il se ressaisit.

C'était un de ces cafés comme on en trouve partout à Paris et dans les grandes villes de France, avec des stores rouge et blanc soutenus par des bras métalliques, des tables en bois et des chaises en rotin sur le trottoir quasiment jusqu'à la chaussée, et une petite clôture noire autour.

Les passants offraient un spectacle bigarré. Certains, avec leurs appareils photo autour du cou et leurs sacs à dos, avaient des airs de touristes. D'autres étaient en costume, sans doute en train de prendre un croissant et un café avant leur journée de travail. Il y avait aussi une foule de gens qui semblaient n'avoir aucun souci ni aucune obligation. Peut-être était-ce leur jour de congé, ou ils ne travaillaient que plus tard.

Les odeurs de pain et de viennoiserie sortaient des boulangeries et attiraient ceux qui passaient devant.

Ce moment de tranquillité eut cependant une fin brutale.

Le téléphone de Sean se mit à vibrer sur la table, et son assiette et sa fourchette tremblèrent. Un instant plus tard, c'était le téléphone de Tommy qui se mettait à danser. Ils saisirent leurs appareils, regardèrent leurs écrans, puis échangèrent un regard.

« Un SMS d'Alex », dit Sean, qui, en voyant l'aperçu sur son écran, comprit que c'était une photo.

Tommy déverrouilla son téléphone, et Sean en fit autant.

Bodmer se pencha et ne quitta pas des yeux leurs appareils pendant qu'ils examinaient leurs messages. « De quoi s'agit-il ? demanda-t-il avec impatience.

— D'un document, lui répondit Tommy.

— D'un document ? » Bodmer ne paraissait pas satisfait de cette réponse.

« Oui. Juste une liste de trois noms, avec un dessin de rose comme celui qu'on connaît déjà. »

Tommy tendit son téléphone pour que le commandant puisse voir.

Bodmer examina longuement la photo, puis tourna la tête comme pour mieux se concentrer.

« Le seul nom que je reconnaisse est celui de Dumas, admit-il avant de se renfoncer contre le dossier de sa chaise.

— Dumas ! » répéta Sean avec admiration.

Bodmer le regarda d'un air interrogateur. « Quoi, Dumas ?

— Quel grand auteur ! répondit Sean. *Le Comte de Monte-Cristo* ! Un de mes romans préférés.

— Un roman pionnier dans son genre : chasse au trésor…

— Évasion…

— Tout ça dans la même intrigue !

— On le range dans Éducation, alors ? »

Cette allusion personnelle les fit rire.

Bodmer, qui ne la comprit pas, croisa les bras en attendant qu'ils en aient fini avec leurs plaisanteries.

« Désolé, finit par dire Sean. Juste une blague entre nous. Revenons à Dumas et au *Comte de Monte-Cristo*. Quel roman ! Aventure, vengeance, intrigue, meurtre, trahison, chasse au trésor et, finalement, justice. Un super livre !

— Vous n'êtes pas les premiers à m'en parler, dit Bodmer sur un ton qui doucha un peu l'enthousiasme de Sean. Mais quel est le rapport avec l'énigme qui entoure Napoléon et le meurtre du cardinal Jarllson ? »

Sean se retourna vers Tommy, avec qui il échangea un regard vide.

« Vous n'en avez aucune idée ? » Bodmer paraissait irrité.

« Pour être honnête, commandant, ce n'est pas la seule information qui nous manque, dit Sean.

— Et le message vient seulement d'arriver… Laissez-nous le temps de sortir nos baguettes magiques, quand même ! »

Le commandant ne voyait pas très bien le sens de tout ce laïus, mais il perçut le sarcasme.

Sean relut les trois noms sur son écran, mais il n'arrivait pas à détacher ses yeux du premier, en haut de la liste. Dumas. Qu'est-ce qu'Alexandre Dumas avait à voir avec toute cette histoire ? Cherchaient-ils un trésor caché sur une île au large des côtes françaises, comme dans le roman ? Était-ce donc cette piste qu'ils devaient suivre s'ils voulaient trouver la relique ?

Il ignorait toujours ce dont il s'agissait, et cette question le taraudait de plus en plus.

Il doutait que la relique soit enfouie sous l'eau. Même dans le roman, le trésor était une fantaisie, rien de plus. Et il n'y avait pas que Dumas. Il y avait aussi deux autres noms. Quel était leur rapport avec Dumas ?

Sean, contrarié, poussa son téléphone en direction de Bodmer pour qu'il puisse voir la photo lui-même. Pendant que le commandant se penchait sur son écran, Sean regarda dehors et vit un jeune couple – une blonde et un brun – en train de marcher sur le trottoir, main dans la main.

Il pensa soudain à Adriana, qui apparut justement à ce moment-là sur le seuil du café. Elle était partie aux toilettes depuis de longues minutes et, à son retour, avait commandé un café supplémentaire.

« Que se passe-t-il ? » demanda-t-elle avant de se glisser sur la chaise à côté de Sean tandis que le garçon lui apportait sa tasse.

Tommy poussa son téléphone vers elle, jusqu'au bord de la table.

Elle prit l'appareil et regarda le message tout en sirotant son café brûlant.

« On vient de recevoir cette photo d'Alex, qui semble avoir trouvé un document avec Tara à Sainte-Hélène. Mais on ne voit pas bien ce que ça veut dire.

— Une liste de trois noms, dit-elle d'un air absent. Dumas ? » Elle leva un œil interrogateur. « Alexandre Dumas ? Le romancier ?

— Au début, c'est ce qu'on s'est dit, répondit Sean. Mais je n'en suis plus très sûr.

— Non ? Et pourquoi ? Il est français, pourtant.

— Oui, c'est vrai, dit Tommy. Mais les deux autres noms ? On ne voit pas le rapport avec Alexandre Dumas.

— Ah », dit Adriana en fixant de nouveau l'écran tandis que Sean regardait la rue.

Le jeune couple avait disparu. En face, dans un autre café tout à fait similaire au leur, si ce n'était que ses stores étaient roses, des gens riaient en buvant leur café ou leur orange pressée. Il y avait aussi un homme seul à une table en train de lire le journal, alors que la majorité des clients qui l'entouraient avaient les yeux rivés sur leur téléphone ou leur tablette. Certains avaient même sorti leur ordinateur et paraissaient très occupés.

Avec son épaisse barbe noire, grisonnante par endroits, l'homme aurait pu avoir entre trente et soixante ans. Sean était trop loin pour pouvoir le préciser. Ses lunettes noires cachaient d'ailleurs ses yeux. Il n'était pas le seul à en porter, car, même à cette heure matinale, la rue était inondée de soleil.

Tout cela n'eût pas éveillé les soupçons de Sean sans la conjonction de plusieurs facteurs : d'une part, le café où cet homme était installé semblait attirer une clientèle plus jeune. C'était un café branché, ou du moins qui voulait passer pour branché, avec des airs d'espace de co-working. Sean remarqua en effet un comptoir qui courait tout le long du mur de gauche et jusqu'au fond de la salle, où des gens pianotaient sur leurs ordinateurs.

Même si Sean lui donnait a priori un peu moins de cinquante ans, cet homme était le seul de cet âge dans l'établissement. Il avait par ailleurs la peau hâlée, tirée, et, même assis, il était évident qu'il était en parfaite forme physique.

Il portait un bermuda beige et une chemise noire aux manches retroussées. Sean aimait bien son style, mais un peu moins le personnage.

Là où un simple observateur n'aurait vu qu'un homme en train de lire son journal et de siroter son café, Sean savait qu'il y avait davantage.

Trois fois déjà il avait surpris son regard sur eux, et chaque fois il avait lentement tourné la tête, comme pour éviter de donner l'impression qu'il avait été pris sur le fait.

Son mouvement, tout en subtilité, aurait trompé n'importe qui d'autre que Sean, qui non seulement reconnut sa tactique, mais l'admira intérieurement.

« Sean ? dit Tommy, interrompant soudain le fil de ses pensées. Tout va bien ?

— Oui. J'ai même un nouvel ami, en face. »

Tommy suivit son regard, sans voir de qui il parlait. Bodmer et Adriana se tournèrent aussi.

« Avec la chemise noire et le bermuda beige, dit Sean. Des lunettes de soleil. Des cheveux noirs.

— Tout à fait ton style, plaisanta Tommy, qui eut aussitôt l'impression d'avoir fait une plaisanterie déplacée.

— Il nous observe depuis tout à l'heure, ajouta Sean.

— Et ? fit Bodmer. La terrasse est aussi bondée en face qu'ici. Et beaucoup de clients sont là depuis plus longtemps que nous.

— Justement, répondit Sean. Il est arrivé en même temps que nous.

— Comment le savez-vous ?

— Et vous, comment pouvez-vous l'ignorer ? répondit Sean en le regardant d'un air contrarié. Je l'ai vu s'installer au même moment que nous, à une table pour quatre. Pourquoi ? Il y avait trois autres tables pour deux sur la terrasse, deux au soleil et une à l'ombre, ce qui veut dire qu'il avait le choix. Il y a deux serveurs pour la terrasse, même si l'un d'eux s'occupe aussi de quelques tables à l'intérieur, et il y en a un autre qui s'occupe exclusivement de la salle. Ils auraient donc pu l'installer à une table pour deux, mais ils l'ont installé à une table pour quatre. Pourquoi ? »

Bodmer chercha une réponse à cette analyse excessivement détaillée de la situation. « Eh bien… Peut-être préférait-il la vue de cette table ?

— Il aime peut-être aussi avoir de la place pour étendre ses jambes », suggéra Tommy sans y croire. Il voyait que Sean était sur une piste, et mieux valait épuiser au plus vite toutes les objections pour qu'il puisse exposer sa théorie au commandant.

« Deux des tables pour deux offrent une vue similaire, poursuivit Sean. On peut donc écarter cette hypothèse. Et puis une meilleure vue sur quoi ? Sur les voitures qui passent ? Je ne crois pas. Sans parler du journal.

— Du journal ? » dit Bodmer avec la voix d'un enfant malheureux.

Adriana ne put réprimer un léger sourire tandis que Sean poursuivait son atelier d'initiation aux techniques d'enquêteur.

« Il n'a pas changé de page. Ça fait une demi-heure qu'il a le même article sous les yeux.

— Comment le savez-vous ?

— Si encore il avait eu l'intelligence de laisser la une en vue…, répondit Sean. Mais non. Il l'a repliée vers l'arrière. Sauf qu'il n'a pas poursuivi sa lecture. Sinon, à l'heure qu'il est, on pourrait voir une nouvelle page. Ou alors il détient le record du monde du lecteur le plus lent, mais j'en doute. Sur la base de ces éléments, je crois qu'on peut conclure qu'il s'agit d'un informateur. »

Bodmer remua sur sa chaise. « Que faire ? Pensez-vous que ce soit le meurtrier ?

— Non, répondit Sean, sans grande certitude. Je ne crois pas. Peut-être est-il à ses ordres, mais je ne vois qu'un petit entretien pour tirer tout ça au clair.

— Un petit entretien ? »

Sean acquiesça sans détourner les yeux de l'homme d'en face, qui avait désormais le visage caché derrière son journal. Puis, sans rien dire, il sortit du café et se hâta vers le passage clouté. Dès que le feu passa au vert, il traversa.

Ses trois compagnons suivirent toute la scène avec une grande attention.

L'homme d'en face replia le coin de son journal et, lorsqu'il s'aperçut qu'une personne avait disparu, regarda frénétiquement autour de lui, jusqu'au moment où il repéra Sean. Là-dessus, il quitta sa table et disparut dans la salle.

Sean arriva trop tard. Après quelques recherches, il ressortit sur le trottoir en levant les mains pour montrer qu'il n'avait rien trouvé.

Il regarda à droite et à gauche, comme s'il s'attendait à le voir apparaître tout à coup, en vain.

Sean remonta jusqu'au feu, mit ses mains sur ses hanches, puis traversa la rue. Une fois revenu dans le café, il s'affala sur sa chaise en poussant un soupir contrarié et se mit à tripoter sa tasse.

« Plus de traces ? demanda Tommy, qui connaissait déjà la réponse.

— Pour le moment, répondit Sean. Nous le reverrons.

— Comment le savez-vous ? demanda Bodmer pour la troisième fois.

— Parce que dès lors qu'un chien est sur une piste, plus rien ne peut l'en détourner. Cet homme est en mission. Je ne sais pas pour qui il travaille, ajouta-t-il en anticipant la question suivante, mais ça finira par sortir. »

Sean reprit son téléphone, que le commandant avait laissé devant lui sur la table, et passa encore en revue les noms sur la photo. « Il faut qu'on sache qui sont ces gens et pourquoi Napoléon a écrit leur nom sur un morceau de papier alors qu'il était en exil à Longwood House.

— "Héros..." », lança soudain Adriana.

Les trois hommes la dévisagèrent, perplexes.

« Le rouleau, au château. Il parlait de héros.

— De héros de l'Empire, précisa Sean.

— Oui, dit Adriana. "Héros de l'Empire, éternelle soit leur victoire." Disons qu'il s'agit d'hommes proches de Napoléon, d'hommes de confiance : on doit peut-être chercher leurs noms et trouver leurs tombes.

— La victoire éternelle ! dit Tommy, qui avait soudain le visage lumineux. Le repos éternel ! Oui, ça colle parfaitement. Il ne nous reste plus qu'à creuser cette piste, sans mauvais jeu de mots.

— Encore un peu et on dirait que vous allez piller des tombes, dit Bodmer d'un air dégoûté.

— Pas si on peut s'en abstenir, lui répondit Tommy. Mais on n'a pas non plus envie d'être enterrés sous les paperasseries administratives. »

Bodmer ne comprit pas cette nouvelle plaisanterie.

Sean vérifiait déjà le premier nom. « Je m'occupe de Dumas, et vous deux, des deux autres. Adriana, tu prends Masséna. Tommy, tu regardes Augereau, et on voit ce qu'on trouve, OK ? » Adriana et Tommy acquiescèrent, et chacun se mit au travail.

Pour le commandant, c'était un étrange spectacle que de voir ces trois Américains penchés sur leurs écrans en train de chercher silencieusement des informations sur Internet. Trente ans plus tôt, tout eût été très différent. Le monde avait beaucoup changé, et pas seulement en mal. Avec une telle facilité d'accès à tant d'informations, des recherches comme celles qui les occupaient pouvaient aboutir bien plus rapidement.

Adriana fut la première à partager ses résultats. « J'ai trouvé qui est Masséna et où se trouve sa tombe. »

Sean délaissa sa lecture sur Dumas.

Tommy enchaîna aussitôt après. « Pierre Augereau est un général devenu maréchal d'Empire. Il est enterré au fameux cimetière du Père-Lachaise, à deux pas d'ici, à Paris.

— Même chose pour André Masséna. Un général devenu maréchal d'Empire, lui aussi enterré au Père-Lachaise. »

Sean était souvent venu à Paris, mais, s'il avait pu visiter de nombreux sites, ce cimetière n'en faisait malheureusement pas partie. Il avait des raisons personnelles de vouloir le visiter. Il était devenu un grand fan des Doors, le groupe américain, depuis qu'il avait vu le film d'Oliver Stone alors qu'il était adolescent. L'obsession qu'il avait éprouvée pendant plusieurs mois s'était transformée peu à peu en simple histoire d'amour, mais il appréciait toujours leurs chansons, surtout celles qui avaient été écrites par le chanteur, Jim Morrison.

La tombe de Jim Morrison se trouvait elle aussi au Père-Lachaise, et Sean se demanda, tout en sachant que c'était un peu ridicule, s'il pourrait profiter de cette mission pour aller saluer cette légende du rock.

« Et toi ? lui demanda Tommy, le ramenant soudain à la réalité. Qu'as-tu trouvé sur ce Dumas ? »

Sean tourna la tête, comme s'il était encore en pleine réflexion sur le sujet. « Eh bien, disons que nous n'étions pas très loin. Le père d'Alexandre Dumas, Thomas Alexandre Dumas, était un général de Napoléon. Il compte parmi les hommes d'origine africaine les plus haut gradés de toute l'histoire militaire française. Il est mort pauvre, et sa femme et ses enfants se sont retrouvés dans le besoin. Il n'a jamais atteint le même degré de célébrité que son fils, Alexandre, qu'il n'a pratiquement pas connu. » Sean termina cette dernière phrase dans un quasi-murmure. Il était toujours pris d'une émotion particulière lorsqu'il parlait d'une personne morte, même depuis longtemps, car il pensait que le trait d'union entre l'année de naissance et l'année de décès faisait aussi le lien entre leurs premiers souvenirs et leurs dernières années. Ce trait d'union était le symbole de toute une vie, avec ses épreuves et ses succès.

C'était cela que voulait dire l'indice. Il en fut soudain frappé comme d'une évidence. Le trait d'union : là était leur triomphe, leur victoire.

« Il n'est pas enterré au Père-Lachaise, mais dans un cimetière qui n'est pas trop loin non plus, et il y a une gare juste à côté. À mon avis, on peut y arriver en milieu de matinée. »

Ses compagnons échangèrent un regard, puis acquiescèrent.

« Allons-y, dit Tommy, déjà impatient.

— D'accord, répondit Sean avant de lancer un dernier coup d'œil vers la table du café d'en face où s'était installé l'homme mystérieux. Juste une question : on a un plan ? »

24

MALBORK

Lucien Berger admirait une rose particulièrement épanouie qui était en pleine floraison et dont la couleur rouge était au sommet de sa perfection.

Il se pencha pour respirer son parfum délicat, et attendit un moment avant de se redresser. Berger aimait les plaisirs simples, en particulier venant de la nature. Il sentait sa foi en Dieu croître au contact de la nature préservée de toute intervention humaine. Cette rose, par exemple, poussait presque en dépit de l'homme, comme mue par une volonté propre. Les plantes étaient douées d'une sorte d'esprit, les roses plus que toutes les autres.

Il était en train de se demander s'il était le premier à le penser lorsque son téléphone vibra sur la table au bout de l'allée. Il se retourna, contrarié, et partit à grandes enjambées avec un regard de colère pour cette abomination électronique qui venait de l'interrompre dans sa méditation.

« Alors ? demanda-t-il après avoir vérifié le nom de l'appelant. Ce n'est pas trop tôt. »

Il n'entendit à l'autre bout de la ligne qu'une respiration haletante.

« Allô ? dit Berger, tout à coup inquiet.

— Grand Maître, dit la voix d'un jeune homme épuisé. Il… il y a eu un problème. »

Michael n'avait plus donné de nouvelles depuis son départ du Cap en mission avec Kallia.

« Quel problème ? Mission accomplie ?

— Nous… nous sommes allés à Sainte-Hélène, comme vous nous l'aviez demandé, Grand Maître. Nous avons poursuivi nos… nos cibles.

— Crache le morceau, Michael.

— Nous n'avions pas pensé qu'ils pourraient être aussi bien armés et aussi bien entraînés. »

Berger n'appréciait guère ce préambule. Michael parlait comme s'il venait de fuir. Il était en plein air, comme l'indiquaient le bruit subtil du vent dans le micro ainsi que les cris d'oiseau à l'arrière-plan. On aurait dit des mouettes, ce qui voulait dire que Michael se trouvait dans un port, très probablement au Cap.

« Il y a eu une embuscade, Grand Maître. Nous n'avons rien pu faire. » Michael résuma ainsi la situation d'une façon qui lui semblait manifestement avantageuse, même s'il essayait de le cacher.

Berger le comprit parfaitement. « Une embuscade ?

— Ce couple, Grand Maître. Nous les avons suivis jusqu'à un bâtiment, comme vous nous l'aviez demandé. Mais ça a dérapé.

— Pourquoi prends-tu une voix pareille ? On dirait un homme faible et pitoyable. Es-tu un chevalier de l'ordre Teutonique, ou non ? Ressaisis-toi, ou je te fouette à ton retour. Où est Kallia ? C'est peut-être à elle que je devrais demander de s'en charger pour ne pas perdre mon temps avec toi. »

Il y eut un nouveau blanc à l'autre bout de la ligne, sans respiration haletante, cette fois. Michael ne disait plus rien.

Berger voulut balayer ses soupçons. « Tu m'as entendu, oui ou non ? Où est ma fille ? » Sa voix fut plus menaçante qu'il ne l'avait escompté.

Le cri d'une hirondelle précéda la réponse. « Elle… elle est morte, Grand Maître. Il y a eu une fusillade. Nous les avions cernés, mais… ils ont contre-attaqué. C'est… le hasard, Grand Maître. Je ne sais pas qui a pu tirer de l'intérieur, mais… c'est tombé sur elle. Nous étions en train de nous replier, Kallia et moi, mais une balle l'a touchée à la poitrine. Elle… elle est morte, Grand Maître. »

Berger souffla par les narines, puis, inspirant à nouveau, plongea sa main libre dans son épaisse chevelure et tira sur la base de ses cheveux.

Ça ne pouvait pas être vrai. Ça ne pouvait pas être la réalité. Michael lui mentait.

« Écoute-moi bien, reprit Berger en serrant la mâchoire. Je veux savoir où est ma fille. Tu comprends ?

— Oui, Grand Maître. Elle… elle est toujours là-bas. »

Dans un nouveau sursaut de colère, Berger cogna du poing sur la table, si fort que le plateau de verre trembla et qu'un de ses coins se brisa.

« Ma fille est morte ?

— Oui, Grand Maître.

— Et tu l'as laissée sur l'île en pâture aux mouettes et aux bêtes sauvages ? »

La réponse ne vint pas tout de suite. Le jeune homme ravala ses mots. « Je… je n'avais pas le choix si je voulais sauver ma peau, Grand Maître. Je l'ai échappé belle. »

Berger pencha la tête et se frotta le menton. Kallia avait été tuée, et cet imbécile l'avait laissée sur l'île. Si la nouvelle soudaine et inattendue de la mort de sa fille l'avait secoué, le Grand Maître se reprit rapidement. La douleur était bien sûr toujours là, brûlante au fond de sa poitrine, mais ce n'était pas le moment de s'y abandonner.

« Échappé belle ? répéta Berger.

— Oui.

— J'imagine que vous étiez en train d'emporter ce que nos cibles étaient allées chercher ? Que c'est pour cette raison que la fusillade s'est déclenchée et que le corps de ma fille est maintenant sur une île perdue dans l'océan ? »

Il y eut un nouveau moment de malaise à l'autre bout de la ligne, et Berger n'eut pas à attendre la réponse de son jeune interlocuteur.

« Rien ne s'est passé comme prévu, Grand Maître. Kallia et moi nous sommes retrouvés en situation de… compromis. C'est pourquoi j'ai dû interrompre la mission. »

En situation de compromis ? Cette expression ne trompait pas Berger. Michael n'osait pas dire clairement que Kallia s'était mise en faute. Il préférait recourir à un mot que le Grand Maître interpréterait à sa façon, mais qui lui suggérerait que le coupable était à chercher ailleurs. Berger n'était pas dupe. Il connaissait mieux que quiconque les stratégies de manipulation.

« Tu m'as trahi, dit-il. Je suppose que je n'ai pas à te rappeler le prix à payer ?

— Non, Grand Maître… Je le connais. Pitié, Grand Maître, je vais retourner sur l'île et récupérer le corps de votre fille.

— Non. Tu as déjà échoué une fois dans cette mission. J'enverrai un autre homme. Tu l'attendras et, quand il sera arrivé, tu rentreras. »

Le jeune chevalier fut quelque peu rassuré, même s'il savait qu'il n'échapperait pas aux remontrances à son retour à Malbork. Il ne serait pas bien reçu. « Oui, Grand Maître. Merci, Grand Maître.

— Ne me remercie pas maintenant, mon garçon. Reste là où tu es jusqu'à nouvel ordre. »

Berger n'attendit pas la réponse du jeune homme. Il raccrocha, reposa le téléphone sur la table, puis prit une profonde inspiration. En expirant, il fit de son mieux pour chasser l'air en même temps que ses émotions. Il avait le cœur serré.

La dernière fois qu'il avait vu sa fille, elle était encore jeune et pleine de vie. Elle était destinée à devenir la première femme Grand Maître, et, après le recouvrement de la relique et de tout ce dont l'ordre Teutonique avait jadis été spolié, elle aurait assisté au grand triomphe qu'il avait préparé.

Mais voilà qu'elle gisait dans l'herbe ou sur le sable au milieu d'une île perdue. Il ne savait pas encore qui avait tiré, mais une chose était sûre, il lui ferait payer son geste. Il n'avait aucun doute là-dessus.

Berger retrouverait cette bande de brigands et se ferait justice. Il prit son téléphone et composa un numéro. Son interlocuteur avait une voix revêche et semblait plus âgé que le jeune chevalier auquel il venait de parler.

« Oui, Grand Maître ?

— Je veux que tu ailles en Afrique du Sud, au Cap. J'ai une mission pour toi. »

25

VILLERS-COTTERÊTS

Sean descendit du train et, une fois sur le quai, étudia ce qui l'entourait.

D'après les informations qu'il avait pu consulter, Villers-Cotterêts était une petite ville qui n'avait guère changé depuis le XIXe siècle, voire davantage. La place centrale en était le point principal, avec l'église, et, derrière, juché sur une hauteur, le vieux château.

La ville était entourée de plaines agricoles, comme Sean avait pu le remarquer pendant le voyage en train, et de forêts. L'agriculture était à l'évidence une ressource importante dans la région.

Ses trois compagnons étant descendus, de nouveaux passagers plus ou moins pressés montaient maintenant dans les voitures.

Sean sentit un effleurement au niveau de sa hanche et, en se retournant, vit un petit garçon que sa mère tirait par le bras en direction du train. L'enfant tourna la tête vers Sean, qui lui adressa un sourire et un clin d'œil.

Le garçon lui sourit aussi, puis monta sur le marchepied avec sa mère.

Sean s'assura que son revolver était toujours à sa taille, caché sous sa ceinture.

Il se demandait encore comment Bodmer avait pu s'arranger pour que la police française leur restitue leurs armes. Le port d'armes en France était illégal sans une autorisation préfectorale en lien avec une licence de tir ou un permis de chasse, à renouveler chaque année sur présentation d'un certificat médical. Certaines études montrant qu'il y avait deux fois plus d'armes illégales que d'armes légales dans le pays, Sean était conforté dans son idée que les gens mal intentionnés trouvaient toujours le moyen de s'en procurer et qu'il n'y avait pas de justice à en priver les honnêtes citoyens.

Quels qu'aient été les réseaux de Bodmer, ils avaient en tout cas bien fonctionné, et Sean était content d'avoir récupéré son matériel. Il se demanda ce que les policiers de Rueil-Malmaison avaient pu penser de toute cette histoire.

Tôt ou tard, il faudrait qu'il sonde un peu le commandant là-dessus, mais ses questions devraient attendre. Il y avait des affaires plus urgentes.

Ils sortirent de la gare et suivirent une rue qui menait au centre. Ils marchaient d'un pas vif, tout en faisant de leur mieux pour garder l'air décontracté de simples touristes curieux de ce qui les entourait.

Sur leur route, ils passèrent devant une boulangerie, un café, une pharmacie, une boutique de mode et plusieurs autres petits commerces.

Sean observait les façades pour vérifier qu'on ne les observait pas depuis une fenêtre, même au premier ou au deuxième étage. Sans doute faisait-il preuve d'un certain excès de zèle. Personne ne savait qu'ils se trouvaient là, et, s'ils étaient traqués, leurs poursuivants se trouvaient a priori derrière eux, à moins d'être arrivés avant – hypothèse peu probable. Il trouvait bon de rester en alerte, et la reconnaissance de terrain n'était jamais une mauvaise idée.

Sur leur gauche, après un carrefour, s'ouvrit une place. Un bassin triangulaire en occupait le centre, avec des jets d'eau qui montaient et retombaient en petits arceaux. Une statue surplombait fièrement le tout, représentant un homme drapé d'un lourd manteau, dont le regard semblait balayer la ville. Sean la datait du milieu du XIXe siècle. Les cheveux de l'homme étaient épais et hirsutes, comme c'était alors la mode. Il avait le bras droit tendu en travers de la poitrine, une plume entre les doigts, tandis que sa main gauche s'appuyait sur un piédestal surmonté d'un grand manuscrit.

En se rapprochant, ils lurent qu'il s'agissait d'Alexandre Dumas.

Sean s'arrêta soudain de respirer.

Tommy eut toutes les peines du monde à déglutir. Ce n'était pas la sépulture du grand écrivain, mais ça ne valait guère moins.

Ils admiraient Dumas depuis toujours. C'étaient ses romans d'aventures qui leur avaient donné l'idée d'une vie organisée autour de l'histoire et de l'archéologie. De ce point de vue, ils n'avaient pas été déçus.

Sean tendit la main vers le socle, qu'il effleura, ému, du bout des doigts, comme si ce seul geste risquait de faire tomber tout le monument.

« C'est donc par ici que se trouve la tombe ? demanda Bodmer, insensible.

— Non, répondit Tommy en se raclant la gorge. Le cimetière est par là-bas. » Il fit un geste vers la rue qui partait sur la droite.

« N'est-ce pas plus ou moins la direction de la gare ? demanda Bodmer, suspicieux.

— C'est vrai », répondit Tommy, trop bouleversé pour pouvoir en dire davantage.

Le fait est que, sur son application, il avait suivi la balise marquant le centre de Villers-Cotterêts, sans s'apercevoir que le cimetière était à deux pas de la gare.

Adriana posa sa main sur l'épaule de Sean. « Allez, l'homme fort. On n'a pas encore trouvé la tombe de son père. On revient ici après, si tu veux. »

Il lui sourit comme un enfant, avec ce regard qu'elle lui avait déjà vu, mais que peu de gens, à son avis, lui connaissaient. Cet homme endurci, qui se battait contre le mal, qui avait tué et qui était sans cesse appelé au front, possédait encore la passion et la curiosité insatiables d'un petit garçon innocent. C'était pour la douceur de ce sourire, entre mille autres choses, qu'elle l'aimait.

« Tu as raison, répondit Sean. Gardons les visites pour plus tard. Repartons sur la piste de notre relique. »

Ils s'engagèrent dans la rue qui partait de la place. Le trafic se dissipa rapidement, et ils se retrouvèrent bientôt quasiment seuls, à part quelques badauds ou propriétaires de chien.

Villers-Cotterêts était aux antipodes de la vie parisienne. Ici, l'existence était manifestement plus tranquille. Pas de circulation. Pas de foules battant le pavé, pressées d'arriver au travail, d'assister à une réunion ou d'avaler leur déjeuner avant de retourner au bureau.

Sean appréciait ce mode de vie. Il n'était pas hostile à une certaine lenteur. C'était d'ailleurs l'une des raisons pour lesquelles il s'était acheté une maison à Chattanooga. Si Atlanta était une ville agréable et riche en divertissements, elle était aussi bondée et tentaculaire. La circulation était dense à toute heure, et, comme le métro n'était guère performant, la situation ne faisait qu'empirer.

L'idée de s'installer dans une petite ville comme Villers-Cotterêts ne lui déplaisait pas.

Ils marchèrent ainsi jusqu'à un carrefour, après lequel la rue tournait un peu à gauche. Ils suivaient les indications du téléphone de Tommy. D'après l'itinéraire qui s'affichait en bleu sur son écran, il ne leur restait plus que trois minutes de marche avant d'arriver au cimetière où était enterré Thomas Alexandre Dumas.

Les trottoirs, ponctués de poteaux électriques, étaient vieillots et un peu rafistolés par endroits, et les habitations étaient plus anciennes que la moyenne aux États-Unis. Derrière de hautes grilles se cachaient çà et là de vieilles demeures à l'architecture classique, maisons bourgeoises sans doute construites jadis par de riches commerçants ou par des notables locaux et désormais occupées par des gens ordinaires.

Si elles n'étaient plus des signes de succès ou d'un statut particulier, elles n'en conservaient pas moins leur beauté, et Sean et Tommy les admirèrent en passant.

Pour Bodmer et Adriana, originaires d'Europe, ce spectacle n'avait bien sûr rien d'extraordinaire. Ils baignaient dans ce genre d'environnement depuis leur plus tendre enfance.

Ils traversèrent la route au carrefour suivant, et le mur d'enceinte du cimetière, en pierre de taille, leur apparut sur la droite.

C'était un cimetière public, et derrière la grille de l'entrée se trouvait la maison du gardien. Tommy franchit le portail d'un pas décidé. L'intérieur était bien entretenu et plutôt minéral, même si quelques arbres jetaient leur ombre sur les morts dans leur éternel repos.

Sean balaya le cimetière du regard. « En se séparant, on ira plus vite. Je vais partir de ce coin-là et redescendre allée par allée. Tommy, tu partiras de ce coin-là, ajouta-t-il en désignant le coin opposé du même côté. Adriana et Bodmer, vous vous partagerez l'autre côté », dit-il enfin en montrant successivement les deux coins restants.

Chacun s'élança vers la zone qui lui avait été assignée.

« N'oubliez pas que nous cherchons la tombe de Thomas Alexandre Dumas ! »

Sean parcourut plusieurs allées, avec leur alternance de simples stèles et de monuments prétentieux, en recherchant sur chaque inscription le nom de Dumas. Au bout d'une allée, il tomba sur Adriana, qui venait de finir la sienne.

« Alors ? demanda-t-elle, avant de regretter aussitôt sa question : si Sean avait trouvé, il aurait alerté les autres.

— Rien. Mais il reste beaucoup de tombes. »

Ils reprirent leurs recherches.

Chacun progressait à son rythme, Sean plus lentement que les autres, car il guettait aussi le danger selon une méthode assez simple : chaque fois qu'il venait de regarder une tombe, il jetait un coup d'œil du côté de la grille, puis passait à une autre tombe, et ainsi de suite. Il ne savait pas bien pourquoi, mais l'inconnu qu'il avait repéré à Rueil-Malmaison lui avait donné l'impression qu'il n'allait pas renoncer au seul motif qu'il s'était fait attraper. Ou du moins qu'il avait été découvert. Sean s'en voulait de l'avoir laissé s'échapper, et il doutait de l'avoir beaucoup effrayé.

Au bout d'une allée, tandis qu'il se retournait pour entamer le même processus, il comprit qu'il n'aurait pas besoin d'aller loin pour trouver ce qu'il cherchait.

La tombe était plus sobre que ce qu'il avait imaginé pour un général d'Empire. Elle n'était pas très différente de celles qui l'entouraient. Sean se rappela cependant ce qu'il avait lu sur la misère où était tombé Thomas Alexandre Dumas après une série de blessures reçues pendant son service dans l'armée. Sa pension n'avait pas suffi à subvenir aux besoins de sa famille, et ce monument sobre était sans doute tout ce que sa veuve avait pu se permettre.

Sean trouvait que cette tragédie n'avait été réparée que par le succès de son fils, devenu l'un des plus célèbres écrivains de tous les temps.

Il lut le nom en son for intérieur, puis vérifia l'année de naissance et l'année de décès : tout correspondait point par point.

« Eh oh ? » s'écria-t-il pour attirer l'attention de ses trois compagnons, sans pour autant manquer de respect au lieu. Les cimetières avaient toujours été à ses yeux des endroits vénérables, à commencer par celui dont s'occupait sa grand-mère, près de chez lui. Dès l'âge de onze ou douze ans, il avait tondu la pelouse en échange d'un peu d'argent de poche. Il se sentait alors un si profond respect pour les morts qu'il veillait à ne pas marcher d'un pas trop lourd dans cette enceinte.

Tommy et les autres le rejoignirent à côté de la pierre tombale.

« Bien. Et maintenant ? »

Sean posa un genou à terre – le genou droit – sur le gravier à côté de la tombe où avait été enfoui le cercueil de l'ancien général d'Empire. L'inscription gravée sur la pierre n'avait rien d'inhabituel et ne portait aucun indice en lien avec ce qu'ils étaient venus chercher.

Il entendit comme un craquement sur sa droite et tourna la tête, sans rien apercevoir de particulier. À part quelques oiseaux qui gazouillaient sur des branches basses et, plus loin, le bruit d'une voiture occasionnelle ou les coups de marteau intermittents sur un chantier voisin, il n'y avait aucun signe de vie.

Sean remua la tête : il n'y avait rien. Ils n'allaient quand même pas déterrer le cercueil de cet homme juste pour voir s'il contenait un indice. Personne n'en serait vraiment enchanté, ni lui, ni ses trois compagnons, et encore moins les habitants de Villers-Cotterêts. Et il était hors de question de s'exposer au risque de faire un nouveau séjour derrière les barreaux. Bodmer ne pourrait sans doute pas tirer une deuxième fois les mêmes ficelles.

« Il n'y a rien », déclara le commandant avec un étonnant sens de l'à-propos.

Tommy inspecta les environs. À part un arbre dont les branches inférieures et le large tronc apportaient un peu d'ombre dans le soleil matinal, cette partie du cimetière ne se distinguait pas vraiment des autres.

Adriana fit un pas en arrière et se mit à examiner l'enceinte et les maisons au-delà pour chercher des indices. Sean garda les yeux fixés sur la tombe pendant une longue minute, comme si la seule force de son regard pouvait révéler un secret resté longtemps prisonnier de la pierre.

Il balaya ses folles pensées et se releva. Il n'y avait rien, ni signe ni indice suggérant la route à suivre ou la prochaine étape. En tout cas, personne n'avait dessiné de croix nulle part.

Sean sortit son téléphone, prit une photo de la tombe, puis regarda Tommy et lui dit : « On y va.

— Quoi ? Qu'est-ce qui te prend ? On vient tout juste d'arriver et on n'a encore rien trouvé.

— Je sais.

— Dans ce cas… pourquoi s'en aller ?

— Parce qu'il n'y a rien, et on ne va pas creuser la tombe cette nuit pour voir s'il y a un indice caché dans le cercueil.

— Ça, non, bien sûr… Mais on ne va quand même pas partir comme ça.

— J'ai pris une photo de l'inscription. Je ne vois qu'une seule piste : ces dates pourraient correspondre à celles d'un autre indice qu'il nous reste à trouver. Ou peut-être contiennent-elles elles-mêmes un indice.

— Comme des coordonnées ? hasarda Adriana, les mains sur les hanches.

— Peut-être, dit Sean. Mais peut-être pas. En tout cas, on ne peut rien en dire avant d'avoir visité les deux autres tombes. Heureusement pour nous, elles se trouvent dans un même cimetière.

— Et si jamais ce n'est pas le cas ? demanda Tommy, qui sentit sa voix dérailler un peu.

— Dans ce cas, nous reviendrons.

— Que de temps perdu…

— Peut-être. En tout cas, ici, il n'y a rien. Si vous voulez rester et jeter un coup d'œil, très bien. Moi, je rentre à Paris. »

Là-dessus, Sean s'élança vers la grille.

Adriana, après un moment d'hésitation, lui emboîta le pas.

« Sérieux ? dit Tommy, indigné. On n'est pas arrivés depuis cinq minutes, et tu baisses les bras ?

— Je ne baisse pas les bras, dit Sean. Au contraire, je vais dans l'autre cimetière pour continuer notre enquête. »

Sean franchit la grille, puis commença à remonter la rue d'un pas lourd. Soudain, il s'arrêta pour réfléchir. Il ne pouvait pas laisser son ami comme ça.

« Hey ! dit-il en se retournant. On t'attend dans ce restaurant, sur la place, à côté de la statue. Tu n'auras qu'à nous rejoindre une fois que tu auras fini.

— Mais qu'est-ce qui t'arrive ? répondit Tommy. C'est quoi, ce comportement ?

— On te garde une place, persista Sean.

— Très bien. Comme tu voudras. »

Bodmer tournait la tête d'un côté puis de l'autre en suivant leur échange.

« Allez, on reprend nos recherches, lui dit Tommy lorsque les deux autres furent partis. Il doit bien y avoir un indice, par ici.

— Sinon, vous demanderez une autorisation d'exhumation ?

— Oui, soupira Tommy. Enfin, espérons que nous n'aurons pas à en venir là. Ça prendrait des mois, et on n'a pas le temps. »

26

VILLERS-COTTERÊTS

Sean et Adriana étaient installés en terrasse sur la place à côté de la statue. Sean regardait les passants, les enfants qui jouaient autour du bassin et les oiseaux perchés sur les corniches en face.

De temps à autre, une odeur de fruits de mer chatouillait leurs narines, car il y en avait dans le plat du jour. Sean n'aimait pas les fruits de mer, seulement les sushis de thon et de saumon, à petite dose, et ses efforts n'y faisaient rien. Pour une raison qui lui échappait en partie, il n'avait jamais pu apprécier le poisson cuit, et il n'arrivait pas à manger de crustacés.

Les gens lui demandaient parfois s'il avait un interdit religieux. Il répondait que non, qu'il avait seulement décidé de ne pas consommer d'animaux des bas-fonds, mais la vérité, c'était que ces créatures le dégoûtaient et qu'il avait peur de ce qu'il pourrait lui arriver s'il en mangeait. Il était comme un petit garçon de quatre ans qui perdrait tout appétit devant du poisson.

« Tu nous en veux ? lui demanda Adriana.

— Moi ? répondit Sean d'un air étonné. Non.

— Tu avais l'air fâché – ou, disons, contrarié. »

Il haussa les épaules en détournant la tête. « Mais non. C'est juste qu'on n'a pas le temps de traîner. Il y a un cardinal qui vient à peine de refroidir, et on doit trouver le meurtrier. Le problème, dans l'histoire, c'est que Klopp n'a aucune idée de ce qu'on est censés chercher. Ni personne d'autre. Il nous a flanqué ce commandant de la Garde suisse – ce qui, soit dit en passant, est super bizarre. Enfin, qui tient les rênes, si le commandant n'est plus au Vatican ?

— Le pape ?

— Oui, bon... Ce que je veux dire, c'est qu'on a du temps à rattraper. On a passé presque deux nuits dans une cellule. Alex et Tara sont partis à l'autre bout du monde et on n'arrive plus à les joindre. Et, comme si ça ne suffisait pas, on se retrouve en pleine campagne à visiter la tombe d'un gueux.

— Peut-être que Tommy va trouver quelque chose ? » Adriana s'efforçait de lui remonter le moral, sans conviction.

« Peut-être. Mais ce qui est sûr, c'est que c'est agaçant.

— Ce genre de chose n'est jamais simple. Sinon, tout le monde pourrait faire notre travail. Ton travail. » Elle tourna la tête et inclina son verre de vin. Le liquide rouge remua sans se renverser. Elle le regarda d'un air pensif, en réfléchissant à ce qu'elle allait ajouter. « Honnêtement, j'aime les difficultés, les obstacles. Le triomphe n'en est que plus doux.

— Le triomphe », répéta Sean tout bas, avant de se mettre à rire. Elle avait raison. Les victoires faciles ne méritaient guère les hommages. Non, il ne baisserait pas les bras. Là était l'essentiel. Il était venu dans cette petite ville et en avait conclu qu'il n'y avait rien à y trouver. Était-ce une conclusion hâtive ? Peut-être, mais il l'assumait. En tout cas, ça ne voulait pas dire qu'il baissait les bras.

Il voulait rentrer à Paris, aller au Père-Lachaise voir les deux autres tombes et les comparer à celle de Villers-Cotterêts. La vérité, c'était qu'il était perturbé. Il y avait un autre enjeu dans cette visite, et il n'arrivait pas à mettre le doigt dessus. Là était la contrariété fondamentale qui le troublait. Énigmes, indices, mystères : tout cela était extérieur à lui, sans rapport avec les sentiments qui le taraudaient de l'intérieur. Il y avait autre chose, mais quoi ?

« Belle journée pour une visite au cimetière », dit soudain une voix d'homme.

Sean voulut se retourner.

« Non, surtout pas. Vous ne gagneriez rien à savoir qui je suis. En tout cas, pas maintenant.

— Quoi ? Vous allez me buter en plein jour sur la place, devant tout le monde ? murmura Sean de façon à ne pas être entendu des clients.

— Vous *buter*, monsieur Wyatt ? Je n'en ai nullement l'intention. Mais vous avez raison, un revolver est braqué sur vous en ce moment même. Donc, pas de drame, je vous en prie. En toute honnêteté, je ne veux pas vous tuer. »

Le manque d'aisance de cet homme en anglais n'était pas surprenant dans un pays continental, mais son accent était étrange, différent de tout ce que Sean connaissait. Il essaya de le situer, en vain. Il pouvait venir d'une région méditerranéenne, mais le spectre était encore large. Était-il originaire du Moyen-Orient ? Avec peut-être une nuance de... français dans son accent ? Sean était incapable de le préciser, mais, après tout, il était vain de s'en inquiéter.

« D'accord, je vais dire que je vous crois. De toute façon, je vous ai déjà bien observé tout à l'heure.

— Ah, monsieur a de l'esprit. »

Adriana fut tentée de se retourner aussi, mais elle ne bougea pas, préférant regarder ce qui se passait sur la place. S'il y avait un homme derrière, il pouvait y en avoir d'autres autour. Après un bref tour d'horizon, elle ne remarqua pourtant rien d'inhabituel, sinon un homme qui lisait un journal. Le bandit pouvait très bien agir seul.

« Que voulez-vous ? demanda Sean. Pourquoi nous avez-vous suivis à Rueil-Malmaison ? Et à Villers-Cotterêts ?

— Quelles bonnes questions, Sean ! Je suis ravi que vous les posiez. Mais vous savez déjà tout ce qu'il y a à savoir. »

Sean fronça les sourcils, et ce fut à ce moment-là qu'il remarqua, juste en face, un deuxième tireur, plongé – ô surprise – dans la lecture d'un journal. Manifestement, ces hommes manquaient d'imagination. « Jamais deux fois la même blague », murmura Sean de façon à n'être entendu que d'Adriana.

Elle avait déjà remarqué l'homme au journal au moment où ils s'étaient installés. Combien en restait-il ? Elle eut la réponse un instant plus tard lorsqu'un homme arrêta sa poussette à hauteur d'un réverbère pour entamer une conversation téléphonique. Si la poupée était assez réaliste, elle ne pouvait pas tromper Adriana.

L'homme était habillé d'un costume élégant, avec un pantalon noir et une chemise blanche cintrée, autant de détails peu crédibles.

Il ne cessait de se tourner dans toutes les directions pour se donner l'air détendu. Il s'éloigna même un peu de la poussette, comme si la scène en train de se jouer au café lui était parfaitement étrangère. Adriana savait qu'un parent ne ferait jamais une chose pareille, laisser son enfant sans attention sur une place. Les variations culturelles n'y étaient pour rien, elle en était consciente, et cet homme n'avait pas non plus l'air du dernier ivrogne. Autant dire qu'il les observait aussi.

« Tout ce qu'il y a à savoir ? » demanda Sean en poursuivant la conversation avec l'inconnu. Tout comme Adriana, il avait remarqué le troisième homme, qui était apparu à une quinzaine de mètres du premier.

« Je cherche la même chose que vous.

— C'est-à-dire ? » demanda Sean d'un ton sarcastique. Il sentit son interlocuteur pris au dépourvu. « Si vous parlez de ce qu'on cherche, là, dans cette mission, le fait est qu'on n'en a aucune idée. »

Sean vit les deux hommes d'en face prendre position, en vérifiant, l'air de rien, leurs armes cachées derrière son journal pour l'un, dans sa poussette pour l'autre.

La voix de Sean ne marqua aucune nuance de panique, même s'il guettait les tireurs dans leurs préparatifs pour… quoi ? Il ne le savait pas bien, mais ça ferait du bruit. Attendaient-ils que leur chef ait fini son préambule ?

Villers-Cotterêts allait sombrer dans le chaos ; des gens qui n'avaient rien à voir avec toute cette histoire pouvaient être blessés. Sean s'inquiétait pour eux, et encore plus pour Adriana.

« Comment ça, *c'est-à-dire* ? » demanda l'inconnu. Sa voix ne laissait aucun doute sur sa sincérité.

« On n'a aucune idée de ce qu'on cherche, répondit Sean sur un ton parfaitement indifférent. On sait que c'est une relique, mais on ne sait pas laquelle. Vous avez l'air d'en savoir plus que nous. Vous pourriez peut-être nous éclairer ?

— Vous... vous n'êtes pas sérieux. » Jusque-là, l'inconnu s'était montré rigoureusement professionnel. Stoïque, sans émotion, difficilement impressionnable. Mais l'aveu d'ignorance de Sean quant à la relique disparue l'avait totalement désarmé.

« Nous le sommes pourtant plus que vous ne le croyez, chef..., répondit Sean en balayant l'air comme pour chasser un insecte pénible.

— Comment avez-vous pu venir jusqu'ici sans savoir ce que vous cherchiez ?

— C'est vrai que c'est une drôle d'histoire. Dis, tu vas finir par appuyer, ou tu vas lambiner encore longtemps ? Car, très franchement, je suis fatigué de ton petit jeu.

— Je n'ai pas l'intention de vous tuer, répéta l'inconnu, surpris par ce changement de ton.

— Ah, désolé, mais je ne m'adressais pas à vous.

— Quoi ?

— C'est à moi qu'il parlait », dit Tommy, arrivé par-derrière.

L'inconnu sentit dans son dos le canon de son pistolet, caché aux yeux des passants comme des clients du café, d'un côté par Bodmer, de l'autre par Tommy lui-même, pour éviter la panique générale.

« Eh bien, il semblerait qu'on ait fait une belle prise », dit Sean en croisant une jambe au-dessus de son genou, avant de se retourner.

L'inconnu serra les dents, manifestement abattu. Il s'en voulait d'avoir commis une telle bévue.

« Je dois dire que je ne vous avais pas vu dans le train, poursuivit Sean. Vous avez fait du beau travail, même sur le quai. Ce n'est qu'en arrivant à la fontaine que je vous ai repéré. Au fait, très chic, cette nouvelle chemise mauve. » Il se mordit la lèvre d'un air amusé.

« Quoi ? Vous… » Incapable de faire des phrases complètes, l'inconnu arrivait à peine à bredouiller. « C'était un piège ?

— Eh oui, on va dire ça comme ça. J'ai tout de suite compris qu'il n'y avait rien pour nous dans ce cimetière. Je savais que Tommy voudrait poursuivre les recherches. Pour moi, la seule chose qui comptait, c'était de faire une photo de la pierre tombale pour pouvoir la comparer avec les deux autres. Quand on aura les trois, on pourra enfin trouver la relique, ou du moins un indice supplémentaire. La plupart du temps, c'est comme ça que ça marche, avec ce genre de chose.

— Que cherchez-vous ? demanda Tommy en raffermissant sa poigne.

— Justement, on parlait de tout ça, dit Sean. Notre bon ami allait nous dire ce qu'on est en train de chercher.

— Il le sait ?

— On dirait.

— Et alors, c'est quoi ? » demanda Tommy en plissant les paupières.

L'inconnu le regarda, toujours incrédule. « Vous ne le savez donc pas ? »

Tommy remua lentement la tête.

« Incroyable. Vous ne savez pas…

— On le saura quand vous nous l'aurez dit ! Ou faut-il qu'on vous emmène en forêt et qu'on vous fasse parler ? » Tommy s'exprimait sans ménagement et donnait l'impression qu'il était prêt à tout pour obtenir les informations qu'il cherchait. Ce n'était pourtant que de la poudre aux yeux. Il ne pouvait pas supporter l'idée de torturer un être humain, même si c'était le meurtrier de Jarllson.

L'inconnu sonda son regard, qu'il trouva froid et vide. Tommy travaillait dessus depuis pas mal de temps déjà. Son regard de zombie, comme l'appelait Sean. Il ne reflétait qu'une absence de sentiment, un vide émotionnel qui rendait difficile de savoir sur quel pied danser.

« Je… Les bras m'en tombent. C'est tellement bizarre. »

Tommy pencha très légèrement la tête. « Posez votre arme. Pas de mouvement brusque. » Tommy ne voyait pas le revolver. Entre-temps, l'inconnu avait passé un coupe-vent, et il avait une main glissée au fond d'une poche.

Était-il déjà armé à Rueil-Malmaison ? Et, dans ce cas, où avait-il caché son revolver ? Ces questions traversèrent la tête de Sean, qui ne s'était retourné qu'à demi vers l'inconnu pour garder un œil sur l'un des hommes d'en face, Adriana ne perdant pas l'autre de vue. L'homme au journal lui avait paru un moment décontenancé par l'apparition de Tommy et de Bodmer.

Il ne s'était manifestement pas attendu à un tel dénouement, et son acolyte non plus. Si Sean n'avait jamais su jouer aux échecs, il faisait un joueur hors pair dans des circonstances comme celle-ci.

« Dites, euh… » Sean s'interrompit, s'apercevant qu'il ne connaissait pas le nom de son interlocuteur. « Au fait, comment vous appelez-vous ? »

L'inconnu n'avait pas l'air particulièrement contrarié. Il était évident qu'il s'en voulait d'avoir ainsi été maté par ces Américains, mais il ne semblait pas en faire toute une histoire non plus. Il retira la main de sa poche en prenant soin de faire des mouvements lents, histoire de ne pas finir avec une balle dans la tête si Tommy était assez téméraire pour le tuer sur cette terrasse.

Tout ce qu'il sortit de sa poche fut un feutre pour tableau blanc, effaçable, qu'il tenait serré dans son poing.

L'homme haussa les épaules comme pour dire « voilà », puis posa le feutre sur la table. « Je… Maintenant, je ne suis pas armé. »

Sean se tourna franchement vers lui pendant quelques instants. « Maintenant ? » demanda-t-il, avant de reprendre sa position initiale pour continuer à surveiller les deux hommes d'en face.

L'inconnu leva les mains en signe de reddition. « Normalement, je suis bien armé, mais, comme je vous l'ai dit, je n'avais pas l'intention de vous faire de mal, ni à l'un ni à l'autre. »

Sean plissa les paupières.

« Je m'inscris dans une longue lignée de religieux, expliqua l'inconnu en voyant la perplexité de Sean. Même si ce n'est pas au sens traditionnel du terme.

— Oui, ça, j'avais deviné, répondit Sean sèchement. Je ne connais pas beaucoup de religieux qui suivent les gens dans la rue comme vous le faites.

— Non, comme je vous l'ai dit, je ne suis pas un religieux traditionnel. Je fais partie d'un groupe de guerriers d'élite dont vous n'avez sans doute jamais entendu parler. »

Tommy serra son arme contre lui, car deux adolescents – des collégiens, sans doute – passaient non loin de là en discutant des jeux vidéo auxquels ils joueraient après les cours.

« C'est ce qu'on va voir », dit-il.

L'inconnu le regarda d'un air de défi. « Nous sommes un ordre ancien, disparu depuis longtemps, du moins en surface. Nous sommes des *Milites Dei.* » Il attendit que la formule fasse son effet.

« Des guerriers de Dieu ? demanda Adriana.

— Je savais que vous étiez latinistes ! Nous sommes l'ordre de Saint-Hubert, fondé en 1695 par le comte Franz Anton von Sporck. Nous avons cependant dû changer de nom, car, depuis la Seconde Guerre mondiale, plusieurs organisations internationales ont adopté le même.

— Depuis la Seconde Guerre mondiale ? » Tommy n'était pas prêt à l'admettre, mais il ne savait pas grand-chose, voire rien, sur cette organisation clandestine.

« Devant notre refus de recruter des nazis dans nos rangs, Hitler a dissous notre ordre – du moins, il a cru le faire, mais nous avons poursuivi nos opérations sous le nom de *Milites Dei.* »

L'inconnu observa la réaction de ses interlocuteurs, et, les voyant intéressés, il poursuivit : « Aux yeux de la plupart des gens, l'ordre de Saint-Hubert n'était au départ qu'une sorte de société de chasse permettant aux meilleurs chasseurs issus de la noblesse de pratiquer ensemble. Cependant, c'est bien plus que cela. Si les chasseurs nous intéressent, c'est qu'il n'y a personne pour suivre une piste ou interpréter des signes comme eux. L'essentiel de ceux qui forment nos rangs sont des traqueurs et des chasseurs hors pair, mais la chasse qui nous occupe réellement n'a rien à voir avec les animaux. C'est celle qui vous a vous-mêmes attirés ici.

— Une chasse à la relique, dit Sean. Vous chassez donc la même relique ?

— Je suis Bertrand Wagner, commandant de l'ordre de Saint-Hubert – de l'ordre d'origine, précisa-t-il en hochant la tête. Notre mission, depuis le XVIIe siècle, est de retrouver des reliques et de les ramener dans le giron de la sainte Église. Nous nous… intéressons tout particulièrement à l'une d'entre elles depuis cette époque-là. »

Tout se reliait.

« Alors, comme ça, votre… ordre – Tommy prononça ce mot avec une nuance de mépris – cherche cette relique depuis deux siècles ?

— Oui, avoua Wagner. Nous avons recueilli quelques indices, mais, jusqu'ici, aucun ne s'est avéré décisif. Nous avons cependant des liens étroits avec le Vatican, et, lorsque votre ami le cardinal a fait cette découverte dans les archives, nous l'avons su au bout de quelques heures.

— Et comment ? » demanda Bodmer. Il trouvait difficile à croire qu'une entité étrangère, catholique ou non, ait pu infiltrer le Vatican en déjouant les innombrables mesures de sécurité mises en place précisément pour empêcher de telles intrusions.

« Comment avons-nous pu faire fi des murs, des caméras et de votre Garde suisse, commandant ? » Il n'ajouta ces derniers mots que pour souligner le pouvoir de l'ordre de Saint-Hubert. Il savait clairement à qui il avait affaire.

Bodmer tressaillit, soudain désarçonné par ce commentaire.

« Tous ces systèmes sont conçus par l'homme, poursuivit Wagner. Leur défaut vient de là, et vos hommes, commandant, ne font pas exception. Personne n'est parfait, ni rien de ce qui est conçu par l'homme. Nous avons nos méthodes. »

Il n'en dit pas plus, et Bodmer comprit qu'il n'en tirerait pas davantage d'informations pour le moment.

Sean regarda nerveusement les deux hommes en travers de la place, puis à nouveau Wagner. « Vous nous avez donc révélé qui vous étiez… » Il laissa sa phrase en suspens pour montrer qu'il avait toujours des doutes. « Mais qu'en est-il de cette relique que vous cherchez… que nous cherchons ? »

Wagner prit une profonde inspiration, puis soupira.

« Sean, voilà deux siècles qu'elle nous occupe. Nous avons exploré toutes les pistes que nous avions, et elles n'étaient pas très nombreuses. Nous avions perdu tout espoir, jusqu'à ce jour funeste où Mgr Jarllson a découvert dans les archives le premier élément nouveau depuis plus d'une trentaine d'années. Nous savons que vous êtes du même côté que nous. Du côté du bien. J'ai beaucoup entendu parler de vos aventures, Thomas, dit-il avec un hochement de tête vers Tommy. Et des vôtres aussi, ajouta-t-il à l'attention de Sean. Quant à la femme qui vous accompagne, je n'ai guère d'informations sur elle, mais si elle vous accompagne, c'est qu'elle est aussi du côté du bien. Et le commandant Bodmer est un serviteur de Dieu. »

Les joues de Bodmer s'empourprèrent, mais il ne répondit rien.

« Et la relique ? » demanda Sean. Il sentait que Wagner ne croyait toujours pas qu'ils ignoraient l'objet de leur quête.

« C'est l'une des reliques les plus saintes et les plus honorées de toutes, dérobée au tournant du XIXe siècle par nul autre que le général Napoléon Bonaparte. » Wagner marqua une pause pour plus d'effet. « Vous êtes à la recherche de l'anneau de saint Jean-Baptiste. »

27

VILLERS-COTTERÊTS

Sean, Tommy et Adriana avaient vécu de nombreuses aventures. Ils avaient parcouru la Terre entière, ils étaient descendus dans des chambres secrètes, ils avaient retrouvé des objets précieux que l'on croyait perdus à jamais, et ils avaient le plus souvent découvert leur histoire. Certains étaient moins connus que d'autres, mais ils n'avaient jamais entendu parler de cette relique.

« L'anneau de saint Jean-Baptiste ? demanda Sean avec une sincère curiosité.

— Oui, répondit Wagner, avant de poursuivre, impassible. Napoléon l'a rapporté de la campagne d'Égypte. Il avait embarqué avec plus de trente mille hommes dans le but de freiner l'essor et les intérêts commerciaux de la puissance britannique dans cette zone, mais, bien évidemment, là n'étaient pas les seules raisons de cette campagne. Napoléon s'intéressait aux questions historiques et scientifiques. Il voulait faire des découvertes sur le monde antique en visitant des ruines et des sites historiques en Égypte et en Syrie. Comme vous le savez sans doute, c'est de là qu'il a rapporté la pierre de Rosette, qui a servi au déchiffrement des hiéroglyphes. »

Les trois compagnons acquiescèrent.

Ils connaissaient cet aspect de la campagne d'Égypte, même s'ils ignoraient encore tout de l'anneau de saint Jean-Baptiste.

« Napoléon a fait étape sur l'île de Malte, et, pendant son séjour, il a saccagé la cocathédrale Saint-Jean de La Valette. »

Tommy et Sean échangèrent un regard. Non seulement ils ne l'avaient jamais visitée, mais ils n'étaient jamais allés à Malte. Ils se le reprochèrent comme s'il s'agissait d'une grave négligence.

« Il s'est heurté aux chevaliers de Malte, appelés par ailleurs Hospitaliers, mais aussi aux chevaliers Teutoniques, qui étaient très nombreux sur l'île à cette époque de guerres et de conquêtes françaises. Les chevaliers avaient des doutes sur les intentions des Français, et ils craignaient qu'ils ne fassent étape sur leur île pour se ravitailler avant le départ pour Alexandrie.

« Ils ont mobilisé tous leurs alliés, tous les soldats qu'ils ont pu réunir, mais le siège n'a pas duré très longtemps, et, après quelques combats acharnés, ils ont été vaincus. La plupart ont péri. Certains n'ont pu sauver que leur vie. Leur action était d'autant plus louable que leurs chances étaient infimes. Les chevaliers se sont battus très honorablement alors qu'ils étaient en nette infériorité. »

Wagner eut soudain un air abattu, comme s'il avait lui-même vécu cet événement.

« Une fois maître de l'île, Napoléon s'est rendu dans la cathédrale, et il a forcé le prêtre à le conduire au reliquaire. Sans doute n'aurait-il pas osé lui faire de mal. On sait qu'il avait une réputation de cruauté dans certaines circonstances, mais ce n'était pas un monstre, et, malgré ses doutes sur les motivations du clergé, il respectait les prêtres. Dans la crypte, Napoléon a trouvé ce qu'il cherchait : un gant en or contenant le squelette de la main de saint Jean-Baptiste. »

Sean suivait attentivement le long exposé de Wagner tout en gardant un œil sur les deux hommes de la place, qui avaient l'air un peu perplexe, sans qu'il comprenne pourquoi. Il y eut même un moment où il les vit échanger des regards interrogateurs, comme s'ils ne savaient plus très bien s'ils devaient s'en tenir au plan convenu.

Peut-être attendaient-ils un signal de Wagner, mais une fusillade eût été fort téméraire. La place était trop fréquentée. Ce n'était pas la foule, mais il y avait assez de monde autour pour les empêcher de sortir leurs armes – du moins pour le moment.

Wagner continua sur sa lancée. « Napoléon a sorti le gant du reliquaire, puis le squelette du fond de cet étui, et c'est alors qu'il a ôté l'anneau de la main de saint Jean-Baptiste. Le prêtre a protesté, mais Napoléon lui a répondu qu'il lui laissait la main et n'emportait que l'anneau. »

Wagner termina son histoire en relâchant soudain les épaules, comme s'il venait de se décharger d'un lourd fardeau.

« Là est donc votre mission ? demanda Tommy. Retrouver l'anneau de saint Jean-Baptiste ?

— Oui, pour le rapporter à La Valette, à la cocathédrale Saint-Jean, son domicile légitime. »

Bodmer restait de marbre, mais son regard frémissait d'une rage sourde. Il n'avait pas l'air d'avoir apprécié que Wagner pointe les failles de son système et de son équipe de sécurité. Il y avait cependant autre chose qui semblait le déranger et avoir attisé sa colère pendant tout le récit.

« C'est donc vous qui avez tué le cardinal Jarllson ! » Il lança cette accusation comme si c'était la conclusion logique de ces révélations, mais il était le seul à avoir suivi ce raisonnement.

« Ne soyez pas ridicule, dit Wagner en balayant ses propos d'un revers de main. Jamais nous ne ferions de mal à un homme de Dieu, sauf en cas d'absolue nécessité, et, en la circonstance, rien ne l'imposait. Malheureusement, nous ne sommes pas les seuls à chercher cet anneau. »

Adriana fronça le sourcil. « Qui d'autre ? » Les deux hommes sur la place semblaient plus aux aguets que jamais.

Bodmer regarda tour à tour Adriana, Sean et Tommy, comme pour s'assurer qu'il maintenait un lien avec chacun d'entre eux.

« Un ordre ancien qui remonte à l'époque de la Première Croisade, voire plus loin. Comme nous, ils passent aujourd'hui pour une organisation de bienfaisance. Ils ont des membres qui nourrissent les pauvres, qui secourent les malades et tout un tas de choses de ce genre. C'est une façade. Ils collent leurs affiches dans les rues, ils organisent des événements, ils font des levées de fonds. Mais ce ne sont que des faux-semblants.

— Et de quel ordre s'agit-il ? » lui demanda Tommy.

Wagner allait répondre lorsque Sean surprit un mouvement soudain du coin de son œil droit.

« Tous à terre ! » cria-t-il.

Adriana, qui avait repéré le même mouvement, réagit une fraction de seconde plus tôt. Elle renversa la table et s'abrita derrière alors que la fusillade commençait.

Sean suivit son exemple, à temps pour éviter les balles. La table était juste assez grande pour leur servir de bouclier tant qu'ils restaient accroupis derrière. Le tireur sur leur gauche ne jouissait pas d'un bon angle de vue, mais, pour celui de droite, c'était une autre histoire.

Heureusement, Bodmer avait réagi presque aussi vite qu'Adriana, et il avait renversé une autre table, juste devant, qui leur fit une barricade temporaire.

Wagner s'accroupit derrière Sean tandis que Tommy et le commandant s'abritaient derrière l'autre table.

Sean sortit son pistolet, moins efficace que les armes de leurs adversaires. Son traditionnel Springfield .40 XD lui aurait rendu meilleur service : pour une arme d'appoint, il avait une portée correcte, qui pouvait suffire étant donné la distance des cibles. Il n'était pas très loin, au fond de son sac à dos, par terre, à côté de sa chaise. Malheureusement, il ne pouvait se permettre de l'attraper, et il devait se contenter du subcompact qu'il portait à la taille, plus utile à faible distance, en intérieur notamment, comme dans les cas d'intrusion domestique.

Malgré son degré d'expertise, il doutait de sa capacité à venir à bout de leurs adversaires, et il savait que ses compagnons faisaient sans doute face au même problème.

Leurs assaillants étaient armés de pistolets-mitrailleurs CZ Scorpion EVO 3, assez compacts pour pouvoir être cachés dans un sac adéquat, mais plus puissants et doués d'une plus grande portée que les petits pistolets de Sean et de ses compagnons. Ils semblaient d'ailleurs avoir le modèle automatique S1, de sorte que la terrasse était noyée sous les balles.

Soudain, les cris fusèrent de partout. Une femme vint s'abriter juste derrière Bodmer, pleurant hystériquement. Un jeune homme coiffé d'un bonnet, avec un bouc, vint s'accroupir derrière Tommy. Lui aussi pleurait et, la tête dans les mains, ne cessait de répéter qu'il ne voulait pas mourir.

La plupart des passants s'étaient enfuis dès le moment où les assaillants avaient sorti leurs pistolets-mitrailleurs, hâtant encore le pas au début de la fusillade. En quelques secondes, la place était devenue déserte.

Certains étaient encore en train de contourner le bassin, mais globalement l'évacuation de la zone avait pris moins d'une minute.

Cette fusillade au grand jour et devant témoins suggérait que les assaillants étaient désespérés, téméraires, ou idiots.

Sean préférait cette dernière hypothèse, mais il avait des doutes.

Les balles pleuvaient toujours.

Sean ne comprenait pas non plus qu'ils visent Wagner. S'ils étaient à ses ordres, pourquoi cherchaient-ils à l'abattre, sauf s'ils le soupçonnaient de vouloir livrer des informations secrètes ? Le fait est qu'à aucun moment Wagner n'avait fait attention à eux ni ne leur avait envoyé de signal, que ce soit de la main ou avec un micro dissimulé.

Sean regarda Wagner et remarqua un trou dans son coupe-vent. Il semblait avoir été blessé à l'épaule. Il ne se plaignait pas, ce qui était tout à son honneur, et l'on aurait pu croire qu'il ne s'était pas encore aperçu de sa blessure.

Soit il était bien entraîné, soit il était encore sous le choc.

La fusillade s'interrompit soudain, et Sean comprit que les assaillants avaient besoin de recharger leurs armes. Sorti de sa cachette, il fit feu : une, deux, trois, quatre balles sortirent du canon avant qu'il ne replonge derrière la table.

Sa riposte à l'assaut de départ avait été au mieux insuffisante. Il avait touché la poussette, mais cette soudaine contre-attaque avait eu pour seul effet d'obliger l'assaillant à s'abriter derrière le banc le temps de recharger son arme. Il n'avait même pas sursauté.

Ils avaient affaire à des tueurs qualifiés dont il ne serait pas facile de se débarrasser : ils n'avaient même pas hésité à rester bien en vue pendant plusieurs minutes avant d'ouvrir le feu. Pourquoi avaient-ils tant attendu ? se demanda Sean. Pourquoi n'avaient-ils pas déclenché les hostilités d'entrée de jeu si leur but était de les éliminer tous ? Ne cherchaient-ils pas plutôt à obtenir des informations ?

De nouvelles balles ricochèrent sur le plateau de la table, dont le revers se couvrit de bosses. Le métal se montrait vaillant, et pas une salve n'en vint à bout.

Ils devaient cependant sortir de là. Les tables avaient tenu bon, mais cela ne durerait pas. Dès que les assaillants changeraient de position, Sean et ses compagnons seraient de nouveau exposés.

Fuir par la place n'était pas une option. Ils seraient criblés de balles dès l'instant où ils quitteraient leur cachette et n'iraient pas plus loin que le bout de la terrasse.

Non, vraiment, tout sauf ça.

Seule la retraite par le café semblait envisageable. Ce n'était pas sans risques, mais rester derrière les tables était tout aussi dangereux.

« Guide-les vers le fond, dit Sean en se retournant vers Adriana. Je te couvrirai. »

Elle hésitait à laisser Sean tout seul, mais il était clair qu'il avait un plan d'action, et elle savait que, une fois qu'il avait lancé une opération, il était inutile d'essayer de l'arrêter. Elle aurait préféré faire front.

Ce n'était pourtant pas le moment de se disputer. La police ne mettrait sans doute pas plus de quelques minutes avant d'intervenir. Ils seraient assaillis de questions, et leurs relations en haut lieu ne suffiraient pas à les préserver en cas de deuxième arrestation au cours d'une même mission, dans un même pays.

Du bout des doigts, Adriana saisit la lanière de son sac à dos, qu'elle jeta en travers de ses épaules avant de crier et de faire signe aux trois hommes de se replier dans le café.

Ils lui lancèrent tout d'abord des regards sceptiques, mais Tommy finit par hocher la tête.

« Allez-y ! cria-t-il à Wagner et à Bodmer avec un signe de la main. Je vous suis. »

Tommy se redressa le temps de tirer cinq coups de feu, trois vers l'assaillant à sa gauche, deux vers l'assaillant à sa droite. Cette salve les fit reculer, et Bodmer et Wagner purent ainsi se replier dans le café avec les deux personnes qui s'étaient réfugiées auprès d'eux. Tommy, qui tenait son arme à bout de bras, donna une petite tape à Adriana pour lui dire de filer à la prochaine occasion.

« Filez à la gare », dit-il, l'air farouche. Il ne savait même pas s'ils y trouveraient un train, mais c'était secondaire. Ils n'avaient pas d'autre moyen de quitter Villers-Cotterêts, et il regrettait de ne pas avoir pensé à cette question avant de partir.

Adriana hocha la tête, puis courut vers la porte en tirant une fois en direction de chaque assaillant. Elle évita de justesse une balle arrivée dangereusement près de sa chaussure alors qu'elle tirait sur sa droite. La balle fit un trou dans le pavé à côté.

« À toi ! cria Sean à Tommy.

— Pas avant que tout le monde soit à l'abri.

— Je ne vais pas attendre jusque-là ! »

Sean se leva et tira deux balles dans chaque direction. Les assaillants furent contraints de reculer pendant deux secondes, plus qu'il ne lui en fallut pour se replier dans le café. Tommy fut d'abord pris au dépourvu, mais il fit feu à son tour, le temps de rattraper son ami. Il avait cru que Sean voulait laisser plus de temps aux trois autres, mais il comprit que ce n'était pas du tout son idée.

Des sirènes retentirent au loin. À en juger par leur volume sonore, elles étaient encore à trois ou quatre minutes de là.

Adriana escorta les deux hommes à l'arrière du café, derrière le comptoir où, encore un peu plus tôt, des clients buvaient leur café en parlant de la pluie et du beau temps. Elle avait vu également deux personnes penchées sur leur ordinateur portable, sans doute des consultants ou des indépendants quelconques.

Désormais, le café était désert, du moins en apparence. Les serveurs s'étaient cachés derrière le comptoir. La plupart des clients s'étaient couchés par terre ou sous les tables.

Adriana poussa un long soupir : elle n'allait quand même pas laisser tous ces gens sans défense.

« Dépêchez-vous ! Tout le monde sort par l'arrière de l'immeuble ! Vite ! Vite ! » dit-elle en faisant tourner sa main comme la pale d'une éolienne. Elle fit d'abord sortir Wagner, puis se retourna vers Bodmer. « Escortez-les. Vous êtes armé. Et s'il y a des difficultés dehors, aidez-les. »

Bodmer sortit le revolver qu'il portait à la taille.

« Allez ! cria-t-il en français. Tout le monde sort par la porte arrière. »

Certains bondirent ou rampèrent aussitôt, trop heureux de pouvoir quitter ce café transformé en zone de combat.

D'autres se montrèrent plus réticents, et leurs craintes n'étaient pas infondées, puisqu'ils risquaient d'entrer dans la ligne de feu. Bodmer n'avait guère le loisir de leur expliquer qu'ils pouvaient subir le même sort en restant où ils étaient et que la probabilité de tomber sous une balle perdue était même plus élevée.

Conscient du problème, Sean alla lui-même chercher les clients et leur dit de rester à quatre pattes.

Adriana et Tommy le secondèrent dans cette tâche et prirent soin eux aussi de rester penchés en avant, hors du champ de vision de leurs deux assaillants. Les vitres de la devanture furent touchées par une nouvelle rafale, et l'une d'elles éclata en morceaux. Les balles volaient au-dessus des têtes pour terminer leur course dans le mur du fond, tantôt dans le plâtre, tantôt dans les cadres.

« Allez ! » lança Sean à un homme âgé qui avait du mal à garder le rythme.

Puis il se rapprocha de la porte d'entrée, toujours courbé, le dos contre le mur pour rester à l'abri, jusqu'au moment où il y eut une nouvelle interruption dans la fusillade.

Tommy profita aussitôt de ce répit pour se précipiter vers le dernier client et lui passa le bras dans le dos pour l'aider à ramper vers le couloir du fond, avant de contourner les toilettes pour gagner la porte arrière.

Les sirènes se rapprochaient. Moins de deux minutes plus tard, la police aurait ceinturé toute la zone. Sean franchit le seuil et brandit son arme, le doigt sur la détente et l'œil dans le viseur. L'assaillant à la poussette venait de recharger son pistolet-mitrailleur, et il se préparait à rouvrir le feu.

Sean rata le premier coup, qui partit un peu trop à gauche, mais, sortant sur la place, il tira en cadrant la poitrine de l'assaillant dans le viseur et vida ainsi tout son chargeur en avançant tel un demi-dieu.

Une balle se logea dans la clavicule de l'assaillant, une autre dans son flanc. Ce furent les seules qui l'atteignirent, mais le mal était fait. Il s'effondra sur les genoux, puis bascula soudain sur le côté, et, pendant qu'il agonisait sur le pavé, son partenaire reprit l'assaut.

Sean attrapa son sac et, d'un seul et même bond, regagna le café. Il se fraya ensuite un chemin, accroupi, jusqu'au couloir puis à la porte arrière.

Une fois dehors, il rangea son arme dans son étui. De toute façon, elle était vide. Plus d'une douzaine de personnes, prises de panique, poursuivaient leur fuite, et le volume des sirènes indiquait clairement que les forces de l'ordre seraient là bientôt. Tout le monde serait sain et sauf. Sean et ses compagnons devaient pourtant trouver le moyen de regagner la gare sans être interceptés. Le fait qu'ils aient débouché dans une rue déserte ne le tranquillisait pas, et il n'avait pas l'intention de baisser la garde.

Ils laissèrent les habitants de Villers-Cotterêts et hâtèrent le pas vers la gare, où ils trouvèrent un train à quai. À peine étaient-ils montés que retentit le coup de sifflet marquant le départ.

Sean regarda Wagner, qui était passé en queue de groupe, entre Tommy et Bodmer. Le filet de sang sur son bras ne semblait pas le déranger beaucoup, preuve supplémentaire qu'il était bien entraîné. Il fallait qu'il ait reçu une solide formation pour rester ainsi insensible à une blessure par balle. La douleur le mettait sans doute à la torture, et pourtant ses traits restaient impassibles et il ne se plaignait pas. Il gardait seulement le doigt sur sa blessure pour empêcher le sang de couler.

« C'était qui ? demanda Sean sans détour. Manifestement, ils ne sont pas de notre côté.

— Non.

— Mais encore ? Je les croyais avec vous. Je les surveillais du coin de l'œil depuis le début. Je pensais que c'étaient vos hommes de main. »

Wagner soupira. « Non, répéta-t-il en secouant la tête. Ils ne sont pas de notre côté. Ils sont encore d'un ordre différent, et c'est cet ordre qui est responsable de la mort du cardinal Jarllson. Ce sont eux qui l'ont tué. »

Tous les regards se tournèrent vers le chasseur de reliques.

« Ce sont les Teutoniques. Ils sont venus chercher l'anneau de saint Jean-Baptiste. »

28

Villers-Cotterêts

Monter dans le train n'avait pas posé trop de problèmes. À l'aller, Tommy s'était familiarisé avec OUI, l'application de la SNCF, et c'est ainsi qu'il put acheter les billets de retour juste avant le départ du train. À sa grande surprise, cela ne lui coûta pas plus cher. Les échelles de tarifs jouaient tantôt en faveur des voyageurs, tantôt en faveur des compagnies. Dans ce cas précis, ils avaient pu éviter les surcoûts à l'aller comme au retour. Il acheta aussi le billet de Wagner, qui était venu par le même train qu'eux, sauf qu'ils ne s'en étaient tout simplement pas aperçus.

Sean se maudit d'avoir commis une telle bévue. Il devait se montrer plus attentif à ce qui l'entourait.

Ils avaient trouvé une voiture encore déserte en queue de train. D'après ce qu'ils avaient constaté à l'aller, de nombreux passagers pouvaient monter à chaque arrêt.

Adriana les avait entraînés en file indienne vers un carré de fauteuils au milieu de la voiture et s'était installée côté couloir, laissant le côté fenêtre à Wagner :

suggestion stratégique, car, avec Sean installé en face d'elle, ils pouvaient guetter tout mouvement suspect. Dès que quelqu'un monterait, ils le sauraient, et ils garderaient ainsi un avantage décisif.

Installé seul de l'autre côté du couloir, Bodmer avait un peu l'impression d'être la cinquième roue du carrosse.

Tommy était quant à lui installé face à Wagner. « Vous avez dit les Teutoniques ? demanda-t-il d'un air incrédule. Carrément ?

— Oui. Comme je crois vous l'avoir dit, les Teutoniques étaient déjà là lorsque Napoléon a envahi l'île de Malte pour la dépouiller de ses biens les plus sacrés et les plus précieux. Ils ont résisté avec les Hospitaliers, mais ce n'était pas suffisant, et ils ont tout perdu, à la fois sur l'île et ailleurs. »

Sean, tout en observant l'allée, plissa les paupières. « Comment ça, *et ailleurs* ?

— Comme je viens de vous le dire, tout s'est effondré pour les chevaliers. Les Hospitaliers ont perdu leur bastion en Méditerranée et ont dû se replier dans les profondeurs de l'Europe. Les Teutoniques ont connu un sort similaire. Ils ont perdu Saint-Jean-d'Acre, où leur ordre avait été fondé et qui est aujourd'hui en Israël. Bien sûr, ils se sont adaptés, et ils sont partis en Europe, d'abord à Venise, puis, au bout de quelques années, à Marienburg, une petite ville du nord de la Pologne – Malbork en polonais –, où ils ont gardé leur siège et leur forteresse pendant plus d'un siècle. Ils y ont établi leur base. Habiles en affaires, rusés, respectés, ils ont développé leur fortune, leurs propriétés et leur influence, au point de contrôler la majeure partie de la région sans détenir le titre ni de roi ni d'empereur. Mais ils n'étaient pas les seuls dans la course. »

Wagner comprima sa blessure, puis promena son pouce dessus une nouvelle fois. Le sang, qui commençait déjà à se figer, ne formerait bientôt plus qu'une croûte pourpre. Dans l'ensemble, il s'en tirait bien. Ça aurait pu être pire. Une petite vingtaine de centimètres plus loin à droite, et la balle se serait logée en plein cœur. Il faudrait qu'il trouve le moyen de cacher le sang à l'arrivée du contrôleur, sinon ils auraient encore des problèmes avec les forces de l'ordre.

« Les gouverneurs de cette région ne regardaient pas d'un bon œil l'accumulation de pouvoir et de richesses des Teutoniques, qui devenaient dangereux et arrogants. Si rien ne venait entraver leur progression, leur ordre ne tarderait pas à prendre le contrôle de tout. Un plan a été mis en place avec l'Église, et les chevaliers ont été dépouillés de leurs terres, de leurs titres et de la majeure partie de leur fortune. De fausses accusations ont été dirigées contre eux. Certains ont été mis à mort. Beaucoup se sont enfuis pour ne jamais revenir. Rares sont ceux qui ont subsisté. Tapis dans l'ombre, ils attendent leur heure. Ils espèrent redresser les torts considérables qu'ils ont subis et restaurer l'ordre des Teutoniques dans son ancienne splendeur. Leur attente est longtemps demeurée vaine. Ils n'ont jamais récupéré la moindre parcelle de leur ancienne gloire. Comme je vous l'ai déjà dit, ils ont tout perdu. »

Les yeux fixés sur Wagner, Tommy écoutait avec fascination son exposé sur les Teutoniques et leur histoire. Il avait entendu parler d'eux, il s'était même renseigné sur eux à un certain moment, mais ils lui avaient toujours donné l'impression, comme les Hospitaliers, d'être restés dans l'ombre par rapport aux Templiers, à jamais parés de secret et de mystère.

« Ils ont l'air un peu déplumés, ces Teutoniques. Et pourquoi courent-ils après cet anneau ? »

Wagner prit une profonde inspiration, puis inspecta de nouveau sa blessure. Bodmer, le voyant inquiet, se leva.

« Je vais chercher de quoi contenir le sang. »

Sean approuva, et Bodmer partit d'un pas décidé vers l'avant du train, avant de revenir un moment plus tard avec une trousse de premiers secours. Toujours debout, il ouvrit un paquet de gaze, puis sortit un flacon de spray désinfectant pour en asperger la blessure. Il savait que ça piquait, et, si Wagner n'avait pas cillé au moment de l'impact ni depuis leur départ du café, ses nerfs parurent soudain lâcher.

Bodmer appliqua doucement le pansement avant de le fixer avec la bande de sparadrap qu'il avait trouvée dans la trousse. Lorsqu'il eut terminé, fier de son œuvre, il alla se rasseoir dans son fauteuil.

« Merci, lui dit Wagner. J'ai une dette envers vous. »

Bodmer balaya cet éloge d'un geste de la main, mais ne put réprimer un sourire.

« Les Teutoniques, poursuivit Wagner pour répondre à la question de Tommy, obéissent aux ordres de leur Grand Maître. Comme dans de nombreuses organisations secrètes, c'est le Grand Maître qui dirige, mais alors que dans la plupart des cas il doit partager son autorité, il semble que, dans l'ordre Teutonique, il se comporte exactement comme un monarque.

— Et qui est ce Grand Maître ? lui demanda Adriana en le regardant brièvement, avant de surveiller la porte et le couloir pour s'assurer que personne n'arrivait. Vous le connaissez ?

— C'est un homme du nom de Lucien Berger, lui répondit Wagner. Il tient les rênes depuis maintenant plusieurs années. C'est un fanatique. Il est convaincu que l'ordre doit recouvrer ses anciens titres de propriété et les biens dont il a été spolié.

— Ses anciens titres de propriété ? demanda Sean d'un air incrédule. Des terres où sont installées depuis plusieurs siècles des personnes et des familles ? Il doit bien y avoir prescription pour ce genre de chose ?

— Non, pas pour lui, dit Wagner en secouant vivement la tête. Il croit que, s'ils peuvent retrouver l'anneau, c'est que leur place dans le royaume des cieux est légitime, qu'ils ont bien les faveurs de Dieu, et que les torts qu'ils ont subis doivent être redressés, sans exception. Je n'en suis pas certain, mais je suis prêt à parier qu'ils veulent récupérer le château de Malbork. »

Sean se retourna vers Tommy, qui eut un regard vide : encore un lieu dont ils n'avaient pas entendu parler et qu'ils n'avaient pas visité. Mais, après tout, était-ce si surprenant ? Il y avait des milliers de châteaux dans le monde et deux fois autant de vieilles forteresses, de vieux palais et de vieux temples en ruine. Ils n'auraient pas assez de cinq vies pour réussir à en faire le tour.

« Et une fois que ce Lucien Berger aura récupéré son anneau et ses vieilles affaires, il va… quoi ? Profiter de sa retraite dorée ? » Sean se doutait que ce ne serait pas si simple, même dans le cas où Lucien Berger leur extorquerait l'anneau – qu'ils n'avaient pas encore.

« L'anneau n'est qu'une étape. Lucien compte s'en servir pour rallier à sa cause des dizaines ou des centaines de milliers de personnes, voire plus. Toute l'Europe sera à feu et à sang. »

Cette hypothèse parut pour le moins hâtive à ses auditeurs.

« Comment ça, *à feu et à sang* ?

— Lucien croit que le monde est en péril et que les causes en sont le relâchement des mœurs et le manque de direction religieuse. Le pape se montre plus faible qu'aucun de ses prédécesseurs : il fait des compromis avec la doctrine de l'Église, il pousse la promotion de la tolérance plus loin qu'aucun pape avant lui. D'aucuns le qualifient de progressiste, mais certains cercles le considèrent comme un traître, comme un serpent qui crache son venin dans l'Église.

— Et vous, quelle est votre opinion ? » lui demanda Bodmer depuis l'autre côté du couloir. Il était resté silencieux pendant de longues minutes, mais voilà que la conversation touchait son domaine.

« Je crois que le pape est animé de bonnes intentions et qu'il fait au mieux à la fois pour l'Église, pour la chrétienté et pour le monde. Sans doute ne fait-il pas que des bons choix, mais il ne m'appartient pas d'en juger. Seul celui qui a vécu peut juger, et je ne suis pas davantage dans ce cas que les autres mortels. »

Sean voyait ce qu'il voulait dire. Il avait toujours agi dans la même croyance, mais il avait souvent dû trancher, tel un glaive, du côté qu'il espérait être le bon. Après tout ce qu'il avait vu en politique – les camouflages, les falsifications présentées aux Américains et au reste du monde –, il ne voulait plus en entendre parler. C'était avant tout pour cette raison qu'il avait quitté Axis, mais il ne pouvait pas l'avouer à qui que ce soit, et surtout pas à Emily. Elle suait toujours sang et eau pour le gouvernement américain, comme si tout allait bien. Le fait est que les bonnes intentions étaient nécessaires dans les rôles comme le sien. Emily Starks brillait tel un phare qui pouvait guider les autres. Sean avait cependant compris que lui-même n'était plus capable de continuer. Il était parti sans regrets, même s'il s'interrogeait toujours sur d'autres aspects de sa carrière avant et après Axis.

« Le pape n'est qu'un prétexte, dit Sean. Il aurait beau agir dans le respect le plus strict des doctrines et des valeurs de l'Église, cela ne ferait aucune différence. Ce… Berger le prend pour cible de ses ambitions, de sa soif de vengeance ou de justice – ou je ne sais quoi encore.

— Exact, confirma Wagner. Et il ne s'arrêtera que lorsqu'il aura réussi à rassembler un front uni contre les ennemis de l'Église.

— Et… qui sont ces ennemis ? demanda Tommy. Du moins, à ses yeux ?

— Il en voit de tous les côtés, répondit Wagner. Il est obsédé par l'idée d'éliminer les non-chrétiens. Les musulmans. Les athées. Les hindous. Les bouddhistes. Tous ceux qui ne sont pas de sa confession sont ses ennemis. La religion n'est pourtant qu'une façade, qu'un outil pour semer le chaos. Au fond, je crois qu'il ne souhaite qu'une chose : voir le monde en ruine. Il est rempli de haine. » Le discours de Wagner flotta au-dessus de leurs têtes comme une fumée d'encens.

« Et il croit que l'anneau de saint Jean-Baptiste lui donnera l'autorité dont il a besoin pour proclamer une nouvelle croisade contre tous les ennemis du bien, termina Sean.

— Exactement. »

Le train ralentit, puis arriva dans la gare suivante. Il y avait un groupe de collégiens de onze ou douze ans sur le quai, avec peut-être un surveillant ou un de leurs professeurs. Ils avaient presque tous des sacs sur les épaules, et plusieurs discutaient joyeusement. À l'ouverture des portes, ils montèrent dans la voiture d'à côté, au grand soulagement de Sean. Il avait envie de poursuivre la conversation, et il n'y avait rien de pire de ce point de vue que l'irruption d'un groupe de jeunes dans un espace restreint.

Même à une voiture de distance, Sean entendait leurs rires bruyants, leurs cris, leurs bavardages. Il n'avait jamais voulu être père. Le monde était fichu, la planète était en péril, les gens faisaient du mal partout où ils allaient. Les façades généreuses et respectables dissimulaient souvent une réalité décevante ou d'horribles secrets. La pollution des océans, la corruption, la hausse de la criminalité dans presque toutes les grandes métropoles : autant de raisons qui, pour lui, tuaient dans l'œuf l'idée même d'avoir des enfants. Il savait qu'il aimerait jouer au base-ball, au football ou au basket avec son fils, mais les inconvénients l'emportaient de loin sur les avantages, en tout cas à ses yeux. En plus de tout le reste, il n'était jamais chez lui, il était toujours en voyage dans des pays lointains, et il avait toujours plus d'ennuis qu'il ne l'aurait voulu.

Non, décidément, les enfants n'étaient pas une priorité pour Adriana et lui.

Juste à ce moment-là, un cri aigu s'éleva dans la voiture d'à côté, suivi d'une série de rires moqueurs. Sans doute un collégien venait-il de jouer un tour à une de ses camarades, par exemple en déposant un insecte sur son épaule.

Le train repartant, Sean revint à la conversation.

« Et comment savez-vous tout cela ? » demanda-t-il sans détour. Wagner leur avait parlé de Lucien Berger, qu'il avait présenté comme le grand maître des chevaliers Teutoniques. Il semblait en savoir beaucoup sur lui, et cela avait rendu Sean curieux.

« Excellente question. Vous m'auriez surpris si vous ne l'aviez pas posée, répondit Wagner avec un sourire. Berger était d'avis que nous devions tous nous unir : Hospitaliers, ordre de Saint-Hubert et plusieurs autres organisations. Il souhaitait avoir des alliés qui partageraient ses façons de voir. Dans sa logique, nous avions comme eux été dépouillés de nos biens légitimes, de nos statuts, et ainsi de suite. En vérité, l'ordre de Saint-Hubert a peu perdu : nous n'avons jamais été très riches en propriétés foncières ni en biens matériels. Toute notre existence tourne autour du service à l'Église. Nous recherchons des reliques pour les rendre à ceux à qui elles appartiennent. Les Hospitaliers, eux, ont beaucoup perdu, comme les Templiers. Je ne pense pas devoir vous rappeler leur sort. »

Le fait est que Sean, Tommy et Adriana connaissaient bien l'histoire des Templiers, y compris des détails connus seulement d'un petit cercle de personnes puissantes. Ils n'ignoraient rien de leur guerre séculaire contre l'ordre des Assassins, ni de leur quasi-extermination en France à l'époque où le pape et le roi avaient conspiré pour les dépouiller de tout. Selon ce que venait de dire Wagner, les Teutoniques avaient connu un sort similaire. Wagner n'avait pas parlé d'extermination, mais la spoliation des propriétés foncières et des biens matériels constituait très certainement un point commun entre ces ordres.

« Lucien Berger nous a sollicités les uns après les autres, dit Wagner. Il voulait unir tous les chevaliers du monde dans le même combat contre un ennemi commun et dans une même quête de l'anneau de saint Jean-Baptiste. Il nous a promis un immense pouvoir et de nombreuses richesses en échange de notre aide. Il voulait fonder un nouveau royaume, et il a si peu le sens des réalités qu'il évoquait la Jérusalem céleste.

— Celle de l'Apocalypse ? demanda Tommy.

— Celle-là même.

— Je suppose qu'on n'a pas la même lecture de ce passage biblique.

— Lucien a juré vengeance, dit Wagner, confirmant ainsi les conclusions de Sean. Il veut la mort d'un monde qui lui a fait du mal, et surtout de l'Église, qui, à ses yeux, s'est égarée. Il se voit en berger la guidant sur le droit chemin. La vérité, c'est que la seule quête qui l'anime est une quête de pouvoir. Je doute qu'il y ait la moindre once de spiritualité dans ses discours, dans ses actions, ou alors elle est radicalement dévoyée.

— Mais que faire pour l'arrêter ? demanda Adriana.

— Déjà, il faut que vous trouviez l'anneau, lui répondit Wagner sur le ton de l'évidence, avec un regard qui brillait comme de la braise. Lucien le cherche, et, s'il le trouve, ça ne fait aucun doute, il ralliera les soutiens de plusieurs autres ordres, sinon de tous, à part bien sûr celui de Saint-Hubert, car nous savons à quoi nous en tenir. S'il entre en possession de l'anneau, il se présentera comme un nouveau pape et comme le chef légitime de l'Église. Il récupérera tous les biens jadis volés aux Teutoniques, et la ferveur sera telle que ce sera comme une répétition de la Seconde Guerre mondiale.

— Comment ça ? fit Tommy.

— Pas la guerre en tant que telle, lui répondit Sean. Mais l'Holocauste. »

Wagner hocha la tête d'un air sinistre. « Lucien est du genre à dénoncer systématiquement ceux qui, à ses yeux, ne respectent pas les véritables enseignements de Jésus et de l'Église. Je ne vois pas où est la vertu là-dedans, ni en quoi cela sert l'Évangile. Jésus n'aurait jamais accepté de telles exactions, et il condamnerait ce que ferait Lucien s'il trouvait l'anneau. Pour Lucien, tout n'est que pouvoir. Plus il en aura, plus il tentera de tenir le monde à sa merci. Dans le fond, il a les mêmes ambitions que le premier homme à avoir volé l'anneau.

— Napoléon ? demanda Adriana.

— Oui, acquiesça Wagner. Napoléon croyait que l'anneau lui donnerait un grand pouvoir ainsi qu'une autorité légitime sur toute la chrétienté. Il croyait que, avec lui, il pourrait conquérir le monde entier, en commençant par les îles Britanniques et les terres musulmanes. La campagne d'Égypte jouait sur les deux fronts, et elle aurait sans doute réussi sans ce revers majeur qu'a été la défaite d'Aboukir, qui a empêché les forces françaises de prendre pleinement le contrôle de cette zone. »

Il était pourtant difficile de concevoir qu'un homme, à notre époque, veuille conquérir le monde entier. L'idée avait même quelque chose de ridicule. Mais peut-être que non ?

L'envergure même de l'entreprise suggérait son impossibilité. Personne ne pouvait dominer le monde entier, avec toutes ses nations, tous ses continents, tous ses territoires. Au milieu du siècle dernier, pourtant, un homme natif de Braunau am Inn, en Autriche, s'était hissé au pouvoir dans un pays ravagé par la guerre et par les sanctions internationales. Hitler n'avait guère eu de mal à persuader les Allemands que leurs malheurs et les injustices qu'ils avaient subies n'avaient qu'une seule cause.

Il avait accusé la population juive de tous les maux, et c'est ainsi que son pays, troquant la logique et la raison contre un nationalisme et un racisme enragés, s'était uni autour de lui. Six millions de juifs avaient trouvé la mort, les uns épuisés au travail, les autres exterminés de toutes les façons possibles et imaginables : c'était un massacre de masse, un génocide.

Assis dans ce train, Sean s'aperçut que ces événements remontaient à moins d'un siècle. L'Holocauste n'était pas si ancien. Depuis la chute de l'Allemagne nazie, il y en avait eu d'autres ailleurs, dans des pays comme le Cambodge. La recette était partout la même : un dirigeant fanatique jouait sur les douleurs de son peuple et lui vantait un remède, un moyen d'en éliminer la cause.

Sean eut soudain le vertige. Il savait que personne ne pourrait jamais régner sur le monde entier, jusqu'à la dernière île, la dernière zone reculée de la jungle.

Mais, avec un soutien suffisant, la conquête du monde civilisé restait envisageable.

La planète comptait plusieurs milliards de chrétiens. En les réunissant sous sa bannière, un fou pourrait manipuler leurs cœurs et leurs esprits et leur faire croire que tous les problèmes de la Terre étaient directement liés aux non-chrétiens.

« Une nouvelle croisade », murmura-t-il finalement.

Ses quatre compagnons se retournèrent vers lui avec des regards interrogateurs.

« Ce Berger… Il veut déclencher une nouvelle croisade qui remette son ordre au pouvoir et qui le propulse au sommet. Ensuite, il se déclarerait pape ou roi du monde.

— Ou les deux », dit Bodmer.

Wagner acquiesça. « C'est pourquoi il est d'autant plus important que vous trouviez l'anneau avant lui.

— Mais, intervint Tommy, comment Berger pourrait-il le trouver alors qu'il n'a aucune idée de l'endroit où il est ?

— Il en a peut-être une dont nous ne savons rien. De toute façon, nous devons trouver cet anneau pour le restituer à Malte. Là-bas, il sera en sécurité pour les siècles des siècles. »

Sean n'était pas très convaincu. Si Napoléon avait pu le voler, pourquoi pas quelqu'un d'autre ? Il décida de garder cette question pour lui.

« Très bien. Trouvons l'anneau. Le seul problème, c'est qu'on ne sait pas par où commencer.

— Vous avez les trois noms, n'est-ce pas ? »

Tout le monde dévisagea Wagner.

« Comment le savez-vous ? » lui demanda Adriana.

29

Paris

Lucien Berger s'avança jusqu'à la fenêtre de l'hôtel et jeta dans la rue un regard froid et vide. Il ne voyait ni les passants sur les trottoirs, ni les voitures sur la chaussée. Son esprit était ailleurs.

Il avait soigneusement organisé l'opération depuis son siège dans le nord de la Pologne, mais la déconfiture avait été rapide. Sa fille était morte, son corps avait été retrouvé quelques heures plus tôt sur l'île de Sainte-Hélène et il était en cours de transfert vers Malbork, où les chevaliers le prépareraient pour les funérailles.

Les Teutoniques prenaient toujours grand soin de leurs morts, notamment parce que les entreprises funéraires et les thanatopracteurs ne leur inspiraient pas confiance. Les chevaliers méritaient le respect dans la mort comme dans la vie. La fille du Grand Maître devait recevoir les plus grands honneurs. Le problème de l'anneau n'était toujours pas résolu, et Lucien n'était pas du genre à laisser les émotions l'entraver.

L'ordre vivait selon un ensemble de règles, de principes établis depuis des siècles, et, si Lucien n'en était pas l'auteur, il y adhérait certainement et se guidait à leur lumière dans toutes les étapes de sa vie. L'un des points essentiels qu'il avait appris dès l'enfance était de ne jamais laisser les émotions le dominer. Un autre était de résister aux liens affectifs, que ce soit avec des tiers ou avec des groupes. Les émotions n'avaient aucune place dans la guerre. Elles inspiraient de mauvaises décisions et entraînaient dans des situations inextricables où l'on se retrouvait broyé.

Malgré tous ses principes, Lucien sentit sa poitrine se serrer lorsque le visage de sa fille lui revint à l'esprit. Ses traits se crispèrent, et il chassa cette vague de douleur pour se concentrer à nouveau sur la mission en cours.

Ses hommes lui avaient envoyé des nouvelles prometteuses. Ils avaient suivi Sean Wyatt et ses compagnons à Villers-Cotterêts, une petite ville où ils étaient allés visiter une tombe. Laquelle ? Ils n'avaient pas pu le déterminer, mais cela n'avait plus guère d'importance. Pas après ce qui s'était passé.

Il y avait des éléments troublants. Berger se disait qu'il aurait dû les anticiper. Pourtant, comment aurait-il pu ? Il ne savait pas que son vieil ennemi était toujours vivant, encore moins qu'il participait à cette « chasse » à l'anneau.

Il n'aimait pas ce mot, « chasse ». De tous les ordres religieux, l'ordre de Saint-Hubert était pour Lucien le plus inutile. Et c'était là un euphémisme.

Au début, ils avaient sans doute servi à quelque chose. L'Église avait toujours cherché à récupérer ses reliques, et elle les avait toujours remplacées par des substituts en attendant de les retrouver. Lucien savait que de nombreuses fausses reliques étaient encore présentées comme authentiques à des millions de pèlerins qui ne se doutaient de rien.

Peu étaient au courant. Sa vieille bête noire, Bertrand Wagner, faisait partie du lot. Du moins ne pouvait-il pas l'ignorer, vu son statut. Sa mission même consistait à retrouver des reliques pour les rapporter à leurs domiciles légitimes.

À leurs domiciles légitimes... Berger ne put s'empêcher de rire tout haut. Quelle autorité l'Église avait-elle pour en décider ? Il serra la mâchoire dans un mouvement de colère. L'Église s'était éloignée de ses idéaux, de sa foi, des doctrines qu'elle avait elle-même enseignées à toute la terre pendant deux millénaires. Et elle avait trahi les ordres religieux qui l'avaient protégée.

Les Teutoniques avaient érigé l'empire de la chrétienté, et quelle avait été leur récompense ? L'exil. L'humiliation. La pauvreté. La mort.

Où était la justice dans tout ça ?

Berger savait ce que tramait Bertrand Wagner. Son but n'était pas difficile à deviner : il cherchait l'anneau pour pouvoir le restituer à Malte, où Napoléon était allé le voler plus de deux siècles auparavant.

Quelle magnifique idée ! songea Berger. *Rapporter l'anneau à son propriétaire.* Ce projet ridicule le fit glousser.

La cocathédrale Saint-Jean de La Valette et les hommes qui la dirigeaient avaient déjà donné toute la mesure de leur incompétence. Leur rapporter une relique aussi considérable, aussi puissante, serait un contresens colossal.

Berger avait pourtant une raison plus personnelle de ne pas vouloir le retour de l'anneau à Malte.

Napoléon s'en était emparé parce qu'il avait entendu parler de la légende sur l'anneau de saint Jean-Baptiste. S'il n'était pas enclin à la superstition, il était philosophe, défenseur de la science, et il savait que beaucoup d'éléments dans l'univers échappaient encore à la logique, à la raison, à l'expérimentation par l'homme. Peut-être ces éléments étaient-ils surnaturels. En tout cas, c'était cette hypothèse qui l'avait poussé à faire des incursions dans la métaphysique, et même dans la superstition.

Il avait entendu parler du pouvoir de l'anneau par pur hasard. Au début, il n'avait cherché cette relique que pour son histoire et pour le prestige qu'elle pouvait lui apporter. Il se voyait déjà empereur, et il se disait que personne ne pourrait contester son autorité s'il était en possession de l'anneau de saint Jean-Baptiste. Il serait ainsi à la tête d'une chrétienté unie contre le reste du monde. Il n'était pas croyant. Il jouait seulement à un jeu. C'était un maître manipulateur, et c'était en partie pour cette raison qu'il demandait à ses hommes de respecter toutes les religions dans les terres qu'ils avaient conquises.

Inspirer à ses ennemis un faux sentiment de sécurité, les bercer d'illusions, était une tactique puissante qu'il conserverait tout au long de son règne. Sa réputation ne ferait que croître. Bientôt, tout le monde le craindrait en Europe, de la plus somptueuse salle du trône au fin fond des tavernes. Personne ne penserait qu'il pourrait être vaincu.

Malheureusement pour lui, il n'avait pas tardé à s'apercevoir que l'anneau de saint Jean-Baptiste exerçait aussi une action funeste.

Napoléon se sentait vide, dépité. Son amertume augmentait avec chaque victoire et, parfois, virait presque à la colère. Sa sève se desséchait, son énergie vitale refluait de son organisme.

Ses hommes s'inquiétaient de plus en plus et craignaient qu'il ne meure avant la fin de la campagne. Il n'existait que de rares témoignages sur le sujet, mais Lucien en avait pris connaissance. Il était même en possession d'une lettre où étaient évoqués la maladie du général et le remède qui lui avait été prescrit.

Napoléon avait dû ôter l'anneau de son doigt et le confier à l'un de ses hommes, à qui il avait demandé de le cacher, en lui donnant des indications précises sur le lieu.

Une fois devenu empereur, il avait sorti la relique, mais, en voyant les gens de son entourage tomber malades et mourir, il avait conclu qu'elle avait une action trop dangereuse. Le cœur lourd, il l'avait cachée une nouvelle fois en attendant qu'une être plus à même de la maîtriser puisse la retrouver un jour.

L'anneau de saint Jean-Baptiste semblait à la fois béni et maudit.

De tout cela, Berger se souciait peu. Il ne souhaitait qu'une chose : que l'anneau lui confère tous les pouvoirs. Il se déclarerait seul pape légitime et userait des moyens de l'Église à ses propres fins.

La seule idée de l'Église le fit sourire. Certes, il était dévot, il croyait aux préceptes du catholicisme, mais il ne se sentait pas de vraie loyauté à l'égard de cette organisation, qui avait conspiré avec les représentants du pouvoir séculaire pour provoquer la chute des Teutoniques. L'ordre dont il était le Grand Maître.

Berger se retrouvait dans une situation étrange, à la fois profondément attaché aux doctrines et aux enseignements de l'Église et… habité par un amer ressentiment. Il ne trouvait pas d'autre mot. Il en voulait à ceux qui avaient jadis sacrifié les Teutoniques, des hommes comme lui qui avaient accompli leur tâche avec honneur et persévérance, au service de leur Église et de leurs royaumes. Tout ça pour quoi ? Pour qu'un pontife paranoïaque et des monarques avides leur confisquent ce qu'ils avaient gagné, ce qu'ils avaient construit ?

L'Église avait trahi les Teutoniques. Jusqu'à Lucien Berger, aucun Grand Maître n'avait réussi à obtenir réparation. Tout ce que ses prédécesseurs avaient pu faire avait été de se reconstituer de décennie en décennie – et même de siècle en siècle – en attendant leur heure.

Voilà qu'ils étaient désormais très près de découvrir la relique qui réparerait tous les torts. Berger avait longuement attendu ce jour, comme tous les Grands Maîtres qui l'avaient précédé. Comme lui, ses prédécesseurs avaient espéré pouvoir redonner leur grandeur passée aux Teutoniques, mais cette responsabilité semblait maintenant lui revenir, et il se sentait honoré d'avoir à la porter.

Dès qu'il serait en possession de l'anneau de saint Jean-Baptiste, il pourrait mener une nouvelle croisade contre les ennemis de Dieu.

L'opération ne se déroulait pas comme prévu, mais la vie était souvent surprenante.

Wyatt et ses compagnons rentraient maintenant à Paris. D'après les éléments communiqués à Berger par son informateur à Villers-Cotterêts, ils savaient où ils allaient. Berger en était... contrarié. Ils n'auraient pas dû échapper à ses hommes, en dépit des circonstances.

Il faudrait punir le chevalier survivant, tout en faisant preuve de clémence. Berger s'était toujours montré compréhensif, ce qui expliquait en partie la grande loyauté de ses hommes. Il les accompagnait en tout, d'où son voyage à Paris pour la dernière phase de cette aventure commencée plusieurs siècles plus tôt.

Ce n'était plus qu'une question de temps. Berger le sentait. Peut-être Wyatt ne devait-il sa survie qu'à l'expression d'une volonté divine, à une bénédiction céleste. Berger se persuada que le Tout-Puissant tirait les ficelles à l'avantage de ses fidèles serviteurs.

Berger était arrivé dans la matinée et s'était installé dans un hôtel près des Champs-Élysées. Il aimait cette avenue somptueuse, et il avait déjà séjourné plus d'une fois dans cette luxueuse suite. Si certains avaient jugé cette dépense frivole, il était le Grand Maître, et il avait le droit de s'offrir de belles choses de temps en temps.

Non seulement il était en plein cœur de la capitale, mais il voyait l'Arc de triomphe, et son choix lui paraissait plus approprié que jamais. En tant que monument en l'honneur de Napoléon et de ses victoires, l'Arc de triomphe lui rappelait seconde après seconde ce qu'il restait à faire pour compléter l'œuvre de l'impétueux général. Napoléon avait volé l'anneau.

Lucien Berger allait le récupérer.

Wyatt et ses compagnons rentraient à Paris. Berger veillerait à ce qu'ils aient l'accueil qu'ils méritaient.

30

Villers-Cotterêts

Wagner esquissa un sourire, comme s'il regardait une petite fille innocente.

« Ma chère Adriana, depuis le temps que nous cherchons l'anneau, nous avons déjà consulté la liste à Longwood House. Malheureusement, nous n'avons pu aller plus loin. Je pourrai vous guider vers les deux tombes du Père-Lachaise. Vu la taille de ce cimetière, ça vous évitera de perdre du temps.

— Vous y êtes donc déjà allés aussi ? Et à Villers-Cotterêts ? demanda Tommy en retournant le pouce vers l'arrière du train.

— Oui, mais nous sommes allés sur beaucoup de tombes… Pour ce qui est de l'indice du château de Malmaison, en tout cas, vous êtes les premiers à le trouver ; mais je ne suis pas sûr qu'il nous aurait beaucoup aidés avant. Nous avions découvert la liste à Longwood House, sans cependant comprendre le lien qu'elle entretenait avec l'anneau ni la signification de ces noms. Nous avions bien évidemment fait nos recherches, mais les tombes nous étaient demeurées indéchiffrables. Nous avions pourtant tout essayé – séquences mathématiques avec les dates, anagrammes à partir des noms –, en vain.

— On apprend davantage de ses erreurs que de ses succès, philosopha Sean.

— C'est vrai. Sage principe, dit Wagner. Mais la conséquence, c'est qu'un fou risque de proclamer une nouvelle croisade qui peut mettre fin à toute civilisation.

— C'est une façon de voir comme une autre, plaisanta Sean.

— Et vous croyez que nous pourrons faire le lien, percer le code que vous n'avez pas réussi à déchiffrer ? demanda Tommy, incrédule. Honnêtement, je ne vois pas comment ce serait possible. Si tout ce que vous dites est vrai, vous comptez parmi les meilleurs chasseurs de reliques au monde !

— Je ne vous ai pas menti. Nous faisons partie des meilleurs analystes et cryptologues de cette planète. Mais, en la circonstance, nous n'avons rien trouvé. »

Tommy se renfonça dans son siège et tourna la tête vers la fenêtre. Il aperçut un corps de ferme, avec des champs de blé vert qui ondulaient à côté. Au loin, en haut d'un tertre verdoyant, se dressait une ruine qui surplombait la région, un château de pierre grise autrefois rattaché à un duché ou à une baronnie, ou peut-être à un apanage royal.

Wagner regarda ses compagnons de voyage et lut de sérieux doutes sur leur visage.

« Mais à quoi bon s'en inquiéter ? ajouta-t-il. Ça n'a jamais servi à rien.

— Voilà ce que je me suis dit tout le temps dans ma jeunesse, s'amusa Sean. Pourquoi vous inquiéter ?

Ça vous chatouille ? Ça vous grattouille ? De toute façon, ça ne sert à rien !

— Exactement, dit Wagner. Mais on va bientôt arriver à Paris. Racontez-moi ce qui vous a conduits jusqu'à cette liste. »

Les trois compagnons échangèrent des regards incertains.

Wagner le remarqua. « La seule chose que je sache, c'est que vous ne seriez jamais allés à Villers-Cotterêts si vous n'aviez pas fait une découverte au château de Malmaison. »

Voyant que cette explication ne dissipait pas leurs soupçons, il poursuivit. « Oui, je vous ai suivis dès votre arrivée à Paris, mais vous le saviez déjà, au moins depuis que Sean m'a remarqué. » La voix de Wagner trahit tout à coup un certain embarras.

Sean se demandait comment il avait appris leur départ pour Paris, ce qui, au fond, revenait au même. Non seulement l'ordre de Saint-Hubert jouissait de nombreuses ressources, mais il semblait être le seul à avoir échappé aux foudres royales et papales. Il était toujours en activité, en train de chercher des objets sacrés pour les restituer à l'Église. Il faisait à bien des égards un travail similaire à celui de l'IAA : un travail de recouvrement et de restauration d'objets patrimoniaux dotés d'une valeur inestimable. D'après ce que disait Wagner, ils passaient eux aussi le plus clair de leur temps à traquer des indices et à résoudre des énigmes.

Tous ces points communs, cependant, ne prouvaient pas qu'il était celui qu'il prétendait être. Sean s'aperçut d'ailleurs que même le fait de voyager avec lui n'était pas sans risque. Ils avaient mis toute leur confiance dans une personne qu'ils avaient rencontrée à peine une heure plus tôt et qui les avait pris pour cibles, même si c'était avec une arme factice.

Le souvenir du feutre effaçable détendit un peu Sean. Si Wagner avait représenté une réelle menace, il aurait eu une arme véritable et il l'aurait descendu à la première occasion.

« En effet, on a fait une découverte dans la bibliothèque de Napoléon », dit Sean, qui décida de suivre son instinct. Il ferait confiance à Wagner tant qu'il n'aurait pas de preuves que c'était une mauvaise idée. « Et on s'est même fait arrêter.

— Oui, j'étais au courant, dit Wagner en se caressant le menton. Mais je n'avais pas su pourquoi.

— Dégradation de monument historique, avoua Tommy. Nous avons… fait une petite expérience, déplacé un ou deux objets qui, à ce qu'il paraît, n'avaient pas bougé depuis deux siècles. »

Wagner fronça le sourcil et dévisagea Tommy pendant ce qui parut une demi-heure. « Vous vous en êtes pris au bureau de Napoléon ? » Il y eut une brève pause, puis il éclata franchement de rire.

Tommy regarda ses compagnons, cherchant ce qui déclenchait ainsi l'hilarité de Wagner, mais tout le monde affichait le même air perplexe.

Ce fut Sean qui comprit le premier.

« Mais non, on n'a pas fait de graffiti ni quoi que ce soit dans le bureau de l'empereur ! On a retiré un tapis, déboîté un morceau de parquet, et c'est là qu'on a trouvé notre indice, au fond d'un coffret en bois. »

Le rire diminua et Wagner croisa le regard de Sean. Il avait encore les yeux larmoyants, mais il se ressaisit peu à peu. La situation ne correspondait pas à ce qu'il avait cru.

« Vous… vous avez trouvé un indice dans le bureau ?

— Tout à fait, admit Sean. Un coffret avec un rouleau qui nous a conduits jusqu'au cimetière de Villers-Cotterêts. »

Wagner réfléchit un petit moment, les yeux baissés comme pour rassembler ses pensées. Il réduisit la foule de questions qui le taraudaient à une seule. « Et que disait ce rouleau ?

— Il donnait les trois noms que vous connaissez, répondit Tommy. Et il parlait de leur éternel sacrifice ou de leur éternelle victoire, je ne sais plus très bien. » Tommy se souvenait exactement du message du rouleau, mais il ne voulait pas en révéler tous les détails. Wagner était à la tête d'une vieille organisation secrète. Un homme qui avait ce genre de profil pouvait poser des problèmes, et ils venaient à peine de le rencontrer. Tommy voyait au regard de Sean qu'il ne lui faisait pas tout à fait confiance non plus, même s'il ne se méfiait pas au point de couper les ponts. En tout cas, pas encore.

Les collégiens poussèrent à nouveau des cris dans la voiture d'à côté, et la conversation fut interrompue. Au loin, on voyait déjà Paris et la tour Eiffel, qui, dressée au-dessus des autres bâtiments, indiquait l'approche de la capitale.

« Nous voilà donc à égalité, dit Wagner.

— À moins que vous ne nous cachiez encore quelque chose, ajouta Adriana d'un ton suspicieux.

— Mais non… Si j'avais davantage d'informations, j'aurais sans doute déjà trouvé l'anneau et je l'aurais rendu à Malte. »

Si cette affirmation était juste, elle montrait aussi que Wagner ne perdait pas de vue son objectif : restituer l'anneau à la cocathédrale Saint-Jean de La Valette. Sean et Tommy n'y voyaient pas d'inconvénient si telle était effectivement sa place – ce qui demandait vérification.

Sean sortit son téléphone pour écrire un message à Alex. Il voulait seulement lui demander des informations sur le vol de l'anneau de saint Jean-Baptiste, mais Alex le rappela immédiatement.

« Allô ? » dit Sean en collant le téléphone contre son oreille, avant de s'apercevoir tout à coup qu'Alex et Tara n'avaient pas donné signe de vie depuis… combien ? Un jour ? Deux ? Sean ne savait plus quel jour on était. Il serra ses tempes entre son pouce et son annulaire.

« Sean ! Enfin ! On n'avait plus de réseau. Vous avez reçu la photo que je vous ai envoyée ?

— Oui. Elle nous a été utile. On continue nos recherches sur ces trois noms.

— D'accord, très bien. » Alex paraissait soulagé. « Le réseau était particulièrement mauvais à Sainte-Hélène.

— Vous allez bien ?

— Oui. On a eu de la visite… Deux assassins. »

Le cœur de Sean se souleva, et, quittant son fauteuil, il fit deux grands pas pour aller s'isoler, avant de baisser la voix. « Tu as bien dit *deux assassins* ?

— On n'en sait rien, répondit Tara à l'arrière-plan.

— Ils ont essayé de nous tuer ! objecta Alex.

— Ça ne veut pas dire que c'étaient des assassins.

— Dites… » glissa Sean, interrompant leur dispute. En se retournant vers ses compagnons, il s'aperçut que tous les regards étaient braqués sur lui et s'éloigna d'un pas. « Sérieusement, dit-il en baissant encore d'un ton, quelqu'un a essayé de vous tuer ?

— Euh, pardon. Oui. Un homme et une femme nous ont tiré dessus, mais tes entraînements nous ont bien servi. On les a descendus. Un, en tout cas. Ou plutôt une. La fille. Le mec a fui. On a pu quitter l'île avant l'arrivée de la police et la découverte du corps.

— Vous… vous l'avez laissé comme ça ?

— Euh… oui ? répondit Alex avec un doute dans la voix.

— Personne n'a vu la scène ? demanda Sean.

— Non. A priori, non. On est repartis vers Le Cap et on a essayé de retrouver l'autre assaillant, sans y parvenir. Ni lui, ni son bateau. On a eu… des problèmes d'avion. »

Sean ignorait ce qui s'était passé, mais il pensa à l'âge de l'appareil. Au Cap, les avions de location avec pilote étaient généralement de vieux coucous qui auraient dû être retirés de la circulation depuis longtemps. C'étaient pourtant les seuls disponibles, et les pilotes préféraient économiser avec un peu de ruban adhésif par-ci et un peu de graisse par-là plutôt que de se ruiner dans l'achat d'un nouvel appareil.

« Vous savez qui c'était ? Pour qui ils travaillaient ? » Sean croyait déjà connaître la réponse, mais ce n'était pas une mauvaise idée de demander confirmation.

« Aucune idée, lui répondit Alex. On a dû décamper tout de suite.

— Et vous êtes à l'abri, maintenant ?

— Euh, oui, a priori. En fait, on est au Portugal. Comme on n'a pas pu retrouver l'autre assaillant au Cap, on s'est dit qu'il valait mieux ne pas rester dans une ville qu'on ne connaissait pas.

— Bien vu », dit Sean. Il l'admettait : leur stratégie avait été la bonne. S'il s'était retrouvé dans la même situation, il aurait lui aussi envisagé de se replier dans un autre pays pour repartir de zéro et réfléchir à la marche à suivre. Il l'avait d'ailleurs déjà fait dans des cas où il savait que le combat était impossible. « Faites-vous discrets pour le moment. »

Sean baissa encore la voix, jusqu'au quasi-murmure. « J'ai besoin de tout ce que vous pourrez trouver sur un anneau volé dans une église de Malte. Regardez bien le SMS que je vous ai envoyé. Il me faut ça dès que possible.

— OK, Sean ! On est dans un chouette endroit. La connexion n'est pas aussi bonne que chez nous, mais elle rend service à la ménagère.

— Ha ha ! Super, dit Sean. Trouvez ce que vous pouvez et envoyez-moi ça par SMS. » Il jeta un nouveau coup d'œil sur Wagner pour s'assurer qu'il n'entendrait pas la suite. « Le plus urgent, c'est de savoir si l'histoire est authentique ou pas. Le reste viendra en bonus.

— OK, Sean ! » La demande était à bien des égards inhabituelle, mais Alex savait qu'il trouverait les informations nécessaires avec l'aide de Tara.

« Merci. À plus. »

Sean raccrocha et retourna à son fauteuil en rangeant son téléphone dans sa poche.

« C'était Alex. Ils ont bien quitté Sainte-Hélène, mais ils m'ont dit que le réseau n'était pas top, là-bas.

— J'imagine. C'est sans doute pour ça qu'on n'a pas pu les joindre avant, dit Tommy. C'est une île perdue au milieu de l'océan. Extrêmement isolée. Les réapprovisionnements doivent revenir cher aux habitants.

— Sans doute.

— Dis donc, je peux savoir pourquoi mes deux assistants t'appellent, toi, et pas moi ? » Tommy posa cette question sur le ton de la plaisanterie, mais aussi avec un accent de sincère curiosité.

« Ils m'aiment plus que toi ? » hasarda Sean.

Tommy maugréa, puis sourit jusqu'aux oreilles. « C'est sans doute ça.

— Désolé d'interrompre ce petit moment, dit Bodmer, mais nous ne sommes pas hors de danger. » Il regarda autour de lui pour vérifier qu'il n'y avait personne dans la voiture, puis continua. « Nous sommes coincés dans ce train. Vous en êtes bien conscients ?

— Je sais, dit Sean en se ressaisissant. En plus, ils savent forcément où on va.

— Évidemment ! » lança Bodmer. Comme il était longtemps resté discret, son commentaire surprit tout le monde, à part Sean, qui demeura impassible. « Terminus Paris-Nord.

— Il y a encore quelques arrêts, fit remarquer Sean.

— D'accord, mais nos adversaires ne vont pas rester les bras croisés. Il y en a un qui est toujours vivant.

— On n'a pas pu le descendre.

— Je sais, mais ce que je veux dire, c'est qu'il va appeler des renforts. Dès qu'on aura mis le pied sur le quai, ils nous tomberont dessus.

— Ça, c'est certain, répondit Sean d'un ton flegmatique.

— Vous n'avez pas l'air de vous en inquiéter... » Bodmer parlait de plus en plus bas à mesure que sa curiosité augmentait.

« C'est qu'on ne descend pas à Paris.

— Ah, non ? »

Sean tourna brièvement la tête. « Non. Deux arrêts avant Paris. Ensuite, on part au Père-Lachaise par un autre moyen, pour les semer. »

Tête baissée, Bodmer réfléchit à ce que venait de dire Sean. « Donc, c'est un leurre ?

— Exactement. Ils auront déployé l'artillerie lourde pour nous cueillir sur le quai ou aux sorties de Paris-Nord, mais on sera dejà loin, et ils se retrouveront le bec dans l'eau. »

Bodmer hochait la tête en entendant Sean exposer son plan. « Oui, c'est une bonne idée. Ils perdront leur temps à nous chercher, pendant que nous visiterons les deux autres tombes.

— Voilà ! » Sean se renfonça dans son fauteuil et croisa les bras avec un air de triomphe.

« Ça peut marcher, admit Bodmer.

— Je l'espère, intervint Wagner. C'est la clé de tout.

— De tout ? dit Adriana.

— Si Berger trouve cet anneau avant nous, les conséquences peuvent être désastreuses. Aux yeux de milliards de chrétiens, cette relique peut le faire apparaître comme le chef légitime de l'Église. Des légions entières de fidèles se rallieront ainsi à sa cause.

— Et quelle est cette cause ? demanda Tommy.

— La restitution des biens confisqués n'est qu'une partie de son plan délirant.

— Et le reste ? »

Wagner soupira : « Il proclamera une nouvelle croisade, une nouvelle campagne, afin de rassembler toute la chrétienté sous une seule bannière. La sienne.

— Aucune chance, objecta Tommy. Il n'a pas les moyens de réunir un tel soutien.

— Vous sous-estimez le pouvoir de la ferveur religieuse. Il n'est pas nécessaire de chercher loin pour trouver des exemples d'atrocités commises au nom de la religion. Même notre prétendue modernité en est pleine. Les gens se laissent happer. Il suffit de manipuler leurs émotions. Si Berger porte l'anneau, la majeure partie de la chrétienté le verra comme un prophète, voire comme le dirigeant légitime d'un nouveau royaume de Dieu sur cette Terre. »

Wagner exagérait sans doute un peu, mais Sean savait qu'il disait vrai. Si la relique qu'ils cherchaient était vraiment l'anneau de saint Jean-Baptiste et qu'il en existait la moindre preuve, ce Lucien Berger se verrait investi d'un pouvoir considérable. Des milliards de fidèles boiraient ses paroles.

Sean repensa à ce que Wagner avait dit plus tôt. Si l'anneau détenait quelque pouvoir mystique, c'est qu'il ne s'agissait pas d'une simple relique et qu'il pouvait être beaucoup plus dangereux.

« Crachez le morceau, Wagner », dit Sean en se retournant brusquement vers lui.

Ses compagnons le regardèrent, surpris. Savait-il quelque chose qu'ils ignoraient ? Sean fixait Wagner du regard, comme s'il voulait le clouer dans son fauteuil, comme si ses yeux avaient le pouvoir de le changer en pierre.

Tommy craignit que son ami ait offensé Wagner, alors que son aide leur serait sans doute précieuse pour élucider à la fois le mystère de l'anneau perdu et le meurtre du cardinal Jarllson.

« Quel morceau ? » répondit Wagner dans un murmure. Ses lèvres avaient à peine remué, et les mots avaient jailli tel un poison.

Sean ne le laissa pas longtemps jouer au plus fin et lui lança un regard menaçant.

« Vous vous êtes plutôt bien débrouillé », dit-il calmement, relâchant ses épaules et détendant insensiblement la mâchoire, comme s'il baissait la garde. « Et, d'ailleurs, je vous ai cru du début jusqu'à la fin. Je dis ça comme ça… »

Wagner, immobile, attendait la suite.

« Mais… » À ce mot, Sean leva le doigt et, surtout, haussa le ton. « Mais vous nous cachez quelque chose. Je veux savoir. Pourquoi cet anneau est-il si précieux ? Ce n'est pas juste une relique, un objet sacré ou un symbole. Je me trompe ? »

Wagner prépara sa réponse pendant ce qui sembla de longues minutes. Il savait qu'il n'était pas question de mentir. Wyatt était un homme rusé, intelligent, bien trop observateur pour s'en laisser conter.

Aucun de ses compagnons n'avait eu la même audace. Sans doute avaient-ils cru ce qu'il leur avait dit. Pourquoi en serait-il allé autrement ?

Wyatt, pourtant, n'était pas de la même trempe.

Wagner avait caché une partie de la vérité, car il jugeait qu'empêcher un fou d'arriver au pouvoir aurait dû suffire à convaincre n'importe qui de lui prêter main-forte dans sa quête. Maintenant, cependant, il fallait qu'il avoue.

« Des légendes suggèrent que l'anneau est doté de… pouvoirs surnaturels. »

Adriana fut la première à réagir : « Surnaturels ? »

Wagner inspira longuement par les narines. « Selon les unes, celui qui portera l'anneau obtiendra l'immortalité. Selon les autres, il jouira d'une puissance et d'un pouvoir militaire colossaux, ou aura même le pouvoir de ressusciter les morts. »

Sean fit la grimace, mais ce fut Bodmer qui parla le premier :

« Immortalité ? Puissance surhumaine ? Résurrection des morts ? Saint Jean-Baptiste a été décapité. Ce n'était pas un guerrier. Et il n'a jamais ressuscité les morts, que je sache. » Son ton était méprisant : « Il ne manque plus que la lyre ! »

Wagner haussa les épaules : « Ce ne sont que des légendes, comme je vous l'ai dit. Peut-être sont-elles fausses. Peut-être sont-elles vraies. De toute façon, nous ne pouvons pas laisser Berger récupérer l'anneau de saint Jean-Baptiste. Même s'il ne recèle pas de pouvoir mystique, son prestige suffirait à précipiter la planète dans le chaos. Lucien Berger ne doit surtout pas mettre la main dessus. »

Le train ralentit à l'approche de la gare du Plessis-Belleville. Au loin, la tour Eiffel apparaissait déjà plus grande. La menace aussi.

« Il va falloir aller vite, dit Tommy. Au Père-Lachaise, on se scindera en plusieurs groupes. »

31

PÈRE-LACHAISE

Après un trajet en taxi qui dura trop longtemps, Sean et ses compagnons se retrouvèrent face à l'entrée principale du Père-Lachaise, avec des reliefs sculptés sur le pourtour de la porte. De chaque côté se dressait une sorte de colonne qui montait un peu plus haut que le mur d'enceinte, ornée d'une torche sculptée dans chaque coin. Le détail le plus fascinant (et le plus déprimant) aux yeux de Sean était les sabliers gravés en médaillon au sommet des colonnes, dans la partie surélevée, qui venaient brutalement rappeler la brièveté de la vie. Telle fut en tout cas son interprétation, et, vraie ou fausse, elle lui fit une triste impression.

Il savait qu'il mourrait un jour. Il lui était d'ailleurs arrivé plus d'une fois de ne pas passer loin. Juste avant de franchir la porte, il remarqua que les sabliers étaient ailés.

Une fois à l'intérieur, Sean poursuivit sans réfléchir jusqu'au bout de l'avenue principale, tout en étudiant son environnement. Il était comme hypnotisé par ce cimetière où il savait que Jim Morrison était enterré. C'est seulement lorsqu'ils furent parvenus à un grand rond-point qu'il se ressaisit tout à coup.

Se séparer, comme Tommy l'avait suggéré dans le train, ne lui paraissait pas une si bonne idée, même s'il se doutait que c'était la marche à suivre. « Ça fait très scénario de film ou de dessin animé, et, en général, ça ne se termine pas très bien.

— Je suis du même avis, admit Bodmer. Ce n'est peut-être pas ce qu'il y a de mieux à faire.

— Mais, si on reste ensemble, on perd un temps précieux, coupa Wagner. De toute façon, il y a un risque. »

Sean décida de trancher la question : « On va donc faire deux groupes. Mais gardez vos téléphones allumés et soyez prêts à décrocher en cas d'urgence. » Il lança un coup d'œil à Wagner, histoire de lui montrer qu'il lui accordait le bénéfice du doute. « Adriana, tu m'accompagnes. Tommy, ça t'embête d'aller avec ces messieurs ? »

Tommy retroussa les lèvres comme il faisait souvent quand il voulait exprimer son accord : « Mais pas du tout. Il faut bien que quelqu'un les prenne en main », dit-il en donnant une tape dans le dos de Bodmer, qui sembla ne pas tenir compte de la plaisanterie ou même ne pas s'en apercevoir du tout. Il n'esquissa pas le moindre sourire.

Bodmer avait été un vrai boulet pendant la majeure partie du voyage. Tommy se disait que c'était sans doute dans sa nature : inévitablement, ses années de formation et ses immenses responsabilités au Vatican avaient laissé des traces. Peut-être était-il simplement un homme endurci qui ne cherchait qu'à faire son devoir – *100 % professionnel*, se dit Tommy.

« Vous prenez Masséna, dit Sean. Nous, on va voir la tombe d'Augereau. »

Tout le monde hocha la tête.

Sean avait dans la main un plan qu'il avait pris au bureau d'information, à l'entrée. La feuille battait dans la brise printanière. Le parfum des fleurs flottait dans les airs et faisait autour d'eux toute une gamme de senteurs allant du doucereux à l'âcre et presque à l'écœurant. Dans un cimetière, toute cette vie offrait un étrange contraste.

« Je crois que pour nous c'est par là, dit Sean après à peine une seconde d'analyse. Et, pour vous, par là-bas. Appelez-moi quand vous y êtes et dites-moi si vous trouvez quelque chose.

— Si ? demanda Tommy d'un air de défi. Le dernier indice ne peut pas être ailleurs que dans ce cimetière. N'oubliez pas de faire des photos de la pierre tombale ! Comme ça, on pourra comparer les trois dans un café, après. »

Sean eut un bref hochement de tête, puis ajouta ses recommandations. Tommy n'en avait pas besoin, mais il se serait senti négligent de ne pas le faire :

« Branche tes antennes, Schultzie. Le type de ce matin est toujours opérationnel. Je suis sûr qu'il va bientôt deviner qu'on est ici, lui ou son chef, si ce n'est pas déjà fait.

— En effet, ajouta Bodmer en vérifiant le pistolet dissimulé dans son étui de hanche. Nous devons rester vigilants. Il est clair qu'ils veulent être les premiers à trouver la relique et que rien ne les arrêtera. »

C'était peut-être la première affirmation d'autorité de Bodmer depuis qu'ils le connaissaient. Il y avait comme un feu dans son discours et des braises dans ses yeux. Ses motivations profondes restaient mystérieuses. Bodmer était fermement accroché à son sens du devoir et de l'honneur, mais Sean n'arrivait pas à décider si son intense désir de retrouver le meurtrier de Jarllson relevait de la vengeance ou de la justice. Les deux hommes avaient-ils été amis jusqu'à ce jour fatidique ? Tant que Bodmer les aidait, il était peut-être inutile de se poser cette question.

Tommy remonta avec ses deux compagnons une allée qui partait de la voie d'accès, et Sean en emprunta une autre avec Adriana dans la direction opposée.

L'immense cimetière du Père-Lachaise occupait quarante-quatre hectares, selon un plan qui, pour un œil peu entraîné, pouvait sembler chaotique. Le paysage était constellé de stèles et de monuments funéraires gigantesques – tombeaux, caveaux, cercueils de pierre –, les uns bien alignés, les autres faisant des saillies bizarres. De nombreux arbres étaient plantés tout autour et dans les allées, certains entre les tombes, d'autres le long du chemin. Au centre, un bosquet plus serré offrait une atmosphère naturelle, relaxante, dans ce lieu sombre où tant de personnes reposaient. Il était difficile de croire que, en 1804 encore, il ne comptait que treize occupants. Il était désormais plein à craquer. Des célébrités mondiales voulaient y être enterrées, et Sean avait souvent entendu dire qu'une concession y coûtait plus cher qu'un petit appartement à Manhattan.

Tout en essayant de se repérer, Sean pensait à la seule tombe qu'il avait réellement envie de voir, celle de Jim

Morrison, qui était désormais toute proche – au point qu'il lui semblait entendre son appel. Gravées dans un coin de sa tête, ses coordonnées – division 6, rangée 2, tombe n° 5 – le narguaient un peu comme la carotte devant le baudet.

Sean chassa cette pensée pour se reconcentrer sur sa mission. Si près, et cependant si loin… Peut-être pourrait-il revenir avec Adriana une fois qu'ils auraient trouvé ce qu'ils cherchaient.

Il soupira et, laissant l'allée qui menait à la tombe de Jim Morrison, poursuivit son chemin.

Adriana, méfiante, regardait de tous les côtés et se retournait constamment. Ce célèbre cimetière attirait tant de visiteurs qu'isoler des individus suspects relevait de la mission impossible. Il y avait du monde partout, et elle n'en voulait à personne. Elle-même était déjà venue par le passé, et elle aimait la beauté sereine de ce cimetière, source de calme dans le tourbillon de la vie parisienne. Le monde avait beau continuer sa course folle, au Père-Lachaise régnaient une paix, une tranquillité qui emplissaient l'âme de quiconque venait fouler ses allées pavées.

Tous les deux marchaient d'un pas régulier. Ils ne voulaient pas avoir l'air pressé, mais ils restaient parfaitement conscients que le temps pouvait jouer contre eux. Personne d'autre ne paraissait se hâter. Ce n'était pas un lieu pour ça. Le temps était suspendu ; pour les occupants, il avait cessé d'exister.

Ils remontèrent une allée sinueuse qui était bordée de hauts monuments et de caveaux. Les stèles étaient parfois étranges. Ils en virent une avec la sculpture d'un homme allongé portant la tête d'un autre homme légèrement au-dessus de sa poitrine.

Le Père-Lachaise était réputé pour ce genre de curiosités, et une bonne part de ses millions de visiteurs annuels ne venaient que pour elles.

Sean se concentra à nouveau sur leur destination. Il avait mémorisé les noms de toutes les avenues et de tous les chemins qu'ils devaient emprunter pour arriver jusqu'à la tombe de Pierre Augereau. Il suivait très exactement leur itinéraire sur le plan, mais y être en personne modifiait l'expérience. C'était un peu comme la différence entre regarder un match depuis les derniers gradins et depuis le banc de touche. Le monde n'était pas le même, surtout lorsque des milliers de tombes se dressaient partout. Il avait lu quelque part que le Père-Lachaise contenait les restes de près d'un million de personnes, un chiffre qui l'avait sidéré, même s'il arrivait sans peine à le croire maintenant qu'il s'y retrouvait avec Adriana. Il n'avait jamais vu un tel endroit de toute sa vie. Aux États-Unis, la plupart des cimetières étaient étendus, avec un peu plus d'espace entre les différents occupants, même si les vieux cimetières, comme à Boston ou à Charleston, plus petits que le Père-Lachaise, avaient aussi des tombes plus proches les unes des autres.

Engagé dans une allée qui bifurquait vers la droite, il tourna soudain la tête sur sa gauche en apercevant du mouvement, et glissa instinctivement sa main droite en direction de sa hanche pour venir tâter du pouce la crosse de son revolver. Il ralentit aussi le pas inconsciemment, et son regard s'arrêta sur une enfilade de tombes et de monuments qui montaient un peu comme un escalier du deuil sur une petite pente.

Sean aperçut soudain la tête d'un écureuil sur l'une des pierres tombales. L'animal vint se jucher à côté d'une croix qui en ornait le sommet, puis, ayant jeté autour de lui des regards méfiants, se mit à ronger un gland.

La main de Sean se détendit, et il soupira. Adriana, qui avait détecté son inquiétude, cherchait encore ce qui pouvait l'avoir causée. Elle se retourna pour s'assurer que personne n'était sur leurs talons.

« Un écureuil », marmonna Sean.

Adriana étudia la zone une fois de plus avant de continuer.

Ils trouvèrent la tombe de Pierre Augereau moins de deux minutes plus tard.

La sépulture surplombait toutes celles qui l'entouraient. La structure, haute et mince, était surmontée d'un petit toit en pente raide. L'étroite entrée était barrée par un portail. Le porche était décoré d'un blason complexe. Un bosquet de feuillus se dressait à l'arrière, introduisant dans cette division une touche de paix comme seule la nature est capable d'en fournir.

Sean regarda autour de lui, puis se glissa entre deux tombes pour atteindre la bonne rangée. Adriana le suivit en étudiant elle aussi les alentours. Elle se déplaçait sans un bruit, et le murmure des arbres dans la brise aurait de toute façon dissipé l'écho de ses pas.

Sean s'approcha de l'entrée du caveau et regarda à l'intérieur. Après un coup d'œil à droite et à gauche pour s'assurer que personne ne les observait, il prit son téléphone dans sa main gauche et alluma la torche. Il la dirigea vers la voûte, puis vers les murs, en essayant de trouver un élément remarquable.

Pierre Augereau s'était hissé au rang de maréchal d'Empire sous Napoléon Bonaparte, dont il avait été l'un des principaux hommes de confiance. Il était mort à cinquante-huit ans, une dizaine d'années avant Napoléon. Malgré son rang et son rôle auprès de l'empereur, sa tombe avait une allure assez ordinaire, à l'exception du fait qu'elle se dressait comme un petit bâtiment, par opposition aux tombes planes qui l'entouraient. Elle n'avait rien d'ostentatoire, ni guirlandes, ni couronnes, ni aucun de ces portraits attendus pour les héros militaires.

Il n'y avait qu'un nom et des dates. Sean se frotta l'arrière du crâne. Il avait eu un mauvais pressentiment avant leur visite, et voilà que son inquiétude se confirmait sous la forme d'un manque total d'indices.

Adriana, tel un spectre, s'approcha de lui : « Tu vois quelque chose ? »

Il savait ce qu'elle avait en tête : y avait-il un objet, une inscription, un signe quelconque qui puisse leur servir ?

« Non. Tiens, regarde. »

Il lui tendit son téléphone, avant de reculer pour la laisser explorer le caveau. Elle tourna le faisceau d'un côté, puis de l'autre, le leva vers le plafond, puis le baissa jusqu'au sol. Sa conclusion fut identique.

« Qu'en penses-tu ? demanda-t-elle en lui rendant l'appareil.

— J'en pense que c'est tout ce que je redoutais. Il n'y a rien.

— Tu étais donc sérieux, à Villers-Cotterêts ? »

Sean secoua la tête d'un air dépité. « Pas tout à fait, avoua-t-il. Je me disais quand même qu'on ratait quelque chose. Mais je n'arrive pas à mettre le doigt dessus. »

Adriana eut pour lui un regard de compassion. Il se montrait parfois trop dur envers lui-même – presque tout le temps, en fait. Il n'était pas facile d'être celui qui devait toujours trouver les réponses, résoudre les problèmes, réfléchir et se battre. À ses yeux, Sean incarnait le héros ultime, et elle l'aimait pour cette raison. Elle se demandait cependant, même s'il ne s'en plaignait jamais, si ce poids n'était pas trop lourd à porter à la longue.

Le téléphone de Sean vibra, lui ôtant toute occasion de s'exprimer sur le sujet.

Il s'attendait à voir le numéro de Tommy s'afficher, mais c'était celui de Tara.

« Tara ! » dit Sean à voix basse pour ne pas attirer l'attention des autres visiteurs. Ils étaient rares, mais il ne baissait pas la voix seulement pour eux. Après tout, ils étaient dans un cimetière.

« Bonjour, Sean. Vous êtes arrivés ?

— Oui. On est au Père-Lachaise en ce moment même.

— Et c'est intéressant ?

— Je n'étais jamais venu, donc, oui, tout est intéressant.

— J'ai toujours eu envie d'y aller, mais l'occasion ne s'est pas présentée. Je vais essayer de prendre quelques congés bientôt et de bouger Alex !

— J'ai l'impression que tu as déjà tout un plan d'action, dit Sean avec un sourire complice.

— J'avoue ! répondit joyeusement Tara. J'ai aussi des informations pour toi sur le... sur ce dont tu nous as parlé. »

Sean fut sensible à sa discrétion, surtout sur un téléphone portable.

« Je t'écoute.

— Tu vas voir, c'est intéressant. D'après ce qu'on a trouvé, Napoléon est passé par La Valette pendant la campagne d'Égypte. Il a embarqué dans le sud de la France avec trente mille soldats et dix mille marins. Il a assiégé l'île, et il a envahi la place. Les chevaliers de Malte, appelés Hospitaliers, lui ont opposé résistance. »

Sean le savait déjà, mais il la laissa continuer. Après tout, c'était la mission qu'il lui avait confiée.

« Sur le vol de l'anneau, en revanche, il n'y a presque rien. » Sean sentit son cœur défaillir un court instant. « Mais on a quand même trouvé deux passages. »

Sean retrouva espoir tout aussi rapidement. « Quoi ? demanda-t-il en reprenant sa respiration.

— On est tombés sur des vieux scans, genre microfiches comme on en faisait autrefois dans les bibliothèques.

— Ça ne fait pas si longtemps », objecta Sean.

Tara gloussa. « Du calme, l'ancêtre ! Pas besoin de te braquer. Je ne veux pas juger, mais bon, ça fait quand même longtemps. Vingt ans, au moins ? »

Sean leva les yeux au ciel, mais Tara n'avait pas tort. Ses études à l'université du Tennessee remontaient déjà à une vingtaine d'années. Il n'avait guère revu de microfiches depuis.

« Tu disais que vous aviez trouvé deux passages ? demanda-t-il en ravalant sa fierté.

— Ah, oui. Deux références à l'anneau de saint Jean-Baptiste dans des textes historiques. Mais il y a un truc. » Là-dessus, elle marqua une pause pour produire son petit effet. « Ces textes ne sont pas disponibles n'importe où.

— Comment ça ?

— Eh bien, on ne les trouve pas partout. Pas dans toutes les bibliothèques. Je les ai trouvés sur le dark web, sur un site historique spécialisé dans ce genre de contenus. J'ai mis pas mal de temps à tomber dessus, mais, grâce aux ordinateurs quantiques du labo, on a pu accélérer le processus.

— Je croyais que vous étiez au Portugal.

— Euh, oui. Tu n'as jamais entendu parler de télétravail ? » Sa question se terminait sur une pointe sarcastique.

« Ha ha ! fit Sean. Bon, et ces livres, on les trouve où ?

— Je suis bien incapable de te le dire. Ils ont été scannés et téléchargés dans les archives de ce site et d'un autre site similaire. Ce sont plus ou moins des décharges pour documents historiques. La plupart n'ont aucune utilité, mais il y a quelques pépites dans le lot, et dans ce cas c'était exactement ce qu'on cherchait. »

Tel était donc leur secret. Alex et Tara avaient infiltré un forum sur une sorte de site complotiste pour obtenir des informations. Sean l'admettait : c'était mieux qu'une recherche sur Google. À la façon dont elle avait parlé de ce site mystérieux, il se demanda si elle ne lui avait rien caché, par exemple le fait qu'ils en étaient les fondateurs.

Il préféra laisser cette question pour plus tard. Elle risquait d'ouvrir un abîme, et il avait encore un mystère à élucider.

« Et ils sont authentiques, ces deux passages ?

— A priori. En tout cas, ils corroborent l'hypothèse selon laquelle Napoléon aurait arraché un anneau à la main de saint Jean-Baptiste. Ça t'aide ?

— Beaucoup, dit Sean. Et même énormément. Au moins, on sait qu'on n'est pas venus ici pour terminer dans un cul-de-sac.

— Je ne crois pas que ce soit une invention, en effet. Bonne chance pour la suite. Vous ne vous attirez pas trop d'embrouilles, au moins ? »

Cette fois, ce fut Sean qui fut amusé. « Ça va, on gère.

— Je me fais du souci pour vous. »

Sean allait mettre fin à la conversation, lorsqu'il pensa tout à coup à quelque chose.

« Tara ?

— Oui ?

— Il n'y avait rien de bizarre dans la liste de noms que vous nous avez envoyée ? Je sais qu'on a vu les photos, mais les photos numériques gomment parfois certains détails. Tu vois ce que je veux dire ?

— Oui, tout à fait. Parfois, ça peut poser des problèmes, surtout avec les documents anciens.

— Voilà. As-tu remarqué quelque chose dans cette liste de noms ? »

Un bref blanc s'installa, comme une nappe de brouillard sur une route à la nuit tombée, au milieu de la forêt.

« Non, pas vraiment. »

Sean se mordit la lèvre.

« À part le fait que c'était une liste au hasard ?

— C'étaient trois généraux d'Empire.

— Ah, d'accord. Alors, non. Il n'y avait rien de bizarre. Juste un dessin de rose en bas. »

Sean savait qu'il n'y avait pas grand-chose à en tirer. Ils étaient déjà allés au château de Malmaison, où ils avaient trouvé l'indice qui les avait conduits au Père-Lachaise. La visite de la tombe de Joséphine n'avait mené à rien. Pour autant que Sean pouvait en juger, la rose était un symbole qui liait le tout, mais ne déterminait en rien l'étape suivante.

Il soupira : « Je ne crois pas que cette rose ait une importance déterminante. Je ne sais pas bien à quoi je pensais en te posant la question. Je me disais qu'il y avait peut-être une inscription défraîchie, ou à l'encre invisible – je sais, ça fait cliché –, ou une séquence de mots, de lettres, qui pouvait sembler bizarre. Mais, après tout, ajouta-t-il en riant, ça se verrait sur la photo. »

Sean était sur le point de raccrocher lorsqu'il entendit la voix de Tara. « En fait, si, j'ai trouvé un truc bizarre, mais je n'ai pas pensé que c'était significatif. Alex non plus, d'ailleurs. »

32

Père-Lachaise

Sean fut gagné par une sensation familière. Il avait toujours été du genre à espérer, un peu à tous les niveaux. Généralement, ça se terminait par une déception.

« C'était en rapport avec l'espacement, poursuivit Tara. On n'a pas fait trop attention, parce qu'on s'est dit que Napoléon n'avait pas écrit sur du papier ligné, comme s'il avait eu un carnet ou un bloc-notes. Mais s'il y avait un truc bizarre dans ce document, eh bien, c'était ça.

— Les marges », murmura Sean pour lui-même. Était-ce donc désormais le seul élément qui puisse faire avancer l'enquête ? Des marges incorrectes ? Il se crispa soudain : « Attends. Tu as parlé d'un truc bizarre en rapport avec l'espacement ? Rafraîchis-moi la mémoire. Pourquoi était-il bizarre ?

— Tu peux le voir sur les photos si tu les as encore. Il y a une distance plus importante entre deux des trois noms. Je ne me rappelle plus lesquels, mais je peux regarder si tu as une seconde.

— Non, ce n'est pas la peine. J'ai les photos. Je verrai par moi-même.

— En tout cas, on a trouvé ça curieux. Un peu comme s'il manquait un nom. » Elle prononça ces derniers mots sur un ton incertain, comme si c'était plutôt une question qu'une affirmation. « Oui, maintenant que j'y pense, je me dis que c'est ça. Il y avait de la place pour un quatrième nom.

— Mais il n'y avait pas d'autre nom ?

— Non, répondit Tara. On t'a envoyé la photo. Et on n'a rien trouvé de similaire dans les autres documents. »

Sean se retourna vers Adriana, qui s'était rapprochée de lui. Elle le regarda dans les yeux, et vit aussitôt que son esprit bouillonnait. Sean était sur une piste, et elle fit abstraction de tous les bruits environnants pour se concentrer sur ce qu'il disait à son interlocutrice.

« Ce qui veut dire qu'un quatrième nom a été omis.

— Ce n'est pas impossible, mais on n'en saura sans doute jamais rien. Honnêtement, si c'est le cas, je ne vois même pas par où commencer pour essayer de le trouver. »

Un quatrième nom. C'était cela qu'il fallait chercher depuis le début, et non un message codé ou une séquence mathématique en rapport avec une inscription funéraire ou avec les dates de naissance et de décès des trois généraux. Tout tournait autour d'un nom qui avait été laissé en blanc. L'énigme n'en était cependant que plus épineuse, et il eût sans doute été plus facile de percer un code ou de reconstituer un message à partir des informations contenues sur les tombes que de sortir ainsi un nom de son chapeau. En même temps, la réponse ne paraissait-elle pas enfin à portée de main ?

Une chose au moins était certaine : Sean et ses compagnons ne trouveraient rien au Père-Lachaise. Tout était déjà sur le document qu'Alex et Tara avaient découvert à Sainte-Hélène.

« Cherchez des pistes de votre côté, dit Sean après un long moment de réflexion. On va en faire autant ici.

— D'aa… ccord.

— Ne vous tuez pas à la tâche. Vous n'êtes déjà pas passés loin.

— Ça mérite d'être répété !

— Vous n'êtes déjà pas passés loin ! » dit Sean avec un sourire assez grand pour qu'elle puisse le sentir au téléphone.

Adriana ne comprit pas pourquoi il avait répété sa phrase.

« Pas nos meilleurs souvenirs, glissa Tara.

— Je sais. Je voulais juste alléger un peu l'atmosphère. En tout cas, sérieusement, faites ce que vous pouvez. Si vous identifiez le nom manquant, envoyez-moi un SMS. Nous, on fait du sur-place, ici. Si on trouve quelque chose, je vous tiens au courant. Maintenant, il faut que j'appelle Tommy et qu'on fiche le camp.

— Ne me dis pas que tu as peur des fantômes ?

— Non. Mais des vivants, si. »

Sean raccrocha, puis, revenant à l'écran d'accueil, consulta ses appels récents.

Adriana continuait de l'observer en attendant qu'il lui dise ce qui venait de se passer.

« On n'aurait pas dû venir ici, dit Sean en collant l'appareil à son oreille. Il y avait un nom manquant. Je suis prêt à parier que, si on trouve ce nom, on saura où chercher l'anneau.

— Quel nom ?

— Justement, c'est ce qu'on doit trouver. »

*

Tommy restait muet de respect et de vénération devant la tombe d'André Masséna, général devenu maréchal d'Empire. Si les opinions sur Napoléon Bonaparte étaient partagées, l'empereur s'était le plus souvent entouré d'hommes intelligents et hautement qualifiés dans l'art militaire. Masséna n'avait pas fait exception, même si les similarités entre lui et ses pairs s'arrêtaient là.

Né roturier, Masséna n'avait pas eu le privilège dont jouissaient la plupart des nobles et des membres des classes supérieures, qui montaient dans la hiérarchie militaire en fonction de leur statut social. Fils de négociant, il avait travaillé dur dans tout ce qu'il avait entrepris, qu'il s'agisse de tâches ordinaires ou de commandement militaire à la tête d'une division de plusieurs milliers d'hommes.

Après la mort de son père et le remariage de sa mère, alors qu'il était âgé d'à peine treize ans, Masséna était devenu mousse sur un navire marchand. Travailleur, aussi attentif aux conversations de l'équipage qu'aux commandements du capitaine, il avait beaucoup appris sur la vie en mer. Les rapports avec les pirates avaient représenté l'aspect le plus intéressant de son éducation.

Il avait assimilé des tactiques qui, sans être offensives, relevaient de l'art militaire. Lui qui envisageait déjà de faire carrière dans l'armée s'était aussi penché sur les subtilités de la stratégie navale.

Plus tard, il avait rapidement gravi tous les échelons jusqu'au grade d'adjudant, le plus élevé pour un roturier à l'époque. Une parenthèse dans la contrebande lui avait permis de s'enrichir grâce à la longue expérience qu'il avait acquise dans le négoce, tant en mer que par la suite.

Il avait eu des aventures, mais son véritable talent demeurait d'ordre militaire. Il avait donc réintégré l'armée, et, par ses aptitudes au commandement, s'était élevé en peu de temps au rang de général.

Napoléon avait souvent vanté ses mérites – « le plus grand nom de mon empire militaire », s'était-il exclamé –, allant jusqu'à le qualifier d'« enfant chéri de la victoire ».

Tommy, qui avait consacré la majeure partie de leur trajet en taxi à consulter des informations sur son téléphone, se remémora tous ces éléments. Faute de temps, il s'était surtout concentré sur les hauts faits de celui que Napoléon avait ainsi honoré.

La tombe d'André Masséna prenait la forme d'un obélisque qui semblait avoir été réduit de moitié, seule la partie inférieure étant restée en place.

Une croix cerclée, étrangement proche de la croix des Templiers, était sculptée sur la face avant. Tommy fronça le sourcil. L'histoire des Templiers ne lui était pas inconnue.

Une brève liste occupait la surface disponible sous la croix, et, tout en bas, les dates de Masséna étaient gravées dans le granite. La base du monument était ornée d'un portrait avec une guirlande en demi-cercle au-dessous.

Tommy revint aux noms de la liste. Il ne s'agissait pas de noms de personnes, mais de noms de lieux. Il se demanda si la solution de l'énigme y était cachée. Fallait-il les recombiner pour faire apparaître un message codé ? Fallait-il situer tous ces lieux sur une carte ? Et s'ils dessinaient une grille indiquant l'emplacement de la relique ? Cette hypothèse lui donna le vertige, et il traça des lignes imaginaires sur la carte approximative qu'il avait en tête.

Les battements de son cœur s'accélérèrent. Il aimait particulièrement les moments de ce genre, lorsqu'il envisageait des solutions à des énigmes et à d'anciens mystères restés insoupçonnés pendant des siècles, ou même des millénaires, alors qu'ils étaient sous les yeux de tous. Littéralement.

Tommy recula d'un pas, pris de doute, mais aussi pour mieux observer le monument. De là, il s'aperçut que l'obélisque avait en fait un sommet biseauté, ce qui voulait dire qu'il était entier.

Il sortit son téléphone et saisit les noms sur Google, qui afficha aussitôt une liste de résultats. Il sélectionna le premier et déroula la page.

Oui, c'étaient bel et bien des noms de lieux, comme il l'avait compris, mais, maintenant, le lien était clair : c'étaient des noms de victoires décisives, et la liste rendait ainsi hommage à l'incroyable valeur militaire de Masséna. Ces batailles s'étaient déroulées dans des terres étrangères, parfois lointaines, où Napoléon avait étendu son autorité. Tommy était pourtant certain que, en repérant les lieux sur une carte, en les combinant peut-être avec les victoires des deux autres, ils trouveraient des réponses, voire la réponse.

« À quoi pensez-vous ? » demanda Bodmer du ton maussade qui lui était habituel. Il ne souriait presque jamais, son visage étant comme figé dans une éternelle gravité.

Tommy tendit son téléphone pour que ses deux compagnons puissent le voir. Plongé dans ses réflexions, il avait momentanément oublié leur présence.

« Euh… désolé », dit-il en prenant l'air le plus sérieux possible. Il ne savait pas bien pourquoi, mais il sentait que Wagner, au moins, méritait son respect. « Je regardais ces noms pour trouver quel était leur point commun.

— Les victoires de Masséna, dit Wagner sur le ton de l'évidence.

— Vous étiez au courant ?

— Bien sûr ! répondit-il avec un mouvement d'épaules. Ça fait des années que nous cherchons des indices sur tous les continents et que nous menons toutes sortes d'enquêtes sur l'entourage de Napoléon. Les hommes de confiance de l'empereur n'ont plus aucun secret pour nous.

— Ah bon, d'accord, lâcha Tommy, qui n'avait pas l'habitude de se sentir largué.

— Vous croyez que ces différents points indiquent l'emplacement de la relique ? lui demanda Bodmer.

— Possible. Il faudrait peut-être trouver une carte, une carte d'époque, dans une bibliothèque, par exemple, même si je ne vois pas où on peut trouver ça à Paris. »

Bodmer et Wagner échangèrent des regards interdits, avouant leur ignorance.

« On est peut-être en face d'un cas où il faut marquer tous ces lieux d'une croix pour resserrer petit à petit la perspective sur l'emplacement de la relique, ou sur un autre indice. C'est difficile à dire sans prendre le temps de s'asseoir avec une carte sous les yeux.

— Vous croyez que celui qui a caché la relique a déterminé son emplacement à partir des victoires de ces trois généraux ? demanda Bodmer sans dissimuler ses doutes. Napoléon aurait donc planifié toutes ses campagnes dans le seul but de cacher l'anneau dans un endroit particulier ? »

Tommy comprit l'objection de Bodmer, même si le raisonnement était bancal. « Je vois ce que vous voulez dire, commandant, mais je doute que ces victoires dessinent une grille au sens traditionnel. Je suppose que vous avez déjà vu des plans avec des subtilités de ce genre. »

Bodmer acquiesça.

« La ville de Washington a un plan particulier, en effet. On en parle souvent à la télévision, parce que beaucoup de gens croient à une configuration maçonnique. Certains disent même que, en reliant certaines rues, on dessine le symbole de la franc-maçonnerie. Peut-être était-ce voulu, peut-être pas. Je ne connais pourtant pas beaucoup d'exemples de manœuvres si élaborées ni d'une si grande envergure. En tout cas, il faudrait que les critères en aient été définis après coup, et non par anticipation. Napoléon se serait servi de ces lieux de bataille comme de points de repère pointant vers un autre endroit. En les situant sur une carte, nous devrions assez vite pouvoir dire si votre théorie tient la route. »

Le téléphone de Tommy se mit soudain à vibrer dans le creux de sa main, et il fut tellement surpris qu'il faillit le laisser tomber au milieu de l'allée pavée. L'appareil rebondit sur sa main droite, puis sur sa main gauche, et il eut la chance de parvenir à le rattraper au vol. Il soupira, soulagé. Il n'aimait pas changer de téléphone, et il avait décidé de ne pas le faire avant deux ans. Il avait tout à fait les moyens de s'offrir le dernier modèle, mais il n'aimait pas jeter l'argent par les fenêtres, et les appareils neufs ne fonctionnaient même pas toujours correctement.

Il regarda l'écran : « Sean ! Tout va bien ? »

Tommy écouta la révélation de son ami avec une expression hagarde et des plis de plus en plus profonds sur le front. Il finit par se frotter la tempe gauche du pouce. Sean venait de conclure son laïus en lui disant de le retrouver à l'entrée du cimetière.

« OK, l'ami. Bon, à tout de suite. »

Tommy rangea son téléphone d'un air dépité.

« Qu'y a-t-il ? demanda Wagner, sentant que quelque chose n'allait pas. Un problème ? »

Tommy émit un petit rire, puis baissa un regard rêveur sur le pavé, avant de revenir soudain à la réalité : « Non. Pas de problème. Mais la carte… oui, c'était un coup d'épée dans l'eau.

— Un coup d'épée dans l'eau ? répéta Bodmer.

— Oui. Sean me dit qu'il a un nouvel élément dans la liste de Sainte-Hélène.

— C'est-à-dire ? demanda Wagner d'un air préoccupé.

— Eh bien, c'était un coup d'épée dans l'eau, c'est tout !

— Mais il sait où est la relique ? demanda Bodmer.

— Je n'ai pas l'impression. En revanche, il a l'air d'avoir tout ce qu'il faut pour la trouver. Une histoire de blanc. Je n'ai pas vraiment compris. J'ai eu cette liste sous les yeux et je n'ai pas remarqué d'espacement particulier entre les lignes.

— Il peut se tromper, dit Wagner.

— Allons vérifier ça, conclut Bodmer. Nous avons déjà perdu assez de temps comme ça. »

L'insistance de Bodmer eut raison du dépit de Tommy. L'assaillant de Villers-Cotterêts pouvait surgir à tout moment, et sans doute avec suffisamment de renforts pour les écraser tous les cinq. Une fusillade au Père-Lachaise aurait un bilan désastreux.

« D'accord, dit-il à contrecœur. Allons étudier la question. »

33

Père-Lachaise

Sean et Adriana étaient déjà tout près de l'entrée principale. Un couple de personnes âgées marchait main dans la main. Ni l'une ni l'autre ne firent attention à eux. Elles regardaient les monuments qui les entouraient, bizarres ou classiques.

Sean se tourna un instant vers Adriana. Elle était d'une beauté frappante, mélange d'élégance et de force. Ils avaient été réunis par des circonstances extraordinaires et périlleuses, mais ils avaient noué petit à petit un lien étroit, qu'il savait indissoluble. Il l'aimait et lui faisait confiance avec chaque once de son âme. Un jour, ils seraient comme ce couple âgé marchant dans les allées d'un cimetière, ou d'un parc, dans une ville lointaine.

Mais ils avaient encore du temps devant eux.

Ils allèrent se poster devant l'entrée. Tommy n'était pas encore en vue, mais c'était tout à fait normal. La tombe d'Augereau était moins loin de l'entrée principale que celle de Masséna, et Sean venait juste de le prévenir.

En faisant les cent pas, Adriana aperçut un petit camion-restaurant sur le trottoir, à droite de l'entrée. Elle n'avait pas pensé à prendre une bouteille d'eau et n'avait pas eu le temps d'en acheter une. Sean, lui non plus, n'avait rien bu depuis Villers-Cotterêts.

« Je vais acheter une bouteille d'eau. Tu en veux une ?

— Oui, merci. Maintenant que tu me le dis, je m'aperçois que je meurs de soif. Tiens, utilise ma carte. » Il allait sortir son portefeuille de sa poche avant, mais elle était déjà partie en faisant non de la tête.

Sean sourit en la voyant s'éloigner. Elle portait des bottes noires, un jean et un tee-shirt blanc. Rien que de très banal, mais, sur elle, tout paraissait merveilleux.

Pendant qu'elle prenait place dans la file d'attente, Sean se retourna pour guetter Tommy et le vit bientôt apparaître au détour d'une rangée de tombes. Il était flanqué de Bodmer et de Wagner. Tous les trois marchaient d'un pas décidé, manifestement pressés d'arriver. Sean éprouva une certaine déception. Il avait envisagé de faire un aller-retour pour prendre une photo de la tombe de Jim Morrison, mais il comprit qu'il n'en aurait pas le temps.

Sean était en train de lever la main pour faire signe à son ami lorsqu'il sentit comme un coup de poignard dans ses reins. Sa première réaction fut d'en rire : il s'attendait en se retournant à voir Adriana qui lui aurait planté sa bouteille d'eau dans le bas du dos.

À la place, il aperçut un jeune homme à la tignasse d'onyx, ébouriffé comme s'il sortait du lit et vêtu d'un coupe-vent gris sans aucune utilité sous un tel soleil. Sean comprenait ce choix. Il était bien plus facile de dissimuler une arme sous une veste que sous un simple tee-shirt, même si, pour sa part, il ne portait rien d'autre.

Les yeux de l'assaillant étaient invisibles derrière ses lunettes de style aviateur, mais le peu que Sean voyait par les ouvertures suffisait à lui suggérer qu'il n'hésiterait pas une seconde à appuyer sur la détente.

« Reste où tu es. Ne bouge pas », lui dit l'homme avec un fort accent qu'il ne put situer.

Sean regarda Tommy et vit tout à coup Bodmer ralentir. C'était subtil, et personne d'autre que lui n'en aurait tiré de conclusions. Sean, lui, comprit aussitôt qui était derrière toute cette histoire : le meurtre du cardinal Jarllson, les poursuivants de Rueil-Malmaison, peut-être aussi les assaillants de Villers-Cotterêts. Probablement, en fait, même s'il restait encore à savoir pourquoi ces derniers avaient ainsi mis en danger leur propre donneur d'ordres.

Sean rassembla ses souvenirs de la fusillade. Bodmer avait bien été là, mais avait-il tiré ? Sean était persuadé qu'il avait épuisé toutes ses munitions. Il avait bien évidemment dû s'abriter pendant l'assaut, mais avait-il été le premier à le faire ? Encore une fois, tout s'était passé si vite qu'il était difficile de se rappeler clairement la scène.

Peu importait. Sean vit Bodmer sortir son arme, là encore très subtilement, puis regarder Wagner comme s'il représentait la principale menace à proximité. Il ne s'était manifestement pas renseigné sur la carrière de Tommy autant qu'il l'avait dit ou qu'il le croyait.

Il n'y avait pas une seconde à perdre. Il fallait agir, malgré le danger.

Sean secoua la tête en regardant Tommy avec insistance, puis fit en sorte de détourner l'attention de l'assaillant. « Alors, comme ça, vous avez réussi à vous procurer une *arme* ici ? Ils ont des lois très strictes sur les *armes à feu*, en France, mais c'est vrai que vous n'avez pas l'air d'être du genre à vous laisser arrêter par ce genre de chose !

— Ferme-la.

— Non, je suis juste surpris que vous ayez une *arme à feu* ! » Sean haussait la voix à chacune de ses paroles. « En France ! Vous voyez ce que je veux dire ? Vous vous l'êtes procurée *illégalement*, votre *arme à feu* ? »

Les passants le dévisageaient avec un certain mépris, et il n'avait aucun mal à en rajouter, car les Américains plaisantaient souvent sur le piètre accueil que leur réservaient les Parisiens.

« D'après ce que j'ai entendu dire, plus de la moitié des *armes à feu* dans ce pays sont achetées *illégalement*. »

Sean criait presque, et les passants ne pouvaient guère faire autrement que d'écouter son laïus.

« Ferme-la, je t'ai dit », répliqua l'assaillant en lui enfonçant plus profondément le canon dans le dos.

Sean grimaça, mais son plan avait fonctionné.

Tommy, alerté par le comportement bizarre de Sean, suspendit son pas et comprit soudain le danger en apercevant le jeune homme derrière l'épaule de son ami. Il bondit sur sa gauche tout en plongeant sa main droite sous sa ceinture pour en sortir le petit pistolet qu'il cachait là.

Bodmer fut pris au dépourvu par cette brusque manœuvre. Son intention avait été d'éliminer Wagner, ou du moins de le tenir dans son viseur, pour s'occuper de Tommy seulement ensuite.

Au lieu de quoi Tommy, caché dans un dédale de tombes, le tenait déjà en joue.

À partir de là, ce fut la panique. Les femmes se mirent à crier, les hommes à hurler, tandis que les enfants, heureusement peu nombreux, ne savaient pas quoi faire. Partout, la vue de l'arme suscitait la peur, et ceux qui étaient assez près pour entendre les paroles de Sean crurent – à tort – qu'il parlait de Bodmer, qui était en train de redescendre l'allée avec son pistolet.

Au milieu de ce chaos, Wagner s'éclipsa tel un spectre. Il se fondit dans la foule, puis se glissa loin de toute la scène. Même Sean le perdit de vue, ce qui relevait de l'anomalie.

Bodmer le chercha lui aussi, en vain, puis voulut traquer Tommy, mais tout effort était futile. L'anarchie avait pris le dessus, et c'était désormais un flux continu de touristes qui se déversait sur le trottoir pour fuir la menace. Sean n'aurait jamais cru que tant de visiteurs puissent se trouver au Père-Lachaise.

Bodmer, rouge de colère, traversa la petite foule et s'arrêta juste devant Sean, qui se réjouit d'avoir pu alerter Tommy et Wagner. Adriana, quant à elle, s'en tirerait. Elle avait sans doute essayé de lui venir en aide dès que les premiers cris avaient retenti, avant d'apercevoir Bodmer, puis le jeune homme. Sean, rassuré sur le compte de ses compagnons, sourit comme un enfant qui viendrait de chiper le dernier bonbon en douce.

« C'est vous qui êtes responsable de tout ce cirque, ricana Bodmer en désignant le chaos environnant.

— Qui, moi ? répondit Sean d'un air innocent.

— Emmenez-le, commanda Bodmer.

— Est-ce qu'on pourrait juste faire un tour sur la tombe de Jim Morrison ? Je suis un inconditionnel des Doors ! Je n'ai jamais été si près de sa tombe, alors que je me suis juré d'aller la voir avant de mourir.

— Silence. Emmenez-le dans la voiture et bâillonnez-le.

— Vous allez rater toutes mes bonnes blagues ! » gémit Sean.

Un homme surgit de la foule, lui tordit le bras gauche dans le dos, puis l'emmena en maintenant son poignet si haut que tous ses ligaments semblaient au bord de la rupture. La douleur le fit grimacer, et il sentit une compression familière à la coiffe des rotateurs, là où il avait subi une intervention une vingtaine d'années plus tôt. Des aiguilles de feu lui traversaient le bras à partir de l'épaule, et, pour la première fois depuis longtemps, il redouta la luxation.

Suivit une autre aiguille. Il savait ce que c'était, et il savait, ou du moyen croyait savoir, ce qui allait se passer. Cette piqûre à l'épaule n'était rien à côté de la compression des ligaments et du cartilage qu'il était en train de subir. Ses conséquences, pourtant, seraient bien pires.

À sa grande surprise, il n'éprouva pas d'effet particulier. À chaque injection, par le passé, il avait été envahi d'une sensation de chaleur ou de froid dans les veines. Cette fois-ci, il sentit le liquide entrer dans son corps, rien de plus.

Lorsque les effets de la drogue arrivèrent au niveau du cou, il comprit qu'il ne lui restait plus beaucoup de temps. Il regarda frénétiquement autour de lui, cherchant le visage d'une femme dans la foule, sans la voir. Était-elle à l'abri ? Oui, forcément. Adriana était Adriana. Elle était assez grande. Il se sentit faiblir, la drogue déroulant peu à peu ses doigts sous son crâne pour lui faire tourner la cervelle. Tout bascula, et il aurait perdu l'équilibre s'il n'avait pas été soutenu par… l'assaillant ? Bodmer ? Quelqu'un d'autre ?

Il entendait des voix paniquées autour de lui, mais c'était comme si des milliers de personnes avaient crié dans un shaker. Les bras et les jambes en compote, il fut bientôt incapable de raidir suffisamment les muscles pour pouvoir tenir debout.

Le jeune homme se baissa pour lui passer un bras sous l'aisselle pendant que son acolyte prenait l'autre bras. Quelqu'un posa un chapeau sur sa tête et des lunettes de soleil sur ses yeux. Lorsqu'ils le traînèrent dans la foule, il était déjà totalement inconscient. La plupart des gens croyaient avoir affaire à un vagabond en train de cuver sa piquette.

Bodmer gardait un œil sur l'entrée et sur les alentours du Père-Lachaise. Il cherchait en particulier Adriana, qu'il croyait avoir aperçue en train de passer la porte, mais il ne savait plus très bien, et il ne la vit pas, du moins pas au début.

Au bout d'un certain temps, il la repéra à deux pas de la scène, alors que la foule refluait encore sur le trottoir. Elle allait à contre-courant.

Elle pivota sur le côté. Il ne savait pas si elle l'avait vu ou pas. Il décida de ralentir de façon à laisser le temps à ses deux hommes de transporter Wyatt.

« Emmenez-le jusqu'à la voiture. Ensuite, vous savez quoi faire. Je vous retrouve au point de rendez-vous. »

Le jeune homme aux lunettes de style aviateur acquiesça d'un bref hochement de tête, et le groupe disparut.

Des sirènes retentirent au loin. Bodmer comprit qu'il n'avait plus assez de temps pour chercher Adriana. Du moment qu'elle n'avait pas vu ce qui s'était passé, le plan pouvait fonctionner. Elle ne comprendrait pas où ils étaient partis ni qui était aux manettes – à part lui, mais, bientôt, tout cela n'aurait plus d'importance.

Ainsi décida-t-il de s'éloigner de la foule, de plus en plus clairsemée, qu'Adriana était toujours en train de fendre. Si elle voulait entrer dans le cimetière, c'était qu'elle ne comprenait pas qu'on venait de faire sortir Sean quasiment sous son nez.

Bodmer glissa son arme dans son étui, puis sortit sa chemise de son pantalon pour que personne ne remarque la grosseur à sa hanche. Il jeta un dernier coup d'œil autour de lui, par précaution, pour s'assurer que personne n'avait compris la responsabilité qu'il avait dans cette scène de panique.

Personne ne faisait attention à lui.

Le commandant Bodmer sortit ainsi tranquillement du cimetière, encore en proie au chaos.

Bientôt, l'ordre reviendrait, et il serait considéré comme un héros.

34

Père-Lachaise

Adriana finit par franchir l'entrée en coupant à travers la foule désordonnée, après quoi elle put marcher normalement, même si quelques personnes la bousculèrent dans la précipitation.

Elle remonta sur la gauche jusqu'à l'endroit où elle avait laissé Sean un moment auparavant et constata qu'il avait disparu. Elle se retourna vers l'entrée et ne vit aucune trace de lui de ce côté non plus. Elle fronça longuement les sourcils. Que s'était-il passé ?

Elle avait entendu plusieurs personnes parler d'arme à feu dans leur fuite, et, si elle comprenait qu'elles puissent être étonnées d'en voir une pour la première fois de leur vie étant donné la législation française, le fait que cette découverte ait lieu au Père-Lachaise au moment précis de leur visite était... un peu troublant. Elle avait appris depuis longtemps à se méfier des coïncidences. Pour elle, cela n'existait pas.

Pivotant à trois cent soixante degrés, elle repéra un mouvement dans une rangée de tombes vers le milieu du cimetière – à hauteur d'une fourche.

Elle glissa la main le long de sa hanche, mais le bruit des sirènes au loin lui rappela qu'elle n'était pas vraiment censée porter une arme à feu ni la brandir à bout de bras dans un espace public – et encore moins dans un haut lieu de la capitale comme le Père-Lachaise !

Préférant s'abstenir, elle jeta un dernier regard du côté de l'entrée, puis courut sur la pointe des pieds pour ne pas trahir son approche.

Elle atteignit l'îlot, qui faisait une saillie dans l'allée principale, s'arrêta un moment, puis tendit l'oreille et guetta l'endroit où elle venait de repérer le mouvement.

Elle monta prudemment sur le trottoir et tourna les talons de manière à passer dans un petit couloir entre plusieurs tombes, le dos en appui contre une clôture de fer forgé. Même maintenant qu'elle était hors de vue, elle laissa son arme dans son étui. Chacune des tombes représentait un danger potentiel, mais, si un policier la voyait avec un revolver à la main, elle n'aurait aucun moyen d'échapper aux difficultés que cela entraînerait.

Si un ennemi se trouvait encore dans le cimetière, il faudrait qu'elle l'abatte à l'ancienne – façon Ancien Testament.

Elle entendit un bruit de feuilles à moins de trois mètres et comprit aussitôt que sa proie était proche.

Tous les réflexes acquis lors de sa formation se mirent en place.

Elle se déplaça furtivement sur sa gauche et s'accroupit pour éviter d'être vue, puis fit quelques pas entre plusieurs tombes et, allongeant le cou, aperçut la silhouette de l'homme caché.

Ce n'était manifestement pas d'elle qu'il se cachait, mais de la police.

En tout cas, il ne l'avait pas entendue approcher. Elle fit passer sa main devant son visage et pressa fort sur sa bouche en le plaquant contre sa poitrine avec l'autre bras.

« Pas un mot », lui glissa-t-elle à l'oreille avant de desserrer un peu sa prise.

Il acquiesça, un air de panique dans ses yeux trahissant ses doutes et ses inquiétudes.

« Où est Tommy ? » siffla-t-elle entre ses dents.

Wagner pointa l'index vers une rangée de tombes.

Apparemment, Tommy était de l'autre côté de l'avenue.

« Je vais vous libérer. Si vous criez à l'aide ou je ne sais quoi de ce genre, je vous sectionne les cordes vocales. Compris ? »

Wagner acquiesça sans ambiguïté, moins en homme gagné par la crainte qu'en homme qui n'avait rien à cacher, aucun crime à se reprocher.

Adriana desserra insensiblement son étreinte. « En face », chuchota-t-il avec le même mouvement de l'index.

Wagner attendit qu'elle ait étudié la zone. « Je crois que Tommy a vu quelque chose de suspect, reprit-il ensuite. Je ne sais pas comment il s'en est aperçu, mais il s'est mis à courir de ce côté tandis qu'on redescendait vers l'entrée. Au début, je n'ai pas compris. » Wagner agita soudain sa tête dans tous les sens.

Adriana sut tout de suite pourquoi. Les sirènes étaient désormais toutes proches. Des véhicules de police étaient sans doute déjà arrivés devant l'entrée principale. Mieux valait se diriger vers une autre sortie. Elle en avait vu une sur le plan à l'autre bout du cimetière, à côté d'une station de métro. S'ils pouvaient arriver jusque-là, ils avaient une chance d'éviter la police.

« Et Sean ? Où est-il ? » Adriana le croyait caché comme eux entre les tombes, à moins qu'il n'ait quitté le cimetière au milieu de la foule et qu'elle ne l'ait tout simplement pas remarqué.

« Je ne sais pas. J'ai vu un jeune homme derrière lui. Juste derrière. Je ne suis pas sûr, mais j'ai eu l'impression qu'il lui pressait une arme dans le dos. Je ne voyais pas très bien, et je ne veux pas faire de telles conjectures sans preuve. »

Adriana sentit son cœur défaillir. Sean, capturé ?

« Que s'est-il passé ? Et où est Bodmer ?

— Justement, dit Wagner en tournant un peu la tête de côté pour la regarder dans les yeux. Il a sorti son arme, et c'est là que tout le monde a pris peur. »

Tout prit sens à ces mots, et la vérité la frappa : Bodmer était une taupe. C'était lui qui avait fourni des renseignements à leurs poursuivants, membres de l'ordre Teutonique. C'était lui qui avait mené toutes les opérations entourant le meurtre du cardinal Jarllson, voire qui l'avait exécuté lui-même.

Tout s'expliquait à la perfection. Pour ne pas laisser de traces, il fallait connaître le Vatican de l'intérieur, la résidence Sainte-Marthe, le Palais apostolique, les allées, les jardins. Personne ne connaissait mieux les rouages des systèmes de sécurité ni les coins et recoins du Vatican que le commandant de la Garde suisse.

Adriana s'en voulut de ne pas s'en être doutée dès le début. Mais, après tout, était-ce si évident ? Bodmer était au service du Saint-Siège. Sans être catholique, Adriana avait toujours éprouvé du respect envers l'Église et ses fidèles. Nul ne devait témoigner plus de loyauté au pape et aux cardinaux que le premier responsable de leur sécurité. Elle pouvait donc se pardonner de ne pas l'avoir soupçonné.

Ce qu'elle ne se pardonnait pas, c'était d'avoir perdu Sean.

Moins de cinq secondes s'écoulèrent entre le premier éclair de compréhension et les derniers relents de culpabilité.

« Sean a été capturé par Bodmer ? » Elle eut de la peine à articuler, tant sa détresse était profonde.

« Oui. Je crois. »

Elle empoigna Wagner par le col.

« Venez. Il faut qu'on retrouve Tommy et qu'on sorte d'ici.

— On ne sait pas du tout où il est ! Il faut qu'on parte. J'étais en train de couper à travers le cimetière pour rejoindre la sortie près du métro.

— On retrouve Tommy, et on sort. »

Face à l'intensité de son regard, il comprit qu'il ne pourrait rien faire pour la dissuader, même s'il le voulait. En homme d'honneur, il n'avait pas non plus envie d'abandonner Tommy, bien qu'il fût conscient du danger.

« Venez. Je l'ai vu partir par là-bas. »

Wagner se faufila entre les tombes. Adriana le serrait de si près qu'il la sentait presque physiquement sur ses talons.

Ils dépassèrent les dernières divisions, puis s'accroupirent derrière un caveau d'environ trois mètres de hauteur.

« Par là-bas », répéta Wagner en désignant une fenêtre entre plusieurs tombes.

Adriana ne vit rien, mais elle dut faire confiance à Wagner.

Elle regarda du côté de l'entrée, où le bruit indiquait une présence policière massive. Au mégaphone, un agent demanda aux visiteurs – en français – de quitter le cimetière en bon ordre, tandis que d'autres prirent rapidement position à l'intérieur pour empêcher la fuite de ce qu'on leur avait présenté comme un tireur isolé.

« Maintenant ! » dit-elle en bondissant de sa cachette pour traverser l'allée et disparaître entre deux tombes en face.

Elle reprit position tant bien que mal, trouvant à peine la place pour poser le pied à côté d'un extraordinaire monument qui représentait ni plus ni moins qu'un zombie en train de s'échapper de son tombeau. C'était l'une des sculptures les plus étranges qu'elle ait vues de sa vie, et elle se demanda si le mort qui était enterré là était féru d'histoires cauchemardesques ou avait fini ses jours dans un asile.

Voire les deux ?

Elle chassa ces pensées peu sérieuses et guetta Wagner, qui la rejoignit en quatre grandes enjambées. Il était plus agile qu'il n'y paraissait, même si l'on voyait bien, à sa stature, qu'il faisait encore beaucoup d'exercice. Il avait peut-être dix ans de plus qu'elle, mais il ne les faisait pas.

Moins de deux secondes plus tard, des policiers affluèrent des deux côtés de l'entrée et prirent position en attendant de nouvelles consignes.

Risquant un coup d'œil derrière la tombe la plus proche, Adriana vit des agents en train de courir sur le trottoir. Ils mettaient les derniers visiteurs à l'abri et bouclaient la zone au cas où le tireur serait encore dans le cimetière.

Adriana savait que toutes les sorties seraient pareillement bouclées d'ici quelques minutes. Ils devaient partir – mais d'abord trouver Tommy.

« Où est-il donc ? siffla Wagner entre ses dents.

— C'est vous qui avez dit qu'il était par ici, lança Adriana sans cacher son irritation.

— Je suis là ! » murmura Tommy.

En se retournant, ils le virent pointer la tête derrière un chétif obélisque. Il leur fit signe d'approcher, et ils obéirent rapidement, toujours penchés entre les pierres tombales. Lui aussi était accroupi.

Cachés derrière une tombe, ils échangèrent des regards inquiets.

« Où est Sean ? » demanda Adriana avec une pointe de colère. Tommy savait qu'elle faisait déjà un immense effort sur elle-même pour ne pas éclater, sachant bien que s'en prendre à lui ne la mènerait nulle part.

« Un homme est arrivé, répondit-il en soupirant. Armé, je crois. Une vingtaine d'années, peut-être un peu moins. Sean m'a regardé. Il n'a pas eu besoin de m'expliquer. » Tommy paraissait abattu. Ce n'était pas la première fois que Sean se faisait capturer, mais cette fois il se demandait si la chance jouerait à nouveau en leur faveur.

« Il m'a alerté, ajouta-t-il d'une voix plus neutre. Sur Bodmer. Je ne m'étais pas aperçu qu'il était resté en retrait par rapport à Wagner et moi. Le temps que je comprenne, il avait déjà sorti son arme et il allait lui tirer dessus. » Il désigna Wagner d'un geste.

« On pourra parler de tout ça plus tard, l'interrompit Adriana. Et maintenant, où est Sean ? »

Des aboiements retentirent du côté de l'entrée.

« Parti. Ils l'ont emmené. On doit le retrouver. » Cette réponse ne lui plaisait guère, mais il n'avait rien d'autre à dire pour le moment, étant donné les circonstances. Adriana le comprit elle aussi. Le cordon de police était infranchissable. Ils devaient passer par la sortie à l'arrière, près du métro.

« Venez, dit-elle entre ses dents. On n'a plus de temps à perdre. »

Wagner acquiesça sans rien dire.

« Non, objecta Tommy. On ne peut pas l'abandonner comme ça. C'est ton mari et mon ami… On ne peut pas lui faire ça ! »

Adriana sentit son cœur se serrer. Toute sa vie, elle avait refoulé ses émotions dans les périodes de crise ou de danger. Apprendre à les évacuer avait représenté une part non négligeable de sa formation, et les ninjas, surtout, lui avaient inculqué cette règle de manière brutale, au point que ces souvenirs la hantaient encore la nuit. Elle chassa ces pensées et planta son regard dans celui de Tommy.

« J'aime Sean tout autant que toi. Je ne le connais pas depuis aussi longtemps, mais c'est mon mari. Je l'aime de tout mon cœur. Pour le protéger, je ferais n'importe quoi. Ce n'est pas par manque de courage que nous fuyons, Schultzie. Ce n'est qu'une retraite stratégique. Avant la contre-attaque. Je le retrouverai, ne t'en fais pas. *On* le retrouvera, ajouta-t-elle emphatiquement. Mais, pour l'instant, il faut qu'on file. »

Là-dessus, elle partit vers un bout de mur au loin en se faufilant entre les tombes, toujours penchée pour ne pas être vue.

Wagner puis Tommy la suivirent, ce dernier jetant parfois un coup d'œil par-dessus son épaule.

Adriana dépassa toute une série de tombes. Elle savait que plus d'un million de personnes reposaient au Père-Lachaise, mais il fallait vraiment y être – et essayer de fuir – pour mesurer toute l'étendue de ce chiffre.

C'était une succession sans fin, ponctuée de rares tertres et de quelques bosquets de feuillus en lieu et place des forêts qui s'étaient sans doute étendues jadis sur ces terres.

Le trajet, déjà long, était encore ralenti par la nécessité où ils se trouvaient d'éviter les allées et de se faufiler dans le dédale de tombes. Un *tic-tac* dans la tête d'Adriana lui murmurait à tout bout de champ qu'ils n'arriveraient pas à temps.

Elle vira enfin sur la droite pour longer le mur d'enceinte. Tommy et Wagner la suivaient de près. Ils passèrent à côté de plusieurs caveaux qui s'élevaient presque à la même hauteur que le mur. L'un d'eux ne s'arrêtait que quelques centimètres en dessous, et les deux qui le précédaient descendaient un peu comme un escalier.

Adriana poursuivit tête baissée, la légère déclivité lui permettant de gagner en vitesse. Puis elle examina la zone entourant la sortie. Elle était libre, mais plus pour longtemps. Adriana tendit l'oreille. Des sirènes retentirent soudain de l'autre côté du mur, et elle fut submergée par une vague de frayeur qui déferla dans son ventre et dans sa poitrine. Ils ne seraient pas arrivés à temps. Ils étaient pris au piège.

35

Père-Lachaise

« Nous n'avons aucune chance d'arriver avant eux », déclara Wagner. En entendant les sirènes, il était parvenu à la même conclusion qu'Adriana. Les policiers avaient désormais de l'avance sur eux, et ils se déploieraient bientôt en masse à l'entrée du métro, les laissant sans issue.

Adriana se retourna subitement, faisant presque tomber ses deux compagnons, qui la suivaient peut-être d'un peu trop près. Elle passa entre les deux, qui se regardèrent d'un air perplexe.

« Où vas-tu ? demanda Tommy, largué.

— Retour en arrière, répondit-elle. Là, en haut. » Elle fit un geste vers le mur d'enceinte et les rangées de tombes qu'ils venaient de dépasser.

Il ne savait pas ce qu'elle mijotait, mais elle avait sans doute repéré quelque chose qui pouvait leur servir. Adriana était experte en la matière. Tommy passait toujours des heures à approfondir ses recherches, à creuser son champ d'expertise. Il n'avait pas suivi le genre de formation qu'avaient reçue Sean et Adriana dans leur jeunesse. Il était conscient de leurs qualités, de celles de Sean surtout, même s'il ne savait pas vraiment comment Adriana avait pu devenir la femme qu'elle était.

Son père l'avait confiée dès son plus jeune âge à un monastère secret où elle avait été formée pendant plusieurs années par la dernière secte ninja au monde. Tommy n'osait imaginer les rigueurs qu'elle avait dû endurer ni les exercices auxquels elle avait été contrainte de se livrer. Il n'était d'ailleurs pas sûr de vouloir en savoir davantage. Il y avait certains tiroirs qu'il valait mieux, à son avis, laisser fermés.

Il s'élança à sa suite après un haussement d'épaules, sans même une parole pour Wagner.

Wagner, quant à lui, leur faisait confiance, mais le déploiement policier l'inquiétait également. N'étaient-ils pas tout bonnement en train de foncer dans la gueule de l'ennemi ?

Toujours courbée, Adriana se frayait un passage en se servant de ses mains sur les stèles et les monuments pour s'aider dans sa progression, une technique qui rendait ses mouvements plus fluides et qui faisait d'elle une sorte de spectre hantant son domaine.

Ce n'est que lorsqu'ils arrivèrent en haut de la butte que Tommy comprit son plan. Le long du mur se dressaient les trois tombeaux qu'il avait remarqués à l'aller. Adriana avait dû les voir, elle aussi, et elle avait imaginé un plan de secours, ou du moins s'en était souvenue au moment opportun.

« Tu veux t'en servir comme d'un escalier pour franchir le mur ? » fit Tommy d'un air soupçonneux. L'idée ne lui déplaisait pas, mais il se demandait ce qu'ils trouveraient de l'autre côté. Des policiers en stationnement étaient-ils en train de faire le guet ? Il n'y avait aucun moyen de le savoir sans sauter, ou en tout cas sans jeter un coup d'œil.

« C'est notre seule chance, dit Adriana en inclinant la tête vers l'avenue qui traversait le cimetière. Soit le mur, soit cette plaque, et on sort par les égouts. »

Tommy regarda la plaque au milieu de l'allée et préféra chasser cette idée. « Le mur, plutôt. »

Si les égouts offraient sans doute la meilleure solution – les policiers auraient du mal à les pister –, ôter la plaque risquait d'être impossible sans les outils adaptés, et l'environnement serait... différent. Il préféra ne pas s'attarder sur ce point.

Donc, le mur. C'était plus sûr, quoi qu'ils trouvent de l'autre côté.

Oubliant son respect pour les morts, Adriana escalada le tombeau le plus bas et fonça aussitôt jusqu'au suivant. Elle plaqua les mains par-dessus, puis hissa le poids de son corps en faisant levier, ses pieds restant momentanément dans les airs jusqu'au moment où, enfin assez haut, elle put les faire passer par-dessus le rebord.

« À vous ! » lança Wagner.

Tommy n'avait pas prévu de passer deuxième, mais, sentant que Wagner n'apprécierait pas qu'il remette sa volonté en question, il se hissa sur le premier tombeau. Le temps qu'il soit parvenu au bord opposé, Adriana était déjà sur le toit du troisième, qui était le plus grand.

C'était un toit pentu, pas au point d'être impraticable, mais assez pour comporter un risque d'accident en cas d'inattention. Le problème venait des épaisses ardoises dont il était couvert. Par temps de pluie ou de brouillard, elles auraient sans doute été trop glissantes.

Adriana continua pourtant comme si de rien n'était.

Elle commença par escalader la partie arrière du toit en jouant adroitement du mur d'enceinte, puis, arrivée au parapet, elle propulsa sa jambe droite par-dessus, tout en équilibrant son poids de sa main gauche. Ainsi disparut-elle de l'autre côté, sans que Tommy puisse savoir ce qu'elle était devenue.

Il le saurait bien assez tôt.

En attendant, il dut refouler l'inquiétude qui lui remontait dans les tripes. Il monta sur le toit du deuxième tombeau, puis se fraya un chemin jusqu'au troisième. Il était à une hauteur d'à peine un mètre quatre-vingts, mais il se sentait plus haut et constituait une proie facile. Si des policiers se trouvaient dans les parages, ils le verraient, et c'en serait fini de leur plan d'évasion.

Pourtant, Tommy ne vit personne. Il se rappela que le cimetière était immense, trop grand pour pouvoir être couvert en si peu de temps, même par un déploiement considérable. Ce n'était pourtant pas le moment de s'attarder sur cette question.

Il monta sur le troisième toit, puis copia la technique d'Adriana pour arriver au parapet du mur d'enceinte.

Wagner, qui l'avait rattrapé, attendit patiemment qu'il ait terminé cette manœuvre délicate. Une chute ne serait pas fatale, à moins de tomber sur la tête, mais ne serait pas sans douleur. Le risque de fracture n'était pas à exclure non plus, même si le temps restait le principal problème. Rien ne devait les ralentir face à l'arrivée des policiers.

Il était presque en haut et tendait déjà le bras gauche vers le parapet, lorsqu'une ardoise se décrocha sous son pied droit, faisant glisser sa chaussure. Sous l'effet de la gravité, il bascula dans un grand bruit du côté droit, puis commença à chavirer sur les ardoises.

Ses ongles les raclèrent avec acharnement, puis son pied se raidit et trouva prise, ce qui arrêta enfin sa chute. Il se remit debout et, après deux petites foulées, bondit vers le parapet d'un pas plus décidé que la première fois.

Il posa la main par-dessus, puis se hissa à l'aide de ses pieds jusqu'au moment où, ayant passé une jambe de l'autre côté, il se retrouva à califourchon sur le mur.

Adriana était déjà en bas, sur le trottoir, et, aux aguets, elle tournait la tête à droite et à gauche. Elle leva soudain les yeux vers Tommy.

Le mur culminait à environ trois mètres soixante, mais il lui parut plus haut.

« Tu as sauté ? cria-t-il pour couvrir le bruit du trafic et des sirènes.

— Baisse-toi. Pose les mains. Suspends-toi. Puis saute. » C'était l'urgence de la situation qui la rendait si abrupte. Elle tournait sans cesse la tête de côté et d'autre afin de s'assurer qu'ils n'attiraient pas l'attention, surtout pas d'hommes en uniforme.

Pendant que Tommy hésitait, Wagner arriva à son tour, se suspendit au parapet et sauta. En moins de temps qu'il n'en avait fallu à Tommy pour s'asseoir, il était déjà dans les airs.

Il heurta le goudron dans un bruit sourd, puis leva les yeux avec impatience. « Allez, mon fils. Ce n'est pas le moment de tergiverser ! »

Tommy secoua la tête, incrédule, puis pivota de manière à tourner le dos à la rue. Il se suspendit avec trop de précipitation, de sorte que ses doigts glissèrent et raclèrent le mur de pierre tout du long.

Le saut fut maladroit, mais, au lieu du trottoir, il sentit deux mains solides qui vinrent amortir sa chute avant de le guider sur ses deux pieds. Lorsqu'il eut retrouvé tous ses esprits, il s'aperçut que c'était Wagner qui lui avait ainsi évité un atterrissage douloureux. Il le regarda d'un air interdit, mais les questions qui le taraudaient devraient attendre encore un peu.

Wagner cachait décidément bien des secrets. Sa formation dans l'ordre de Saint-Hubert avait dû lui conserver sa jeunesse et sa vigueur. Tommy se demanda quel âge il avait vraiment.

Il avait lu un jour dans un magazine masculin un article sur une tribu d'autochtones des Barrancas del Cobre, au Mexique, qui vivaient jusqu'à des âges insolites et étaient en moyenne centenaires. Les chercheurs n'avaient découvert aucun cas de cancer, de problèmes cardiaques, ni de maladie d'Alzheimer. Les Tarahumara avaient ainsi manifestement percé le secret de la longévité et de la santé durable.

Une anecdote qui avait particulièrement impressionné Tommy racontait que leur chef avait remporté la course contre les journalistes, tous trentenaires, qui étaient venus faire leur reportage sur cette tribu.

Tommy se demanda si Wagner avait été formé dans la tradition des Tarahumara.

Peut-être n'était-il pas non plus si vieux, même s'il avait un ou deux cheveux gris. Son regard trahissait pourtant un certain âge, indiscutablement supérieur à celui de Tommy. Il pourrait bientôt lui poser directement la question, mais il ne savait pas comment Wagner réagirait.

« Tout va bien ? demanda Wagner sans effusion.

— Oui, tout va bien. Allons-y. C'est par là », répondit Tommy en faisant un geste. Il fallait traverser, puis remonter la rue sur une certaine distance, mais, en partant dans cette direction, ils couraient le risque d'être cueillis par la police. Il valait mieux prendre une rue parallèle pour s'éloigner du cimetière. Avaient-ils été repérés ? Étaient-ils faciles à identifier ?

Toutes ces interrogations débouchaient enfin sur la principale : devaient-ils prendre le métro ?

Ils traversèrent la rue au premier passage clouté qu'ils trouvèrent, puis partirent vers l'arrêt de métro. Beaucoup de monde sortait en direction du Père-Lachaise, où plusieurs dizaines de personnes étaient encore bloquées par le cordon de sécurité installé pour filtrer le suspect.

Des voitures de police étaient aussi garées à intervalles réguliers, mais les gens pouvaient passer pour gagner la place, plus haut. Tommy trouvait cette stratégie bizarre. Les policiers en stationnement ne faisaient même pas de vérifications pour voir si le tireur franchissait le barrage.

L'escalier descendait dans les entrailles de la capitale. La balustrade, le portique et même la police de caractères utilisée sur l'enseigne évoquaient une époque lointaine.

Tommy repéra une caméra de surveillance accrochée sur un réverbère, et fut soudain frappé par une révélation : ils étaient partis du principe que la police n'avait pas le signalement du forcené, alors que ses aventures lui avaient montré tout le danger d'une telle supposition. Bodmer pouvait fort bien avoir donné le signalement de Tommy à la police de Paris.

Il dut réprimer un élan de panique. Le métro leur permettrait de partir plus vite, mais ils risquaient aussi de se retrouver pris au piège, et il ne voulait pas finir coincé dans un tunnel.

Adriana se dirigeait vers l'escalier quand Tommy l'arrêta.

« Attends. J'ai une meilleure idée.

— Je croyais qu'on prenait le métro. Il faut qu'on disparaisse d'ici pendant les heures qui viennent.

— Je sais. » Tommy regarda derrière lui une unité de policiers qui commençait à infiltrer le cimetière. « Mais si on prend le métro, on est coincés.

— Exact, confirma Wagner. Il suffit qu'une personne nous ait signalés comme les assaillants, et on sera pris dans la nasse. Mieux vaut attendre un peu dans un lieu retiré et se faire oublier en attendant que le calme soit revenu. »

Adriana les regarda tour à tour. « D'accord. On reste calmes, mais pas trop non plus. Tout le monde panique. On n'a qu'à se fondre dans la masse. »

Ainsi remontèrent-ils la rue au même pas que ceux qui les entouraient. Tommy regardait derrière lui de temps en temps, puisque cela semblait être ce que tout le monde faisait. Adriana et Wagner se tenaient à ses côtés. Elle aurait mérité l'Oscar de la meilleure actrice pour son interprétation de la Parisienne terrifiée. Il savait qu'elle ne l'était pas le moins du monde, mais l'inquiétude qui se lisait sur son visage avait de quoi faire illusion.

Ils traversèrent ensuite au même rythme la place chaotique et atteignirent une rue en face, au milieu d'un étrange chassé-croisé de badauds curieux dans un sens et de réchappés effrayés de l'autre. Tommy fut frappé par cette ironie en traversant à un passage clouté, tandis qu'ils croisaient une foule croissante en route vers le Père-Lachaise. Il pensa à ces gens qui freinent pour regarder les accidents sur l'autoroute. L'être humain avait décidément un goût pour la tragédie.

Ils ralentirent une fois qu'ils furent arrivés dans une zone plus clairsemée, et Adriana proposa à Tommy et Wagner de prendre un verre le temps de convenir d'un plan. C'est ainsi qu'ils entrèrent, un feu plus bas, dans un bar à vin à l'éclairage tamisé.

La patronne leur indiqua une petite table à l'arrière et leur donna des cartes. Ils n'avaient l'intention ni de manger ni de boire, mais ils ne pouvaient pas non plus s'installer sans rien consommer. Lorsque la serveuse vint les voir, Adriana commanda des hors-d'œuvre et trois verres de vin rouge. La jeune femme ne manifestait pas le moindre enthousiasme. Elle regagna son comptoir en traînant les pieds, avec sa queue-de-cheval brune qui lui pendouillait dans le dos.

Dès qu'elle se fut éloignée, Adriana se tourna vers Wagner. « Alors, ils l'ont emmené où ?

— Honnêtement, je n'en sais rien, répondit Wagner en remuant la tête. À l'heure qu'il est, ils peuvent être à l'autre bout de la ville. » Il parlait d'une voix morne, comme s'il avait abandonné tout espoir. « Vu les moyens dont dispose l'ordre Teutonique, ils ont sans doute des dizaines de résidences sous haute surveillance dans la capitale. »

La serveuse revint avec les trois verres de vin et les disposa devant ses clients, puis pivota sur ses talons avant de disparaître sans même un sourire.

Wagner saisit son verre, but une longue et lente gorgée, puis laissa échapper un « Aah » de soulagement.

Adriana regarda un moment son verre, mais décida qu'il valait mieux garder ses esprits.

Wagner n'avait clairement pas ce genre d'inquiétude.

« Et vous ne savez pas où se trouvent ces résidences ? » Le regard d'Adriana cherchait le sien.

« Non », répondit-il en reposant son verre à moitié vide avant de le faire glisser sur le plateau de la table. Il ne voulait visiblement pas prendre plus de risques. « Mais je vois où vous voulez en venir. Il suffirait qu'on en trouve une pour faire sortir Bodmer du bois, et aussi celui pour qui il travaille.

— Le Grand Maître ?

— Oui. Mais le fait est qu'on ne sait pas où elles se trouvent. » Wagner se renfonça dans son fauteuil.

Tommy écoutait en silence, mais ses pensées se bousculaient. Ce n'était pas la première fois qu'ils étaient confrontés à ce genre de situation. Sean, c'était sûr, s'en sortirait. Tommy avait souvent gaspillé du temps et de l'énergie à s'inquiéter pour lui, tout cela pour arriver à la conclusion que l'inquiétude est contre-productive.

« Ils ont embarqué son téléphone », lança-t-il soudain tout haut.

Adriana et Wagner le regardèrent.

« On peut l'appeler. Un de ses ravisseurs répondra.

— Mais ils pourront nous localiser, objecta Wagner. Si tant est qu'ils répondent.

— Ils répondront.

— Qu'est-ce qui vous fait penser une chose pareille ?

— Ce qui me fait penser une chose pareille ? répéta Tommy avec une note d'espoir dans la voix. Le fait que nous soyons en possession d'une information dont ils ont besoin. »

36

PARIS

Le soleil de l'après-midi entrait par la baie vitrée du café, restée ouverte. Ils en étaient à leur deuxième heure de recherches, et l'impatience les gagnait tous les trois.

Ils avaient fouillé partout sur Internet pour trouver le nom manquant.

Les innombrables informations qu'ils avaient glanées sur les trois noms de la liste ne leur avaient servi à rien. Tommy avait rappelé les jeunes, mais cela n'avait rien donné, et ils faisaient maintenant ce qu'ils pouvaient avec ce dont ils disposaient.

Les yeux rivés sur l'écran de son téléphone, Adriana ouvrait sans cesse de nouvelles pages sur les trois généraux d'Empire dont ils venaient de visiter les tombes. Elle avait l'impression d'avoir déjà lu les mêmes éléments cinq ou six fois.

Tommy, le nez sur l'écran de son ordinateur, où il faisait défiler les pages Internet, ne s'en sortait pas mieux. Il avait trouvé une boutique à deux pas de là où il avait acheté son petit ordinateur ainsi qu'une tablette pour Wagner. Pour Adriana, le téléphone suffisait.

Ils auraient pu s'en contenter aussi, mais Tommy s'était fait un point d'honneur d'aller leur chercher des écrans plus grands, disant qu'il pouvait travailler bien plus rapidement avec un ordinateur ou une tablette. Adriana était bien sûr du même avis. Elle aussi aurait préféré se servir d'un écran plus large, affichant plus d'informations, permettant de naviguer entre plusieurs onglets ou fenêtres, de comparer des notes et de rapprocher plusieurs éléments.

Elle s'était cependant rabattue sur son téléphone, préférant ne pas acheter un objet coûteux alors que celui qu'elle avait déjà pouvait lui suffire.

Wagner avait aussi trouvé pas mal de choses sur sa tablette, mais il arrivait au même résultat : néant.

Tommy se leva brusquement, lissa sa tignasse trois fois, puis croisa les doigts derrière sa nuque et, coudes levés, s'étira à droite et à gauche.

« On rate un truc, mais quoi ? dit-il tout haut.

— Un nom, lui répondit sèchement Adriana.

— D'accord, dit-il en forçant un sourire. Mais on aurait dû le trouver, à l'heure qu'il est. Sean a peut-être eu tort en pensant que Napoléon avait laissé un nom en blanc. Ce n'est sans doute rien de plus qu'une boulette. »

Adriana se disait qu'il avait probablement raison, mais ne voulait pas se ranger à son avis. Sean s'était montré sûr de lui. Il ne leur manquait plus qu'un élément. Elle en avait le vertige. Les trois noms tournaient dans sa tête comme les pièces d'un mobile dans un berceau. *Masséna. Dumas. Augereau.* Quel était leur point commun, sinon qu'ils étaient morts et enterrés depuis longtemps et qu'ils avaient tous été généraux d'Empire ?

Adriana saisit une nouvelle recherche dans son navigateur, et une série de liens bleus apparurent à l'écran. Elle ouvrit le premier, lut la page, puis revint en arrière pour ouvrir le lien suivant, tout en se disant qu'elle ne trouverait certainement rien de nouveau.

Son doigt flotta au-dessus de l'écran, et elle examina les options de recherche, en haut de la fenêtre. Elle n'avait pas envisagé de cliquer sur IMAGES ou VIDÉOS, et encore moins sur ACTUALITÉS, mais elle avait peut-être eu tort. Le mot IMAGES attira soudain son regard dans la liste de paramètres, et elle cliqua dessus dans un bruit d'ongle sur du verre trempé. L'instant d'après, plusieurs rangées d'images s'affichèrent.

Elle aperçut plusieurs portraits des trois hommes en question, des portraits officiels pour la plupart, qu'ils avaient eux-mêmes commandés alors qu'ils étaient encore dans la fleur de l'âge. Elle vit également quelques monuments, le plus souvent à la gloire de leurs victoires, exploits ou succès les plus importants.

Adriana continua de faire défiler les résultats, jusqu'au moment où elle tomba sur des images inattendues, détonnant par rapport aux précédentes dans le sens où elle reconnaissait très bien ce monument. Pourquoi tant de photos de l'Arc de triomphe ?

Plusieurs d'entre elles en montraient les piliers, avec les noms qui y avaient été gravés. Elle plissa les paupières, puis cliqua sur une photo.

Tommy avait repris ses recherches, et Wagner, qui restait concentré sur sa tablette, ne disait plus grand-chose depuis une heure ou deux. Il était clairement convaincu que la situation était désespérée, et, parler de la menace que Berger représentait pour Sean lui semblant inutile, il gardait ses pensées pour lui.

Adriana examina les noms sur la première colonne. N'en ayant reconnu aucun, elle revint à la page précédente pour afficher une autre colonne. Trouverait-elle ainsi les noms figurant sur le document de Sainte-Hélène ? Elle avait déjà envie de crier victoire, mais elle préféra s'abstenir. Elle devait rester concentrée.

La deuxième colonne ne l'ayant menée à rien non plus, elle revint de nouveau à la page principale. Elle fut tentée de tout arrêter, mais se dit qu'elle devait faire preuve de minutie. Elle leva les yeux vers Tommy.

« Cherche les noms gravés sur l'Arc de triomphe », dit-elle sur un ton un peu plus autoritaire qu'elle ne l'avait souhaité. En un moment comme celui-là, Tommy n'avait cependant pas besoin de gentillesses ni de conventions sociales, et il ne se formalisa pas de l'absence du mot magique.

« OK. Tu tiens une piste ?

— Je crois », dit-elle en haussant les épaules.

Wagner quitta son écran pour celui de Tommy, qui en était à saisir les mots-clés. Les résultats s'affichèrent, et ils les regardèrent tous les deux.

« Apparemment, ce sont des noms de personnalités de la Révolution et de l'Empire, dit Tommy.

— Certains sont morts au combat, précisa Wagner. Beaucoup d'entre eux ont été généraux dans l'armée de Napoléon. »

Adriana sentit les battements de son cœur s'accélérer. Elle examina la troisième, la quatrième, puis la cinquième colonne, et ainsi de suite jusqu'à la dernière.

Ses épaules s'affaissèrent, et elle poussa un soupir déçu. Les trois noms qu'elle cherchait ne figuraient nulle part.

Était-elle allée trop vite ?…

Elle reprit les photos une par une, examinant chacune des colonnes avec attention et se contraignant à lire tous les noms dans leur ordre d'apparition, de haut en bas. Elle se servit même de son doigt, car elle craignait d'en avoir raté quelques-uns la première fois. Elle n'était pas du genre négligent, mais son efficacité légendaire ne la rendait pas pour autant infaillible. Elle aussi faisait des erreurs, dont elle essayait tant bien que mal de limiter les dégâts.

Elle était arrivée vers la moitié de la liste quand elle eut soudain le souffle coupé. Elle ne put ni déglutir, ni respirer, ni rien dire pendant une minute. Puis tout lui revint d'un seul coup.

« Messieurs, je crois que je tiens le bon bout ! » annonça-t-elle après avoir pris une profonde inspiration.

Tommy chercha des yeux l'écran d'Adriana. Wagner aussi, qui, quant à lui, avait cessé toutes ses recherches.

« Le bon bout ? demanda Tommy.

— Voyez par vous-mêmes. »

Ils voulurent se lever pour faire le tour, mais Adriana tendit son téléphone à Tommy, qui le posa à mi-chemin entre Wagner et lui pour qu'ils puissent le regarder ensemble.

Tommy cligna des paupières pour s'assurer qu'il n'avait pas la berlue. Les noms gravés dans la pierre n'ayant pas changé dans l'intervalle, il fut submergé par une vague d'excitation et, plus que tout, par un immense espoir.

« Bingo ! dit-il. Les trois noms, et un quatrième au milieu. Ça ne peut être que ça. »

Le nom manquant était celui de Berthier.

Wagner se mit à tapoter sur son clavier numérique.

Tommy rendit le téléphone à son amie et saisit immédiatement ce nouveau mot-clé sur son ordinateur. Ses doigts volaient au-dessus du clavier. Deux secondes plus tard, le temps que la connexion Wi-Fi se rétablisse, une nouvelle liste de résultats s'afficha.

Tommy cliqua sur le premier en faisant signe à Adriana de venir le rejoindre.

Une quantité impressionnante de ressources était apparue concernant cet homme, sur qui Napoléon s'était reposé dans ses projets de conquête mondiale.

Berthier était né le 20 novembre 1753 et mort le 1er juin 1815. Selon le premier résultat, trouvé sur un site encyclopédique particulièrement populaire, Louis-Alexandre Berthier était un général devenu maréchal d'Empire, prince souverain de Neuchâtel, vice-connétable de Napoléon, premier prince de Wagram. Il avait aussi été chef d'état-major.

Tommy passa au site suivant. Berthier apparaissait comme l'un des hommes les plus influents sous l'Empire, et Napoléon semblait avoir tenu en très haute estime son talent de stratège et ses compétences militaires.

Il était mort dans des circonstances mystérieuses quelques jours avant la bataille de Waterloo.

« Voilà notre énigme enfin résolue, dit Adriana.

— Laquelle ? Il y en a plusieurs.

— Tu te souviens que Napoléon s'inquiétait au sujet de la bataille de Waterloo. Il craignait de subir une défaite en l'absence de son atout le plus puissant. Cet atout, ce serait Berthier. Selon ce site, ajouta-t-elle en désignant l'écran, Napoléon regrettait qu'il ne soit pas là pour l'aider à dresser son plan de bataille. Il semble s'être reposé si lourdement sur Berthier que, sans lui, il se croyait perdu.

— Et il était question d'une éternelle victoire, ajouta Tommy. On comprend donc que ces quatre noms aient été gravés sur l'Arc de triomphe, surtout celui de Berthier.

— Très juste, confirma Adriana. Napoléon l'a érigé comme un hommage éternel à tous ceux qui l'ont servi loyalement dans ses conquêtes. »

Tommy était tout fier du lien qu'il avait établi.

« Ne jubile pas trop vite non plus. On ne sait toujours pas où se trouve l'anneau. Ça m'étonnerait qu'il soit dans l'Arc de triomphe !

— Ce n'est pas impossible, dit Wagner, qui n'avait pas ouvert la bouche depuis longtemps. Napoléon peut tout à fait y avoir caché la relique, mais il faudra bien étudier la question avant de commencer à faire des trous.

— Je suis du même avis qu'Adriana, dit Tommy en secouant la tête. Je ne pense pas qu'elle y soit.

— Pourquoi ?

— Ce serait trop facile. Rien n'a été facile dans cette mission. Rien ne l'est jamais. Une chose que j'ai apprise dans ma carrière, c'est que, lorsqu'une piste est trop facile, soit elle est fausse, soit elle cache quelque chose.

— D'accord, dit Wagner. Alors, où est la relique ? »

Tommy garda les lèvres closes, mais un sourire vint titiller le coin de son œil droit.

« Je crois que je sais, mais je vais devoir passer un ou deux coups de fil pour vérifier. »

37

PARIS

Chaque fois que Sean cherchait à percer le brouillard, ses paupières raclaient ses yeux comme du sable. Il régnait une affreuse odeur, pas une odeur de moisi comme celle des ordures ou de la viande en décomposition, mais, tout à l'autre bout du spectre, une odeur âcre et caustique, brûlant les narines et rappelant l'eau de Javel ou l'ammoniac, en plus fort. Une sorte d'immonde solution stérile. Était-ce une pointe d'iode qui surnageait ?

Il serra les paupières pour réhumidifier ses yeux et chasser peu à peu l'irritation. Un léger mal de tête partait de l'arrière de son crâne, mais restait supportable. Sean s'était déjà réveillé plusieurs fois en lieu inconnu après avoir été drogué ou assommé. Il l'admettait : ce réveil était l'un des moins pénibles.

Ayant retrouvé l'usage de ses yeux, il regarda autour de lui pour réunir autant d'éléments que possible, un réflexe aussi naturel chez lui que la respiration. Il comprit qu'il se trouvait dans une sorte de vieille salle de conférence. La baie vitrée sur sa droite courait sur toute la longueur, du sol au plafond.

Il s'efforça de distinguer des formes derrière les lames des stores, en pure perte, même s'il sentait que le bâtiment donnait sur une rue très fréquentée. À en juger par les bruits du dehors, il ne se trouvait pas au rez-de-chaussée, mais plutôt au cinquième ou sixième, voire au huitième ou neuvième étage.

De toute façon, cela ne changeait pas grand-chose à sa situation. Il fallait qu'il sache où il était et pourquoi on l'avait emmené là, et la deuxième question était moins difficile que la première. Bodmer, la taupe, était responsable du meurtre du cardinal Jarllson et plus généralement de toute cette catastrophe, mais ce n'était pas lui qui était derrière l'opération. Il n'était jamais qu'un pion, puissant, intelligent, mais un pion.

Bodmer les avait manipulés comme autant de marionnettes, et Sean était désormais en captivité. Que lui réservaient les Teutoniques ? Il se doutait que ce ne serait pas agréable, et le minimum était de leur faire des agaceries, sinon physiquement, du moins verbalement.

Des heures semblèrent s'écouler avant qu'il n'entende des pas dans le couloir.

La salle était entièrement dénuée de meubles, à part le fauteuil où il était installé, certes bien rembourré, mais pas au point de donner envie d'y être attaché par des tonnes de ruban adhésif.

Deux portes ouvraient sur la salle, et Sean pouvait voir à travers celle qui se trouvait à l'autre bout. Il y avait des bureaux et des caissons à tiroirs empilés le long d'un mur dans ce qui ressemblait à une salle autrement plus vaste, elle aussi avec baie vitrée.

Il semblait se trouver dans un immeuble de bureaux désaffecté, mais pourquoi l'avait-on emmené là ? Et qu'y faisaient les Teutoniques ? Il passa en revue les hypothèses.

Leur but était sans doute de l'emmener loin de la capitale, mais ils semblaient être encore à Paris. Les bruits du dehors suggéraient une métropole. Paris était l'option la plus évidente, mais il pouvait tout aussi bien avoir été transporté ailleurs en avion.

Cela n'avait pour le moment aucune incidence sur un éventuel plan d'évasion.

Sean repoussa ces pensées distrayantes et se mit à tortiller ses bras et ses poignets. Il savait que ses efforts seraient vains, mais il se devait d'essayer. Non seulement il était attaché au fauteuil, mais il avait aussi les poignets liés l'un à l'autre, et la bande adhésive, en rentrant dans sa peau, lui coupait la circulation. Même chose pour les chevilles. Bodmer savait parfaitement à qui il avait affaire – Sean était dangereux, sans doute plus dangereux qu'aucun de ses adversaires jusque-là –, et il n'aurait pas la bêtise de lui laisser la moindre lueur d'espoir ni la moindre chance de s'échapper.

Sean devait lui reconnaître une certaine intelligence, ce qui ne l'empêcherait pas de le tuer dès qu'il pourrait quitter son fauteuil de bureau.

Il avait résolu la question des scrupules. Il ne tuait que lorsqu'il le fallait, lorsqu'il n'y avait pas d'autre option, mais, avec Bodmer, les dés étaient déjà jetés. Bodmer avait signé son arrêt de mort en trahissant Sean et ses compagnons et en poignardant dans le dos un cardinal innocent dont il devait assurer la protection.

Sean en était malade, et il n'avait pas l'habitude. Il avait une capacité innée à chasser ce genre d'émotions, et c'était ainsi qu'il avait survécu jusque-là et qu'il avait accompli tant de missions qu'un agent moins capable eût sans doute sabordées.

Il eût réagi de la même manière si la victime avait été un enfant innocent ou un complet inconnu, mais un cardinal ? Un homme de rang ? Un religieux aimé de ses fidèles ? Rendre justice n'en était que plus nécessaire, et toute pitié était exclue.

Malheureusement, l'heure du verdict devrait attendre encore un peu.

Il soupira, contrarié, et, en tortillant ses doigts de pied, réussit à déplacer son fauteuil de quelques centimètres en direction de la baie vitrée. Il ne pouvait rien remuer d'autre que ses orteils, mais il pouvait tendre le torse, et, en combinant l'un et l'autre, il put se rapprocher plus rapidement. Lorsqu'il fut arrivé à hauteur de la baie vitrée, son genou cogna contre un store, et tout le mécanisme se mit à onduler lentement de part et d'autre.

Sean put ainsi regarder par la fente à un moment où le store faisait un écart. Il avait vu juste. Il était bien à Paris.

Le store vint à nouveau taper contre la baie vitrée avant de s'éloigner, cette fois, pendant une ou deux secondes qui permirent à Sean d'apercevoir, en face, une horloge sur un bâtiment.

En partant du principe qu'il avait été enlevé le jour même, il n'était resté inconscient que trois heures. Quoique désastreuse, la situation aurait pu être bien pire.

Il n'était pas tombé entre les mains d'un amateur ni d'une bande de dilettantes. Il avait déjà eu affaire à des professionnels, à des mercenaires, à des guerriers formés aux méthodes ancestrales et aux arts martiaux dans des sectes secrètes. Il avait également été confronté à des fous, même s'ils étaient ordinairement plus faciles à mater que leurs larbins. La partie, cette fois-ci, serait sans doute plus difficile.

Bodmer était un agent de sécurité et un guerrier d'élite, et, en tant que membre de l'ordre Teutonique, il devait avoir un niveau d'entraînement particulièrement élevé. S'il était inutile de faire des conjectures, Sean sentait qu'il passait le plus clair de son temps, comme le cerveau de l'opération, à perfectionner sa technique dans tous les arts de combat possibles et imaginables.

« La vue est belle ? »

La voix, familière, résonna dans la salle vide, entre les dalles de marbre noir et le plafond d'une blancheur clinique.

« Rien d'admirable, commandant, répondit Sean. Dites, quitte à séquestrer vos associés dans des immeubles désaffectés, vous pourriez au moins les choisir près de la tour Eiffel, avec vue sur un parc, un truc comme ça…

— Vos plaisanteries finiront par vous étouffer, Sean, dit Bodmer.

— Ah, mais pardon : vous croyez que je plaisantais, mais avez-vous au moins regardé ? Rien d'admirable, je vous le disais bien.

— Je vois ce que vous vouliez dire, commandant. »

Cette nouvelle voix, plus grave, avait des accents de baryton.

Sean tourna la tête tant bien que mal vers l'entrée et vit apparaître à côté de Bodmer la silhouette d'un homme de dix ou quinze ans de plus que lui, à la barbe et aux cheveux poivre et sel. Comme Bodmer, il était en excellente condition physique, et son costume paraissait trop étroit pour ses larges épaules et ses muscles bandés. Et – fait auquel Sean ne resta pas insensible – il était entièrement vêtu de noir : costume, chemise, chaussures, tout était noir.

« Ah ! Un ami ? En voilà un qui aime bien le noir, dites donc !

— Vous savez qui je suis, annonça froidement Berger.

— En tout cas, je ne pense pas vous avoir rencontré. Je crois que je m'en souviendrais. Vous avez déjà songé à d'autres couleurs pour votre garde-robe, ou c'est comme qui dirait une affaire de goût personnel ? »

Bodmer et Berger se tournèrent lentement l'un vers l'autre, échangeant un regard gêné.

« Et pourquoi du XS ? Ils n'avaient pas plus grand ? Il faut arrêter d'aller au rayon ado.

— Vous savez pourquoi nous sommes là, continua Berger. Vous me feriez plaisir en nous donnant ce que nous cherchons et qui nous revient de droit.

— De droit ? Moi qui croyais qu'il appartenait aux Hospitaliers ! Vous savez, les chevaliers de Malte ?

— Nos anciens alliés, comme les Templiers. Ils étaient de notre côté, non contre nous. Ils n'existent plus sous leur forme d'origine. Leurs ordres ne sont plus que des coquilles vides, des symboles creux dans un océan de lâcheté. Mais, contrairement à eux, nous avons conservé toute notre force.

— Vous m'avez l'air bien informé, dites donc... », persifla Sean.

Berger marqua une certaine curiosité, mais préféra ne pas réagir. Il ne souhaitait pas discuter, seulement obtenir une information.

« Où est l'anneau ? Dites-nous où il se trouve, Sean. Vous aurez l'honneur d'une mort rapide. »

Sean ricana, puis se retourna face à la baie vitrée. « Navré, les gars. Je vais avoir un torticolis si je continue à tourner la tête comme ça. » Là-dessus, il se démena dans son fauteuil pour le faire pivoter du côté gauche. « Si au moins j'arrivais à... le faire tourner... pour vous avoir en face... Ah ! s'écria-t-il, comme si l'exercice l'avait épuisé. Voilà, c'est mieux. Oui ? Vous disiez ?

— L'anneau, Sean. Où est-il ? » Le grondement sourd dans la voix de Berger reflétait son irritation, qui augmentait de seconde en seconde.

« Ah, mais Lucien, je n'avais pas compris qu'on s'appelait par nos petits noms ! Vous m'en voyez navré – ou pas, d'ailleurs –, mais votre anneau, je ne sais pas où il est. Votre larbin – Gabriel, pour ne pas le nommer – m'a enlevé avant que je mette la main dessus. Un peu ballot, vous ne trouvez pas ? Maintenant, c'est vrai que je peux aussi vous y emmener. »

Berger fronça le sourcil. « Nous savons parfaitement que vous n'en ferez rien. »

Sean partit dans un grand éclat de rire. Il espérait gagner du temps et trouver un moyen de se libérer de ses liens, même s'il savait pertinemment que Bodmer et Berger le couperaient en morceaux à la moindre tentative. S'il décelait une faiblesse dans la couche de ruban adhésif, il faudrait qu'il attende un peu, mais il voyait aussi de plus en plus clairement que, sans outil ni couteau, il ne quitterait jamais son fauteuil, à moins d'en être libéré.

« Et vous n'avez pas tort ! avoua Sean. Mais vous savez aussi que la torture ne vous mènerait à rien. Même dans les pires souffrances, je ne dirai rien !

— Vous m'en voyez bien convaincu, lui répondit Berger. Pourtant, par pur principe, nous allons essayer. »

Sean déglutit lentement. Il redoutait cette éventualité. Malgré toutes ses fanfaronnades, il voyait ses deux tortionnaires comme des experts ès cruautés. Il avait déjà subi plusieurs formes de torture, le simulacre de noyade étant la pire de toutes. Ce souvenir le fit frémir. Il espérait que Berger n'y recourrait pas. Il ne parlerait pas. Il souffrirait le martyre aussi longtemps qu'ils décideraient de continuer.

« Et si je vous surprenais ? Et si j'avais envie de vous dire où se trouve l'anneau, du moment que vous me promettez de laisser mes petits amis tranquilles ? »

Bodmer rit à son tour, mais brièvement. Il n'avait rien dit depuis l'arrivée de Berger, comme Sean n'avait pas manqué de s'en apercevoir.

« Ouh, commandant ! On ne vous entendait plus. Vous n'avez pas le droit de parler quand papa est là ? »

Bodmer fit de son mieux pour ne pas paraître blessé, mais Sean vit qu'il avait touché un point sensible. Ses pupilles se rétrécirent un peu, mais il ne desserra pas les lèvres.

« N'essayez pas de semer le trouble, Sean. Pour répondre à votre question : vous savez bien que nous ne pouvons pas vous donner une garantie pareille. Vos amis périront de toute façon.

— Encore faudra-t-il que vous les trouviez. »

Berger répondit à cette insinuation par un sourire en coin. « Savez-vous au moins de quoi vous parlez ? Avez-vous même idée de notre pouvoir, de notre réseau, tissé, entretenu de siècle en siècle ? Nous trouvons qui nous voulons, quand nous voulons. Vos amis ne feront pas exception, et, une fois capturés, ils mourront d'une mort lente et douloureuse – comme vous, sauf que vous les verrez d'abord. »

Telle était donc leur raison pour le garder. Sean savait qu'ils cherchaient une information, mais ils se trompaient. Il ignorait où était l'anneau. Le seul élément nouveau qu'il avait trouvé était le blanc dans le document de Sainte-Hélène. Ce document n'était pas en sa possession, et, sans lui, il lui était impossible de savoir exactement si cette information pouvait les aider à trouver l'anneau. Il avait facilement mémorisé les noms, même s'il gardait encore ce petit détail pour lui-même.

Il réfléchit soudain à quelque chose. Peut-être ne sortirait-il pas vivant de cette histoire, mais il pouvait au moins gagner du temps pour permettre à ses amis de trouver l'anneau, ou au moins de quitter le pays.

Une ruse un peu sommaire se dessina dans son esprit. Il fallait qu'il choisisse un lieu, n'importe lequel, mais chargé d'une dimension historique. La tour Eiffel ? Pas très original. Il valait mieux rester plus prudent. C'était un jeu dangereux.

« Si je vous dis où est l'anneau, vous arriverez peut-être les premiers, mais, dans ce cas, je veux que vous me juriez que vous ne leur ferez pas de mal. »

Berger traversa la salle d'un pas nonchalant, et, arrivé devant la baie vitrée, actionna la baguette commandant le store, qui pivota, révélant la vue sur la rue et les bâtiments qui les entouraient.

« Non, dit-il en regardant pensivement au-dehors.

— Non, quoi ?

— Je ne peux pas vous faire confiance. Vous avez trop à cœur de les protéger, et vous vous feriez une joie de me mener en bateau. » Il poursuivit, empêchant Sean de l'interrompre. « Certes, je ne suis pas insensible à votre… engagement, mais je ne peux pas prêter un serment pareil. Et, d'ailleurs, comment pourriez-vous me faire confiance ? »

Il croisa ses deux mains derrière son dos, puis tourna légèrement la tête et regarda Sean du coin de l'œil. « Hmm ? dit-il simplement, au lieu de réitérer la question.

— Je n'ai aucune confiance en vous, mais vous êtes un homme de Dieu, oui ou non ? Les serments sont sacrés. C'est par serment que votre ordre a jadis juré de protéger l'Église.

— Hmm. » Berger se retourna face à la baie vitrée et resta un moment comme absorbé dans ses pensées. « Vous croyez peut-être pouvoir me manipuler ? » Sa voix était étrangement calme. « Je mesure toute l'étendue de vos compétences et de vos stratégies pour obtenir ce que vous désirez. Ce n'est pas pour rien que vous vous êtes dirigé d'abord vers des études de psychologie, n'est-ce pas ? »

Sean ne répondit pas.

« Vos efforts ne vous serviront à rien.

— Alors, ce sera mon poing en travers de la figure. »

Berger faillit s'étrangler de rire. « Je n'en doute pas, Sean. C'est ainsi que vous réglez la majeure partie de vos problèmes – à coups de poing ou au revolver.

— C'est vrai que, quitte à choisir – mais j'ai rarement ce luxe –, je préférerais encore vous tirer une balle dans la tête. »

Berger le regarda d'un air sceptique. « Peut-être. Mais peut-être que non ? »

Cette question laissa Sean perplexe, mais Berger s'éloigna de la baie vitrée sans lui laisser le temps de répondre et repartit à l'autre bout de la pièce. Il resta un moment à côté de l'entrée, les yeux sur un vieux bras de télévision qui était encore vissé au mur.

« Où est l'anneau ? Je pense que vous voyez maintenant que, quel que soit le scénario, vous ne pourrez pas gagner à ce petit jeu. Le seul moyen de sauver vos amis est de me dire où se trouve l'anneau. Si vous le faites, mon chemin ne rencontrera peut-être pas le leur. Si vous ne le faites pas, je les traquerai et les éliminerai un par un. D'abord Wagner. Ensuite votre ami Tommy, que je ne manquerai pas de faire souffrir, même si je garderai le meilleur pour la fin. »

Sean ricana. « Nous y voilà ! C'est la scène où vous menacez de faire du mal à ma femme, et là, je suis censé être secoué, perdre tous mes moyens et, immanquablement, cracher le morceau. »

Berger avait pourtant raison. Il avait joué toutes ses cartes, sauf une, qui lui ferait de toute façon perdre la main. Il baissa la tête, abattu.

« Alors ? »

Adriana ne ferait pas une proie facile pour Berger, malgré toutes ses compétences. Sean surmonta donc ses hésitations. S'il voulait aider ses amis, il devait lancer Berger et Bodmer sur une fausse piste. Il n'avait qu'une seule chance. S'ils s'apercevaient de son mensonge, ils le tueraient sans hésiter.

Vite, il fallait trouver un lieu. Une idée émergea dans le brouillard de son esprit.

C'était le lieu idéal – sauf, bien sûr, si l'anneau s'y trouvait réellement, mais il fallait courir le risque. En tout cas, le choix paraissait crédible.

« Il est à Notre-Dame », déclara-t-il d'une voix neutre et dénuée d'émotion.

Berger fronça le sourcil, puis pencha la tête.

« Vous êtes sûr ? » Le Grand Maître semblait peu convaincu.

Sean avait l'impression qu'il lisait dans son âme et voyait son hypocrisie.

« On ne pourra pas le savoir tant qu'on n'y sera pas allés. »

Une vibration l'interrompit soudain. Bodmer, qui se tenait toujours dans l'entrée, la mâchoire serrée, sortit un téléphone de la poche de sa veste noire. C'était le téléphone de Sean.

« Ah ! dit Berger, il semblerait que vos amis essaient de vous joindre. Est-ce bien cela, commandant ?

— C'est Tommy », répondit Bodmer en hochant la tête.

Sean se mordit la langue. La première tentation fut de les mettre en garde et de leur dire de ne pas décrocher, mais il savait que ce serait en pure perte.

« Décrochez. Je suis très curieux de savoir si les petits amis de Sean sont arrivés à la même conclusion. »

Bodmer appuya sur le bouton vert et rapprocha le téléphone de son oreille. « Mais c'est le retour de l'enfant prodigue ! s'exclama-t-il dans l'appareil.

— Sérieux ? répondit Tommy. Vous n'avez trouvé que ce vieux cliché ? J'attendais mieux de vous, Bodmer. Vous avez dû voir trop de films d'espionnage. Vous feriez bien de vous aérer un peu l'esprit.

— Qu'avez-vous à nous dire, Tommy ? répondit Bodmer en décidant d'ignorer ses agaceries. Vous savez que nous avons Sean. Si vous appelez son téléphone, c'est que vous avez une information qui nous intéresse, ou que vous voulez nous faire une proposition pour qu'on lui laisse la vie sauve. »

Sean ne changea pas d'expression. Il n'écarquilla pas les yeux comme pour les supplier de l'épargner. Il se savait surveillé de près, et il ne comptait pas céder un pouce de terrain.

« Magnifique, dit Tommy sur un ton plus venimeux que jamais. Quelle perspicacité !

— Les choses sont simples. Il nous faut l'anneau de saint Jean-Baptiste. Donnez-le-nous, et on verra combien de membres Sean pourra garder. » Il laissa la menace faire son effet, sachant que Tommy se demanderait s'ils lui avaient déjà coupé un doigt ou prélevé un organe.

La réponse de Tommy fut précédée d'un son rauque. « Je vais vous dire quelque chose, commandant. Vous êtes fini. Vous comprenez ? Et je ne parle pas seulement de votre carrière dans la Garde suisse, que vous comptiez sans doute laisser derrière vous en vous engageant dans cette voie. Je vais tâcher d'être parfaitement clair. Si vous touchez ne serait-ce qu'un cheveu de Sean, je détruis cet anneau. Si vous mentez, je détruis cet anneau. Si vous me mettez en colère, pareil. Et après, je vous détruis, vous. Vous m'avez bien compris ? Vous êtes fini. »

Là-dessus, la voix de Tommy s'éteignit dans un ricanement.

*

Adriana fut prise au dépourvu par cet obscur discours. Elle n'avait pas souvent vu son ami dans cet état, même si, avec sa petite tirade, il avait exprimé ses sentiments mieux qu'elle n'aurait su le faire elle-même.

La voix de Bodmer ne revint dans l'appareil qu'après une longue pause. « Où fixerons-nous le rendez-vous ? »

Tommy échangea un regard avec Adriana et Wagner, comme s'ils avaient entendu la question. Il réfléchit à toute allure, puis répondit : « À l'Arc de triomphe. Je préférerais que vous ne veniez pas armé, mais comme je sais que vous êtes dans le même cas, venez comme vous êtes.

— Très bien. Ah, et… Tommy ? Une fois que tout cela sera terminé, vous n'en aurez plus pour longtemps. »

Bodmer raccrocha avant que Tommy puisse exprimer sa colère. Hors de lui, ce dernier dut se calmer en faisant des exercices de respiration. Il savait que la rage qui lui soulevait la poitrine ne lui apporterait rien de bon, mais il lui fallut la contenir un peu avant de partir.

« Où est le rendez-vous ? demanda Adriana.

— Le rendez-vous ? répéta Wagner d'un air inquiet. Vous leur avez dit que nous avions l'anneau, mais nous ne l'avons pas. Si on y va sans rien, ils vont nous tuer.

— Mais sinon, ils vont tuer Sean.

— C'est sans doute déjà fait. »

Wagner regretta aussitôt ces paroles. « Pardon, dit-il.

— Sean est vivant, je le sais, dit Tommy, les narines gonflées. On n'a pas le choix, il faut qu'on aille au rendez-vous pour le récupérer.

— Vous ne croyez tout de même pas qu'il sera là ?

— Non. Mais l'anneau non plus. »

38

PARIS

Adriana, Tommy et Wagner attendirent que le taxi soit reparti. Ils n'étaient pas aussi bien armés qu'ils l'auraient voulu, et, avec leurs trois pistolets, ils n'avaient rien d'impressionnant, même s'ils risquaient – encore – la prison.

Le ciel au-dessus de leurs têtes était brouillé aussi bien par l'humidité croissante que par la pollution lumineuse de la capitale en cette fin d'après-midi. Des nuages glissaient indolemment, par paquets. Déjà rôdait une faune très différente de celle de la journée, mais ils savaient qu'ils avaient rendez-vous avec des monstres plus effroyables que les bêtes fantastiques des contes merveilleux. Peut-être auraient-ils d'ailleurs préféré rencontrer des vampires, des loups-garous ou des dragons. Les êtres humains pouvaient s'avérer bien pires.

L'Arc de triomphe ne se trouvait plus qu'à quelques dizaines de mètres. Un grand drapeau français flottait sous l'arche, et les trois couleurs, bleu, blanc et rouge, étaient projetées alternativement sur le monument. Les visites étaient terminées, mais de nombreux touristes étaient encore dans les parages, prenant des photos, blaguant, posant... Enfin, de vrais touristes.

« C'est parfait, dit Tommy. Il y a encore du monde. Berger n'osera sans doute pas engager une fusillade au milieu de la foule. »

Wagner regarda Tommy sans rien dire. Il n'eut pas besoin de parler : son regard était assez éloquent. Rien n'arrêterait Berger, certainement pas le souci de dommages collatéraux.

« Le voilà », dit Adriana sans le montrer du doigt, préférant rester discrète.

Tommy et Wagner suivirent son regard et aperçurent bientôt le chef de l'ordre Teutonique adossé à l'un des quatre piliers.

Son visage était plongé dans l'obscurité. Les phares des voitures qui passaient, les flashs des appareils et même les projecteurs éclairant le monument paraissaient l'éviter, seules de furtives lueurs osant approcher son visage.

D'une taille bien supérieure à un mètre quatre-vingts, il avait les bras croisés dans la pose de l'observateur.

« Il va falloir aller lui parler », dit Tommy, qui attendit un mouvement de tête d'Adriana pour se mettre en route.

Ils longèrent le trottoir d'un pas décidé, en étudiant leur environnement. Adriana vit un couple qui s'embrassait derrière un mince tronc d'arbre, sur la gauche. Près des deux amoureux se dressait la vague silhouette d'un homme, presque un fantôme, qui ne leur prêtait aucune attention, ne regardant que les trois compagnons. Sur la droite, près d'un banc public, Adriana repéra un deuxième observateur. Le temps qu'ils soient arrivés à la base du monument, elle en avait compté dix-neuf en train d'épier leurs moindres faits et gestes, ce qui ne voulait pas dire qu'il n'y en avait pas une douzaine d'autres à l'affût autour du rond-point ou plus loin, prêts à sortir de l'ombre au moindre signal.

Elle n'aimait pas s'exposer ainsi, comme une proie facile. Dans ce genre de situation, ils ne devaient leur vie qu'à une seule chose : la retenue.

Berger savait aussi que, s'il les tuait, il ne verrait jamais ce qu'il était venu chercher. L'anneau serait perdu, si du moins ils l'avaient laissé dans sa cachette – mais il ne les croyait pas assez bêtes pour avoir apporté avec eux cette relique inestimable. Il leur accordait au moins ce crédit. Lui-même s'était bien gardé d'amener Sean.

Le Grand Maître n'avait pas changé de position lorsqu'ils arrivèrent. Adriana ralentit et laissa Tommy passer devant elle, conformément au plan qu'ils avaient mis au point en chemin.

Tommy s'arrêta à quelques pas de l'endroit où se tenait Berger, qui le jaugea d'un seul regard. Plus petit que lui, Tommy compensait les centimètres qui lui manquaient par une puissance farouche. À force de musculation et d'entraînements, il avait sculpté son corps, dont la structure solide pouvait aussi bien encaisser les coups que les infliger.

« Je devine que vous êtes armés, dit Berger d'un air nonchalant.

— Je croyais que les devinettes, c'était pour les enfants, répondit Tommy, satisfait de sa petite plaisanterie.

— Ah. En tout cas, voilà », répondit Berger en ouvrant son mince caban de manière à révéler un pistolet de calibre .45 à sa hanche. Il était téméraire de porter ainsi une arme à feu en plein Paris, mais il était clair que Berger n'avait pas peur des policiers. Il en avait sans doute un grand nombre à sa solde, et Tommy se demanda comment ils avaient pu sortir vivants du commissariat de Rueil-Malmaison.

« On savait que vous seriez armé. Et accompagné, dit Tommy en tournant les yeux vers la gauche, comme pour signaler un danger.

— En effet, j'ai amené des hommes, répondit Berger sur un ton aussi neutre que s'il avait voulu rappeler à Tommy qu'on était le lundi 15 avril 2019. J'ai fait en sorte que vous les voyiez pour que vous sachiez à qui vous avez affaire. Je ne voulais pas que vous fassiez de bêtises. »

Tommy se força à rire, mais il n'était pas d'humeur joyeuse. Il avait des craintes pour tous les touristes qui prenaient des photos.

« Je ne veux pas de fusillade ici, dit Tommy, qui n'eut pas besoin de se retourner pour sentir Adriana et Wagner se resserrer derrière lui.

— Non, moi non plus, fit Berger en balayant du regard le rond-point autour de lui, comme pour présenter le quartier. Tant d'innocents… Ce serait affreux s'ils tombaient sous des balles perdues. »

Tommy se demanda si Berger était sarcastique. Il ne semblait pas avoir ce genre de scrupule. D'ailleurs, Tommy le savait : il n'en avait aucun. Son seul souci était de récupérer l'anneau de saint Jean-Baptiste. Et après ? Difficile de le deviner.

Tommy savait qu'il jouait un jeu dangereux et qu'il ne pouvait pas présumer de ses chances. Il plissa les paupières, cherchant comment enchaîner, mais ce fut Berger qui parla le premier.

« Je vois que vous vous êtes embarrassé d'un poids mort, dit-il en tournant la tête du côté de Wagner. Vous teniez à avoir votre Grand Maître, vous aussi ? Il vous a raconté qu'il voulait rapporter l'anneau à Saint-Jean de La Valette pour le mettre dans son reliquaire ? Vous a-t-il convaincu que sa place se trouvait sur l'île de Malte ?

— Ne va pas nous faire croire que tu es animé par autre chose que la cupidité et que tu n'as pas détourné la vérité historique à tes fins ! » s'étrangla Wagner.

Berger pencha la tête en arrière dans un faux éclat de rire. « Mais allez donc. Ce petit rocher dans la Méditerranée ne mérite pas une si puissante relique. Ils l'ont déjà perdue une fois. Si elle y retourne, elle disparaîtra encore. Elle sera plus en sécurité auprès de moi, qui sais d'où vient sa véritable force. »

Tommy voulait faire durer cet échange avec Berger, histoire de gagner un peu de temps. Il regarda autour de lui comme s'il attendait un miracle, tout en sachant que celui-ci ne viendrait pas. Berger avait déployé ses hommes avec stratégie, et, au moindre incident, tous s'abattraient sur eux avec une fatale efficacité. Même s'ils s'en sortaient, ils auraient ensuite du mal à retrouver Sean.

« Je suppose que le moment est venu de vous demander où est Sean ? dit Tommy d'un air malicieux. Vous me demandez où est l'anneau, et je vous réponds que nous ne l'avons pas. »

Berger arqua légèrement les sourcils, mais ne répondit rien.

« Ensuite, on négocie un peu, et on finit par conclure un marché : vous me montrez une photo ou une vidéo de Sean, une preuve qu'il est sain et sauf, et je vous dis où est l'anneau.

— Impeccable. Zéro bla-bla. Pas de temps perdu. La négociation idéale.

— Le temps est le seul bien qui nous soit donné en quantité limitée. Pourquoi le gâcher par des badinages et des discussions sans intérêt ? Vous voulez l'anneau, et nous, Sean. Dites-nous où il est. Donnez-moi une preuve, et je vous dirai ce que vous voulez savoir. »

Berger eut l'air de réfléchir un moment à cette offre. Sur le rond-point, une berline passa fenêtres baissées, diffusant la chanson d'un célèbre DJ.

« Une preuve ? Quel genre de preuve ? Vous voulez que je vous dise où est Sean pour pouvoir partir sans me dire où est l'anneau ? Très peu pour moi.

— Alors, on est dans une impasse. À vous de me faire confiance, sur ce coup, dit Tommy.

— Devons-nous vraiment en passer par là ? répondit Berger sans grande conviction. Pas sûr. Non, vous voyez, je crois que je vais plutôt vous embarquer pour vous obliger à tout avouer.

— Tout le monde le saurait. Mieux vaut éviter le scandale. En plus, si vous nous faites le moindre mal, vous pouvez toujours vous brosser pour qu'on vous dise où est l'anneau ! Mais, qui sait ? Un futur Grand Maître pourra retenter sa chance, disons… dans quatre cents ans ?

— Ne vous donnez pas la peine de me rappeler les enjeux de cette histoire. Il y a juste un problème avec votre plan.

— Un problème ? Lequel ?

— Vous n'avez pas idée du plaisir que j'aurai à vous torturer pour obtenir les informations que nous cherchons. Cela vous laisse deux possibilités, Thomas : soit vous me faites confiance et vous me dites tout de suite ce que je veux savoir, soit vous vous préparez à essuyer une petite fusillade, avec les accidents que cela comporte – vous savez, toutes ces personnes innocentes dont vous vous inquiétiez. De toute façon, vous finirez de la même manière, et, une fois que vous aurez été cernés, capturés et transportés dans une résidence des Teutoniques, plus rien ne pourra vous sauver. Même en possession de l'anneau, je torturerai vos amis sous vos yeux, jusqu'à la mort. Une mort lente, je vous le promets. J'en fais le serment. »

Ces menaces flottèrent dans la moiteur du soir printanier.

« Toujours le même talent pour la négociation ! dit Wagner, qui commençait à en avoir assez.

— Je me demandais quand tu ouvrirais la bouche, Bertrand. »

Adriana regarda autour d'elle. Et Bodmer ? se demandait-elle soudain.

« C'en est fini de ta cupidité et de ton désir de vengeance, Lucien, poursuivit Wagner. Tu crois que l'anneau va t'apporter la richesse et la gloire, mais là n'est pas son but.

— Ah, mais je sais très bien quel est son but, mon vieil ami. »

Tommy se demanda depuis quand ils se connaissaient, mais ce n'était pas le moment de leur poser la question, et Wagner ne lui en laissa pas le temps.

« Tu crois qu'il te suffira de l'emmener à Rome pour prendre le pouvoir sur le Saint-Siège, qu'il te rendra maître du Vatican et, par là même, de toute la chrétienté.

— Et je n'ai pas tort ! Tu le verras d'ailleurs de tes yeux, sauf si tu me forces à te tuer.

— À me tuer ? s'esclaffa Wagner. Tu en es incapable, mon vieil ami. Tu as déjà essayé, et tu as vu le résultat. »

Encore un nouvel élément. Quelle avait été leur histoire ?

« Si j'y avais vraiment mis du mien, tu ne serais plus là à l'heure qu'il est. Mais il fallait que tu voies ces événements pour que ta mort puisse avoir un sens, un but.

— Toi qui veux éradiquer le mal, commence par ta confrérie.

— Ton ordre a trahi ses serments depuis longtemps, Bertrand. Les Templiers aussi. Ils ont eu le sort qu'ils méritaient. Maintenant, c'est votre tour et le tour de tous ceux qui, comme vous, se sont perpétués. »

Tommy suivait tout cet échange avec un profond intérêt.

Adriana aussi, mais elle examinait la zone en même temps pour s'assurer que personne n'essayait de s'approcher.

« Nous n'avons rien à voir avec vous, ni avec les Templiers ou les Hospitaliers. Nous travaillons au service de l'Église, sans cupidité ni intérêt, avec pour seule motivation la recherche de la vérité, et non un malheureux rêve égoïste. Ton ordre est mort il y a bien longtemps, Lucien. Il serait temps que tu l'acceptes. »

Berger eut presque l'air de réfléchir un moment à cette possibilité. Il leva le menton, puis baissa de nouveau la tête tout en gardant les yeux sur son rival. « Il n'en est pas question. Le pape s'est fourvoyé. L'Église aussi s'est fourvoyée. Ils acceptent n'importe qui, n'importe quoi. Ils sont devenus trop tolérants. Les catholiques sont moins nombreux de jour en jour. Pourquoi ? Parce que les gens sont fatigués de ce laxisme.

— Et Jésus, il était laxiste ?

— N'oublie pas que le royaume des cieux s'obtient par le sang des impies, mon vieil ami. Tu sais aussi bien que moi que, pour qu'une paix véritable et durable puisse être instaurée, il faut en passer par la guerre.

— Tu es vraiment perdu, répondit Wagner en remuant la tête d'un air dépité. Sans rédemption.

— Curieusement, objecta Berger, j'en arrive à la même conclusion pour toi.

— Alors, nous sommes dans une impasse.

— Oui, je le crains. »

Berger se tourna vers Tommy. « Je n'ai aucune envie de tuer votre ami, en tout cas pas maintenant. » Il sortit un téléphone de la poche de son caban et passa un appel vidéo. Bodmer décrocha au bout de deux sonneries et orienta l'appareil vers un homme attaché à un fauteuil de bureau à grand renfort de ruban adhésif gris et bâillonné de la même manière. Il avait la tête inclinée et le menton sur la poitrine. Il semblait épuisé, voire endormi. Tommy vit son thorax se soulever à intervalles réguliers. Sean était toujours vivant.

Il était cependant plus difficile de deviner où il était. Tommy crut reconnaître un chantier, avec des échafaudages, des outils, des pots de peinture et d'immenses bâches. L'arrière-plan restait toutefois obscur, deux bougies plantées à même le plancher fournissant le seul éclairage.

« Vous voyez ? Il est sain et sauf. Dites-nous où est l'anneau, et je vous dis où est Sean.

— Et, naturellement, vous allez nous laisser le récupérer comme ça ? lui répondit Tommy d'un air sceptique.

— Bien sûr que non. J'ai tout un contingent, là-bas. Vous devrez vous battre, et, à mon avis, vous n'y arriverez pas, en tout cas pas juste à trois. Mais il est sain et sauf, et il ne tient qu'à vous d'essayer. Où est l'anneau ?

— Non. Où est Sean ? »

Berger sourit du coin des lèvres. « Encore en train de chercher la petite bête ? Je vous ai donné la preuve que vous attendiez. Vous, rien. Savez-vous au moins où est cet anneau ? Si vous l'ignorez, je ne vois pas de raisons de maintenir votre ami en vie une seconde de plus. » Il allait donner l'ordre d'exécution face à son téléphone, lorsque Wagner l'arrêta. « Je vais t'emmener. »

Cette proposition inattendue les prit tous les trois au dépourvu.

« Tu te constitues donc otage ? lui demanda Berger.

— Oui, si cela suffit à sauver Sean et d'autres innocents de ta folie. »

Berger préféra ignorer cette dernière pique. « Très bien, Bertrand. Tu es donc prisonnier. Mais, si Thomas me ment, il sait comment je te traiterai. » Il se retourna vers Tommy. « Dites-moi où est l'anneau, et je vous dis où est Sean. Je vous donne cinq secondes. Après, je le tue. Je n'ai jamais eu cet anneau, mais je trouverai une autre piste. Vous ne trouverez pas d'autre Sean, du moins j'en doute. »

Tommy, de son côté, en était sûr. Berger avait gardé ce tour bien caché dans son sac en attendant qu'il ait fini de dérouler son scénario.

Tommy avait craint ce moment. Il savait que toute tentative de marchandage était vaine dans un cas comme celui-ci. Il faudrait qu'il fasse confiance à ce fou, qu'il croie que Berger allait vraiment lui dire où était Sean.

« En homme de Dieu, vous ne pouvez pas me mentir.

— En homme de Dieu, je ne dois tolérer aucun obstacle.

— Peut-être. Mais peut-être que si ? Ceux qui font profession de servir le Tout-Puissant ne sont pas à l'abri des mauvaises décisions, et font parfois le mal en croyant faire le bien.

— Navré, Thomas, lui répondit sèchement Berger. Nous étions en plein compte à rebours. J'ai dit cinq secondes il y a déjà, je crois, plus d'une minute. Commandant ? »

Bodmer installa son appareil de façon à ce que Tommy et Adriana puissent voir ce qui allait suivre.

« Non ! » supplia Tommy.

Adriana resta silencieuse, mais il était clair qu'elle traversait des millions d'émotions. Elle avait déjà vu Sean dans de mauvaises passes, mais il avait toujours eu les moyens de s'en sortir. Cette fois, pourtant, elle ne voyait pas comment il pourrait se libérer.

Bodmer apparut juste derrière Sean, un poignard à la main. La lame luisait à la faible lueur de la bougie, la pointe déjà presque posée sur la nuque de Sean. Les intentions de Bodmer ne faisaient aucun doute. Il insérerait le poignard à la base du crâne et le ferait remonter jusqu'à la cervelle, tuant Sean instantanément.

Berger eût sans doute préféré lui infliger une mort lente et douloureuse, mais cette exécution frapperait l'imagination de ses amis, et, de toute façon, il manquait de temps.

Tommy sentait pourtant une appréhension chez Berger, comme s'il craignait quelque chose. Était-ce le fait d'être ainsi exposé au grand jour dans un lieu public ? Ou était-ce autre chose ?

« Stop ! Dites-lui d'arrêter.

— Trois, dit Berger, sautant le cinq et le quatre.

— Stop, j'ai dit !

— Deux.

— L'anneau est là, vous entendez ? Le nom qui manquait sur la liste... Il y avait un blanc... C'était Berthier. L'anneau est caché dans la tombe de Berthier.

— Un.

— Il vient de vous dire la vérité ! s'écria Adriana en avançant d'un pas avec son pistolet pointé sous la hanche. Si vous le tuez, vous êtes un homme mort. Compris ? »

Berger sourit du côté gauche. « Et vous, une femme morte, dit-il en faisant signe à ses hommes, qui sortirent aussitôt de leurs cachettes.

— Si vous le tuez, je n'ai plus de raison de vivre, dit Adriana. Je n'aurai qu'une mission : vous tuer. Et je mourrai satisfaite. »

Il sonda son regard. « Je n'ai jamais vu de femme plus déterminée que vous. Ni d'homme, d'ailleurs. Dites-moi... qui vous a entraînée ?

— Mon père. Grâce à lui, je sais tout des gens comme vous, des lâches qui prennent des gens innocents en otages. Vous êtes fini, Lucien. »

Le sourire de Berger s'élargit encore.

« Sean se trouve à Notre-Dame, mais je ne sais pas si vous y arriverez à temps.

— Hein ? dit Tommy, soudain inquiet.

— Commandant », dit Berger dans l'appareil. Bodmer réapparut à l'écran. « Mettez le feu. »

Adriana le vit tout à coup faire un brusque mouvement du poignet.

Wagner et Tommy le remarquèrent aussi, mais ne comprirent que trop tard.

L'explosion de lumière blanche fut telle qu'ils durent se couvrir les yeux. L'éclat ne dura qu'une seconde ou deux, mais ses effets dévastateurs mirent plusieurs minutes à se dissiper, leurs yeux ne se réadaptant que petit à petit à la lumière de cette fin d'après-midi.

Adriana fut la première à retrouver l'usage de la vision. Elle regarda autour d'elle, sans brandir son arme. La grenade lumineuse avait déjà alerté bien trop de témoins, dont certains les montraient du doigt. Elle savait que des représentants des forces de l'ordre ne tarderaient pas à arriver, ne serait-ce que pour mener leur enquête. Ils ne pouvaient pas se permettre de perdre tant de temps.

Tommy se releva à peu près au même moment que Wagner. Il se frotta les paupières, mais ne retrouva pas Berger : il s'était volatilisé.

« Où est-il ? demanda Tommy d'une voix profondément inquiète.

— Sans doute parti récupérer l'anneau, lui répondit Adriana avant de se retourner vers Wagner. Partez sur la tombe de Berthier. Faites vite. Nous vous rejoindrons dès que nous aurons retrouvé Sean. »

Wagner s'empressa d'acquiescer – il semblait avoir eu la même idée – et s'élança sans attendre un instant. Adriana le regarda disparaître au loin dans la foule, puis chercha les hommes de Berger dans les environs. Ils avaient disparu.

« Viens, dit Adriana. En route pour Notre-Dame. »

39

NOTRE-DAME

Inerte sur sa chaise, Sean était entouré de matériel de construction : bâches de plastique, outils, échafaudages. Il était content que les hommes de Berger ne l'aient pas assommé une nouvelle fois avant de le transporter à Notre-Dame.

C'était Bodmer qui s'était chargé de trouver un endroit dans le chantier, en cours depuis plusieurs mois. Le lieu était sens dessus dessous, et tant d'ouvriers entraient et sortaient qu'il était facile de gagner en douce un niveau supérieur. Bodmer avait ainsi installé Sean sur une chaise avec l'aide de trois autres chevaliers. La bande adhésive, en moins grande quantité cette fois, était si étroitement serrée qu'elle lui coupait la circulation aux poignets et aux chevilles. Ses épaules souffraient également de l'absence de mouvement.

Ce n'était d'ailleurs pas le seul problème.

Sean avait vraiment besoin de se soulager, et il ne comptait pas sur Bodmer pour lui en donner la permission.

Le commandant de la Garde suisse le tenait depuis une bonne heure sous son œil de faucon, presque sans un battement de paupières. Sean sentait bien que quelque chose se préparait.

Berger était parti, sans doute pour le rendez-vous avec Tommy et Adriana, et les inquiétudes de Sean quant à cet entretien balayaient de loin celles qu'il se faisait pour son confort personnel.

Par chance, un plan se dessinait dans son esprit. Ce n'était plus qu'une question de temps.

Ses ravisseurs lui avaient tout pris – portefeuille, téléphone, armes –, à l'exception d'un petit objet.

Il avait toujours son alliance à la main gauche, un épais anneau d'argent dont le bord haut était coupant sur tout le tour. Il était gravé d'un motif de nœuds celtiques, rappel de ses origines irlandaises, avec une simple croix des Templiers au centre, pour des raisons personnelles qu'il n'avait jamais révélées qu'à Adriana et Tommy. Même Alex et Tara n'en savaient rien.

L'une de ces raisons était spirituelle : la croix marquait son éducation chrétienne et les valeurs qu'il avait assimilées dans son jeune âge. L'autre était qu'il gagnait ainsi accès à des archives secrètes à Washington dont peu de gens soupçonnaient l'existence.

En la circonstance, cependant, peu importait. Sean devait au plus vite se servir de son alliance dans un but très différent.

Son annulaire était l'une des rares parties de son corps à ne pas être condamnées à l'immobilité. Il avait réussi à tordre son pouce gauche de façon à pouvoir faire tourner l'alliance d'un côté puis de l'autre, commençant avant même le départ de la salle de conférence et continuant pendant tout le trajet jusqu'à la cathédrale dans le SUV de Bodmer. Il ne savait pas s'il avait fait des progrès, car il avait les mains derrière le dos. Il avait cru sentir un pan de la bande adhésive lâcher à un certain moment, une brèche s'ouvrir et l'alliance s'enfoncer dedans.

Bodmer le surveillait toujours, mais ne voyait rien du manège discret auquel il se livrait sous ses bandelettes.

Sean redoubla d'efforts, en veillant à ne pas bouger le reste de son corps. Au moindre balancement, Bodmer aurait soupçonné quelque chose. Sean n'aurait qu'une seule chance. Il ne devait plus sa vie qu'au besoin de renseignements de Berger. Il espérait que Tommy et Adriana ne lui avaient rien dit – si du moins ils avaient élucidé le mystère, mais, les connaissant, il était convaincu qu'ils avaient déjà récupéré l'anneau.

Peut-être n'était-il qu'un grand naïf ?

Sean sentit que son doigt élargissait le trou dans la bande adhésive. Il passa un deuxième doigt à travers, et la surface se déchira dans un bruit presque imperceptible. Il se figea et lança vers Bodmer, à l'autre bout de la pièce, un regard aussi calme que possible.

Bodmer était bizarrement affairé avec des chiffons qu'il… Sean comprit tout à coup : il était en train de les asperger de diluant pour brûler la cathédrale – et lui avec.

Il élargit encore le trou, jusqu'au moment où il sentit la bande adhésive céder par le haut. Soudain, ses poignets purent bouger, et ses doigts se mirent aussitôt à picoter sous l'afflux de sang.

Sean leva les yeux vers Bodmer, puis vers les deux gardes postés à la porte, un troisième encore se trouvant juste derrière. Il s'étonnait qu'un seul homme ait été placé à l'extérieur alors que deux étaient à l'intérieur avec Bodmer. Redoutaient-ils à ce point qu'il trouve le moyen de s'évader ?

Il tenait à ne pas les décevoir.

Il se mit à enlever la bande adhésive qui lui ceinturait le bas du dos à coups d'ongle, mais prudemment, en s'arrêtant lorsque Bodmer revenait.

Dans des conditions si difficiles, il ne faisait pas du mauvais travail. Il savait qu'il ne pourrait pas remonter jusqu'en haut, mais il pouvait faire sans : au bout d'un certain temps, il pourrait enlever son corset de bande adhésive comme un tee-shirt, d'autant plus facilement qu'il avait les mains libres. Il savait aussi que Bodmer ne pourrait s'apercevoir de rien à moins de passer derrière la chaise.

Sean fit tout à coup un mouvement trop brusque, et la bande adhésive se déchira plus bruyamment qu'il ne l'avait prévu. Bodmer se retourna et, lorsqu'il le vit les yeux baissés sur ses genoux, l'air abattu, il partit dans un ricanement diabolique.

« Pourquoi une telle tête, Sean ? Vous serez bientôt libéré de cette triste existence dans l'incendie de l'une des plus célèbres cathédrales du monde !

— J'avais compris ce que vous maniganciez », répondit Sean. Sur ce point, il ne mentait pas : dès qu'il avait vu les chiffons et le diluant, il avait deviné. « Mais j'ai une question à poser…

— Pourquoi ? Pourquoi brûler cet emblème de la chrétienté ? Vous le savez déjà, Sean. Toute cette aventure l'explique.

— Ah, je vois. Comme vous ne pouvez pas toucher au Vatican, vous vous en prenez à une cathédrale. D'accord.

— Comment ça, nous ne pouvons pas toucher au Vatican ? Qui a tué Jarllson, à votre avis ? Le Vatican, c'est moi ! »

Les dents de Bodmer brillèrent soudain comme les crocs d'un loup. « Le Vatican tombera dans l'escarcelle des Teutoniques dès que Lucien passera l'anneau de saint Jean-Baptiste !

— Super ! dit Sean en hochant la tête pour dissimuler ses mouvements d'épaules, car la déchirure lui arrivait maintenant au milieu du dos. Et ça représente quoi, pour vous ? Vous allez devenir pape adjoint ? Vous êtes pressenti pour un poste d'assistant ? Franchement, je ne savais pas qu'il y avait ce genre d'opportunités au Vatican. Ou serait-ce un lien plus… intime qui vous lie à Lucien ? » Sean laissa l'insinuation flotter dans la pièce.

Bodmer se dirigeait vers lui d'un air mécontent lorsque le téléphone de Sean, posé sur une table de travail, se mit à vibrer. Ses yeux lancèrent des éclairs menaçants, puis il fit marche arrière, appuya sur le bouton vert et tint le téléphone face à son visage.

Sean suivit la conversation et ne cessa son travail manuel que lorsque Bodmer tourna soudain l'appareil vers lui. Il comprit qu'il était filmé pour que ses amis puissent le voir, sans doute parce qu'ils avaient demandé la preuve qu'il était encore en vie. Il trouva cela intelligent de leur part dans la mesure où ils étaient en train de négocier avec Berger.

La suite des événements ne faisait aucun doute aux yeux de Sean. Le Grand Maître leur demanderait où était l'anneau, ce qu'ils avaient sans doute réussi à savoir depuis qu'il avait été capturé. Sinon, pourquoi ce rendez-vous avec Berger ? Voulaient-ils se payer sa tête en le lançant sur une fausse piste ?

Bodmer poursuivit sa conversation avec Berger tout en retournant vers la table de travail. Sean sentit la bande adhésive lâcher dans son dos juste au moment où le grand maître donnait l'ordre de mettre le feu.

Sean avait bien compris qu'il n'avait pas affaire à des pyromanes amateurs. Ils allaient détruire un des symboles de l'Église, cette même Église que Berger accusait de lui avoir fait du mal et d'avoir nui à son ordre. Notre-Dame n'était pas uniquement un symbole international visité chaque année par des millions de touristes. C'était un fleuron de la culture et de l'architecture chrétiennes. Elle relevait du patrimoine mondial, et non seulement d'un petit groupe de fanatiques. Et ces hommes allaient y mettre le feu. *L'arrogance !* se dit Sean.

Bodmer entreprit d'arroser le plancher autour de la chaise.

« Je ne suis pas votre supérieur, dit Sean en empêchant son corset de tomber, mais vous savez qu'il faut être prudent, avec ce genre de choses ? Avec toutes ces bougies, le risque, c'est que, tôt ou tard, les vapeurs de térébenthine s'enflamment !

— C'est le but, dit Bodmer. Et vous allez partir en fumée dans ce bûcher de la trahison.

— *Ce bûcher de la trahison* ? dit Sean dans un grand éclat de rire. Ça fait combien de temps que vous brûlez de la placer, celle-là ? Sans blague, vous avez trouvé ça tout seul ?

— Vous trouverez ça moins drôle quand vous grillerez de la peau et des os.

— Beurk ! dit Sean. Ça ne fait pas très envie. »

Sans répondre, Bodmer retourna à la table de travail, reprit son couteau et son pistolet, qu'il rangea l'un dans son fourreau, l'autre dans son étui. Quatre bougies restaient sur le plateau de la table, plantées dans des bougeoirs. En ayant pris un, il pivota pour faire face à Sean.

« Vous voyez, Sean, plus rien ne peut nous faire obstacle. Nous détruirons ce temple du mensonge, puis celui de Rome, et nous reconstruirons l'Église telle qu'elle aurait dû être, éradiquant la dissidence et l'apostasie pour restituer les chefs légitimes.

— C'est-à-dire vous, les Teutoniques.

— Exactement. Bientôt, le monde entier saura le tort qui nous a été infligé – qui *lui* a été infligé – par l'Église et par les États. Il verra le pape pour ce qu'il est, et, lorsque nous l'aurons remplacé, il se prosternera devant le véritable chef de l'Église et devant l'anneau qu'il portera au doigt !

— Un peu féodal, quand même, le coup du baiser sur l'anneau. À moins que la Mafia ne soit votre modèle ? »

Sean ne se lassait pas de son propre humour.

« Très drôle, grogna Bodmer.

— Ah, vous voyez !

— Vous rirez moins quand vous brûlerez avec cette cathédrale. »

Bodmer agita la bougie au-dessus d'une traînée de diluant dont il avait aspergé le plancher et qui conduisait jusqu'à Sean. « Vous savez, une fois qu'ils auront récupéré l'anneau dans la tombe de ce Berthier, plus rien n'aura d'importance. Toutes vos souffrances, votre mort même paraîtront inutiles. Mais, bien sûr, nous n'en sommes pas encore là », ajouta-t-il avec un inquiétant sourire de clown.

Sean ne mordit pas à l'hameçon, mais nota néanmoins : Berthier. Ainsi, tel était le nom laissé en blanc. Il ne retrouva que de vagues souvenirs sur un Berthier au service de Napoléon. L'anneau se trouvait donc dans sa tombe. Enfin, il chassa cette pensée pour se concentrer à nouveau sur son sort. « Attention, commandant. Maladroit comme vous êtes, vous risquez de mettre le feu à tout le bâtiment !

— Effectivement », répondit Bodmer avant de laisser tomber la bougie dans un grand effet dramatique. Le temps, cependant, qu'elle arrive à terre, la flamme s'était éteinte.

Sean ne put se retenir de rire malgré sa situation désespérée : s'il était libre au-delà de la taille, il devait encore détacher ses jambes avant de pouvoir se lever.

« Désolé, dit-il entre deux hoquets. Ah... Attendez... » Il aurait bien aimé pouvoir faire le geste de s'essuyer une larme, pour plus d'effet. « Non, c'est vraiment trop drôle ! Vous étiez en train de peaufiner votre lâcher de micro, et... la bougie n'a rien trouvé de mieux à faire que s'éteindre ! » Il se remit à rire.

Bodmer prit un deuxième bougeoir, renversa sur sa main des gouttes de cire, puis, jurant soudain en français, baissa lentement la flamme jusqu'au sol. « Je vais vous faire payer vos moqueries !

— Vous ne retentez pas le lâcher de micro ? » plaisanta Sean.

Lorsque la flamme jaunâtre entra en contact avec le diluant, le feu se répandit immédiatement, d'abord lentement, puis de plus en plus vite. Bodmer resta un peu, le temps de vérifier qu'il partait bien dans toutes les directions préalablement tracées au sol.

Puis il se retourna et fit signe aux gardiens d'ouvrir la porte. Ils sortirent les premiers, et Bodmer regarda le feu qui se rapprochait de la chaise. Sean luttait pour se libérer, en vain.

Bodmer envisagea de dire un dernier mot au condamné, mais renonça. Bientôt, la cathédrale partirait en fumée, et il devait filer.

40

NOTRE-DAME

À l'instant même où la porte se referma, Sean libéra ses bras et essaya de détacher ses jambes. Les flammes qui dansaient partout dans la pièce brûlaient le plancher et léchaient déjà sa chaise.

Elles commençaient aussi à remonter le long des murs et dessinaient autour de lui comme des fleuves de feu verticaux qui se rejoignaient au plafond.

Sean le savait : dans moins d'une minute, toute la pièce se serait embrasée.

La bande adhésive qui était passée autour de ses chaussures était serrée trop étroitement. « Où est le bout ? » dit-il tout haut alors que le feu rugissait de plus en plus fort. Une épaisse fumée noire s'amassait sous la charpente, telle une nuée fatale attendant le moment de tomber sur sa proie.

Il palpait la bande adhésive, cherchant l'extrémité sans la trouver. Déjà, les flammes lui léchaient les mains et les pieds. La chaleur devenait suffocante et exerçait sur ses vêtements et sur sa peau une pression croissante. Il allait renoncer, lorsqu'il sentit un léger dénivelé sous ses doigts.

Le bout de la bande adhésive.

Il gratta de son ongle et tira. Au début, il ne réussit à décoller que quelques centimètres, mais il persévéra et, au bout d'un moment, tout un pan de bande adhésive se détacha. Il passait tour à tour ses mains au-dessus et au-dessous de ses jambes, le feu redoublant de vigueur autour de lui.

La chaleur était insupportable, même pour lui qui avait déjà survécu à plusieurs incendies, dont un qui avait failli lui coûter la vie.

Sean redoubla de concentration, sachant que, s'il allait trop vite, il risquait de tout gâcher en emmêlant la bande adhésive. Les flammes se rapprochaient toujours et commençaient à s'agripper à lui. Les paupières plissées, il tira une dernière fois.

Son pantalon fut enfin libéré, mais, lorsqu'il bondit de sa chaise, quelque chose l'empêcha de se précipiter vers la porte. En baissant les yeux, il s'aperçut que ses chevilles étaient attachées individuellement à deux des pieds de la chaise.

« Ah, non ! » s'écria-t-il.

Il se baissa et détacha sa cheville droite, puis sa cheville gauche. Un mur de feu se dressait maintenant entre lui et la porte. La fumée lui entrait déjà dans les poumons, et il savait qu'en peu de temps il pourrait succomber, soit par asphyxie, soit par excès de chaleur.

Il repéra un couloir épargné par les flammes où Bodmer n'avait pas répandu de térébenthine. Il se précipita de ce côté et se retrouva près d'une petite table, style bistro, moins grande que celle où Bodmer avait posé son téléphone, mais plus haute qu'un chevet ordinaire.

À part lui, c'était la seule chose qui ne brûlait pas dans la pièce – en tout cas, pas encore –, et Sean vit bientôt l'usage qu'il pouvait en faire.

Il la renversa, plateau vers le bas, et entreprit de la traîner jusqu'à la porte. Ses jambes convulsaient et frémissaient à chaque pas. Le plateau étouffait les flammes sur son passage, les privant de leur précieux oxygène et offrant à Sean un couloir non plus ardent, mais carbonisé. Il était déjà près de la porte lorsque la partie avant du plateau buta contre un morceau de plancher qui rebiquait. Le plateau se souleva du côté de Sean, ouvrant soudain un espace où de hautes flammes jaillirent jusqu'à son visage. Il sauta d'un coup et lâcha la table, contenant ainsi cette poussée. Il ne lui restait sans doute plus un cil, mais le plus urgent était de sortir.

Il bascula le pied vers lui, juste assez pour que le plateau passe au-dessus du morceau de plancher qui rebiquait, puis plaqua à nouveau la table au sol pour faire ses derniers pas. Ses jambes cuisaient, mais au moins elles ne brûlaient pas. Enfin, il sentit le plateau buter contre le mur près de la porte, où il restait par chance un carré de plancher qui n'avait pas pris feu. Il marcha dessus, puis frappa un coup sur le loquet. Il savait que les huisseries chauffaient rapidement et craignait de trouver une véritable fournaise derrière la porte. Heureusement, le loquet n'était pas chaud au point qu'il ne puisse pas l'ouvrir. Il sortit sur le palier et ferma doucement la porte derrière lui pour contenir le feu et la fumée.

Bodmer et ses hommes s'étaient volatilisés.

Un petit couloir menait à un escalier de pierre où ils avaient dû le hisser, un exercice qui s'était avéré éprouvant pour eux.

Sean chercha à rester discret dans la descente, mais le bruit du bois et du verre qui tombait couvrait celui de ses pas.

En regardant le puits qui se dessinait au milieu de l'escalier, il aperçut une main sur la rampe plusieurs étages en dessous. Les hommes qu'il poursuivait étaient déjà presque arrivés en bas. S'ils arrivaient à sortir, il lui serait impossible de les rattraper.

Une soudaine explosion dans la pièce à l'étage – sans doute des bombes aérosol hautement inflammables – fit trembler l'édifice, et, si le sol demeura stable sous ses pieds, les dégâts s'étendaient très rapidement.

Sean accéléra, sautant les marches deux par deux, voire trois par trois, et plongeant parfois presque la tête la première pour rattraper le temps qu'il avait perdu à l'étage. Il n'était pas armé, mais ce n'était pas la première fois qu'il se retrouvait dans une mauvaise passe de ce genre. L'essentiel était de ralentir Bodmer et ses hommes pour donner plus de temps à ses amis.

Il savait d'ailleurs depuis longtemps que les revolvers, les couteaux et les grenades n'étaient pas des armes, seulement des outils.

L'arme, c'était lui.

En arrivant sur le dernier palier, il entendit une porte se fermer dans le couloir au rez-de-chaussée. Les Teutoniques ne savaient toujours pas qu'il s'était évadé. Il sauta au bas des deux dernières marches et arracha une girandole au mur. Elle ne tenait plus guère et se détacha sans effort. Il emporta aussi une chaîne accrochée à un anneau en dessous, puis courut vers la lourde porte de bois.

Il entra dans le couloir qu'il trouva derrière. Bodmer et ses hommes étaient déjà à l'autre bout, près de la sortie. Il n'arriverait pas à les rattraper, et, sinon, ils l'entendraient approcher. Il devait pourtant trouver un moyen de leur barrer la route.

Réfléchis, Sean !

Il rassembla ses souvenirs. Les hommes qui l'avaient transporté l'avaient mis dans un sac de jute dont la toile rugueuse sentait la térébenthine ou un autre produit particulièrement odorant. Il avait néanmoins pu voir ce qui l'entourait par-dessus le bord du sac, notamment le lieu où le chauffeur de Bodmer s'était garé et la route qu'ils avaient dû faire pour arriver à l'accès du chantier.

Ils étaient ensuite entrés dans la cathédrale par un couloir empli d'une odeur de moisi, voisin, sans doute, des allées où tant de gens admiraient ce monument historique sans deviner le danger qui les guettait.

Sean resta soudain pétrifié à cette idée.

Bodmer et ses hommes ouvrirent la porte et sortirent dans la lumière mordorée qui baigna le couloir. Sean ne vit pas grand-chose dehors, mais il savait où ils allaient. Il devait trouver un autre chemin et, au passage, prévenir tout le monde.

Il s'élança dans la direction opposée jusqu'à une autre porte devant laquelle il jeta la girandole et la chaîne par terre dans un grand fracas.

Bodmer et ses sbires, qui étaient déjà loin, ne l'entendirent pas.

Sean se retrouva à l'entrée d'une petite chapelle où un vieux prêtre était agenouillé devant plusieurs dizaines de cierges et un Christ en croix. Il ne souhaitait pas interrompre ses méditations, mais il n'y avait pas de temps à perdre.

« Mon père », lui dit-il en posant la main sur son épaule.

Le prêtre tourna vers lui un regard perplexe.

« Évacuez la cathédrale. »

Le prêtre fronça les sourcils, sans colère, mais avec un air de grande confusion.

Sean fit du mieux qu'il put pour lui expliquer en français. « Notre-Dame est en feu, mon père. Il faut évacuer. »

Le prêtre était en train d'écarquiller les yeux lorsque l'alarme à incendie émit son cri strident.

« Vite ! »

Le vieux prêtre hocha la tête et, une fois debout, partit rapidement vers la nef, probablement pour guider les visiteurs vers la sortie.

Sean s'élança dans la direction opposée, jusqu'à une porte située de l'autre côté du bâtiment. Il la trouva fermée. Sans doute était-ce pour cette raison que Bodmer et ses hommes avaient contourné tout le bâtiment. Il resta un moment troublé à l'idée qu'ils aient pu introduire un sac de jute contenant un corps humain sur le chantier de la cathédrale. Cette question, cependant, devrait attendre.

Regrettant de ne pas avoir demandé la clé au prêtre, Sean poussa un soupir et leva les yeux au plafond. « Pardon », dit-il. Puis il donna des coups de talon dans la porte. Les gonds tintèrent, le pêne entra dans le bois, et le cadre finit par se briser.

Il s'élança sans réfléchir. Sans chercher à rester discret ni à passer inaperçu. Sans penser à rien d'autre qu'à sa proie.

41

NOTRE-DAME

Le ciel, un peu nuageux, était encore bleu. Sean cligna des yeux, le temps de s'habituer à la lumière, puis étudia les environs.

Une petite foule se rassemblait déjà dans le périmètre autour de la cathédrale. Sean aurait préféré voir tous ces gens respecter davantage les mesures de sécurité en restant quelques centaines de mètres plus loin.

Il partit vers la place de stationnement qu'il avait vue pendant son transport dans le sac de jute. Prenait-il la bonne direction ? Peut-être pas, mais il n'avait pas le temps de s'en inquiéter. Sinon, il n'aurait plus qu'à se débrouiller.

Il fut parfois obligé de jouer des coudes dans la foule grandissante. Notre-Dame étant l'un des plus grands monuments de Paris, elle-même l'une des capitales les plus visitées au monde, il n'était pas surprenant de voir tant de touristes affluer maintenant que de la fumée s'échappait de la toiture.

Sean n'avait pas le temps de suivre les ravages causés par Bodmer et ses sbires. Il n'y avait plus qu'à espérer que les brigades de pompiers et les groupes d'intervention d'urgence sauveraient ce qu'il était possible de sauver. Le chantier de restauration, à cet égard, était une chance, car il y avait sans doute moins de monde à évacuer qu'en temps normal, et la majeure partie des reliques et des œuvres d'art avaient déjà été déplacées. Néanmoins, tout un pan d'Histoire serait perdu si la cathédrale était détruite par l'incendie.

Il reconnut une veste au loin. Un petit homme lui jeta un regard sévère avant de se retourner aussitôt vers le spectacle.

Bodmer et ses hommes marchaient d'un pas décidé, sans cependant courir. Ils cherchaient manifestement à ne pas se faire remarquer.

Le commandant de la Garde suisse allait en tête, et ses sbires le suivaient en file indienne.

Sean chercha quelque chose qui puisse lui servir d'arme, mais ne trouva par terre qu'une tasse de carton vide et des déchets de plats à emporter. Il poussa un soupir exaspéré et se baissa pour ramasser une tasse en carton McDonald's avant de poursuivre son chemin.

Coupant à travers la foule de badauds, il rattrapa un premier chevalier. Tout en sortant la paille de la tasse et en la pliant en V, il coinça le talon du chevalier pour le faire trébucher, puis se précipita comme pour l'aider. Un simple observateur aurait pu croire qu'il le saisissait par le col pour l'empêcher de tomber, mais, en réalité, il lui planta un bout de paille dans chaque œil.

Le chevalier poussa un cri, mais Sean, tombant « accidentellement » en avant, lui cogna le front sur le pavé et le laissa inconscient, voire mort – il ne s'arrêta pas pour vérifier : une autre cible l'attendait.

Plus loin, il répéta le procédé, même s'il dut y aller plus franchement pour faire trébucher le deuxième chevalier, qui lui facilita beaucoup la tâche en se retournant avant de tomber par terre.

En voyant le fantôme de Sean Wyatt lui tomber dessus, celui-ci ouvrit des yeux ronds comme des soucoupes. Sean, usant de tout son élan, n'eut qu'à le saisir à la gorge pour lui cogner le crâne contre le trottoir.

Le chevalier perdit conscience, et ses yeux se fermèrent enfin.

Sean fouilla immédiatement son étui de hanche et fut très satisfait de trouver le canon muni d'un silencieux – plutôt un suppresseur, d'ailleurs, mais, avec les sirènes hurlantes et le murmure croissant de la foule, même un coup de feu mal étouffé serait passé inaperçu.

Il rejoignit le troisième chevalier avec l'arme cachée sous son tee-shirt. Bodmer était presque arrivé au SUV. Sean glissa une main sur la bouche du chevalier et lui planta le pistolet dans le bas du dos. Il s'assura que le canon était sur du dur avant d'appuyer sur la détente : la balle de 9 mm entrerait dans la colonne vertébrale et ne poursuivrait ainsi sa route que sur une douzaine de centimètres.

Tout se passa exactement comme il l'avait prévu. La balle s'arrêta dans le bassin, sans perforation au niveau de l'abdomen. C'était une tactique qu'il avait déjà utilisée pour éviter les balles perdues, mais jamais dans une foule si dense.

Le chevalier tomba sur ses deux genoux, devenus insensibles, en émettant un dernier râle. Sa tête heurta le pavé avec un bruit sourd, mais la foule ne s'intéressait qu'à l'incendie en train de s'étendre.

Sean rattrapa enfin Bodmer, l'arme toujours cachée sous son tee-shirt.

Au moment de tendre la main vers la poignée du SUV, le commandant de la Garde suisse se retourna pour vérifier que ses trois hommes étaient bien avec lui. Il ne vit cependant que le regard mortel de Sean – qu'il tenait à juste titre pour l'un des hommes les plus dangereux au monde.

Bodmer voulut sortir son arme, mais Sean tenait déjà la sienne braquée sur lui tout en la cachant à la vue de la foule, qui, de toute façon, regardait ailleurs. Un trou béant dans la toiture de Notre-Dame laissait maintenant jaillir des flammes et s'échapper des tourbillons de fumée noire dans un ciel encore clair.

Lorsque Bodmer essaya de balayer son arme, Sean tira, mais, surpris par la rapidité du geste de son adversaire, il rata son coup. La balle entra dans l'épaule droite du commandant, ou plutôt ne fit que l'érafler, et Bodmer, digne de son rang dans les forces d'élite du Vatican, se ressaisit aussitôt.

Alors que Sean tenait toujours bien son arme en main, Bodmer lui ficha son poing droit dans la figure. Sean dévia en partie le coup de son bras libre, mais le choc qu'il reçut à la mâchoire lui causa une douleur cinglante.

Bodmer poursuivit avec une attaque du genou que Sean détourna habilement. Le coup, qui avait visé l'entrejambe, le frappa pourtant à la hanche, et une douleur violente lui paralysa la jambe et le bas du dos.

Sean eut besoin de tous ses esprits pour faire basculer son poids sur sa jambe droite en attendant de récupérer l'usage de la gauche.

Il voulut tirer, cette fois à hauteur de la poitrine, mais Bodmer le sentit, se tourna et lui saisit le poignet pour le plaquer contre le véhicule.

Sean avait déjà exécuté ce mouvement un million de fois, et, malheureusement, le commandant de la Garde suisse le maîtrisait lui aussi à la perfection. Sean se sentit quitter le sol et partit dans un vol plané – vol de courte durée qui se termina brutalement lorsque le bas de son dos retomba avec un craquement contre la portière ouverte du SUV.

La douleur déferla dans tout son corps, et sa main se relâcha autour de son arme.

Bodmer prépara alors la voie pour le coup fatal. Il arracha son pistolet à Sean et lui tordit si bien le poignet qu'il lui aurait cassé plusieurs doigts si Sean avait eu la main plus crispée.

Il approcha ensuite son arme de la tempe de Sean, qui, par terre à côté du véhicule, bondit du côté gauche avant de repousser la main de Bodmer d'un mouvement du coude. Le coup partit, et la balle alla se loger dans le siège conducteur. Sean saisit le canon à pleines mains et le tira d'un côté, puis de l'autre, et encore vers le haut.

Bodmer s'agrippa à son arme plus que Sean ne l'avait fait juste avant, et son index et son majeur se brisèrent à plusieurs niveaux dans une série de craquements.

Une douleur atroce lui brûla les veines, et il hurla de colère, son regard se chargeant soudain d'adrénaline.

La foule augmentait toujours à mesure que l'incendie s'étendait, sans cependant faire attention à leur duel.

Bodmer voulut lui porter un crochet au nez, mais Sean réussit à l'éviter par un mouvement sur sa droite, avant d'enfoncer son silencieux dans son abdomen. Sean se cala par terre, le dos contre la portière ouverte du SUV, et Bodmer, au-dessus de lui, plissa insensiblement les paupières un instant avant le coup de feu. La balle traversa ses entrailles dans un bruit sourd avant de finir sa course contre sa colonne vertébrale, et le commandant se raidit dans une douleur de plus en plus aiguë.

Sean sentit un liquide chaud couler le long de ses doigts et retira son arme, qu'il essuya sur la veste de Bodmer.

Le commandant s'effondra petit à petit, puis resta comme un tas par terre, en position fœtale, à contenir ses boyaux des deux mains pendant que sa vie le quittait sur le pavé.

Sean regarda autour de lui et constata que personne n'avait remarqué la scène. Tous les regards étaient tournés vers l'incendie. « Voilà pour la mort de Jarllson », glissa-t-il dans l'oreille du mourant en s'accroupissant à côté de lui pour ramasser la clé du SUV.

Le visage de Bodmer trembla. Il avait entendu dire qu'une blessure par balle à l'abdomen entraînait une mort particulièrement douloureuse, et lui qui n'avait jamais tué ni vu mourir personne de cette manière allait pouvoir en faire l'expérience.

« Et la… religion ? » dit Bodmer.

Sean demeura imperturbable. « Je me suis arrêté à l'Ancien Testament ! » répondit-il en lui flanquant un coup en pleine tête qui lui cassa le nez et le rendit presque inconscient. Enfin, il grimpa dans le SUV, et il allait enclencher le moteur lorsqu'il entendit appeler son nom.

Il serra la crosse de son pistolet, prêt à se défendre, lorsqu'il aperçut au milieu de la foule un visage familier.

C'était Adriana, suivie par Tommy sur sa gauche.

« Sean ! » criait-elle.

Il quitta le véhicule et, après un dernier regard pour Bodmer qui agonisait, passa au-dessus du corps en glissant son pistolet sous son pantalon.

Il avança vers elle et la prit dans ses bras. Elle lui entoura le cou et l'embrassait passionnément lorsqu'elle remarqua le corps du commandant de la Garde suisse.

« Bodmer ?

— Il sera bientôt mort. Comment m'avez-vous retrouvé ? »

Tommy, arrivé à son tour, remarqua soudain le corps à côté du SUV. « Ouh là. Euh… bon, d'accord. Je crois qu'on ferait mieux de filer.

— Bonne idée. Je te réponds plus tard. »

Sean les entraîna sur le trottoir d'en face, loin de ce qui n'était plus qu'une scène de crime.

Avant de tourner au coin de la rue pour gagner des parties plus cachées de la capitale, il jeta un dernier regard sur Notre-Dame, à la fois pour s'assurer que personne ne les suivait et pour mesurer l'étendue des ravages de l'incendie sur la cathédrale.

Il ne fut rien de moins que bouleversé par ce qu'il vit, et une vague d'émotion lui secoua la poitrine.

Le feu s'était propagé à toute la toiture, et le ciel était désormais entièrement obscurci par l'épaisse colonne de fumée qui surmontait les flammes.

Horrifié, il ne put retenir un hoquet de stupeur.

Adriana et Tommy échangèrent eux aussi des regards effarés, puis le saisirent par les épaules.

« Allez, Sean. Viens. Il faut partir.

— Partir sur la tombe de Berthier, vous voulez dire ? demanda-t-il en trottant déjà derrière eux. Pour récupérer l'anneau ? Bodmer a évoqué la tombe de Berthier dans la cathédrale, et je me suis dit que c'était pour ça. Je n'ai pas encore trouvé l'occasion de vous le dire, mais…

— Ça va, on le sait », l'interrompit Tommy sans cesser de courir. À la rue suivante, il vira à droite, puis ralentit. Arrivé à hauteur d'une berline blanche, il posa son coude sur le toit de la voiture et rit fièrement.

Même Adriana paraissait perplexe. « Que fais-tu ?

— Vous vous souvenez quand je vous ai dit que je devais passer un ou deux appels ? »

Adriana secoua la tête. « Oui, plus ou moins. »

Sean ne se rappelait pas non plus. « Dis, on y va…

— Eh bien voilà, je l'ai fait ! dit Tommy en ouvrant un bras sur le côté.

— Et ? »

Tommy soupira d'un air abattu. « Euh… Allô ? Vous avez oublié à qui je suis marié ?

— Quoi ? Tu as appelé June ? demanda Sean.

— Oui !

— Pour lui poser des questions sur la tombe d'un Français ?

— Oui ! Non. Enfin, oui, plus ou moins. » Tout en cherchant ses mots, Tommy posa de nouveau le coude sur le toit de la voiture. « Bon, disons que j'ai appelé la cavalerie en renfort. »

Sean hocha la tête pensivement. « Ah, tu veux dire que tu…, fit-il, un index tendu vers son ami. Pas mal… Bien joué, l'ami ! » Il avança son poing fermé pour un *fist bump*.

« Merci !

— Et cette tombe, alors ? Où est-elle ? Pas loin ? »

La fierté de Tommy retomba. « Euh, si, un peu quand même. Elle est en Bavière.

— En Bavière ?

— Dans le sud de l'Allemagne, près de la frontière autrichienne.

— Elle est à Tegernsee, expliqua Adriana. Au sud de Munich. La dépouille de Berthier a été transférée là-bas en 1884. A priori, si une relique a été enterrée avec lui, elle a aussi été transférée à Tegernsee.

— Pas forcément, dit Sean. Si quelqu'un a trouvé l'anneau…

— En tout cas, c'est une piste, et c'est tout ce qu'on a. »

Sean acquiesça après un temps de réflexion. « Très bien, je vous suis ! Je ne suis encore jamais allé à Tegernsee, mais rien que le nom me plaît déjà ! J'espère que June pourra s'occuper de Berger.

— Oh, elle se débrouillera. Elle sait y faire, répondit Tommy avec un sourire suffisant.

— Eh, mais dites donc ! » entendirent-ils soudain. Une Parisienne avançait vers eux, incrédule. « Qu'est-ce que vous faites sur ma voiture ! »

Tommy se redressa et fit signe à ses deux compagnons de le suivre.

« Attends, tu veux dire que ce n'était pas ta voiture ? » demanda Sean.

Tommy sourit d'un air malicieux tout en s'éloignant de cette femme et de ses cris d'indignation. « Euh… eh bien, non, en fait. »

42

TEGERNSEE

La petite ville de Tegernsee, à la frontière entre l'Allemagne et l'Autriche, a été fondée au VIe siècle sur le lac du même nom, dans une vallée recouverte de vieilles forêts de pins et d'épicéas où les pistes de ski tracent aujourd'hui leurs pentes sinueuses sur les flancs des hauts pics alpestres.

À première vue, ce coin tranquille et conservateur de Bavière semblait avoir été épargné par le XXIe siècle, si ce n'est davantage. Les seuls indices de modernité étaient les voitures, les lignes électriques et quelques restaurations architecturales dans des styles plus contemporains. Pour l'essentiel, Tegernsee avait impeccablement préservé son histoire, et ne devait pas avoir trop changé depuis ses premières apparitions sur des cartes postales.

En hiver, les visiteurs venaient pour les paysages et pour les sports de neige – ski alpin, snowboard et ski de fond. En été, la neige le cédait aux fleurs, aux forêts, aux prairies et aux sources étincelantes dans l'éclat du soleil. Les estivants pouvaient aussi profiter de sites de réputation mondiale pour la randonnée et pour l'escalade, du lac pour faire du canoë et du kayak et de festivals culturels réputés dans toute l'Europe centrale.

L'intérêt touristique de Tegernsee ne changeait pourtant pas grand-chose à la vie de ses quelque quatre mille habitants.

Derrière le pare-brise, Lucien Berger regarda au loin la minuscule église de Wallbergkircherl, perchée sur un sommet au-dessus du village. Elle offrait à ses visiteurs une vue panoramique sur les sommets environnants et sur la pittoresque vallée.

Berger sortit de sa berline noire et passa en revue la petite place devant l'abbaye de Tegernsee.

Les deux clochers jumeaux de l'église Saint-Quirin se dressaient dans le ciel. La pierre beige réverbérait l'éclat du soleil, et il en fut aveuglé pendant une ou deux secondes.

Il obtint une vision plus claire avec ses lunettes de soleil.

Fondée en tant que monastère, l'abbaye était tombée dans l'escarcelle des ducs de Wittelsbach, parmi lesquels deux chefs du Saint-Empire romain germanique et un roi de Suède. Napoléon avait brièvement élevé le lignage au rang de famille royale de Bavière.

Berger avait été surpris, mais pas choqué, d'apprendre que les murs de l'abbaye abritaient une brasserie et une école, un mélange étrange même pour des Allemands, dont le goût pour la bière était de réputation mondiale.

Au coin de l'abbaye se trouvait un café avec des auvents jaunes qui couvraient toute la largeur du trottoir et qui venaient buter contre une petite clôture noire tout autour de la terrasse. Les clients savouraient un petit déjeuner de charcuterie, de pain, de biscottes et de fruits, tout en sirotant des tasses de cappuccino et de cafés divers.

Les hommes de Berger se garèrent le long de la route, puis se rangèrent en veillant à former autour de lui un périmètre où chaque angle était bien couvert.

Il n'avait pas à les surveiller pour savoir qu'ils faisaient leur travail. Ils étaient entraînés. Et le jour qu'ils avaient si longtemps attendu et préparé était enfin venu.

Berger monta sur le trottoir devant l'entrée de l'église. Bodmer ne l'avait pas encore appelé, et cela ne lui ressemblait pas. Le commandant de la Garde suisse aimait dresser des bilans réguliers, et le fait qu'il n'ait pas pris cette peine était déroutant.

Berger voulait pourtant rester au-dessus de tout ça. Il avait vu avec une grande satisfaction les reportages sur l'incendie de Notre-Dame. Le coup qu'ils avaient porté à l'Église aurait des répercussions sur les générations futures.

Ils avaient d'ailleurs réussi au-delà de ses espérances. Il n'avait pas cru que la cathédrale partirait ainsi en fumée, mais l'incendie avait illustré à la perfection sa vision de l'avenir. Toute la planète en avait été ébranlée.

Dès qu'il serait entré en possession de l'anneau, Berger ferait de l'incendie de Notre-Dame un fait de Dieu, une preuve symbolique et dramatique que l'Église devait changer. Les vieilles habitudes seraient bientôt balayées, comme cela avait été annoncé dans les saintes Écritures.

Il inspira l'air frais des montagnes, appréciant sa fraîcheur et son parfum, et, lorsqu'il tendit la main vers la porte, elle s'ouvrit d'elle-même.

À l'intérieur, il fit un pas – un seul – circonspect, avant de s'arrêter pour s'adapter à l'obscurité et à l'odeur de moisi.

« Pas un de plus, ordonna une voix dans l'ombre.

— Quoi ? Qui êtes-vous ? »

Une jeune femme blonde aux yeux bleu pâle et au teint d'un blanc éclatant s'avança dans le carré de soleil. Un manteau noir lui descendait jusqu'aux chevilles, et des bottes assorties remontaient tout le long de ses mollets, son étroit pantalon disparaissant sous les revers.

« Alors, c'est à ça que ressemble un chevalier ? dit-elle. Je pensais que Lucien Berger serait quelqu'un de plus… brillant, si vous voyez ce que je veux dire. Sous son armure, et tout ça…

— Hors d'ici, femme ! »

Elle afficha un sourire sarcastique. « Non, pas question. Vous ne vous en tirerez pas comme ça pour le meurtre du cardinal Jarllson.

— Quoi ? »

Berger regarda derrière lui et vit que ses dix-neuf hommes avaient été maîtrisés par des agents vêtus de noir et couverts de gilets kevlar, les uns avec des bandeaux POLIZEI ou INTERPOL, les autres – notamment cette femme qui se tenait devant lui – sans aucun élément d'identification.

Son sang ne fit qu'un tour et ses joues s'empourprèrent, ou plutôt s'enflammèrent, ni plus ni moins. Ses chevaliers, plaqués contre des réverbères, des bancs publics, des véhicules banalisés, furent menottés et installés dans des fourgons. Tout le travail qu'il avait accompli pendant des décennies s'évaporait maintenant sous ses yeux.

Il se retourna vers la jeune femme qui lui faisait face. « Qui êtes-vous ? Vous allez me le payer ! »

June se fendit d'un sourire hypocrite. « Ça m'étonnerait. En tout cas, si vous voulez savoir comment je vous ai trouvé, la réponse n'est pas loin. »

Berger suivit son regard. Sur le trottoir d'en face se trouvait Sean Wyatt, avec Adriana Villa et Tommy Schultz. Berger crut avoir la berlue.

« C'est impossible, dit-il en secouant la tête. Je l'ai vu brûler dans l'incendie.

— Vous avez dû mal voir. Ou peut-être est-il immortel ? Honnêtement, je ne sais pas moi-même. »

Sean avait les deux bras croisés et un sourire radieux, et son regard de condescendance et de jubilation ne fit qu'augmenter la colère de Berger.

« Je vais me venger, au nom des Teutoniques ! »

Il sortit tout à coup un pistolet des plis de son manteau, croyant la prendre au dépourvu.

Il ne savait pas à qui il avait affaire.

Tel un spectre agile et fatal, June fit un pas si rapide sur la gauche que Berger ne le remarqua même pas.

Avant qu'il ne s'en aperçoive, il avait la main prise, et une douleur affreuse lui remontait dans tout le bras depuis le poignet, tordu de manière monstrueuse. Il sentait que son os luttait sous la pression et comprit qu'il se romprait d'un moment à l'autre.

Il voulut la frapper, mais elle intercepta sa main libre et la tira dans son dos, après quoi elle lui cogna l'arrière des genoux d'un coup de pied et le plaqua au sol.

Berger glapit. June lui tira la main plus haut encore dans le dos tout en lui arrachant le pistolet des doigts.

« Vous allez me le…

— Bon, on y est ! » conclut-elle en pressant son genou au milieu de son dos.

Sa joue et sa tempe heurtèrent le pavé.

En un rien de temps, June lui lia les poignets avec des colliers de serrage.

Sean, Adriana et Tommy observaient ce spectacle avec un sentiment qui ressemblait à de la joie. Wagner, à côté, affichait un air plus réservé, avec cependant une lueur de satisfaction dans les yeux.

« Tu ne regrettes pas de l'avoir mise à si rude épreuve, Schultzie ? demanda Sean alors qu'ils traversaient la rue.

— Pff ! Ça ne compte pas, dit Tommy. Tu appelles ça se battre ? En plus, on ne peut pas dire qu'elle était seule. »

Adriana lui lança un regard en coin. « Dis donc, l'homme fort, je suis prête à parier que June peut t'en faire autant ! »

Les joues de Tommy s'empourprèrent. « Ha ha. Très drôle. Pauvre Tommy qui se fait battre par sa femme ! » Il parlait d'une voix grave et ironique.

« Pourquoi parler d'une chose pareille ? ironisa Sean. A-t-on besoin de rappeler que le bois vient des arbres ? Pas la peine d'enfoncer des portes ouvertes.

— Hein ? Toi, tu ne perds rien pour attendre ! »

Mais ils étaient déjà devant l'église.

« Beau travail, June ! » dit Sean.

June, encore à califourchon sur le dos de Berger, leva les yeux. « Merci ! répondit-elle en lui tendant la main, souriante. Ça fait plaisir. »

Tommy leva les bras en l'air. « Eh oh ! Et qui a eu l'idée d'appeler June, à la base ? Il n'a pas le droit à un petit compliment, lui aussi ?

— Trop chouette, la scène où tu l'as envoyé au sol par un coup à l'arrière des genoux, poursuivit Adriana. Une super technique ! C'est chez Axis que tu as appris ça ou dans ton boulot précédent ?

— Mon boulot précédent.

— Euh… Allô ? fit Tommy sur le ton d'un enfant de cinq ans.

— Alors, Lucien ? demanda Sean, accroupi à côté de Berger. J'ai l'impression que vous partez pour un long voyage. J'espère que vous m'écrirez ? »

Berger grogna, mais June posa son talon sur son crâne pour lui maintenir la tête sur le pavé.

Sean se redressait, amusé, lorsqu'il vit quatre agents approcher. Ils traînèrent Berger vers l'un des véhicules garés en face. Celui-ci ne résista pas, n'essaya pas de s'enfuir, ne cria pas. Il pencha simplement la tête d'un air abattu, en regardant le sol et en se demandant sans doute comment et pourquoi tout était parti de travers. Il allait avoir tout le temps d'y réfléchir.

« Merci pour votre aide, dit Wagner. Mes frères et moi vous en sommes sincèrement reconnaissants. » Il les regarda tour à tour. « Merci à tous les quatre. » Il n'eut pas de mot triomphal, pas de rire moqueur pour Berger. Il était au-dessus de ces satisfactions superficielles. Berger fut installé dans la voiture de police, et Sean s'aperçut que Tommy le regardait d'un air ébahi.

« Quoi ?

— Euh… dit Tommy. Non, rien… C'est juste que… d'habitude, ça ne se termine pas comme ça.

— C’est-à-dire ?

— Je ne sais pas, mais d’habitude il y a un bouquet final… Une fusillade, un combat à mains nues, un duel à mort bourré d’effets spéciaux… Non ? »

Sean fronça les sourcils. « Dis, on m’a attaché au sommet de Notre-Dame, j’ai presque brûlé vif et je me suis retrouvé face à face avec Bodmer. Ça ne compte pas ?

— Oui, bon…

— Franchement, il te manque quoi, Schultzie ? Les méchants ne sont plus là ! » Il tapota l’épaule de son ami. « Viens, on va voir si l’anneau y est toujours. »

Sur ces mots, ils pénétrèrent dans l’obscurité de l’église.

43

MALTE

Sean, Tommy et Adriana se tenaient devant le chœur, sur le tapis rouge déroulé dans toute la nef depuis l'entrée de l'église.

La foule qui emplissait la cocathédrale Saint-Jean était venue de La Valette et de toute la Méditerranée pour célébrer le retour de l'inestimable relique dans son lieu d'origine.

Debout au pied de l'autel, le pape lui-même dirigeait la cérémonie, et Wagner se tenait près de lui, sur sa gauche, un peu comme un garde, ce qui d'ailleurs correspondait bien à la fonction de l'ordre de Saint-Hubert tel qu'il l'avait présentée à Sean et à ses compagnons.

Peu à l'aise avec la cérémonie, Sean et Tommy en suivaient le déroulement avec autant de respect que possible. Avec Adriana, ils recevaient la plus haute distinction que le pape puisse accorder à des laïcs.

Le vieil homme en blanc accompagna la formule rituelle d'un discret hochement de tête à l'attention des trois héros, avec un signe de croix à chaque fois.

Ainsi comprirent-ils qu'ils devaient s'agenouiller pour la dernière partie de la cérémonie.

Ils n'étaient pas catholiques, et c'était surtout cela qui gênait Sean et Tommy. Adriana, elle, n'éprouvait pas de malaise particulier.

Quand le pape en eut fini avec la formule rituelle, il la traduisit en anglais pour l'assistance.

« Sean Wyatt, Thomas Schultz et Adriana... Wyatt, je vous fais chevaliers de l'ordre de Saint-Grégoire-le-Grand. » Adriana avait voulu que le secret soit gardé sur son nom, d'où la légère hésitation du pape.

« La sainte Église de Rome a une immense dette envers vous. Vous avez restitué l'une de nos plus saintes reliques dans son lieu d'élection, et vous en serez éternellement honorés. Levez-vous, chevaliers de Saint-Grégoire-le-Grand, et soyez acclamés ! »

Ils se retournèrent pour faire face à l'assemblée, et tout le monde s'inclina devant eux avant de les acclamer.

Sean avait particulièrement hâte d'en avoir fini. Peut-être était-ce une déformation professionnelle, mais ces centaines de regards braqués sur eux le déconcertaient. Avec autant de personnes réunies dans la nef, les menaces devenaient difficiles à détecter.

Il savait pourtant que la sécurité était renforcée, les forces de police locales ayant entièrement clôturé le périmètre, sans parler de la garde personnelle du pape.

Sean inspira profondément et se força à sourire.

Quand la cérémonie fut terminée, le pape vint leur dire personnellement un mot de remerciement à tous les trois, avant de descendre la nef en bénissant l'assistance.

Un visage familier apparut dans la foule sur le parvis de l'église.

Le cardinal Klopp venait à leur rencontre avec un humble sourire, les mains croisées sur sa taille. La mosette rouge qui lui drapait les épaules claquait dans le vent, mais cela ne semblait pas le déranger.

« Monseigneur Klopp ! dit Sean en le saluant de la tête. Ravi que vous ayez pu venir.

— Je ne pouvais pas rater ça ! répondit Klopp, les yeux à demi clos dans l'éclat du soleil. Vous êtes mes trois héros ! J'ai une dette envers vous, à tout jamais.

— Une dette ? lui répondit Tommy. Nous ne sommes pas une agence de crédit ! »

Le cardinal le regarda comme si une corne venait de lui pousser sur la tête. « Désolé, je ne suis pas sûr de comprendre.

— Nous non plus, Votre Éminence, lui répondit Sean d'un air navré. C'était censé être drôle ? » ajouta-t-il en se retournant vers Tommy.

Tommy se mordit la lèvre d'un air honteux.

« En tout cas, je tenais à vous remercier pour tout ce que vous avez fait. » Klopp leur serra la main, d'abord à Sean, puis à Adriana, et enfin à Tommy, dont il retint la main pendant deux longues secondes. « Je suis autorisé à vous accorder un accès illimité à nos archives à tout moment. C'est un grand honneur pour moi que de le faire, et je suis sûr que vous en prendrez la mesure.

— Quoi ? dit Tommy en écarquillant les yeux. Non, mais vous êtes sérieux ?

— C'est un cardinal, Tommy, lui répondit Sean en faisant un clin d'œil à Klopp. Ça m'étonnerait qu'il essaie de te faire une farce !

— L'idée m'en avait traversé l'esprit, dit Klopp d'un air malicieux. Mais l'offre est parfaitement sérieuse. »

Perdant toute retenue, Tommy lâcha la main du cardinal et le prit dans ses bras. « Merci ! Merci-merci-merci ! »

Puis il se rappela soudain qui il était en train d'enlacer ainsi et, le libérant aussitôt, défroissa sa chape avant de faire un pas en arrière.

Klopp se contenta de rire de la scène. « De rien, mon enfant.

— Il est complètement dingue d'Histoire, expliqua Sean en toussotant.

— Pas plus que toi, objecta Tommy.

— Ça, tu l'as dit, Schultzie ! répondit Sean, hilare. D'ailleurs, tu as lu cet article l'autre jour sur… ? Ah, mais pardon, Votre Éminence. »

Le cardinal lui sourit gracieusement. « Nous nous reverrons bientôt. Dieu vous bénisse, leur dit-il en levant la main.

— Et vous aussi ! » répondirent-ils en chœur.

Le cardinal s'éloigna pour rejoindre un autre groupe. Deux agents de sécurité se tenaient sur des promontoires avec des mitraillettes en travers des épaules. Leurs yeux balayaient toute la place derrière leurs lunettes de style aviateur.

« Apparemment, on est des chevaliers, maintenant, dit Sean.

— On ne nous a même pas donné de glaive ni rien ! dit Tommy d'un air déçu.

— Peut-être une livraison spéciale à ton retour ? dit Adriana sur le ton de la plaisanterie, avant de lui cogner doucement l'épaule de son poing fermé.

— En tout cas, il est temps de partir », dit Sean en jetant un dernier regard dans la nef où était exposé l'anneau de saint Jean-Baptiste – un anneau sobre en or massif, au bord extérieur plat, non arrondi comme une alliance, avec un mince trait blanc au centre sur tout le diamètre.

Tommy avait proposé de le faire analyser par le laboratoire de l'IAA, mais l'Église avait décliné, sans fermer tout à fait la porte à l'éventualité de le laisser venir avec son matériel.

Tout en regagnant leur voiture, ils s'extasièrent sur la beauté de La Valette.

« Napoléon a dû se sentir le roi du monde en venant ici, dit Tommy.

— Tu sais quoi ? Moi aussi ! dit Sean.

— Et moi, pareil, avoua Tommy. Au fait, c'était quoi, cet article dont tu parlais tout à l'heure ? »

Le regard de Sean s'illumina tout à coup. « Des scientifiques en Amérique du Sud, répondit-il avec un large sourire. Vous ne devinerez jamais ce qu'ils ont découvert ! »

Remerciements

Merci d'avoir pris le temps de lire ce livre. Dans un monde où l'on peut toujours gagner plus d'argent, mais où le temps est limité, cela me va droit au cœur. J'espère que vous avez pris autant de plaisir à le lire que moi à l'écrire, et que nous nous retrouverons bientôt pour de nouvelles aventures.

Ernest

Composition et mise en pages
Nord Compo à Villeneuve-d'Ascq

Imprimé en Espagne par
Liberdúplex
à Sant Llorenç d'Hortons (Barcelone)
en décembre 2021

POCKET - 92, avenue de France - 75013 Paris

S32213/01